Doris Litz, geboren in Hachenburg im Westerwald, lebt mit ihrem Mann in Neuwied und arbeitete fast zwei Jahrzehnte für eine regionale Tageszeitung. Heute ist sie Pressesprecherin einer Behörde in Koblenz. Nebenbei engagiert sie sich ehrenamtlich im Tierschutz und schreibt Romane. Mit dem Krimi *Spur der Rache* liegt ihr Erstling vor.

DORIS LITZ

TÖDLICHE UFER

Überarbeitete Neuausgabe Mai 2023

Tödliche Ufer

ISBN 978-3-98778-286-2
E-Book-ISBN 978-3-98778-229-9
Hörbuch-ISBN: 978-3-98778-143-8

Dieses Werk wurde vermittelt durch die Autoren- und Projektagentur Gerd F. Rumler (München).

Dies ist eine überarbeitete Neuausgabe des bereits 2020 bei
dp Verlag, ein Imprint der dp DIGITAL PUBLISHERS GmbH
erschienenen Titels Spur der Rache (ISBN: 978-3-96817-084-8).

Covergestaltung: Anne Gebhardt
Umschlaggestaltung: ARTC.ore Design
Unter Verwendung von Abbildungen von
shutterstock.com: © Bernulius, © DedMityay, © Axel Kolbeinsson
elements.envato.com: © PixelSquid360
Lektorat: Nadine Buranaseda, typo18, Bornheim
Satz: dp DIGITAL PUBLISHERS GmbH
Druck und Bindung: Books on Demand GmbH, Norderstedt

Für Daniel.

Vorwort

Dies ist eine überarbeitete Neuauflage des bereits erschienenen Titels *Spur der Rache* von Doris Litz. Da wir uns stets bemühen, unseren Leser:innen ansprechende Produkte zu liefern, werden Cover sowie Inhalt stets optimiert und zeitgemäß angepasst. Es freut uns, dass du dieses Buch gekauft hast. Es gibt nichts Schöneres für die Autor:innen und uns, zu sehen, dass ein beständiges Interesse an ästhetisch wertvollen Produkten besteht.

Wir hoffen du hast genau so viel Spaß an dieser Neuauflage wie wir.

Dein dp-Team

1

Sie hatten es schon einmal versucht. Vor vier Jahren. Damals, nach ihrer Hochzeit, waren sie mit einem gemieteten Wohnmobil die Ostsee entlanggefahren. Von Warnemünde bis Usedom. Auf dem Rückweg hatten sie die Küste verlassen. Jan wollte unbedingt einen Abstecher zur Mecklenburgischen Seenplatte machen. Außerdem hatte er im Internet von den Steinkreisen gelesen. Der Boitiner Steintanz. Sie waren im Dorf Boitin losmarschiert, hatten jedoch eine Abzweigung verpasst. Als sie merkten, dass irgendetwas nicht stimmte, war es zu spät geworden. Sie mussten einen Stellplatz finden, solange es hell genug war, und hatten aufgegeben.

„Glaubst du, dass wir diesmal richtig sind?" Jan hatte den Wagen in einer Ausbuchtung am Waldrand hinter Tarnow abgestellt.

Sina griff nach der Wanderkarte und drehte sie auf den Kopf. „Also, wenn ich das richtig sehe, müssen wir diesen Weg drei Kilometer geradeaus gehen, dann liegen die Steinkreise rechts und links der Strecke."

Jan stieg aus und ließ die Hunde aus dem Kofferraum, bevor er sie breit angrinste. „Na, dann wollen wir mal sehen, ob du uns diesmal wieder in die Irre führst."

Sina schnappte nach Luft, während sie sich den Rucksack auf den Rücken hievte und ihrem Mann einen vorwurfsvollen Blick zuwarf. „Was soll das denn heißen? Wer wollte damals unbedingt diesen Weg gehen?"

Jan lachte laut auf. „Schon gut, ich ärgere dich nur ein bisschen."

Sina musste ebenfalls lachen. „Schuft!"

Jan pfiff die Hunde zurück, die die ersten Meter des Waldwegs auf eigene Faust erkundet hatten. Balu kehrte sofort zu seinem Herrchen zurück. Asha blieb zögernd stehen und schaute sich unsicher um. Schließlich machte sie kehrt, entschied sich aber wie gewöhnlich für Sina. Im Gegensatz zum schokobraunen Labradorrüden Balu, den sie vor dreieinhalb Jahren als Welpen bei einem Züchter erstanden hatten, kam Asha aus dem Tierheim. Die zierliche weiße Mischlingshündin musste in ihrem früheren Leben einiges ertragen haben, was ihr Vertrauen in Menschen zutiefst erschüttert hatte. Mit viel Geduld hatte Sina sie für sich gewonnen, doch anderen gegenüber blieb sie skeptisch. Jan bildete da keine Ausnahme. Lediglich der ewig gut gelaunte Balu verstand es, seine heiß geliebte Freundin hin und wieder ihre Unsicherheit vergessen zu lassen. Und auch jetzt tapste sie dem gemütlichen Riesen hinterher, nachdem Jan das Kommando zum Rumstreunen gegeben und Asha sich bei Sina vergewissert hatte, dass dies ebenso für sie galt. Ein paar Meter abseits des Pfads war ein Gedenkstein für Emil Jürgensen errichtet worden, einen Förster, der Ende des neunzehnten Jahrhunderts die Steinkreise rekonstruiert hatte. Sie kamen gerade von dort zurück, als Sina den Pritschenwagen bemerkte, der ihnen folgte. Unsicher fixierte sie die beiden Männer in dem Fahrzeug.

„Was ist?" Jan folgte ihrem Blick.

„Die fahren uns schon eine ganze Weile hinterher." Sinas Ton verriet, dass ihr der Wagen mit den zwei Gestalten nicht gefiel.

„Vermutlich Waldarbeiter, die irgendetwas zu erledigen haben." Jan drehte sich um und setzte seinen Weg fort.

Sina musste sich beeilen, um mitzuhalten. Die Hunde liefen ein ganzes Stück voraus. „Sie fahren Schritttempo ..."

Jan schaute sie mit diesem hochmütigen Lächeln an, das sie so an ihm hasste. „Ja und? Sollen sie durch den Wald rasen? Würde es dir besser gefallen, wenn sie unsere Hunde anfahren?"

„Nein, natürlich nicht." Sina war ungehalten. „Aber ich habe kein gutes Gefühl ..." Sie drehte sich noch einmal um und sah, wie der Wagen nach rechts in einen Weg abbog und verschwand. Nun kam sie sich albern vor. War sie wirklich so übertrieben ängstlich, wie Jan immer behauptete? Früher hatte sie geglaubt, dass sie untrügliche Instinkte besäße. In letzter Zeit kamen ihr Zweifel.

„Und, sind sie weg?" Jan schaute sie von der Seite an, ohne sich die Mühe zu machen, den Blick nach hinten zu richten.

„Ja", sagte sie kleinlaut. „Nach rechts abgebogen."

Jan schwieg, doch sie spürte, wie er in sich hinein grinste.

Es war nicht mehr weit bis zu den Steinkreisen. Vier sollten es sein. Allerdings entdeckten sie nur drei. Zwei dicht beieinander liegend rechts und einen links des Wegs. Sie waren nicht besonders groß. Kein Vergleich zu dem, was sie schon unzählige Male in Schottland vorgefunden hatten. Darauf kam es jedoch nicht an. Die Steine markierten Energiepunkte, deren Kraft man spüren konnte, war man bereit, sich darauf einzulassen. Sina war bereit. Fast eine Stunde wanderte sie über den feuchten Waldboden zwischen den Steinen umher, berührte jeden mit geschlossenen Augen.

Schließlich sah sie sich um. „Laut Karte müsste es einen vierten Kreis geben. Er kann nicht weit weg sein."

„Mag sein, nur hier ist kein Weg. Und du glaubst nicht ernsthaft, dass ich mit dir durch den Wald stapfe und mich womöglich verirre, hm? Außerdem sieht es schwer nach Regen aus."

Sina konnte ihre Enttäuschung nicht verbergen, auch wenn Jan recht hatte. Es war zwar außergewöhnlich warm für Juni – letzte Woche war das Thermometer fast auf 30 Grad geklettert –, es hatte in den letzten Tagen aber wie aus Eimern gegossen. Der Waldboden würde ziemlich aufgeweicht sein, und selbst sie hatte keine Lust, sich im Schlamm zu verlaufen, wasserfeste Wanderschuhe hin oder her.

„Gut, dann lass uns zurück zum Auto gehen." Sie hatte sich schon umgewandt, als der Mann wie aus dem Nichts neben ihr stand. Erschrocken fuhr sie zusammen.

„Oh, ich habe Sie erschreckt. Das wollte ich nicht." Sein Grinsen strafte ihn Lügen.

Der Mann war nicht allzu groß, dafür kräftig. Er trug ein kariertes Hemd und eine dunkelgrüne Latzhose. Das Haar war dunkel und schütter, sein Gesicht so nichtssagend, dass sie es vermutlich schon morgen nicht mehr wiedererkannt hätte, wäre sein Blick nicht so ungeheuer gleichgültig gewesen. Er ist ein Mensch ohne Mitleid, wurde Sina im Bruchteil einer Sekunde klar. Ihr lief ein Schauder über den Rücken. Sie hätte schwören können, dass er einer der Kerle aus dem Wagen war. Sie schaute sich um, konnte den zweiten Mann jedoch nirgends entdecken. Stattdessen kam Balu angerannt und schnüffelte neugierig am Hosenbein des Fremden. Asha blieb zurück und knurrte leise vor sich hin, ohne den Mann eine Sekunde aus den Augen zu lassen.

Jan war aufmerksam geworden und schloss zu ihnen auf.

Gut, dachte Sina, das Rudel hat sich versammelt. Selbst wenn der andere Typ irgendwo herumstreifte, waren sie keine leichten Opfer. Jan war zwar schlank, aber groß und konnte unglaublich wütend werden. Sie hatte bereits mehrfach erlebt, wie allein die Macht seines Zorns erwachsene Menschen völlig aus der Bahn geworfen hatte. Sie hatte mehrere Kurse in Selbstverteidigung absolviert, und obwohl ihre Tai-Chi-Kenntnisse nach zwei Jahren Training nicht allzu ausgeprägt waren, hatte sie zumindest gelernt, ihre Kraft optimal einzusetzen. Ihre Lage war also nicht schlecht. Das ungute Gefühl blieb.

„Ist alles in Ordnung?“ Jan schaute sie prüfend an. Falls der Typ sie bedrängt hätte, würde er nicht lange fackeln.

Das Grinsen im Gesicht des Fremden wurde breiter und offenbarte eine Reihe schiefer, vom Nikotin gelb gefärbter Zähne. Die blassgrünen Augen blieben kalt. „Kein Problem, Mann. Wollte Ihrer Frau gerade erklären, dass es noch 'nen weiteren Steinkreis gibt. Da drüben im Wald. Is nicht leicht zu finden, dafür is er größer als die." Er hatte zuerst in den Wald zu ihrer Linken und anschließend auf die Kreise gezeigt, die sie schon gesehen hatten.

Jan musterte den Mann. „Ja, das haben wir gelesen." Er wies auf eine der hölzernen Tafeln am Wegrand. „Wir hatten aber Angst, dass wir ihn nicht finden und im Wald herumirren."

„Ach, das is kein Problem. Ich kann Sie hinbringen. Is nur ein paar Minuten von hier." Der Mann hatte die Hände in die Hosentaschen geschoben und schenkte Jan einen Blick, den man für Freundlichkeit hätte halten können.

„Das ist wirklich nett von Ihnen", sagte Jan prompt. „Meine Frau war schon ganz traurig, dass sie auf den vierten Kreis verzichten sollte, nicht wahr, Schatz?" Er lächelte Sina an.

Ihr wurde übel. Sie kannte diesen Ausdruck in seinem Gesicht. Er spürte ihre Unsicherheit – und genau deshalb würde er mit dem Fremden in den Wald gehen. Es war eine seiner schrecklichsten Angewohnheiten, dass er sich hin und wieder als ihren Therapeuten betrachtete. Was immer sie nicht mochte, er bemühte sich rechtschaffen, es in ihr Leben zu bringen. Er drängte sie ständig, Fisch oder Muscheln zu essen, obwohl er genau wusste, dass sie alles verabscheute, was aus dem Meer kam. Er glaubte fest daran, dass das beste

Mittel gegen ihre Höhenangst ein Jahresticket für die Achterbahn wäre. Und er würde sie auch in diese Situation zwingen, weil er davon überzeugt war, dass es heilsam wäre, sie mit der Lächerlichkeit ihres Misstrauens zu konfrontieren.

„Du warst zu lange mit diesem paranoiden Polizisten zusammen. Das hat dir nicht gutgetan", war seine Standarderklärung, und manchmal fragte Sina sich, ob es ihm wirklich darum ging, ihr zu helfen, oder ob er sich auf diese Weise lediglich von seinem Vorgänger und vermeintlichen Konkurrenten abheben wollte.

„Nein, ich möchte zurück zum Auto. Es ist spät ..." Sie bemühte sich, gelassen zu wirken.

„Ach Unsinn. Du bist ganz verrückt nach diesen Steinkreisen. Hunderte von Kilometern sind wir gefahren, um diese magischen Orte zu finden. Wir glauben nämlich fest daran, dass es an diesen Plätzen eine besondere Energie gibt, müssen Sie wissen." Er wandte sich von dem Fremden ab. „Los, Schatz, dafür brauchen wir uns nicht zu schämen."

Sina hätte ihn umbringen können.

„Na, dann dürfen sie sich den vierten Steintanz nicht entgehen lassen", entgegnete der Fremde und sah zu Sina, wobei er sich vergeblich bemühte, gewinnend zu lächeln. „Er is viel größer als diese Kümmerlinge."

Sinas Magen zog sich zusammen. Sie hätte heulen können. Asha begann zu winseln, was ihr einen verständnislosen Blick von Balu einbrachte, der grundsätzlich alle Menschen mochte.

„Also, was ist jetzt? Ich gehe auf jeden Fall mit dem freundlichen Mann. Kommst du mit, oder wartest du lieber, bis wir zurück sind?" Jan schaute sie provozierend an.

Am liebsten hätte Sina ihm ins Gesicht geschlagen. Dann gab sie sich einen Ruck. Er war manchmal ein richtiges Arschloch. Aber sie würde ihn nicht mit diesem Kerl allein lassen. Gemeinsam hatten sie deutlich bessere Karten, unbeschadet aus der Nummer herauszukommen. Und was sollte schon passieren? Ihre Papiere und das meiste Geld hatten sie im Ferienhaus gelassen. Im schlimmsten Fall müssten sie zu Fuß bis zum nächsten Ort laufen, weil die Kerle ihnen ihr Auto weggenommen hätten.

Sie kniff die Augen zusammen und blitzte ihren Mann wütend an. „Ich komme mit."

Er nahm sie in den Arm und strahlte. „Na, siehst du, geht doch."

Anfangs blieben sie hinter ihrem Führer zurück. *Es ist noch nicht zu spät, wir könnten einfach umkehren.* Ein Seitenblick zeigte Sina, dass Jan sich darauf niemals einlassen würde.

Als habe er ihre Gedanken erraten, drehte er sich zu ihr und lächelte. „Du wirst sehen, das wird ein tolles Abenteuer. Und es wird uns rein gar nichts passieren."

„Kannst du nicht einmal auf mein Bauchgefühl hören?"

Jan lachte laut auf. „Wenn ich das tun würde, dann würden wir uns in ein Mauseloch verkriechen und nie wieder rauskommen. Sieh ein, dass du voller neurotischer Ängste steckst und es meine Aufgabe ist, dich davon zu heilen."

Es sollte ein Scherz sein. Sina wusste allerdings zu gut, dass Jan den Kern seiner Aussage ernst meinte. Sie war wütend. Und verzweifelt. Wie konnte er nur so blind sein? Dieser verdammte Sturkopf.

„Ah, da ist ja meine kleine Zicke. Die hat mir schon richtig gefehlt."

Jan zog die übliche Nummer ab, und Sina war klar, dass sie die Sache nun mit jedem Satz schlimmer machen würde. Also schwieg sie.

Nach einer Weile beschleunigte Jan seine Schritte und gesellte sich zu ihrem Führer, der stumm vor ihnen her durch den feuchten Wald stapfte und ihren Streit scheinbar nicht zu Kenntnis genommen hatte. Betont forsch fragte Jan den Mann aus. Sina wusste, dass er ihr damit signalisieren wollte, die Situation im Griff zu haben – egal, was ihr unsympathischer Begleiter womöglich im Schilde führte. Sie hörte weg und überließ sich ihren düsteren Grübeleien.

Manchmal fragte sie sich, wieso dieser sensible und liebevolle Mann eine solch unerträglich ignorante Seite haben musste. Vielleicht wollte er auf diese Weise ihre Liebe testen. Tatsächlich war es Sina in den ersten Jahren ihrer Beziehung manchmal schwer gefallen zu bleiben. Putzte er sie runter, machte sie klein, behandelte sie wie ein dummes Kind, fiel es ihr noch heute schwer, an seine Liebe zu glauben. In diesen Momenten wusste sie, dass er sie liebte, doch sie spürte es nicht. Der Impuls, die Koffer zu packen und vor ihm bis ans andere Ende der Welt zu flüchten, war manchmal übermächtig gewesen. Sie war jedoch geblieben und hatte gelernt, ihn in seiner Welt zu sehen. Gerade das, was Sina so tief verletzte, war seine Art, Fürsorge auszudrücken. Er übernahm Verantwortung – für sie, ihr Leben, ihre Seele. Unzählige Male hatten sie darüber gesprochen, dass Sina das nicht wollte. Sie konnte gut auf sich selbst aufpassen. Hatte es immer getan. Von klein auf. Sie hatte Fehler begangen, sich tiefe Wunden schlagen lassen. Aber sie hatte daraus gelernt. Heute war ihr bewusst, dass nichts ihren innersten Kern zerstören konnte. Nicht nach allem, was sie überlebt hatte.

Dieses Wissen gab ihr überhaupt erst die Kraft, sich auf einen Mann wie Jan einzulassen. Es hatte ihr geholfen, hinter der Dominanz und der Selbstgefälligkeit die verletzliche Seele zu erkennen. Und die Angst, im Chaos der inneren und äußeren Welten unterzugehen. Sie liebte ihn. Trotz seiner völlig sinnlosen Sticheleien. Sie taten allerdings nach wie vor weh. Alles tat nach wie vor weh. Nachdem sie jahrelang versucht hatte, sich eine harte Schale zuzulegen, hatte Sina schließlich akzeptiert, dass das nicht zu ihrem Wesen passte. Sie konnte überaus pragmatisch sein und nüchterne Entscheidungen treffen. Sie konnte ihre Gefühle perfekt vor anderen verbergen. Was sie erlebte, ging ihr dennoch tief unter die Haut. Das war ihre Schwäche. Und ihre Stärke. Sie hatte das akzeptiert. Jan konnte es nicht. Noch nicht. Er versuchte tagtäglich, sie umzuformen. Sie zu dem zu machen, was er für ihr wahres Wesen hielt. Oder zumindest für den notwendigen Schutzschild vor ihrem wahren Wesen. Er meinte es gut, und wie immer war das besonders schlecht. Doch er liebte sie. Und eigentlich wollte er sie gar nicht anders haben. Denn in Wirklichkeit war es wohl eher ihre Aufgabe, *ihn* zu retten. Ihm durch ihren beharrlichen Widerstand zu beweisen, dass man die Welt auch ohne die Wand aus Stahl überleben konnte, die er um sein Herz gezogen hatte. Sina spürte, wie ihr Ärger verflog. Stattdessen fragte sie sich, wie weit der vierte Steinkreis noch entfernt sein konnte.

Der erste Schuss traf Balu. Wie ein gefällter Baum kippte der Rüde zur Seite und landete winselnd im dichten Laub. Es war für eine Sekunde still, selbst die üblichen Geräusche des Waldes schienen verstummt. Der zweite Donnerschlag hinterließ mitten auf Jans Brust einen roten Fleck, der sich in rasendem Tempo ausbreitete. Völlig verblüfft schaute er von dem toten Hund auf seine zerfetzte Regenjacke und dann zu ihr. In seinem Blick las sie alles, was er ihr niemals mehr würde sagen können. Für einen Moment blieb Sinas Welt stehen. Sie hatte recht gehabt, und Jan wusste es. Zu spät. Er konnte sie nicht mehr beschützen, und diese Schuld nahm er mit in den Tod. Ich liebe dich. Das war alles, was Sina denken konnte, als sie in die sterbenden Augen ihres Mannes sah, der langsam in die Knie sackte und einige Meter entfernt von Balu auf den Waldboden fiel.

Bevor die Panik sie überrollen konnte, schaltete Sina um. Später würde der Schock kommen. Sie würde zittern und verzweifelt sein. Jetzt schwebte sie über der Szene. Völlig ruhig und überlegt. Asha hatte sich beim ersten Knall an Sinas Knie gepresst. Nun jaulte sie panisch auf.

„Asha, lauf!“

Sie hatten diesen Befehl nie geübt, die Hündin verstand ihn jedoch sofort. Wie ein weißer Blitz verschwand sie im Wald. Die Kugel, die ihr hinterherflog, streifte einen Baum und ließ einen Splitterregen niedergehen. Asha jaulte erneut auf, diesmal vor Schmerz.

Aber sie blieb nicht stehen, sondern rannte um ihr Leben. Sinas Blick suchte ihren Begleiter. Er hatte sich nach dem ersten Schuss hinter einer großen Buche in Sicherheit gebracht. Oder war es vor dem Schuss gewesen? Ihre Blicke trafen sich.

„Folgen Sie mir. Wir müssen weg. Ich zeig Ihnen den Weg hier raus."

Sina wusste, dass er log. Sie drehte sich um und hetzte in die Richtung, aus der sie gekommen waren. Der Mann folgte ihr. Plötzlich war er neben ihr, vermutlich hatte er ihr den Weg abgeschnitten. Sina wusste, dass sie ihm nicht entfliehen konnte. Sie blieb stehen, schleuderte den Rucksack von sich und versuchte, auf dem unebenen Boden einen sicheren Stand zu finden. Sie stellte ein Bein nach vorn und ging leicht in die Knie. Fand ihre Mitte. Die schweren Wanderschuhe und die Regenjacke schränkten sie in ihrer Bewegungsfreiheit ein. Doch sie würde ihren Verfolger bezwingen können. Er war schwer und kräftig, aber auch plump. Keuchend verharrte der Mann vor ihr und schaute sie aus seinen gefühllosen grünen Augen an.

„Was soll das? Ich will Ihnen helfen. Also kommen Sie schon mit."

Er trat einen weiteren Schritt auf sie zu, war nur eine Armlänge von ihr entfernt. Oder einen Hieb. Sina schlug zu. In einer fließenden Bewegung und ohne jede Anstrengung krachte ihre Handkante auf seinen Kehlkopf. Verblüfft griff ihr Gegner sich an den Hals und rang nach Luft. Sie sprang ein paar Zentimeter in die Luft und platzierte einen gezielten Tritt in seine Hoden. Der Mann stürzte japsend zu Boden. Sie landete geschmeidig im Laub und geriet ins Straucheln. Im

Bruchteil einer Sekunde fand sie ihr Gleichgewicht zurück und sah sich selbst über den Waldboden fliegen, um ihren Gegner endgültig auszuschalten. Der Schlag, der sie völlig unvermittelt in den Rücken traf, nahm ihr den Atem und riss sie von den Beinen. Sie landete hart mit dem Kopf auf einem umgestürzten Baumstamm. Ihr letzter Gedanke gehörte dem zweiten Mann. Dem Schützen. Sie hatte ihn völlig vergessen. Dafür würde sie nun bezahlen müssen.

2

Kriminalhauptkommissarin Katie Hansen stapfte über den schmalen Kiesstreifen und gab sich alle Mühe, trockenen Fußes zu ihren Kollegen zu gelangen. Das war allerdings so gut wie unmöglich, denn die Flut stand bereits hoch und an manchen Stellen war vom Ufer kaum etwas übrig, das die Bezeichnung „Weg“ verdient hätte. Sie konnte nur hoffen, dass die Leute von der Spurensicherung den Leichnam bergen würden, bevor die Ostsee die kleine Bucht nördlich von Sassnitz vollkommen überflutete und den Toten womöglich mit sich forttragen würde.

Als sie den Fundort der Leiche endlich erreichte, war ihr schnell klar, warum der Tote überhaupt noch dort lag. Er war in der Krone einer gewaltigen Buche gelandet, die vor einigen Tagen mitsamt einem nicht unerheblichen Teil des Hochuferwegs abgestürzt war. Die Äste des Baums hatten sich so in dem Rucksack verfangen, den der Mann nach wie vor auf dem Rücken trug, dass sie ihn regelrecht festgehalten und ein Abtreiben verhindert hatten. Sonst wäre er vermutlich in Schweden wiederaufgetaucht. Oder gar nicht mehr. Allein diese Tatsache weckte Katies Misstrauen.

Es ist so einfach, eine Leiche verschwinden zu lassen ...

Allerdings stürzten immer wieder leichtsinnige Wanderer in die Tiefe, die die Gefahren der Abbrüche entweder nicht kannten oder sie mit der Selbstgefälligkeit der Ortsfremden genauso ignorierten wie die unzähligen Absperrungen und Warnschilder, die gerade jetzt im Sommer die Wanderwege säumten. Und hier hatte es vor Kurzem eindeutig einen gewaltigen Abbruch gegeben. Kein Wunder, nach dem vielen Regen der letzten Wochen.

Katie schaute sich um und versuchte, unter den einförmigen Gestalten in den weißen Overalls und Einweghandschuhen Prof. Dr. Klaus Ellermann auszumachen, den Chef der Rechtsmedizin. Ihr Blick scannte die Bucht, in die Baum und Mann gestürzt waren. Selbst aus zehn Metern Entfernung konnte sie an der aufgedunsenen Haut erkennen, dass der Tote mindestens eine Flut hinter sich hatte, was es mehr als wahrscheinlich machte, dass Spuren, die es vielleicht einmal gegeben hatte, längst vom Wasser zerstört worden waren.

„Hallo, Mädchen. Ich hoffe, Sie sind auf dem Weg hierher nicht allzu nass geworden."

Sie drehte sich um und schaute zu Ellermann auf, der hinter sie getreten war. Hinter dem Spott spürte sie das Wohlwollen, das ihr der sympathische Endvierziger entgegenbrachte.

„Kein Problem, Prof. Die Jugend ist hart im Nehmen, das wissen Sie ja. Aber ich frage mich, wie Sie ohne Lungenentzündung hier wieder wegkommen wollen. Die Flut steht hoch, und Sie müssen ja noch den Toten mitnehmen."

„Da machen Sie sich mal keine Sorgen." Er drehte sich zur Leiche um und beobachtete einige Sekunden lang, wie zwei seiner Mitarbeiter den Körper aus den Ästen befreiten, indem sie kurzerhand die Gurte des Rucksacks durchtrennten. Dann wandte er sich wieder Katie zu. „Wir ziehen ihn mit einer Winde nach oben. Das ist zwar nicht ganz ohne Risiko, denn das Ufer ist völlig durchnässt und entsprechend instabil. Doch es ist definitiv zu spät, um ihn sicher über den Strand zu bergen."

Katrin schaute zur Wassergrenze und fragte sich, wie nass sie selbst wohl auf dem Rückweg werden würde. „Können Sie mir schon was sagen?", fragte sie und hatte es plötzlich eilig, den schmalen Streifen Land zu verlassen.

Der Rechtsmediziner grinste. Angegraute Schläfen, markante Gesichtszüge – Ellermann sah auf eine bodenständige Art gut aus.

„Nichts als Spekulation, Mädchen. Er könnte runtergefallen sein. Oder gesprungen. Allerdings, wer springt schon mit Rucksack in den Tod? Es könnte ihn natürlich auch jemand hinuntergeworfen haben. Ist ja keine schlechte Methode, eine Leiche zu entsorgen. Falls sie überhaupt wiederauftaucht, ziemlich weit weg." Er schaute Katie vielsagend an. „Derzeit ist alles drin. Deshalb ein Vorschlag zur Güte, Frau Kommissarin: Wir sehen zu, dass wir halbwegs trocken aufbrechen, und treffen uns am späten Nachmittag in der Kantine des Kommissariats. Dann erkläre ich Ihnen ausführlich, was ich herausgefunden habe. Versprochen."

3

Die Schmerzen waren höllisch. Vor allem an ihren Fingerspitzen, dort, wo einmal die Nägel gewesen waren. Die Nase dagegen war zwar gebrochen und behinderte sie beim Atmen, sie tat jedoch kaum noch weh. Anders als die gebrochene Rippe und die Prellungen, von denen ihr Körper übersät war. Ihr ganzes Selbst schien nur aus Schmerz zu bestehen. An manchen Stellen mehr, an anderen weniger. Doch sie war längst über den Punkt hinaus, an dem das eine Rolle gespielt hätte. Sie hatte vor einer Ewigkeit aufgehört zu weinen.

Wenn sie dem künstlichen Licht trauen konnte, dessen Hell- und Dunkelphasen ihrem Dahinvegetieren den einzigen Rhythmus gaben, war es vier Tage her, dass sie ihre Peiniger zuletzt gesehen hatte. Das zumindest war ein Trost. Anfangs hatten sie sie in Ruhe gelassen. Allein mit ihrem Kummer und ihrer Angst. Dann folgten die Vergewaltigungen. Es war ekelhaft gewesen. Andererseits war es nichts, das sie nicht gekannt hätte. Ein geiler, schwitzender Mann, der brutal in sie eindrang, ohne sich um ihre Wünsche und Gefühle zu kümmern. Es hatte so manches Betriebsfest gegeben, das ähnlich geendet war.

Als der Größere der beiden sie zusammengeschlagen hatte, war sie völlig verblüfft gewesen. Bis dahin hatte sie ihn für den Sanftmütigen gehalten. Manchmal hatte sie sogar geglaubt, so etwas wie Mitleid in seinen braunen Augen zu erkennen. Anders als beim Schwein. Er widerte sie an, mit seiner Halbglatze und den fettigen dunklen Haarsträhnen, dem säuerlichen Geruch seines ungewaschenen massigen Körpers und dem bestialischen Gestank aus seinem Maul mit den schiefen gelben Zähnen. Am schlimmsten aber waren seine wässrig grünen Augen, die sie ständig mit dieser unglaublichen Kälte fixierten. Als wäre sie ein Versuchskaninchen. Das Schwein war es auch gewesen, das ihr ohne die geringste Regung einen Fingernagel nach dem anderen aus dem Fleisch gezogen hatte. Ihr war eingefallen, dass das in einem Film, den sie vor ewigen Zeiten gesehen hatte, eine beliebte Methode war, um Informationen von Gefangenen zu erpressen. Das Schwein stellte allerdings keine Fragen. Es gab nichts, was sie ihm hätte verraten können, damit er aufhörte, sie zu quälen. Nachdem er fertig gewesen war, hatte er sie einfach sitzen lassen. Mit einem Nylonseil an die Rückenlehne des Stuhls gefesselt, die blutenden Hände mit Kabelbinder an die Armlehnen fixiert. Sie hatte geglaubt, das wäre das Ende. Irgendwie hatte sie sich den Tod herbeigewünscht, denn er schien das Einzige zu sein, das ihr Martyrium beenden konnte. Doch Gott, wenn es ihn denn gab, hatte sich als wenig gnädig erwiesen. Vielleicht hatte sie sich seine Gnade nicht verdient. Wann hatte sie sich in ihrem Leben denn schon um Gott gekümmert? Zuletzt im Konfirmationsunterricht, und das halbherzig. Kein Wunder, dass er sich nun nicht sonderlich für sie interessierte.

Irgendwann war der Große aufgetaucht, hatte sie losgeschnitten, auf die Pritsche gelegt und ihr zwei Lappen um die blutigen Hände gebunden. Anschließend war er wortlos gegangen. Am liebsten hätte sie ihn gebeten zu bleiben und sich an seiner Schulter ausgeweint – als sie noch Tränen gehabt hatte. Als sie noch verzweifelt gewesen war. Als sie noch auf Rettung gehofft hatte. Das war vorbei. Jetzt wollte sie nur noch eines: wissen, warum. Warum hatten sie Nils erschossen? Und warum hatten sie sie am Leben gelassen? Waren sie nur Sadisten, die gern Frauen quälten?

O Gott, Nils. Warum sind wir bloß zu diesen verdammten Steinkreisen gegangen? Und warum waren wir so leichtgläubig und sind dem Schwein in den Wald gefolgt? Er schaute schließlich nicht besonders vertrauenserweckend aus.

Wie naiv sie gewesen waren. So verliebt, so glücklich, dass sie es nicht für möglich gehalten hatten, etwas könnte dieses Glück stören. Und nun war Nils tot.

Der Gedanke an ihren Mann weckte etwas in ihr. Sie sah ihn vor sich, sein lachendes Gesicht, das sich plötzlich in ungläubiges Staunen verwandelte. Zuerst hatte sie genauso wenig verstanden wie er, was passiert war. Was der laute Knall zu bedeuten hatte, der den Wald abrupt zum Verstummen gebracht hatte. Der hellrote Fleck auf seiner Jacke, der immer größer und größer wurde. Ihr Verstand weigerte sich, das Offensichtliche zu verstehen. Nils war wie ein nasser Sack auf sie gestürzt und hatte sie zu Fall gebracht. Kurz vor dem Begreifen hatte ihr Bewusstsein sich verabschiedet.

Sie wusste nicht, was als Nächstes geschehen war. Nur Erinnerungsfetzen, die keinen Sinn ergaben. Das Schwein. Der Große. Etwas Stinkendes, das über ihren Kopf geworfen wurde. Erst in diesem winzigen Raum mit seinen trostlosen grauen Betonwänden war sie wieder zu sich gekommen. Eingesperrt auf neun Quadratmetern. Es gab eine Pritsche, eine schmuddelige Decke, einen Stuhl, eine Glühbirne und eine Toilette, die ohne jede Abtrennung in einer Ecke stand. Kein Fenster. Ihre Kerkermeister versorgten sie mit Wasser und trockenem Brot. Wortlos selbst dann, wenn sie sich an ihr vergingen. Oder sie folterten.

Sie schaute auf ihre blutverkrusteten Hände und strich sich eine verfilzte Strähne ihres einst glänzenden dunklen Haars hinters Ohr. Am Anfang hatte sie das Wasser, das sie ihr brachten, auch dafür benutzt sich zu waschen. Sie hatte es aufgegeben, nachdem sie zwei Tage lang solchen Durst gelitten hatte, dass sie glaubte, das wäre ihr Ende. Sie waren nicht großzügig. Das hatte sie gelernt. Und einen Vorteil hatte die mangelnde Hygiene: Die Vergewaltigungen waren weniger geworden. Selbst dem Schwein war sie mittlerweile zu schmutzig. Vielleicht waren sie ja deshalb dazu übergegangen, sie zu misshandeln.

Sie verspürte den irrwitzigen Impuls zu lachen. Ihr Blick hastete zum tausendsten Mal über die nackten Wände ihres Gefängnisses, blieben eine Sekunde an dem schmalen Lüftungsschlitz knapp unter der Decke hängen. Es lohnte sich nicht, ihn zu inspizieren. Sie hatte es unzählige Male getan. Ohne Ergebnis. Es gab keinen Ausweg. Sie hatte nicht einmal ein improvisiertes Werkzeug, mit dem sie der Nachwelt eine Nachricht hinterlassen konnte. Eingeritzt an einer versteckten Stelle der Wand. So wie in den Krimis, die sie immer mit Nils geschaut hatte. Niemand würde je erfahren, was aus ihr geworden war. Wo und wie sie die letzten

Stunden ihres Lebens verbracht hatte. Ihre Eltern und ihre Freunde würden um sie weinen. Aber es würde keine Sicherheit geben. Sie war einfach verschwunden. Ihre Leiche würde niemals auftauchen. Sie wusste es.

Vielleicht ging es ja darum. Jemand wollte sie auslöschen und nicht nur sie, sondern auch ihre Familie quälen. Mira kam ihr in den Sinn. Wieso musste sie ausgerechnet jetzt an die Katze denken? Vermutlich würde sie ins Tierheim kommen. Ihr Vater hatte eine Allergie, deshalb würden ihre Eltern sie bestimmt nicht nehmen. Und ihre Freunde mochten entweder keine Tiere oder hatten welche. Plötzlich wollte sie auf keinen Fall, dass die Katze ins Tierheim abgeschoben wurde.

„Mira“, entfuhr es ihr mit einem Stöhnen.

Sie wünschte sich mit ganzer Kraft, dass sie die Katze noch einmal im Arm halten durfte. Ihr seidiges Fell unter ihren Händen. Ihr Gewicht auf ihrem Schoß. Beinahe konnte sie das sanfte Vibrieren des schnurrenden Tiers spüren. Sofort wurde sie ruhiger. Nein, sie würde nicht aufgeben. Egal, was sie ihr antaten. Sie legte sich auf die Pritsche und fühlte die Katze auf sich liegen. Dann schlief sie ein. Zum ersten Mal, seit der Schuss im Wald gefallen war, träumte sie – nichts.

4

Katie Hansen legte deutlich hörbar den ersten Gang ein und gab Gas. Der rote Mini machte einen Satz nach vorn und raste los. Sie war spät dran. Eigentlich hatte sie sich bei der Kripo Stralsund mit Ellermann treffen wollen. Doch vor einer Stunde hatte der Rechtsmediziner sich auf ihrem Handy gemeldet und sie nach Greifswald beordert. Nun war sie auf dem Weg zur Uni, um ihn an seinem Arbeitsplatz zu treffen. Keine berauschende Aussicht.

Ellermann musste einen triftigen Grund haben, seine Pläne zu ändern und sie nach Greifswald zu bestellen. Vermutlich bedeutete das nicht mehr und nicht weniger, als dass sie ihr freies Wochenende in den Wind schreiben konnte. Inklusive dem Kinoabend mit Piet. Denn falls der Tote einem Verbrechen zum Opfer gefallen war, würde die Mordkommission sich darum kümmern. Und da sie als diensthabende Beamtin am Tatort gewesen war, würde die Sache mit Sicherheit an ihr hängen bleiben. Vielleicht sollte sie lieber gleich Kriminaloberkommissar Hendrik van Loh anrufen. Schließlich waren sie Partner. Dann ließ sie es doch bleiben. Hendrik hatte sich freigenommen, um seiner Mutter zum Geburtstag zu gratulieren. Inzwischen war es später Nachmittag. Vor morgen Vormittag würden sie ohnehin nichts unternehmen können.

Nachdem sie in dem großen, weiß gekachelten Raum mit den kalten Metalltischen angelangt war, strahlte ihr Ellermann entgegen.

„Ah, da ist ja meine Lieblingskommissarin. Kommen Sie ruhig näher, meine Schöne. Ich muss Ihnen etwas zeigen."

Katie trat an den Tisch. Trotz der fahlen Haut und der starren Gesichtszüge bemerkte Katie im Bruchteil einer Sekunde, dass der Mann zu Lebzeiten attraktiv gewesen sein musste. Und er hatte nur kurze Zeit im Wasser gelegen, denn er war zwar aufgequollen, die ursprüngliche Form seines schlanken, muskulösen Körpers war jedoch noch gut erkennbar. Wahrscheinlich eine, höchstens zwei Fluten lang. Außerdem wies er nur wenige blaue Flecke und Schürfwunden auf. Stattdessen entdeckte sie mitten auf seiner Brust ein kreisrundes schwarzes Loch.

„Erschossen?" Fragend schaute sie zu Ellermann auf.

„Eindeutig", erwiderte er.

„Und er war schon eine ganze Zeit lang tot, als man ihn in die Tiefe geworfen hat."

Ellermann forderte sie mit einem Kopfnicken auf fortzufahren.

„Hätte er bei seinem Sturz noch gelebt, wäre er von Prellungen und Schürfwunden übersät, stimmt's?"

Wieder nickte Ellermann. „Sie sind richtig gut, Frau Hansen. Wollen Sie nicht doch bei uns anfangen? Ich könnte Sie gut gebrauchen." Sein Grinsen ließ offen, wofür genau der Rechtsmediziner sie zu brauchen glaubte, und Katie fragte vorsichtshalber nicht nach.

„Danke, Doc. Ich weiß Ihr Angebot zu schätzen. Aber ich bin mit meinem Job zufrieden." Sie schenkte Ellermann einen unschuldigen Augenaufschlag. „Was ist denn so wichtig, dass wir uns hier treffen mussten? Dass er erschossen wurde, hätten Sie mir auch im Kommissariat sagen können."

„Nicht so ungeduldig, junge Dame. Lassen Sie mich ein wenig Spannung aufbauen, sonst verderben Sie mir die Pointe."

Ellermann machte eine Pause. Ungeduldig schob Katie sich eine blonde Strähne hinters Ohr, die sich aus ihrem Zopf gelöst hatte.

„Also gut", seufzte er. „Der Mann wurde erschossen, richtig. Er lag nicht allzu lange im Wasser. Eine Flut, und auch da hat das Wasser ihn nicht die ganze Zeit umspült, weil er zu dicht an der Abbruchkante hängen geblieben ist. Er war definitiv bereits mehrere Stunden tot, als er über den Rand der Klippe geworfen worden ist. Ich würde sagen, der oder die Täter haben ihn in der Nacht entsorgt. Erstens ist es am Tag selbst in der Vorsaison viel zu riskant, mit einer Leiche über den Hochuferweg zu marschieren. Und zweitens erklärt das, warum sie den Abbruch und den Baum nicht gesehen haben, auf dem unser Freund gelandet ist und dem wir seine Entdeckung zu verdanken haben."

Katie holte Luft, um Ellermann zu unterbrechen. Doch er stoppte sie mit einer Handbewegung.

„Sie wollen wissen, wann er getötet wurde. Nun, ich würde sagen, gestern zwischen zehn und vierzehn Uhr. Und zwar in einem Wald, allerdings nicht auf Rügen und sonst nirgendwo in der Nähe des Meers, sondern weiter im Landesinneren. Wir haben Erde unter seinen

Fingernägeln gefunden. Nur ohne die typische Sandbeimischung, die wir von den Wäldern in Ostseenähe kennen."

„Dann hat sich also jemand richtig viel Mühe gemacht, um die Leiche zu beseitigen." Katie schaute nachdenklich auf den Toten. *Er kommt nicht von hier*, war ihr plötzlich klar. Vielleicht war es das dunkle, halblange Haar. Oder der feingliedrige Knochenbau. In der Gegend waren die meisten Männer blond und kräftig. Obwohl ...

„Jemand legt großen Wert darauf, dass der Tatort nicht gefunden wird", bestätigte Ellermann ihre Überlegung. „Dafür bietet die Ostsee sich ja geradezu an. Je nachdem, in welche Strömung eine Leiche gerät, wird sie erst Monate später an einem Ort gefunden, der Hunderte von Kilometern entfernt ist. Oder sie taucht gar nicht mehr auf. So oder so gibt es in einem solchen Fall für uns keine verwertbaren Spuren mehr. Nicht mal eine Schusswunde wäre nach ein paar Wochen im Wasser einfach zu finden."

„Wir haben also Glück gehabt, dass der Mann an dem Baum hängen geblieben ist, sonst wüssten wir nicht einmal, dass er getötet wurde."

„Das ist noch nicht alles." Ellermann schaute sie triumphierend an. „Ich kann Ihnen sogar sagen, wer unser Toter ist."

Nun war Katie ehrlich verblüfft. Bevor sie nach Greifswald aufgebrochen war, hatte sie mit den Kollegen der Spurensicherung gesprochen. Im Rucksack des Toten hatten sie weder einen Ausweis, ein Handy oder sonst etwas gefunden, das ihnen bei der Ermittlung seiner Identität hätte helfen können.

„Spannen Sie mich nicht auf die Folter, Prof“, mahnte sie.

„Er heißt Jan Lehmann und besitzt ein gut gehendes IT-Unternehmen in Neuwied. Das liegt übrigens am Rhein zwischen Bonn und Koblenz.“

Natürlich kannte Katie Bonn, das war schließlich die Hauptstadt der BRD gewesen. Auch von Koblenz hatte sie gehört, nur dass diese Stadt am Rhein lag, war ihr neu. „Woher wissen Sie das?“

„Was, dass Bonn und Koblenz am Rhein liegen?“

Katie wurde rot, und das gefiel ihr überhaupt nicht. „Jeder weiß, dass Bonn am Rhein liegt“, sagte sie unwirsch. „Ich meine natürlich, woher Sie wissen, wer der Mann ist. Oder war.“

Das Grinsen auf Ellermanns Gesicht wurde breiter. „Na ja, wir haben ihn ausgezogen – und siehe da, er hat einen dieser präparierten Gürtel getragen. Sie wissen schon, eines von den Teilen, die an der Innenseite einen Reißverschluss haben, damit man Wertsachen darin verstecken kann, ohne dass sie bei einem Raubüberfall gefunden werden. Ich vermute, dass in Asien oder Lateinamerika längst jeder Räuber die Dinger kennt und deshalb weiß, wo er suchen muss. Bei uns in Meck-Pomm sind die Bösewichte nicht auf dem aktuellen Stand. In jedem Fall haben sie das Versteck übersehen. Und die Sache mit der Firma habe ich für Sie gegoogelt.“

Katie schaute Ellermann ungeduldig an. Er war manchmal eindeutig zu ausschweifend. „Sie wollen mir also sagen, dass der Tote seinen Ausweis in einem Geheimfach seines Gürtels versteckt hatte?“

„Genau." Ellermann wurde ernst, was Katie sofort alarmierte.

„Was noch?"

Der Arzt seufzte auf. „Ich fürchte, der Mann war nicht allein unterwegs, als er erschossen wurde. Das hier ist der Ausweis seiner Frau, der ebenfalls in seinem Gürtel gesteckt hat. Den hätte er wohl kaum bei sich gehabt, wenn sie nicht mit ihm zusammen unterwegs gewesen wäre. Außerdem hatte er dieses Foto dabei."

Katie starrte auf das Bild, das Ellermann ihr unter die Nase hielt. Es war klein und ein wenig zerknittert, dennoch gut zu erkennen. Offenbar war es im Gürtelversteck nicht allzu nass geworden. Von der Aufnahme lachten ihr Jan Lehmann und eine zierliche blonde Frau entgegen, die gemeinsam einen kräftigen braunen Hund in ihrer Mitte umarmten. Es dauerte eine Weile, bis sie begriff. Erschüttert löste sie den Blick von dem Foto.

„Sie meinen ...?"

Aus dem Gesicht des Rechtsmediziners war jeder Anflug von Humor verschwunden. „Genau das meine ich. Falls sie ihn nicht erschossen hat, was unwahrscheinlich ist, war sie bei ihm, als er getötet wurde. Und dann stellt sich die Frage: Wo ist sie jetzt?"

5

Linda war unruhig. Etwas stimmte nicht. Sina und Jan waren seit vierundzwanzig Stunden überfällig. Natürlich war es möglich, dass sie ihren Urlaub spontan verlängert hatten. Aber es sah Sina nicht ähnlich, dass sie ihre Freundin nicht informierte, wenn sie ihre Pläne änderte. Am Morgen waren die ersten Patienten in der Praxis aufgetaucht, die sie gemeinsam betrieben. Sie hatte sie mit einer fadenscheinigen Erklärung fortgeschickt. Jans Sekretärin hatte auch schon bei ihr angerufen, weil er nicht wie verabredet im Büro erschienen war.

Selbstverständlich hatte Linda versucht, die zwei zu erreichen. Doch weder Sina noch Jan gingen ans Handy. In der Ferienanlage hatte man ihr versichert, dass sie abgereist seien. Zumindest waren der Bungalow geräumt und das Auto weg. Allerdings war der Verwalter der Anlage ziemlich sauer gewesen, da die beiden den Schlüssel nicht abgegeben, sondern auf dem Esstisch liegen gelassen hatten. Es sei üblich, dass er das Haus abnehme und sich von seinem ordnungsgemäßen Zustand überzeuge, bevor die Gäste abreisen, hatte der Mann ihr erklärt. Er habe sich nur deshalb bislang nicht beschwert, weil alles in Ordnung gewesen sei.

Lindas Sorgen hatten sich nach dem Telefonat verstärkt. Denn dieses Verhalten sah ihren Freunden nicht ähnlich. Was war nur mit den beiden los? Und wo waren sie? Man hätte sie bestimmt informiert, hätten sie einen Unfall gehabt, oder? Wenigstens Jans Firma wäre benachrichtigt worden. Die Polizei hatte Möglichkeiten, die Lebensumstände von Unfallopfern zu ermitteln. Außerdem hatte Sina immer eine Karte dabei, auf der stand, dass sie, Linda, im Fall eines Unglücks zu informieren wäre. *Die könnte natürlich verbrannt sein, sollte das Auto Feuer gefangen haben,* meldete sich eine leise, verzweifelte Stimme in ihrem Kopf.

Linda konnte nicht verhindern, dass ihr Tränen in die Augen schossen. Sie fasste einen Entschluss. Auf die Gefahr hin, dass Sina ihr den Hals umdrehen würde. Sie würde Alex anrufen. Obwohl Sina den Kontakt Jan zuliebe vor mehr als zwei Jahren abgebrochen hatte, Alex würde herausfinden, was geschehen war. Er würde sie finden. Da war sie sich völlig sicher.

6

Die Sache gefiel seinem Vorgesetzten nicht, das war ihm deutlich anzusehen. Am liebsten hätte der Leiter der Koblenzer Mordkommission wohl Nein gesagt. Doch Kriminalhauptkommissar Alexander Bierbrauer wusste, dass er das nicht tun würde. Allerdings war Jochen Berg nicht bereit, so einfach nachzugeben.

„Mein Gott, Alex, das kannst du nicht für eine gute Idee halten."

Alex schaute seinen Freund mit versteinerter Miene an. „Ich halte es sogar für eine verdammte Selbstverständlichkeit. Und wenn du ehrlich bist, weißt du, dass ich recht habe."

Jochen versuchte noch immer, ihn von Sina fernzuhalten. Fast konnte man den Eindruck haben, er habe sich mit ihrem Mann verbrüdert. Der Gedanke an Jan Lehmann ließ gewohnheitsmäßig Wut in Alex aufsteigen, die sich als dünner Schweißfilm am Ansatz seiner dunkelblonden Locken sammelte. Dann fiel ihm jäh ein, dass Jan tot war, und sein Zorn verflog. Tatsächlich wünschte er sich mit aller Kraft, es wäre alles nur ein großer Irrtum und der verhasste Unternehmer wäre in Wirklichkeit putzmunter mit Sina im Urlaub auf den Malediven oder sonst wo unterwegs. Weit weg von der Ostsee und Dunkeldeutschland. Wie konnte man so blöd sein, ausgerechnet in diesem unterentwickelten Teil der Republik seine Ferien zu verbringen?

Du bist ungerecht, sagte er zu sich selbst, schließlich ist die Schwerkriminalität in Mecklenburg-Vorpommern statistisch betrachtet sehr gering ausgeprägt. Alex schob die Gedanken zur Seite. Er wollte nicht gerecht sein. Nicht jetzt. Jan Lehmann war tot, und Sina war verschwunden. Seine Sina. Denn das war sie immer noch, und sie würde es bleiben, solange er atmete. Egal, was sie gesagt und wen sie geheiratet hatte. Er wusste genau, wie schwer es ihr gefallen war, ihn aus ihrem Leben zu verbannen. Sie hatte es getan, weil Jan es verlangt hatte. Und weil sie seine Forderung verstehen konnte, obschon es sie schmerzte. Wer wollte gern ständig seinen Nebenbuhler vor Augen haben? Wahrscheinlich hätte er sich genauso verhalten. Trotzdem nahm er es Jan übel, dass er Sina durch ihn endgültig verloren hatte. Einzusehen, dass das Zusammenleben mit ihm eine Qual für sie gewesen war, war eine Sache. Ihre Freundschaft zu verlieren, war etwas anderes gewesen. Es hatte ihn beinahe zerstört. Sie waren schon so lange befreundet, viel länger als sie ein Liebespaar gewesen waren, dass er das Gefühl hatte, mit ihr einen Teil seiner Seele eingebüßt zu haben. Und zwar den wichtigsten. Das Beste an ihm war nun mal Sina gewesen. Das wusste nicht nur er, alle Freunde und Kollegen sahen es auch so.

„Du hast es versemmelt, Alex, das weißt du. Und obwohl Jan Lehmann tot ist, wird sie nicht zu dir zurückkommen."

Jochen kannte ihn zu gut. Wenngleich sich in Alex' Gesicht nicht das Geringste geregt hatte, ahnte sein Freund und Vorgesetzter, was in ihm vorging. Na ja, sie kannten sich seit dem Kindergarten, waren zusammen zur Schule gegangen – Jochen etwas länger und mit größerem Erfolg als er – und hatten bei der Polizei angefangen. Jochen dank Abi mit sehr viel besseren Aussichten. Sie konnten einander nichts vormachen. Trotzdem ärgerte es ihn, dass Jochen seine Gefühle so genau erraten konnte. Zu gefährlich. Das war einer der Punkte gewesen, in dem er sich nie mit Sina hatte einigen können. Solange sie nur Freunde gewesen waren, hatte sie über ihn und sein Misstrauen gegenüber anderen Menschen gelacht und ihn ermuntert, ihr seine Geheimnisse anzuvertrauen. Später war sie an seiner Verschlossenheit verzweifelt.

Entschlossen blickte Alexander seinen Freund an. Es wurde Zeit, ihn in die Schranken zu weisen. „Vielleicht hast du recht. Aber sie wird eher zu mir zurückkommen als zu dir. Das wissen wir beide. Denn sie wollte immer mich und nicht dich."

Im Bruchteil einer Sekunde wurde Jochen so grau wie die schmucklose Wand hinter ihm. Nervös fuhr der Erste Kriminalhauptkommissar sich mit der Hand durchs kurz geschnittene Haar, dessen gräuliches „Eifelblond" er neuerdings mit einigen hellblonden Strähnen aufzupeppen versuchte.

Alex wusste genau, was in ihm vorging. Jochen hatte von Anfang an darunter gelitten, dass er bei Frauen besser ankam. Schließlich bildete sein Freund sich viel auf seine Intelligenz, seinen Erfolg und sein kultiviertes Auftreten ein. Außerdem war es Alex selbst schleierhaft, was die Frauen an ihm fanden. Er war zwar größer und athletischer gebaut als Jochen. Und wer ihm seine bäuerliche Abstammung nicht ansah, der wusste Bescheid, sobald er anfing zu reden. Denn egal, wie hart er an sich gearbeitet hatte, der markante Westerwälder Dialekt verriet ihn sofort als Dorfjungen. Sina hatte seine dunkelblauen Augen und die vollen Lippen geliebt. Alex war kritisch, was sein Aussehen und den Vergleich mit seinem Freund betraf. Trotzdem hatte Sina Jochen nicht die geringste Chance gegeben. Das war eine schwere Prüfung gewesen – für Jochens Selbstbewusstsein und ihre Freundschaft.

Er sah, dass seine Bemerkung, alte Wunden aufgerissen hatte. Doch ihm war nicht danach, den Erfolg auszukosten. Die Sache war zu ernst.

„Darum geht es nicht, Jochen. Wichtig ist nur, dass wir sie finden – und zwar lebend. Deshalb fahre ich nach Stralsund und helfe den Kollegen bei der Suche. Du weißt, dass das richtig ist."

„Du hasst die Ostsee, und von den Ossikollegen hast du bisher keine gute Meinung gehabt. Glaubst du, das ist die Basis für eine Zusammenarbeit?"

Jochen hatte sich nicht endgültig mit Alex' Plänen abgefunden, sein Widerstand war jedoch erlahmt. Alex schaute ihn reglos an und sagte kein Wort.

„Lass uns jemand anderes schicken", unternahm Jochen den letzten Versuch. „Schließlich kennen wir alle Sina gut. Sie hat jahrelang hier gearbeitet, jeder mag sie ..."

Alex spürte, wie es in ihm kälter wurde. „Ich werde fahren, und ich werde sie finden, verdammt noch mal. Daran wirst du mich nicht hindern. Wenn es sein muss, kündige ich und suche auf eigene Faust nach ihr."

„Du stehst kurz vor einer Beförderung. Und du hast dich für die Leitung der Abteilung Organisierte Kriminalität beworben. Du wolltest weg von der Mordkommission, und wir beide wissen, warum. Willst du tatsächlich alles aufs Spiel setzen?"

„Das Einzige von Bedeutung, das auf dem Spiel steht, ist Sinas Leben." Alex brüllte jetzt. Der Vulkan war explodiert. „Sie ist irgendwo da oben an dieser verdammten Ostsee und kämpft um ihr Leben. Glaubst du wirklich, ich bleibe an meinem Schreibtisch hocken und warte ab, ob die Ossikollegen sie rechtzeitig finden oder ob sie zu spät kommen und mir irgendwann ihre verweste Leiche vor die Füße legen? Was ist los mit dir? Es geht um Sina. Unsere Sina. Du liebst sie doch auch. Oder ging es dir immer nur um dich?"

Jochen Berg schüttelte den Kopf. „Also gut. Ich werde dich offiziell entsenden. Allerdings nur als Beobachter, hörst du? Du kannst die Kollegen unterstützen, aber sie haben den Hut auf. Du solltest sie entsprechend behandeln. Wenn sie dich nicht mehr haben wollen, bist du sofort raus aus der Sache. Und, Alex: keine Alleingänge."

Alex sagte nichts, seine Schultern entspannten sich. Er hatte die erste Runde gewonnen. Die Reisetasche lag bereits im Kofferraum, in einer Viertelstunde konnte er auf der A 48 sein.

Bevor er sich umdrehen und Jochens Büro verlassen konnte, schaute der ihn eindringlich an. „Was sollte das eigentlich heißen: ‚Ging es dir immer nur um dich?' Sina ist die einzige Frau, die ich je geliebt habe. Das weißt du sehr gut, du Arschloch. Und im Gegensatz zu dir hätte ich sie glücklich machen können."

Alex wandte ihm den Rücken zu und ging.

7

Die Atmosphäre war angespannt, und das lag vor allem an Kriminaloberrat Thorwald Johannsson, Katies Chef. Der Leiter des Kriminalkommissariats Stralsund polterte zwar gern durch die Büros seines Herrschaftsbereichs, doch wenn es um die Aufklärung eines Falls ging, war er die Ruhe selbst. Vor allem, wenn „seine“ Mordkommission beteiligt war. Die hätten sparsame Politiker nämlich am liebsten längst ins benachbarte Revier nach Anklam verlegt. Johannsson war entschieden dagegen. Und an ihm kam so leicht niemand vorbei. Als die Position des Leiters der Mordkommission Stralsund frei geworden war und nicht wieder besetzt werden sollte, hatte er allen, die sich endlich am Ziel ihrer Fusionspläne wähnten, einen dicken Strich durch die Rechnung gemacht. Er hatte darauf bestanden, diesen Job neben seinen sonstigen Aufgaben als Kripoleiter mitzuerledigen – ohne zusätzliche Vergütung. Außerdem hatte er auf das stattliche Büro verzichtet, das ihm seinem höheren Rang entsprechend zustand, und residierte stattdessen von der Abstellkammer aus, die üblicherweise dem Leiter der Mordkommission als Rückzugsort diente. Bislang hatte er die Doppelfunktion souverän und mit eiserner Disziplin gemeistert. Nun jedoch hatte er regelrecht die Fassung verloren.

„Also gut, ich fasse zusammen: Der Tote auf Rügen wurde eindeutig ermordet. Der Mann war mit seiner

Frau und zwei Hunden unterwegs, die allesamt verschwunden sind. Und wir müssen davon ausgehen, dass wir es mit einem Serientäter zu tun haben, weil in den letzten Monaten in unserer Region weitere Paare verschwunden sind?“ Er blitzte Katie Hansen und ihren Kollegen Hendrik van Loh so drohend an, als wären sie höchstpersönlich für das Verschwinden all dieser Menschen verantwortlich.

Hendrik trat nervös von einem Bein aufs andere. Er war erst seit einem Dreivierteljahr hier oben im Norden, das war seine erste Mordermittlung unter Johannsson. Katie stieß ihm unauffällig in die Rippen und blieb vollkommen ruhig.

„Drei Paare, um genau zu sein“, sagte sie. „Allerdings haben wir bislang nur die Vermisstenfälle in Meck-Pomm ausgewertet. Und das auch nur für die letzten zwölf Monate.“

Johannsson sah aus, als würde er platzen. „Wollen Sie damit andeuten, dass die Sache größer werden könnte? Und dass wir womöglich monatelang einen Serienmörder übersehen haben?“ Er brüllte jetzt.

Hendrik wurde blass.

„Genau, Chef. Ich halte das sogar für wahrscheinlich. In den drei bekannten Fällen sind die Leute spurlos verschwunden. Samt Autos und Gepäck. Den einzigen Anhaltspunkt, was geschehen sein könnte, liefert uns die Leiche von Jan Lehmann.“

Johannsson schaute Katie nachdenklich an. „Raubmord?“ Es schwang nur eine geringe Hoffnung in der Frage.

„Halte ich für unwahrscheinlich. Vom Inhalt des Gürtelverstecks mal abgesehen, haben wir kaum etwas gefunden, das auf die Identität des Toten hindeutet. Eindeutig war sein Rucksack jedoch voller Zeug, das man drüben in Polen gut verticken könnte. Dort sind vermutlich Fahrzeuge und Gepäck gelandet. Die wichtigste Frage lautet meiner Meinung nach im Moment: Was ist mit Sina Lehmann geschehen? Lebt sie noch, oder wurde sie mit ihrem Mann erschossen und nur woanders entsorgt?"

Katie glaubte eher an die erste Alternative. Es war zwar vorstellbar, dass jemand sich die Mühe gemacht hatte, die Leichen des Paars an verschiedenen Stellen in die Ostsee zu werfen, damit kein Zusammenhang zwischen den Toten hergestellt werden konnte, falls sie wider Erwarten doch gefunden werden würden. Warum sollte man allerdings zwei Menschen töten, wollte man sie nicht berauben? Um die Hunde ging es den Mördern wohl kaum. Eher vermutete sie, dass man es auf die Frau abgesehen und ihren Mann kurzerhand aus dem Weg geräumt hatte.

Es überraschte Katie kaum, dass Johannsson ihren Gedanken gefolgt war. „Haben sie die Frau nicht umgebracht, halten sie sie vermutlich eine Zeit lang gefangen, um ..." Er zögerte. „Nun, um mit ihr was auch immer anzustellen. Schließlich ist die Beschaffung eines Opfers mit hohen Risiken verbunden. Da wollen die Kerle die Sache vermutlich so lange wie möglich auskosten."

Hendrik schaute seinen Chef verblüfft an. „Sie? Wieso denken Sie, dass es mehrere sind? Und wenn, könnte ja auch eine Frau dabei sein ..."

Johannsson machte eine wegwerfende Handbewegung. „Ja, van Loh, könnte es. Ist aber unwahrscheinlich, oder? Und was die Anzahl der Täter angeht, glaube ich nicht, dass einer allein problemlos zwei Menschen und zwei Hunde überwältigen kann. Die Lehmanns hatten zwei Hunde dabei, oder, Hansen?" Er wandte sich wieder Katie zu.

„Ja, hatten sie. Ziemlich große sogar. Einen braunen Labradorrüden und eine weiße Mischlingshündin." Sie hatte keine Ahnung, ob Johannsson wusste, wie groß ein Labradorrüde üblicherweise war. Er besaß keine Haustiere.

Ihr Chef ging nicht weiter auf die Fragwürdigkeit der Information ein. „Zwei große Hunde also. Nun ja, der Mann wurde aus größerer Entfernung mit einem Gewehr erschossen, richtig? Was meinen Sie? Der Erste, der umfällt, versetzt die anderen in eine Art Schockzustand. Spätestens beim Zweiten wissen sie, was los ist, und versuchen abzuhauen. Und wenn der Schütze sich in einiger Entfernung versteckt hatte, musste er ja erst einmal die Distanz überwinden, um sich die Frau zu greifen. Es müssen mindestens zwei Täter sein. Einer allein hätte kaum die Frau in ein Versteck bringen und gleichzeitig den Mann samt Fahrzeug entsorgen können."

Katie nickte stumm. Hendrik war ebenfalls so klug, keine Einwände mehr zu erheben.

„Was wissen wir über die Lehmanns? Und was über die anderen Paare?" Johannsson hatte seine Fassung zurückgewonnen.

Hendrik straffte die Schultern. „Von den anderen Paaren kennen wir bislang nur die Namen, die Kollegen tragen gerade alles zusammen. Über die Lehmanns hat Katie bereits einiges herausgefunden."

Johannssons Blick signalisierte, dass er den Rest aus erster Hand hören wollte. Irgendwie konnte Katie verstehen, dass Hendrik den Eindruck hatte, der Chef würde ihn nicht sonderlich mögen. Sie wusste aus eigener Erfahrung, dass es dem alten Haudegen schwerfiel, sich an einen neuen Mitarbeiter zu gewöhnen – und ihm etwas zuzutrauen.

„Jan Lehmann hat eine kleine, aber erfolgreiche Computerfirma in Neuwied. Das liegt am Rhein zwischen Bonn und Koblenz." Johannsson zog die Brauen über den eisblauen Augen kaum merklich in die Höhe. „Sabrina Lehmann wird von allen nur ‚Sina' genannt und ist Heilpraktikerin. Sie betreibt gemeinsam mit ihrer Freundin eine Praxis. Auch in Neuwied. Jan und Sina Lehmann haben Urlaub an der Mecklenburgischen Seenplatte gemacht und ein Ferienhaus am Sternberger See gemietet. Dort sind sie laut Verwalter der Anlage auf mysteriöse Art und Weise abgereist."

Johannssons Blick durchbohrte sie. „Was soll das heißen, auf mysteriöse Weise abgereist? Wie soll das denn vonstattengehen?"

Katie blieb gelassen. „So hat es der Verwalter, Björn Krajewski, ausgedrückt. Merkwürdig war die Sache schon. Anscheinend hat niemand beobachtet, wie die beiden ihr Auto gepackt haben und losgefahren sind. Waren am verabredeten Morgen verschwunden. Samt Hunden und Gepäck. Jan und Sina Lehmann haben sich nicht ordnungsgemäß bei ihm abgemeldet, allerdings war das Haus geputzt und aufgeräumt, sagt Krajewski. Die Kollegen aus Schwerin sind unterwegs, um sich vor Ort umzusehen."

„Okay, was wissen wir sonst?"

„Ich habe mit Sina Lehmanns Freundin telefoniert. Die, mit der sie sich die Praxis teilt. Sie war bereits in heller Aufregung, weil die Lehmanns nicht am vereinbarten Tag nach Hause gekommen sind. Das sei überhaupt nicht ihre Art, hat sie mir versichert. Auch dass die beiden einfach so aus dem Ferienhaus abgehauen sind."

„Was soll das wieder heißen?", fragte Johannsson. „Glauben Sie etwa, dass unsere Täter ins Ferienhaus spaziert sind und dort aufgeräumt haben, damit niemand etwas vom Verschwinden der Lehmanns bemerkt? Ist ein bisschen weit her geholt, oder nicht?" Er überlegte eine Weile.

Katie schwieg. Es war besser, er kam selbst darauf. Johannsson kniff die Augen zusammen, und sie spürte, wie Hendrik neben ihr noch ein paar Zentimeter kleiner wurde.

„Falls dem so wäre, sind die zwei keine zufälligen Opfer gewesen. Dann wussten die Täter, wo sie während ihrer Ferien wohnten, und haben alles von langer Hand geplant. Das ist völlig verrückt, verdammt." Johannsson trommelte mit den Fingern auf die Schreibtischplatte. Kein gutes Zeichen. „Nun gut. Es lässt sich vermutlich nicht ausschließen, dass es so war, richtig? Ich halte es für besser, wir holen uns Unterstützung von unserem Psychoguru. Kümmern Sie sich darum, Hansen."

„Habe ich schon getan, Chef. Professor Ahrens ist übers Wochenende in seinem Ferienhaus, irgendwo mitten im Wald bei Bützow. Kein Telefon, kein Handyempfang. Seine Sekretärin hat angeboten, Andriesen dorthin zu schicken, um ihn zu informieren."

Prof. Dr. Dr. Hans-Joachim „Hajo" Ahrens war ein international anerkannter Experte, wenn es um Entführer und ihre traumatisierten Opfer ging. Jahrelang hatte er die Berliner Kriminalpolizei beraten, doch vor fünf Jahren war er für die Fachwelt überraschend von der Universität der Hauptstadt an die kaum bekannte Hochschule im beschaulichen Greifswald gewechselt. Seitdem arbeitete er mit den Polizeibehörden in Mecklenburg-Vorpommern zusammen. Obwohl es dort natürlich wesentlich weniger Möglichkeiten gab, sein Talent einzusetzen als im internationalen Kriminalitätsdrehkreuz Berlin.

Die meisten seiner Kollegen hatten nie verstanden, warum der eitle Ahrens eine glänzende Karriere an der Charité aufgegeben hatte, um sich in der Provinz zu vergraben. Mancher hielt es durchaus für möglich, dass er die Hauptstadt verlassen hatte, weil er sich mit seiner Arroganz zu viele Feinde gemacht hatte.

Katie konnte sich nicht vorstellen, dass Ahrens in einer Stadt wie Berlin besonders aus dem Rahmen gefallen war. Ihrer Erfahrung nach waren die meisten Hauptstädter mehr oder weniger eingebildet. Deshalb hatte sie immer angenommen, dass es bei dem unerklärlichen Wechsel vor allem um seinen Sohn ging, den sie durch Piet flüchtig kannte. Sebastian Ahrens hatte ein ernsthaftes Drogenproblem gehabt, und sein Vater hielt es wohl für angebracht, ihn aus Berlin zu entfernen und ihn im Auge zu behalten. Soweit Katie wusste, war die Rechnung aufgegangen. Zumindest war Sebastian in seinem neuen Leben bisher nie polizeilich in Erscheinung getreten.

Allerdings hatte er das vermutlich mehr dem Assistenten seines Vaters als diesem zu verdanken, denn die wenigen Male, die Katie ihnen begegnet war, hatte sie den Eindruck gehabt, dass es vor allem Bengt Andriesen war, der Sebastian Ahrens Halt gab. Irgendwie schien Andriesen so etwas wie ein großer Bruder für den jungen Mann zu sein. Nun, sie kannten sich ja schon lange. Andriesen war bereits in Berlin Prof. Ahrens' engster Mitarbeiter gewesen und seinem Mentor in die Provinz gefolgt, statt in der Hauptstadt dessen Posten einzunehmen, was ohne Zweifel möglich gewesen wäre.

Trotz dieser offensichtlichen Treue war der gebürtige Schwede in gewisser Weise das genaue Gegenteil seines Chefs. Während Ahrens vor allem wegen seiner Überheblichkeit in Erinnerung blieb, war Andriesen der Inbegriff von Charme und Höflichkeit. Außerdem sah er blendend aus. Vor allem die strahlend blauen Augen und seine fein gemeißelten Gesichtszüge sorgten dafür, dass jede Frau zwischen fünfzehn und sechzig dahinschmolz, wenn sie ihm begegnete. Nicht nur zu Katies Bedauern nutzte er die Vorteile nicht aus, die die Natur ihm mit auf den Weg gegeben hatte. Zumindest hatte sie ihn nie in weiblicher Begleitung gesehen oder von einer Beziehung gehört. Und im Kreis der weiblichen

Kollegen sprach man viel über den Assistenten des Psychogurus. Johannssons Räuspern riss sie aus ihren Gedanken.

„Ich habe Andriesen gesagt, es hat Zeit bis Montag. Bis dahin haben wir hoffentlich ein paar mehr Fakten zusammengetragen." Heute war Freitag. Katie hoffte, dass Johannsson ihrer Meinung war. Sonst würde es ein Donnerwetter geben.

„Gut gemacht, Hansen." Ihr Chef entspannte sich langsam.

Katie atmete unmerklich auf. Doch die letzte Neuigkeit konnte sie ihrem Vorgesetzten nicht ersparen, obwohl sie fürchtete, dass sie seinen mühsam zurückgewonnenen Seelenfrieden wieder zerstören würde.

„Da ist noch was, Chef."

„Ich glaube nicht, dass ich ‚noch was' hören will."

„Glaube ich auch nicht. Aber Sie wissen ja: Tatsachen ..."

„Ja, schon gut, Hansen. Tatsachen verändert man nicht dadurch, dass man sie ignoriert. Verschonen Sie mich mit Huxleys Schlaumeiersprüchen und spucken Sie's aus."

Trotz der wenig amüsanten Lage musste Katie innerlich grinsen. Das Zitat von Aldous Huxley war eine der Lieblingsfloskeln ihres Chefs, die nicht nur in großen Lettern an der Wand hinter seinem Schreibtisch hing, sondern die er gewöhnlich bei jeder passenden und unpassenden Gelegenheit hervorkramte, um sie seinen Mitarbeitern um die Ohren zu hauen.

„Nun ja, Chef, Sina Lehmann ist nicht immer Heilpraktikerin gewesen. Sie hat die Ausbildung gemacht, nachdem sie aus ihrem alten Job ausgestiegen ist. Ganz von vorn angefangen und so."

„Ja und?", brummte Johannsson. „Raus damit, Hansen. Was hat Frau Lehmann früher getrieben? Hat sie angeschafft? In einem Wohnmobil am Rhein vielleicht. Das soll da unten absolut angesagt sein. Statt die Welt mit ihnen zu erkunden, nutzen diese blödsinnigen Wessis rollende Campingwagen, um sich einen blasen zu lassen."

Hendrik, der sich die Szene offenkundig bildlich vorstellte, wurde rot bis zu den Haarspitzen.

Katie schüttelte bedauernd den Kopf. „Nein, so einfach ist es nicht, Chef. Leider. Frau Lehmann war früher bei der Kripo in Koblenz. Genauer gesagt, hat sie für die Mordkommission gearbeitet. Als psychologische Beraterin. Sie war bei ihren Kollegen beliebt. Ich habe mit ihrem direkten Vorgesetzten gesprochen, dem Ersten Kriminalhauptkommissar Jochen Berg. Er kennt Sina Lehmann bereits aus ihrer gemeinsamen Jugend. Sie kommen beide aus dem ... warten Sie mal", Katie warf einen Blick auf ihren Notizblock, „Westerwald. Ist ein rechtsrheinisches Mittelgebirge. Zieht sich vom Rheingraben ..."

„Schon gut, Hansen, keinen Geografieunterricht. Sina Lehmann ist also eine Kollegin, eine sehr beliebte dazu. Gut. Das heißt, die Kollegen vom Rhein werden unsere Ermittlungen mit Argusaugen beobachten, weil sie ein persönliches Interesse am Schicksal der Frau haben. Ist nachvollziehbar, oder? Und wir haben nichts zu verbergen. Außerdem ist Koblenz ziemlich weit weg. Ach, Hansen, wussten Sie eigentlich, dass am Deutschen Eck in Koblenz Rhein und Mosel zusammenfließen?“ Jetzt grinste Johannsson.

„Ehrlich gesagt, Chef, wusste ich bis gerade nicht mal, dass es die Mosel gibt. Doch ich fürchte, Koblenz ist gar nicht so weit weg, wie Sie es sich wünschen. Denn Berg schickt uns einen Kollegen hoch. Kriminalhauptkommissar Alexander Bierbrauer. Er soll Sina Lehmann am besten kennen, und Berg meinte, er könnte uns vielleicht nützlich sein. Ist offenbar schon losgefahren und müsste spätestens morgen früh hier auftauchen.“

Johannsson sprang von seinem Schreibtischsessel auf und baute sich in seiner ganzen Größe vor seinen Mitarbeitern auf. „Was soll das heißen, er ist schon losgefahren? Dass die Kollegen uns Hilfe anbieten, ist ja ehrenwert. Aber ich würde gern gefragt werden, ob ich diese Unterstützung haben möchte. Und was will dieser Berg damit andeuten, dass sein Kollege Braumeister ...?“

„Bierbrauer“, verbesserte Katie und fing sich einen verärgerten Blick ein.

„Dass Kollege Bierbrauer Sina Lehmann besonders gut kennt? Ist da was zwischen denen gelaufen, oder was? Ein wild gewordener Liebhaber ist das Letzte, was wir in einer Mordermittlung gebrauchen können.“

„Das habe ich Berg auch gesagt“, erklärte Katie in aller Ruhe. „Er hat mich freundlich darauf aufmerksam gemacht, dass er meine Bedenken zwar grundsätzlich teilt, persönlich allerdings nicht glaubt, dass wir Bierbrauer davon abhalten können, Sina Lehmann zu suchen. Es sei denn, wir erschießen ihn.“

„Hat er das genauso gesagt?“, wollte Johannsson wissen.

„Wortwörtlich, Chef."

Der Leiter der Kripo Stralsund ließ sich in seinen Sessel zurückfallen. „Na dann, Kollegen, machen Sie sich auf was gefasst. Und vergewissern Sie sich, dass Ihre Dienstwaffen immer geladen sind. Falls es nötig wird, diesen Braumeister einzubremsen."

8

Es geschah an der Abfahrt Bad Honnef. Jedes Mal, wenn er die Stelle passierte, musste Alexander Bierbrauer an Silke Bischoff denken. Hier war sie gestorben. Am 18. August 1988, einem Donnerstag. Er hatte sich sofort in die hübsche blonde junge Frau mit den ängstlich aufgerissenen Rehaugen verliebt, als er die Bilder im Fernsehen gesehen hatte. Sie und ihre Freundin Ines auf der Rückbank des Fluchtwagens, zwischen ihnen Dieter Degowski mit dem irren Blick, seine Pistole auf Silkes Kopf gerichtet. Ein paar Stunden später war Silke tot gewesen. Erschossen von Jürgen Rösner, dem zweiten Täter. Genauso ein widerlicher Typ wie Degowski.

Damals hatte Alex nicht viel von dem verstanden, was geschehen war. Er wusste, dass die Männer, die so ganz anders aussahen als jeder, den er kannte, in Gladbeck eine Bank überfallen und Geiseln genommen hatten, mit denen sie durch Norddeutschland und Holland kurvten. Unterwegs erschossen sie einen vierzehnjährigen Italiener. Emanuele. Alex erinnerte sich, dass er sich gewundert hatte, warum ein Junge einen Mädchennamen trug. Aber vor allem führte ihm dieser Mord die Gefährlichkeit der Verbrecher vor Augen. Schließlich war er selbst gerade dreizehn geworden. Trotzdem war er sich sicher gewesen, dass Silke nichts passieren würde. Degowski war in sie verknallt, das konnte jeder Fernsehzuschauer sehen. Er spielte mit ihr, markierte den dicken Mann. Doch er würde sie nicht töten.

Trotzdem starb Silke auf dieser verdammten Autobahn, nachdem die Polizei sich für den Zugriff entschieden hatte. Als der Schock nachließ, hatte Alexander beschlossen, Polizist zu werden. Mädchen wie Silke retten, das war es, was er wollte. Wie naiv er gewesen war.

Viel später, als er sich sein Abitur in Abendkursen erkämpft und die quälende Ausbildung zum höheren Dienst in Angriff genommen hatte, war das Gladbecker Geiseldrama in den Hörsälen ein beliebtes Schulbeispiel für einen Polizeieinsatz gewesen, bei dem alles schiefgegangen war. Der Streifenwagen, der nach dem ersten Notruf unmittelbar vor der Bank in Gladbeck geparkt wurde und die Räuber erst veranlasst hatte, Geiseln zu nehmen. Die versehentliche Verhaftung von Rösners Freundin und der fehlende Rettungswagen, eine Kombination, die den jungen Italiener das Leben gekostet hatte. Zugriffe, die möglich waren, aber nicht ausgeführt wurden. Die fatale Entscheidung der nordrhein-westfälischen Kollegen, die Flucht vor der Landesgrenze gewaltsam zu beenden, statt die Sache den Profis der GSG 9 zu überlassen, die auf Bitten des rheinland-pfälzischen Innenministers ein paar Kilometer weiter auf den BMW warteten. Und wer konnte schon mit Sicherheit sagen, dass Silke Bischoff tatsächlich durch einen Schuss aus Rösners Waffe gestorben war? Er hatte es immer bestritten. Schließlich hatten die Polizisten mehr als sechzigmal auf den Wagen mit den Bankräubern und ihren Geiseln gefeuert.

Alex wusste, dass diese Zweifel in Polizeikreisen niemals offen ausgesprochen werden durften. Jeder von ihnen konnte jederzeit in eine schwierige Lage geraten und eine falsche Entscheidung treffen. Dieses Risiko war untrennbar mit ihrem Beruf verbunden. Dessen war sich jeder Polizist bewusst. Und deshalb gab es diese stille Übereinkunft, nie mit dem Finger aufeinander zu zeigen. Egal, was sie ansonsten voneinander hielten, wenn es hart auf hart kam, hielten Polizisten zusammen. War das der Grund, warum er bei den Ermittlungen in Stralsund unbedingt dabei sein wollte? Damit es Sina nicht so erging wie Silke? Vielleicht. Er wusste jedoch auch, dass er keine ruhige Minute haben würde, würde er sich nicht an der Suche nach seiner Freundin beteiligen.

Sina. Wie sehr er sie liebte, hatte er zu spät begriffen. Nachdem sie ihm mitgeteilt hatte, dass sie sich nicht mehr sehen konnten, hatte er es nicht geglaubt. Doch sie hatte es ernst gemeint. Das hatte er verstanden, als er gehört hatte, dass sie diesen Jan heiraten würde. Es war seine eigene Schuld, das wusste er. Er hatte sie nicht festgehalten. Im Gegenteil, er hatte sie regelrecht vertrieben. Hätte er sich anders verhalten, wenn er gewusst hätte, dass er sie endgültig verlieren würde? Vielleicht. Eigentlich glaubte er, dass er es gar nicht gekonnt hätte. Er hatte diesen düsteren Trieb, alles zu zerstören, was gut an seinem Leben war. Als müsste er sich ständig beweisen, dass er es nicht verdiente, glücklich zu sein.

Mit Sina war er glücklich gewesen. Er hatte mit ihr lachen können. Und weinen. Das war ihm allerdings zu spät bewusst geworden. Und noch etwas anderes hatte er inzwischen verstanden: Sie hatte ihm Angst eingejagt. Neben ihr hatte er sich noch kleiner gefühlt. Obwohl er ständig das Bedürfnis hatte, sie zu beschützen, spürte er, dass sie viel stärker war als er. Dass sie ihm überlegen war. Das Leben hatte ihr übel mitgespielt. Diese Erfahrung hatte sie stark gemacht. Ihn hatte viel weniger aus der Bahn geworfen. Silke und Sina. Er hatte immer gedacht, dass sie sich ähnlich wären. Vielleicht waren es tatsächlich ihre Augen. Durch sie konnte er die verletzlichen Seelen der beiden Frauen sehen.

Und nun drohte Sina ein ähnliches Schicksal wie einst der jungen Rechtsanwaltsgehilfin. Alex schlug auf das Lenkrad seines dunkelgrauen Audi A 6 ein und schrie, bis er heiser war. Ein Laut wie der eines verwundeten Tiers. Eines großen Tiers. Und genauso fühlte er sich. Wie ein tödlich verwundetes großes Tier. Aber er würde nicht zulassen, dass Sina ebenfalls starb. Sie würde er retten. Sie würde nicht enden wie Silke. Und wie all die anderen, deren Tod er nicht hatte verhindern können. Ja, bei denen es ihm nicht einmal gelungen war, den Mörder zu überführen. Deshalb hasste er seinen Beruf, deshalb wollte er raus aus der Mordkommission, die ihm jedes Mal aufs Neue seine Hilflosigkeit vor Augen führte. Und deshalb würde er dafür sorgen, dass die Ossikollegen nicht den gleichen Mist bauten wie damals die Beamten in NRW. Keine Basis für die Ermittlungsarbeit, hatte Jochen gesagt. Scheiß drauf. Es ging um Sina. Da galten andere Regeln.

Als Alex die nächste Ausfahrt passierte, stellte er fest, dass er gerade an Remscheid vorbeifuhr. Er hatte die

Autobahn gewechselt und fast hundert Kilometer zurückgelegt, seit seine Gedanken sich in Bad Honnef selbstständig gemacht hatten. Die Tachonadel zitterte bei hundertachtzig. Das war nicht gut. Er musste sich auf die Straße konzentrieren, sonst würde er es nicht bis in den Norden schaffen. An seinem Leben hatte Alex nie viel gelegen. Jetzt dagegen hatte er ein Ziel. Eine Aufgabe. Und deshalb musste er auf sich achten. Musste aufhören, so etwas Furchtbares zu denken.

Entschlossen schaltete er den CD-Spieler ein. Sofort dröhnte ihm Rammstein mit voller Wucht entgegen. *Ohne Dich*. Wie passend. Gott ist ein Komiker, hatte Sina gesagt. Womöglich hatte sie recht. Allerdings hatte der alte Herr einen seltsamen Humor.

Sein Verstand verlor sich in harten Bässen und der tiefen Stimme von Till Lindemann. Alex entspannte sich. Etwas Gutes hatte Dunkeldeutschland ja schließlich doch hervorgebracht.

9

Piet würde sauer sein. Das mit dem Kino hatte nicht geklappt, die Besprechung im Kommissariat hatte zu lange gedauert. Er hatte am Telefon rumgemotzt, Katie hatte jedoch den Eindruck, dass es dabei eher ums Prinzip ging. Piet spielte nicht gern die zweite Geige. Und bei ihrem Job kam das seiner Meinung nach viel zu häufig vor. Nicht dass er besonders rücksichtsvoll war. Mehr als einmal hatte er Katie unverblümt gestanden, dass er die Nacht – oder auch ein paar Tage und Nächte – mit anderen Frauen verbracht hatte. Piet war ein notorischer Fremdgänger, das wusste sie längst. Dabei ging er nicht gerade dezent vor. Die ganze Stadt lachte bereits über sie. Aber immer wenn sie die Kraft fand, sich von ihm zu trennen, schien bei ihm der große Wandel einzusetzen. Er wurde aufmerksam, bereute sein Verhalten tränenreich und rückte ihr so lange auf die Pelle, bis sie sich erweichen ließ und ihm eine letzte Chance gab. Wie viele letzte Chancen das in den vergangenen vier Jahren gewesen waren, konnte sie nicht mehr zählen. Denn so aufrichtig er sich im einen Moment anhörte, im nächsten hatte er all seine Schwüre vergessen. Und natürlich waren ihr Ehrgeiz und ihr Beruf schuld an seinem nächsten „Ausrutscher".

Katie wusste genau, dass Piet sich niemals ändern würde. Trotzdem wollte etwas in ihr ihm wieder und wieder glauben. Unzählige Male hatte sie sich geschworen, dass sie ihn aus ihrem Leben streichen würde. Dass sie ihm all das Leid und die Tränen nicht noch einmal vergeben würde. Doch dann konnte sie nicht widerstehen. Natürlich lag das an ihr, nicht an Piet. Auch das wusste sie. Irgendetwas Gravierendes stimmte nicht mit ihr und ihrem Selbstbild. Vielleicht glaubte sie tatsächlich tief in ihrem Inneren, dass sie nichts Besseres als diesen emotionalen Schmarotzer verdient hatte. Vermutlich sollte sie das Angebot von Prof. Ahrens annehmen und sich ein paarmal auf seine Psychocouch legen. Irgendwie war ihr der Gedanke unangenehm, ihr Innerstes vor ihm auszubreiten. Koryphäe hin oder her. Womöglich war es der Umstand, dass sie zusammenarbeiteten.

Sie fand Piet schließlich im *Bunker*, einer von Studenten betriebenen Kneipe. Hätte sie sich denken können, denn Piet studierte seit einer halben Ewigkeit an der Uni Greifswald. Erst Informatik, dann Jura. Vor einem Jahr hatte er sich an der Philosophischen Fakultät eingeschrieben. Katie glaubte sich zu erinnern, dass er sich neuerdings für irgendetwas Psychologisches interessierte. Erlauben konnte er sich diesen waghalsigen Selbstfindungstrip nur, weil er wohlhabende Eltern hatte, die in einem Berliner Nobelviertel lebten und erleichtert reagiert hatten, als ihr Sohn sich vor einigen Jahren entschlossen hatte, seine übermäßig lange Ausbildung an einen Ort zu verlegen, der genügend Abstand zu ihrem eigenen wohlgeordneten Leben aufwies. Zwar drehten sie ihm regelmäßig den Geldhahn zu – die Frage, ob dies aus pädagogischer Weitsicht geschah oder deshalb, weil sie sich hin und wieder ihres missratenen Sprösslings erinnerten, ließ sich aus der Entfernung nicht klären. In solchen Fällen trat Piets überragendes Talent zum Schnorren zutage. Manchmal glaubte Katie, dass er vor allem deshalb mit ihr zusammen war, weil er einen kostenlosen Schlafplatz brauchte.

Es hatte eine Weile gedauert, bis sie ihn im Halbdunkel der Kneipe entdeckt hatte. Die wasserstoffblonde Schlampe auf seinem Schoß nahm sie dagegen im Bruchteil einer Sekunde wahr. Das war auch kaum zu vermeiden, denn seine Zunge steckte in ihrem Hals, und seine Rechte knetete hingebungsvoll das knappe rosafarbene T-Shirt über einer ihrer großen Brüste, während sich die andere Hand weiter unten beschäftigte.

„Du bist so ein Arschloch."

Er bemerkte sie erst, als Katie direkt neben ihm stand. Falls sie gehofft hatte, dass ihr Anblick ihn erschrecken oder er zumindest ein schlechtes Gewissen heucheln würde, wurde sie enttäuscht.

Er grinste sie nur blöde an. „Hallo, Süße. Ein bisschen spät, was? Wir waren heute Nachmittag verabredet. Zum Kino. Erinnerst du dich?" Er war eindeutig betrunken und wahrscheinlich mit irgendwelchen Pillen zugedröhnt.

Katie wusste, dass es völlig sinnlos war, in diesem Zustand mit ihm zu diskutieren. Doch sie spürte, wie die Wut von ihrem Magen in den Kopf stieg und jeden rationalen Gedanken fortspülte.

„Vielleicht erinnerst du dich daran, ich habe dich angerufen, um dir zu sagen, dass ich es nicht schaffe. Wir haben einen Mord und eine entführte Frau ..."

Piet verdrehte theatralisch die Augen. „Jaja, dein ach so wichtiger Job. Ist schon gut, Katie-Maus. Geh du mal die entführte Tusse suchen. Ich suche derweil hier vor Ort. Und zwar nach Trost."

Er presste das Gesicht in den Ausschnitt der Blondine. Die kreischte albern auf und warf Katie einen triumphierenden Blick zu. Am liebsten hätte sie ihre Waffe gezogen und der Schlampe ein Loch zwischen die dümmlichen braunen Kuhaugen geschossen. Zum Glück war sie kurz zu Hause gewesen und hatte sich umgezogen, bevor sie sich auf die Suche nach ihrem Lover gemacht hatte. Ihre Pistole lag ordnungsgemäß im Tresor in ihrem Kleiderschrank.

Sie riss sich gewaltsam zusammen. „Okay, Piet, du hast zwei Möglichkeiten: Du kommst entweder gleich mit mir nach Hause, oder es ist endgültig Schluss."

Statt sie anzuschauen, glotzte Piet zur Blondine auf. „Hast du gehört, Schneckchen? Die böse, böse Polizistin droht mir. Was meinst du? Soll ich besser mit ihr gehen? Sonst muss ich am Ende noch unter der Brücke schlafen."

Die Frau schaute verunsichert von Piet zu Katie und wieder zurück. Sie wusste eindeutig nicht, was sie von der Sache halten sollte. Dann entspannte sie sich. „Aber, Süßer, du musst nicht unter der Brücke schlafen. Ich habe dir doch gesagt, dass du mit zu mir kommen kannst." Sie lachte albern und bohrte ihm die Zunge ins Ohr.

Katie hatte das Gefühl, sich übergeben zu müssen.

„Siehst du, du böse Katie-Maus, ich brauche dein Bett nicht. Die Kleine nimmt mich gern mit nach Hause." Er lachte glucksend.

„Schlüssel." Katie wunderte sich darüber, dass weder ihre Stimme noch die Hand zitterte, die sie Piet entgegenhielt.

„Oh, jetzt bist du aber spießig." Piet verdrehte die Augen.

Katie sagte nichts.

„Na ja, was soll man von einer humorlosen Polizeischlampe wie dir anderes erwarten?" Umständlich kramte Piet in seiner Hosentasche, was schon wegen der Frau auf seinem Schoß einige Zeit in Anspruch nahm. Schließlich fand er den Schlüssel zu Katies Wohnung und ließ ihn aus wenigen Zentimetern Höhe in ihre Handfläche fallen. „Ich wünsche dir eine angenehme Nacht, Katrin Hansen. Und wenn du nicht schlafen kannst, in deinem einsamen kalten Bett, kannst du dir ja vorstellen, wie ich dieses Prachtweib vögle. Vielleicht kommt dein Blut dann ein bisschen in Wallung, du gefühlskalte Schlampe."

Katie, die sich bereits abgewandt hatte, drehte sich noch einmal zu ihm um. „Du kannst die hirnlose Fotze von mir aus bis in alle Ewigkeit vögeln. Für mich bist du gestorben. Diesmal ist es endgültig aus."

Piet warf ihr einen bedauernden Blick zu. „Das glaubst du doch selbst nicht, Süße. Wenn ich an deiner Tür kratze, lässt du mich rein, wetten?"

Hendrik fand sie sechs Guinness und vier Paddys später im Irish Pub, nachdem ein Freund ihm von ihrem Zusammentreffen mit Piet erzählt hatte.

„Ah, mein Ritter. Wo ist der weiße Gaul? Hast du ihn vor der Tür angebunden?" Katie war dunkel bewusst, dass sie lallte. Und dass es nicht besonders anständig war, Hendrik auf den Arm zu nehmen. Er hatte sie nach

Auseinandersetzungen mit Piet schon mehr als einmal davor bewahrt, die Nacht völlig besoffen in irgendeiner Gosse zu verbringen, weil sie den kurzen Weg zu ihrer Wohnung allein nicht mehr gefunden hätte. Und an diesem Abend war sie unzweifelhaft in großer Gefahr, sich wieder einmal bis zur Besinnungslosigkeit volllaufen zu lassen.

„Okay, Katie, du hast genug. Ich bring dich heim."

„Gut, Henni-Boy, lass uns nach Hause geh'n. Du willst mich doch schon lange flach legen, oder? Heute Nacht kannst du mich haben. Ich bin richtig heiß auf dich."

Katie schwang sich vom Hocker und wäre gestürzt, hätte sie sich nicht reflexartig an der Theke festgehalten.

Hendrik schüttelte den Kopf. „Das ist ein verlockendes Angebot, Katie. Wirklich. Aber darüber sollten wir noch mal sprechen, wenn du nüchtern bist." Er bugsierte sie zur Treppe und sicherte sie beim Aufstieg, indem er ihr einen Arm um die Taille legte und sich mit der freien Hand an der Wand abstützte.

„Jetzt sei nicht blöd, Henni-Boy. Wenn ich nüchtern bin, gehe ich niemals mit dir ins Bett. Das weißt du. Wenn ich nüchtern bin, stehe ich ausschließlich auf Arschlöscher."

Hendriks Gesichtszüge wurden starr. „Ja, Katie. Das weiß ich. Trotzdem muss ich ablehnen."

Als sie in ihrer Wohnung über einem Blumenladen in der Altstadt angekommen waren und Hendrik ihr Schuhe und Jeans auszog, um sie ins Bett zu verfrachten, versuchte sie es noch einmal, indem sie die Beine um ihn schlang und ihn zu sich herunterzog.

„Na los, ich weiß, dass du mich magst. Also nutz deine Chance und steck ihn rein.“

Einen Moment lang zögerte Hendrik. Dann küsste er sie leidenschaftlich und knetete ihre Brüste. Sie spürte, wie er unter dem Stoff seiner Jeans hart wurde. Sie griff nach seinem Reißverschluss, nestelte erfolglos daran herum. Hendrik löste sich von ihr und wandte sich abrupt ab. Keuchend stand er vor dem Bett und schaute auf sie hinunter.

„Bis morgen, Katie. Ich hole dich um Viertel vor acht ab.“ Bevor Katie etwas erwidern konnte, war er aus der Tür.

10

Die Sonne blitzte hin und wieder durch die Wolken und tauchte die Landschaft in unwirkliches Licht. Sie fuhren an der Küste entlang, und Sina konnte sich nicht sattsehen an den unzähligen Inselchen im türkisblauen Wasser auf der einen und den samtgrünen Hügeln auf der anderen Seite, die aus der braunvioletten Landschaft zu wachsen schienen. Im Autoradio erklomm Van Morrison die *Vanlose Stairway*. Für sie gehörte das Lied zu diesem Land, obwohl es gar nichts Schottisches hatte. Doch es war eines der wenigen Stücke, die sowohl Jan als auch ihr gefielen, und deshalb die meistgehörte Melodie auf ihren Reisen in den Norden Europas. Sie wäre am liebsten jedes Jahr nach Schottland gefahren. Jan mochte den Nordwesten der Britischen Inseln zwar ebenfalls sehr, das hätte er allerdings nie im Leben zugegeben. Im Gegenteil. Immer wieder drohte er ihr, dass dies ihr letzter Urlaub im Land der Kelten und Dudelsäcke sei.

„Es gibt so viele andere Orte, die wir uns anschauen müssen, Liebes. Du bist so schrecklich eingefahren. Aber ich kriege dich schon locker. Und ich zeige dir die Welt."

Sina hatte vor langer Zeit aufgehört, sich Sorgen um solche Ankündigungen zu machen. Jans tiefer Glaube, sie retten zu müssen, hatte sich zumindest bislang nicht auf ihre Schottlandurlaube ausgewirkt. Womöglich lag es ja daran, dass sie zur Not ohne ihren Mann gefahren wäre – und er das wusste.

Jan, der ihr notgedrungen das Steuer überlassen hatte, weil es im unmöglich war, auf der „falschen" Seite zu fahren, zuckte jedes Mal zusammen, kam ihnen auf dem schmalen, kaum befestigten Weg ein Wagen entgegen.

Sie drehte sich zu ihm und lachte. „Du bist so ein Feigling, wenn du nicht die Kontrolle hast."

Er warf ihr für den Bruchteil einer Sekunde einen missbilligenden Blick zu, dann saugten seine Augen sich wieder an der gewundenen Straße fest. Sie waren kurz vor einer Kuppe.

„Tu mir einen Gefallen und guck nach vorn, ja?"

Sein Humor schien ihm gänzlich abhandengekommen zu sein, was Sina erheiterte. Er musste sich auf sie verlassen, und das gefiel ihm nicht. Vielleicht konnte er sich ja jetzt vorstellen, wie sie sich fühlte, versuchte er, die Regie über ihr Leben zu übernehmen. In ihrer Vorstellung tat er das ständig, nach seiner Auffassung so gut wie nie. Wie verrückt, dachte Sina und schüttelte lächelnd den Kopf. Jan war so sperrig, seine Macken so offenkundig. Sie legte ihm eine Hand auf den Oberschenkel, die er sofort zurück ans Lenkrad dirigierte. Wieder lachte sie, was ihr einen weiteren vorwurfsvollen Blick einbrachte.

Als sie die ersten Häuser von Drumbeg passierten, war Morrison noch immer auf der Treppe in den Himmel unterwegs. Das war seltsam. Hatte Jan die Wiederholungstaste gedrückt? Das sah ihm gar nicht ähnlich.

Irgendetwas stimmte nicht. Es war kalt und roch modrig. Dann spürte sie die harte Pritsche unter ihrem Rücken. Wo war Jan? Wieso waren sie nicht mehr in Schottland? Sie sollte die Augen öffnen, um sich Klarheit zu verschaffen, doch etwas in ihr weigerte sich strikt. Dieses Etwas wollte nicht wissen, was los war. Da war jedoch nach wie vor Van. Sie musste der Sache auf den Grund gehen.

Als Sina die Augen aufschlug, sah sie erst einmal gar nichts. Es war dämmrig in dem Raum, feuchtkalt und modrig. So weit hatten ihre Sinne sie also nicht getäuscht. Sie setzte sich auf und bemerkte beiläufig, dass sie ihre Regenjacke und die klobigen Wanderschuhe trug. Nachdem ihre Augen sich an das trübe Licht gewöhnt hatten, erkannte sie, woher der Geruch stammte. Das war kein Zimmer, sondern eine aus dem Fels geschlagene Kammer mit Wänden aus Stein, die nur hin und wieder durch ein paar Holzbohlen begradigt waren. An mehreren Stellen bemerkte Sina tiefe Spalten im Gestein, die schmaler wurden und im Dunkel verschwanden. Ein leichter Luftzug verriet ihr, dass es eine Verbindung nach draußen geben musste. Der Raum war nicht allzu groß, vielleicht zwölf Quadratmeter. Neben der Tür hing eine mit Kunststoff verkleidete Baulampe, die trübes Licht abgab. An der Decke entdeckte sie außerdem eine Neonröhre, es schien allerdings keinen Schalter dafür zu geben. Irgendwo musste ein Lautsprecher sein, aber wo?

Morrison war von Rod Stewart abgelöst worden, der beteuerte, dass sein Herz allein Schottland gehöre, dem Land, in dem das Meer dem Himmel begegnet. *Rhythm of My Heart.* Sie liebte das Lied. Der Ton schien von überallher zu kommen. Vermutlich warf der Fels den Schall zurück. Perfekte Akustik. Ihr Verstand wollte sich beschäftigen, ohne die naheliegende Frage stellen zu müssen.

„Wo bin ich, verdammt?"

Sina hatte es laut ausgesprochen, um sich zu einer Antwort zu zwingen. Gedanken waren flüchtig und konnten in die Tiefen des Unbewussten zurücksinken. Worte, die einmal ausgesprochen waren, blieben. Im Guten wie im Bösen. Alex fiel ihr ein. Sie schob das Bild entschlossen zurück in jenen verborgenen Winkel ihrer Seele, den sie für ihn reserviert hatte. Mit dieser Sache hatte er nichts zu tun. Aber wo war Jan?

Sina spürte eine eisige Kälte in ihrem Magen, die sich langsam in ihre Eingeweide vorarbeitete. Sie waren im Wald gewesen, bei den Steinkreisen. Sie, Jan und die Hunde. Dann war da dieser Knall gewesen. Balu war gestürzt und winselte. Und weiter? Hatte es noch einmal geknallt? Sie sah Jans aufgerissene Augen vor sich. Verblüffung – und Entsetzen. Blut lief aus dem Loch in seiner Brust, als hätte jemand einen Wasserhahn aufgedreht. Sie wusste, dass sie ihn nie wiedersehen würde. Nie wieder in seinen Armen liegen oder sich über seine Neckereien ärgern würde. Der einzige Mensch, dem sie je zugetraut hatte, sie auffangen zu können, wenn sie strauchelte, war tot.

Er würde nicht für sie da sein, falls sie in das tiefe schwarze Loch fiel, in das sie schon einmal gestürzt war. Damals, als sie fünf gewesen war und ihre Eltern und ihr Zuhause verloren hatte. Er konnte sie nicht beschützen. Sie war wieder allein. Sie sollte verzweifelt sein. Doch sie fühlte – nichts. Sie hörte in sich hinein.

Keine Trauer. Keine Angst. Kein Leben. Nur Leere. Sie würde sich wieder auf die Pritsche legen und ebenfalls sterben. Es war egal. Alles war egal. Würde nur diese verdammte Musik aufhören. In der Hölle gab es schließlich auch keine Musik, oder?

11

Sie war aufgewacht. Und sie hatte diesen einen Satz gesagt.

„Wo bin ich, verdammt?“

Leise. Ohne Wut. Ohne Verzweiflung. Anschließend hatte sie nur dagesessen und mit gerunzelter Stirn vor sich hin gestarrt. Minutenlang. Was würde er darum geben, in ihren Kopf schauen zu können. Zu wissen, was sie in dieser Situation dachte. Vermutlich hatte sie eine Zeit lang gebraucht, um sich zu erinnern. Irgendwann wusste sie, dass ihr Mann tot war. Erschossen. Genau wie der Hund. Sie musste begriffen haben, dass sie eingesperrt war. Gefangen. Ausgeliefert. Sie war jedoch nicht durch ihr Gefängnis gelaufen wie die anderen. Hatte nicht gegen die Tür geschlagen, geweint und geschrien. Sie hatte gar nichts getan.

Manchmal kam es vor, dass die Frauen unter Schock standen, kaum bei Bewusstsein waren und ihre Lage nur langsam verstanden. Das erkannte er an ihrem starren Blick. Den apathischen Bewegungen. Sie dagegen sah völlig entspannt aus. Irgendwann hatte sie sich wieder auf die Pritsche gelegt und war eingeschlafen. Als wäre das völlig selbstverständlich. Was für eine faszinierende Frau. Er hatte es gleich gewusst. Sie war etwas Besonderes. Es war ihr nicht anzusehen. Die zierliche Figur, die Entschlossenheit ausdrückte. Die zarten Gesichtszüge mit den dunklen Augen, in denen sich so viel Widersprüchliches spiegelte. Empfindsamkeit und Entschlossenheit. Mitgefühl und Härte. Ängstlichkeit und Mut.

Zu schade, dass er nicht zu ihr gehen und sich eine Weile mit ihr unterhalten konnte. Er hätte gern mehr über sie gewusst. Über die Dinge, die sie zu dem gemacht hatten, was sie war. Mit etwas Glück würde sie dem Großen vertrauen. Das taten sie manchmal. Dann redeten sie mit ihm. Erzählten ihm womöglich ihr ganzes Leben. Den Großen interessierte das nicht. Aber er wusste, dass sein Boss diese Details liebte. Deshalb hörte er aufmerksam zu. Ermunterte die Frauen sogar, ihm ihr Herz auszuschütten. Natürlich redete er nicht mit ihnen. Nie. Doch er hatte so eine Art – beinahe fürsorglich. Alle Frauen waren bisher empfänglich für diese vermeintliche Zuwendung gewesen. Obwohl er sie vergewaltigte, hinderte sie das nicht daran, ihm zu vertrauen. War er besonders brutal, beeinträchtigte das die Beziehung. Hielt er sich danach zurück, schienen sie allerdings bereit zu sein, ihm zu verzeihen. Der Große war ein echtes Talent.

Anders war es bei dem Penner. Er war hemmungslos und stellte nie eine seiner Anweisungen infrage, eine Kernvoraussetzung für diesen Job. Die Frauen mochten ihn nicht. Egal wie freundlich er war, sie schreckten vor ihm zurück. Es wunderte ihn nicht, dass er sie anwiderte. Er war ein ekelhafter Bursche. Deshalb hatte er ihn ausgesucht. Aber es musste noch etwas anderes sein. Sie misstrauten ihm. Einmal hatte er den Penner angewiesen, einer der Frauen die Freiheit zu versprechen. Er fand, dass es eine überzeugende Vorstellung gewesen war. Die Frau hatte dem Penner nicht geglaubt.

Er hatte sich damit abgefunden, dass die Rollen klar verteilt waren: Der Penner war der böse, der Große der nette Verbrecher. Er musste grinsen. Wie enttäuscht sie waren, wenn ausgerechnet der Große sie am Ende tötete. Hatte er ihm bis zuletzt befohlen, auf jede Gewalt zu verzichten, brach für die Frauen eine Welt zusammen. Es faszinierte ihn immer wieder zu beobachten, wie groß ihr Grauen vor dem Tod war. Obwohl sie so lange gefangen und sich dieser Möglichkeit stets bewusst gewesen waren, wollten die meisten nicht sterben. Eine Ausnahme bildeten nur diejenigen, die sie über lange Zeit gefoltert hatten. Dauerhafter Schmerz stumpfte ab. Der Tod war in diesen Fällen eine Erlösung. Seitdem er das erkannt hatte, achtete er streng darauf, dass die Frauen, die er für eine besonders brutale Behandlung auserkoren hatte, ausreichend Zeit hatten sich zu erholen – und neue Hoffnung zu schöpfen.

Mit Sina Lehmann hatte er dagegen etwas anderes vor. Die Vergewaltigungen konnte er ihr nicht ersparen, darauf würden seine Männer bestehen, besonders der Penner. Ansonsten sollten sie ihr kein Haar krümmen. Sein Instinkt und seine Erfahrung sagten ihm, dass er sie mit Schmerzen nicht knacken würde. Hier musste er diffiziler vorgehen. Er würde sie in die Hölle schicken. Und sie hatte nicht die geringste Chance, sich vor ihm zu verstecken. Er würde ihr in den hintersten Winkel ihres Bewusstseins folgen. Und darüber hinaus, wenn es sein musste. Sie würde sein Meisterstück sein.

An ihr würde er sich seine völlige Überlegenheit beweisen. Er freute sich schon darauf.

„Schlaf nur, kleine Sina. Ruh dich aus. Damit du bei Kräften bist, wenn unser Spiel beginnt. Denn das war nur das Vorgeplänkel.“

12

Katie fiel es schwer, ruhig auf ihrem Stuhl zu sitzen. Wahrscheinlich sah sie genauso übel aus, wie sie sich fühlte. Und das ausgerechnet heute, wo der Wessikollege zu ihnen gestoßen war. Alexander Bierbrauer war schon da gewesen, als Hendrik und sie den Besprechungsraum betreten hatten. Das war nicht allzu erstaunlich, denn sie waren eine halbe Stunde zu spät gekommen.

Sie würde vermutlich nach wie vor im Bett liegen und ihren Rausch ausschlafen, wäre Hendrik gestern Abend nicht so weitsichtig gewesen, ihren Wohnungsschlüssel mitzunehmen. Wie erwartet überhörte sie sein Klingeln, und so stürmte er kurzentschlossen ihr Schlafzimmer, zerrte sie aus dem Bett und stellte sie samt T-Shirt und Slip – irgendjemand musste ihr Jeans und Schuhe ausgezogen haben – unter die kalte Dusche. Sie schaffte es gerade so, sich eigenständig abzutrocknen und in die Klamotten zu werfen, die Hendrik für sie rausgesucht hatte. Zum Frühstück gab's Aspirin plus C, aufgelöst in einem großen Glas Cola. Danach konnte sie zumindest wieder gerade gehen. Für ein Make-up, das die gröbsten Spuren ihres Liebeskummerexzesses verborgen hätte, blieb keine Zeit. Stattdessen schob Hendrik ihr die große Audrey-Hepburn-Sonnenbrille auf die Nase. Blöd nur, dass es ein durch und durch bewölkter Tag war. In dem fensterlosen Besprechungsraum wirkte sie mit dem Ding auf der Nase noch weniger überzeugend als draußen. Mal abgesehen davon, dass sie beim Eintreten beinahe über den Papierkorb gestolpert wäre, den sie in der selbsterschaffenen Dunkelheit glatt übersehen hatte. Johannsson hatte ihr einen seiner berüchtigten strengen Blicke zugeworfen und sich jeden Kommentar verkniffen. Dafür war sie ihm dankbar. Sie wusste aus leidvoller Erfahrung, dass er nicht immer so rücksichtsvoll war.

Nun saß sie an der äußersten Ecke der im Hufeisen aufgestellten Tische und gab sich Mühe, den Ausführungen der beiden Kollegen aus Schwerin zu folgen. Zwischendurch wanderten ihre Augen hinter den großen Brillengläsern zu Alexander Bierbrauer. Er war keine Schönheit, dennoch sah er auf eine männliche Weise gut aus. Mit den dunkelblauen Augen, der markanten Stirn und den streng nach hinten gekämmten Locken, die sich diesem Bändigungsversuch jedoch mehr oder weniger erfolgreich widersetzten, war er zwar nicht ihr Typ, aber attraktiv. Das wäre er jedenfalls gewesen, hätte er nicht so unglaublich abweisend in die Runde geschaut.

Man könnte glatt den Eindruck haben, er hat was gegen uns.

Die tiefen Falten auf seiner Stirn und um seine Lippen verrieten Katie allerdings, dass er grundsätzlich kein Mann war, der viel lachte. Eher der Typ einsamer Wolf. Ihr wurde bewusst, dass sie den Koblenzer Kollegen regelrecht fixierte. Sie merkte, wie ihre Wangen sich röteten.

Doch Bierbrauer beachtete sie ohnehin nicht. Er hörte völlig gebannt den Ausführungen der Schweriner zu.

„Sie sind also aus der Ferienanlage verschwunden, ohne sich beim Verwalter abzumelden?"

Katie zuckte zusammen, als Bierbrauer das Wort ergriff. Nicht nur sein strenger Ton irritierte sie, sondern auch sein harter Dialekt mit dem markant gerollten R. Die Kollegen aus Schwerin grinsten sich verstohlen zu und wurden sofort wieder ernst, als sie Johannssons Blick auffingen.

„Ja, Kollege Bierbrauer. Sieht ganz so aus", antwortete Kriminaloberkommissar David Rönschmann.

„Kommt nur mir dieses Verhalten merkwürdig vor?" Bierbrauer schaute mit hochgezogenen Brauen in die Runde.

Daher kamen also die Falten. Als seine Aufmerksamkeit sie streifte, zuckte Katie erneut zusammen. Mein Gott, zumindest in dieser Hinsicht stand er Johannsson in nichts nach. Es war wohl besser, diesen Mann zum Freund zu haben als zum Feind. Doch wie wurde man sein Freund?

Kriminaloberkommissar Kevin Peters, der andere Schweriner Kollege, fühlte sich offenbar angegriffen. „Klar ist das nicht die feine Art, sich einfach so aus dem Staub zu machen. Deshalb war der Verwalter ja so sauer. Aber es gibt durchaus vernünftige Erklärungen für die überstürzte Abreise. Zum Beispiel, dass die beiden möglichst früh wegwollten, damit sie auf der A eins nicht in den Berufsverkehr geraten. Die Hausübergabe ist normalerweise frühestens um sieben Uhr möglich. Vielleicht hatten sie keine Lust, so lange zu warten."

Bierbrauer schaute ihn geringschätzig an. „Nur dass sie nicht Richtung Hamburg gefahren sind, nicht wahr? Denn die Leiche von Jan Lehmann wurde ein paar Stunden später auf Rügen entdeckt, wenn ich es richtig verstanden habe."

„Er wurde am nächsten Vormittag gefunden. Etwa dreißig Stunden später, gehen wir davon aus, dass die Lehmanns ihr Ferienhaus spätestens um fünf Uhr früh verlassen haben müssen, da sie niemand gesehen hat." Katie hatte eigentlich gar nichts sagen wollen, ihre Zunge hatte sich jedoch verselbstständigt. Zu Belohnung schien Bierbrauer sie zum ersten Mal wahrzunehmen. Wenigstens für zehn Sekunden.

„Professor Ellermann – das ist der Chef der Rechtsmedizin", wandte sie sich an ihn und zog seine Aufmerksamkeit damit erneut auf sich, „also Ellermann hat berechnet, dass Jan Lehmann da seit mindestens sechs und höchstens zehn Stunden in der Bucht gelegen hat. Gestorben ist er also vermutlich irgendwann am Mittwoch zwischen elf und vierzehn Uhr. Falls Jan und Sina Lehmann ihr Haus tatsächlich am Mittwochmorgen verlassen haben, müssen sie seinen Mördern ziemlich schnell vor die Flinte gelaufen sein."

Die beiden Schweriner Kollegen schauten Sina verblüfft an.

„Dieser Jan Lehmann ist also am Mittwochvormittag erschossen worden, sagst du?", hakte Rönschmann nach.

„Ja klar. Was hattet ihr denn gedacht?" Katie schüttelte den Kopf, was ihr allerdings nicht gut bekam. Sie hatte Mühe, sich nicht zu übergeben.

„So weit waren wir noch nicht, Kollegin", meinte Johannsson streng. „Da Sie es vorgezogen haben, zu spät zu kommen, konnten wir uns bisher nicht mit den Fakten zu den Todesumständen von Lehmann vertraut machen. Vielleicht sollten Sie das jetzt nachholen. Und, Hansen, ziehen Sie diese alberne Brille aus, zum Teufel."

Katie beeilte sich, der Aufforderung zu folgen und dem Blick von Alexander Bierbrauer so gut wie möglich auszuweichen. Sie musste grauenhaft aussehen.

„Bislang wissen wir nicht allzu viel. Jan Lehmann wurde am Donnerstag gegen elf Uhr von einem dieser Ausflugsboote aus gesichtet, die regelmäßig von Sassnitz zum Königsstuhl schippern. Seine Leiche ist an den Ästen eines Baums hängen geblieben, der mit einem Abbruch am späten Mittwochnachmittag vom Hochuferweg auf den Kiesstrand gestürzt ist. Sonst wäre er von der Flut fortgespült worden, und wir hätten ihn vermutlich nie gefunden. Der oder die Täter müssen ihn nach dem Abbruch von oben in die Tiefe gestürzt haben. Vermutlich in der Nacht, weshalb sie den Baum nicht bemerkt haben. Er hat also höchstens fünfzehn Stunden in der Bucht gelegen. Wahrscheinlich weniger. Erschossen wurde er maximal vierundzwanzig Stunden vor dem Auffinden. Bedeutsam ist, dass Lehmann zwar Waldboden unter den Fingernägeln hatte, diese Erde aber nicht die geringsten Spuren von Sand aufwies."

Peters unterbrach sie. „Er wurde also nicht in der Nähe des Meeres getötet."

„Stimmt genau." Sie wandte sich an Bierbrauer. „Entlang der Küste ist der Boden mehr oder weniger stark mit Sand durchsetzt. Je weiter von der Küste weg, umso weniger Sand, klar?"

Er nickte.

„Ich halte es ohnehin für wahrscheinlich, dass die zwei nicht allzu weit von ihrem Ferienhaus entfernt überfallen wurden", warf Peters ein.

Bierbrauer zog die Brauen in die Höhe. „Ach ja? Eben sind wir noch davon ausgegangen, dass Jan und Sina Lehmann auf dem Weg nach Hamburg waren, als er getötet wurde."

Peters verzog keine Miene. „Tja, eben wussten wir auch noch nicht, dass Lehmann bereits am Mittwoch erschossen wurde. Das Ferienhaus haben die beiden nämlich angeblich erst am Donnerstagmorgen verlassen. Und da war der gute Jan ja bereits tot."

Einen Moment lang herrschte Schweigen.

„Was soll das heißen?", erkundigte Johannsson sich in bedrohlich ruhigem Ton.

Peters sah den Chef der Stralsunder Kripo trotzig an. Schließlich war der nicht sein unmittelbarer Vorgesetzter. „Das heißt, dass Jan und Sina Lehmann das Ferienhaus bis Donnerstagvormittag gemietet hatten. Am Mittwochmorgen wurden sie zuletzt gesehen. Von anderen Urlaubern der Anlage, mit denen sie hin und wieder ein paar Worte gewechselt haben. Ältere Leute aus der Nähe von Berlin. Haben ebenfalls einen Hund. So was verbindet." Er grinste dümmlich, wurde jedoch gleich wieder ernst. „Sie sind am Mittwochmorgen gegen zehn Uhr von der Ferienanlage weggefahren, und das war definitiv keine Abreise, denn sie hatten nur die Hunde und einen Rucksack dabei. Die Nachbarn sind davon ausgegangen, dass sie irgendwo wandern wollten. Haben sie jeden Tag gemacht. Mit den Hunden in den Wald und so."

Johannsson trommelte auf der Tischplatte herum. „Dann hat Kollegin Hansen zumindest in einem Punkt recht. Irgendjemand hat die Hütte der Lehmanns in Ordnung gebracht, nachdem Jan Lehmann getötet und seine Frau entführt worden ist. Wie Sie sich vorstellen können, Kollegen, gefällt mir das nicht. Denn es bedeutet, dass wir es mit einer größeren Sache zu tun haben. Da geht jemand planvoll und professionell vor." Er blickte zu Katie. „Was wissen Sie mittlerweile über die anderen vermissten Paare?"

Bierbrauers Augen verengten sich. „Andere Paare? Soll das heißen, dass Jan und Sina nicht die Ersten waren, die hier in der Gegend verschwunden sind?" Er schaute fassungslos von Johannsson zu Katie und wieder zurück.

Er hält uns tatsächlich für Stümper, dachte sie und spürte, wie sich jenseits der Übelkeit Wut in ihr regte. Ihr Chef kam zu dem gleichen Schluss, denn er holte tief Luft. Katie kam ihm zuvor. Diese Erfahrung musste Bierbrauer nicht an seinem ersten Tag in Stralsund machen. Er würde früh genug mit Johannsson aneinandergeraten.

„Ist bislang nur eine Idee, die sich nicht belegen lässt. Aber es sind in den letzten Monaten tatsächlich zwei weitere Paare aus ihrem Urlaub in Meck-Pomm nicht nach Hause zurückgekehrt. Es gibt Parallelen, dennoch ist es zu früh, um einen Zusammenhang zu vermuten. Zum einen sind da Eugen und Nicole Obermeier aus

Bayern. Sie hatten sich im letzten Herbst in einer Ferienanlage bei Salem am Kummerower See eingemietet. Sie waren auf einer Rundreise entlang der Ostsee und der Seenplatte. Als sie nach fünf Wochen nicht wieder aufgetaucht sind, hat ihre Familie sie als vermisst gemeldet. Offenbar wurden sie zuletzt in Salem gesehen. Da wir uns nicht sicher sind, wohin sie als Nächstes wollten, können wir bislang nicht ausschließen, dass sie weitergefahren und woanders verschwunden sind."

Bierbrauer schwieg nachdenklich. Trotzdem geriet Katie unter dem Blick seiner ernsten dunkelblauen Augen ins Stocken und spürte, wie ihre nach wie vor benebelten Gedanken abschweiften.

„Weiter, Hansen", rief Johannsson sie streng zur Ordnung.

Katie wurde rot und beeilte sich fortzufahren. „Bei dem anderen Paar handelt es sich um Nils und Biggi Albers. Waren erst seit zwei Monaten verheiratet und auf Hochzeitsreise. Sie haben sich Ende April für eine Woche in einem völlig abgelegenen Ferienhaus mit eigenem See in der Mecklenburgischen Schweiz eingemietet. In der Nähe von Retzow. Wollten anschließend weiter nach Schweden und Norwegen. Sie sollten vor vier Wochen wieder zu Hause ankommen, sind sie jedoch nicht. Wir überprüfen gerade die Passagierlisten der Fähren. Falls sie nach Schweden eingereist sein sollten, sind sie irgendwo registriert worden." Sie hatte sich instinktiv an Bierbrauer gewandt, der in ihren Augen der Einzige war, der den Sinn dieses Schritts nicht erraten konnte.

Er nickte ihr ernst zu. „Sieht also nach einer Serie aus." Er schaute Johannsson unverwandt an, irgendwie provozierend, obwohl sich in seinem Gesicht kein einziger Muskel geregt hatte.

Es war wiederum Katie, die ihn vor dem ungebremsten Zorn ihres Chefs rettete. „Bislang ist es nur ein Verdacht, dem wir nachgehen. Schließlich wollen wir nichts übersehen. Doch ich denke, dass wir bald Gewissheit haben werden."

Johannsson holte tief Luft und wandte sich von Bierbrauer ab. Der Kollege aus dem Westen schien ihm nicht sympathisch zu sein. Darauf hatte Bierbrauer es allerdings ja auch nicht angelegt.

„Solange wir keinen Beweis für das Gegenteil haben, gehen wir von einer Einzeltat aus, verstanden? Hansen wird die anderen Fälle überprüfen, aber von der Sache verlässt nicht eine Silbe diesen Raum. Habe ich mich klar ausgedrückt?"

Alle nickten stumm.

Alle bis auf Bierbrauer. „Falls sich herausstellt, dass es tatsächlich eine Verbindung zwischen den Fällen gibt ..."

Johannsson unterbrach den unerwünschten Gast rüde. „Falls es einen solchen Zusammenhang gibt, müssen wir davon ausgehen, dass es womöglich nicht bei diesen drei Paaren bleibt, Kollege. Das ist jedem in diesem Raum bewusst. Auch wenn es Sie verwundern mag, wir Ossis sind nicht völlig verblödet."

Die beiden Männer starrten sich an.

Dann entspannte Johannsson sich. „Okay, das war's für heute. Halten Sie sich bereit, in die ‚Soko Königsstuhl' berufen zu werden. Ich werde noch heute alles Notwendige auf den Weg bringen. Hansen, bleiben Sie an der Sache mit den Schweden dran. Ich will am Montag eine Antwort haben, damit wir Professor Ahrens sagen können, ob wir es mit einem Serienmörder zu tun haben oder nicht. Und Sie, van Loh, kümmern sich um den Kollegen aus Koblenz. Sehen Sie zu, dass er ein vernünftiges Zimmer in der Nähe des Kommissariats findet, und zeigen Sie ihm die Stadt."

Wider Erwarten protestierte Bierbrauer nicht. Vielleicht blieb er nur deshalb ruhig, weil er ohnehin nicht vorhatte, sich an Johannssons Weisungen zu halten.

13

Hendrik wartete, bis alle anderen aus dem Besprechungszimmer verschwunden waren, und ging auf Johannsson zu. Die Sache war ihm unangenehm. „Chef, ich ..."

Johannsson richtete seine stahlblauen Augen auf ihn. „Ja, van Loh?"

„Also wegen diesem Kollegen aus Koblenz. Ich glaube nicht, dass es eine gute Idee ist, wenn ausgerechnet ich ihm die Stadt zeige ..."

„Das ist sogar eine ganz hervorragende Idee, van Loh. Oder glauben Sie etwa, ich habe mir nichts dabei gedacht?"

Irgendwo hinter dem barschen Ton schien sich ein Schmunzeln zu verbergen, was Hendrik kaum beruhigte, weil er seiner Beobachtungsgabe keinesfalls so weit vertraute, um sich sicher zu sein. „Aber ich ..."

Johannsson unterbrach ihn erneut. „Sie wollen genauso wenig wie ich, dass jemand anders diesem Wessi die Stadt zeigt, richtig? Denn was dann passiert, wissen wir beide."

Hendrik brauchte ein paar Sekunden, um den Gedanken seines Vorgesetzten zu folgen. Katie hatte den Kollegen vom Rhein mehrmals fasziniert angestarrt. Er sah ganz passabel aus und war offensichtlich ein egozentrisches Arschloch. Damit fiel er in Katies Beuteschema. Immerhin würde das die Chance eröffnen, dass sie endlich von diesem Versager Piet loskam. Ob es ihr mit Bierbrauer besser ergehen würde, war allerdings mehr als fraglich. Hendrik erinnerte sich an den vergangenen Abend. Vielleicht hätte er doch ...

„Na also, Sie haben's kapiert." Unter seiner routinierten Strenge wirkte Johannsson belustigt. „Das Liebesleben unserer Kollegin ist traurig genug. Bislang spielt es sich wenigstens außerhalb unseres Kommissariats ab. Und ich will, dass das so bleibt, verstanden?"

Erst als er längst auf dem Weg nach draußen war, um nach Bierbrauer zu suchen, wurde Hendrik klar, dies war nicht nur eine Erklärung für Johannssons Wunsch, dass statt Katie er sich um den ortsfremden Kollegen kümmern sollte. Es war ein Befehl, der sich auch an Hendrik richtete. Johannsson würde es nicht dulden, dass Katie in eine Beziehung mit einem Kollegen schlitterte. Mit keinem Kollegen.

14

Katie stand auf dem Parkplatz der Stralsunder Polizei und zündete sich die Zigarette an, die sie bei Rönschmann geschnorrt hatte, als Alex Bierbrauer aus dem Gebäude trat und sich zu ihr gesellte.

„Sie rauchen."

Er klang emotionslos, doch Katie war sich sicher, dass sie ihm dank dieses Lasters nicht gerade sympathischer wurde. „Eigentlich nicht. Hab's mir vor einem halben Jahr abgewöhnt. Nur an Tagen wie diesen ..."

Diesmal war es Bierbrauer deutlich anzusehen, was er von diesem Mangel an Konsequenz hielt. Katie spürte, dass sie rot wurde. Und wütend. Was ging es den Scheißkerl an, ob sie rauchte und soff? Und was machte es ihr aus, ob er sie mochte oder nicht? Zu allem Überfluss wurde ihr vom ersten Zug an der Zigarette übel, und Katie hätte sie am liebsten weggeworfen. Das ging jetzt natürlich nicht mehr.

„Sie denken, dass zwischen dem Überfall auf Sina und dem Verschwinden der anderen Paare ein Zusammenhang besteht. Warum?" Bierbrauer hatte sich so hingestellt, dass ihm der Zigarettenqualm nicht ins Gesicht zog.

Katie war nicht entgangen, dass er nur von Sina Lehmann gesprochen hatte, nicht von ihrem Mann. „Nur so ein Gefühl. Irgendwie scheint es mir unwahrscheinlich, dass die Täter gleich bei ihrem ersten Versuch gescheitert sind, eine Leiche in der Ostsee zu entsorgen. Alles scheint perfekt geplant. Ihnen sind nur die Naturgewalten dazwischengekommen. Außerdem gibt es zwar keinen Beweis dafür, dass die Obermeiers und Albers hier verschwunden sind, aber immerhin wurden sie in Meck-Pomm das letzte Mal lebend gesehen. Und dann ist da die Sache mit den Ferienhäusern. Ist irgendwie ziemlich ähnlich, meinen Sie nicht?"

Je länger sie gesprochen hatte, umso sicherer war Katie geworden. In ihrem Job machte ihr so schnell keiner was vor. Obwohl ihr Blut bedenklich mit Restalkohol angereichert war.

Bierbrauer starrte sie nach wie vor an. Offensichtlich wägte er ihre Theorie ab. Dann nickte er. „Ich denke, da könnte was dran sein."

Ich sollte mich wohl geschmeichelt fühlen, dachte Katie und konnte nicht verhindern, dass sie tatsächlich stolz war. Vermutlich hatte Bierbrauer es bemerkt, denn sie glaubte, ein Schmunzeln in seinen Mundwinkeln zu erkennen. Es ließ ihn auf der Stelle weniger bedrohlich aussehen. Und attraktiv.

„Vielleicht können wir uns in den nächsten Tagen mal zusammensetzen und uns ausführlicher darüber unterhalten", schlug er vor. „Rein dienstlich, natürlich."

Natürlich. Katie hatte nicht den geringsten Zweifel, dass es ihm ernst war. Sein Interesse galt allein Sina Lehmann. Das machte ihr nichts aus. „Ich bin abends meistens beim Iren. Sie können ja mal reinschauen."

Ihr fiel auf, wie unverbindlich und spröde das klang. Er war fremd hier, gut. Doch sie war schließlich keine Kindergärtnerin.

„Mal sehen."

Hendrik kam aus dem Gebäude und steuerte auf sie zu. „Da sind Sie ja noch." Er schaute Bierbrauer unsicher an. „Ich dachte schon, ich würde Sie verpassen. Wenn Sie wollen, können wir Ihr Gepäck holen, und ich bringe Sie in eine Pension. Ist gleich um die Ecke. Preiswert, aber ordentlich."

Bierbrauer warf ihm einen seiner emotionslosen Blicke zu. „Ich habe bereits ein Zimmer, danke. Und falls Sie mich auf Befehl Ihres Chefs für heute Abend auf einen Kneipenbummel einladen wollen – ebenfalls kein Bedarf. Ich bin hier, um Sina zu finden, nicht, um mich in Ihrer kleinen Stadt zu amüsieren. Und ich brauche keinen Aufpasser. Sagen Sie das Johannsson ruhig." Er wandte sich an Katie. „Jetzt haben Sie ganz vergessen, Ihre Zigarette zu rauchen." Damit drehte er sich um und verschwand über den Parkplatz.

Katie schaute auf ihre Hand und stellte fest, dass die Kippe bis zum Filter verbrannt war, ohne dass sie einen zweiten Zug genommen hatte.

Sie schnippte den Stummel auf den Boden. „Was sollte das denn werden, Hendrik?"

Er schaffte es nicht, ihr in die Augen zu schauen. „Johannsson meinte, ich sollte mich ein wenig um den Kollegen kümmern. Ihm die Stadt zeigen und so."

„Du meinst, du sollst ihn im Auge behalten. Das habe ich schon kapiert. Aber wieso ausgerechnet du? Du bist ja nicht gerade ein intimer Kenner der Stralsunder Szene."

Hendrik schien beleidigt. „Na, hör mal, so viel ist bei uns auch wieder nicht los. Ich lebe seit fast einem Jahr hier und kann einem Fremden einiges zeigen."

Katie schaute ihn streng an. „Red kein Blech. Wieso sollst ausgerechnet du dich um ihn kümmern?“, wiederholte sie.

Hendrik war rot geworden und musterte angestrengt seine Schuhspitzen.

Mein Gott, er kann sich wirklich kein bisschen verstellen, der Arme. Für eine unauffällige Observierung ist er absolut ungeeignet. Das muss Johannsson doch wissen.

„Es geht gar nicht um dich, stimmt's? Der Alte will nur verhindern, dass ich mit Bierbrauer durch die Kneipen ziehe. Hat er Angst, dass ich zu viel trinke? Das kann er nicht ernsthaft glauben, nur weil ich heute ...“ Ihre Augen waren zu Schlitzen geworden. Hendrik schwieg weiter eisern und starrte zu Boden. „Ihr habt Angst, ich könnte was mit ihm anfangen, ist es das?“

Ihr Partner sah mittlerweile aus, als würde er jeden Moment in Ohnmacht fallen.

Katie hätte gelacht, wenn sie nicht so wütend gewesen wäre. „Soll das heißen, dass ihr nun entscheidet, mit wem ich meine Zeit verbringe? Und mit wem ich ins Bett gehe? Bei aller Freundschaft, das geht zu weit, meinst du nicht?“ Sie war immer lauter geworden, was Hendrik dazu veranlasste, sich hektisch umzuschauen.

„Mein Gott, Katie, reg dich nicht so auf. Johannsson meint es nur gut. Und vergiss nicht, wie oft ich dich irgendwo aufgelesen habe, wenn du mal wieder Stress mit Piet gehabt hast.“ Ihr zornbebendes Gesicht verriet ihm, dass er das besser nicht gesagt hätte. „Katie, ich ...“

„Vergiss es“, zischte sie. „Und noch was: Ab sofort schlafe ich lieber in der Gosse, bevor ich mir noch einmal von dir helfen lasse.“ Wütend drehte sie sich um und stapfte davon.

„Soll ich dich nicht nach Hause fahren?“, rief er ihr hinterher.

Da Hendrik sie am Morgen abgeholt hatte, war sie ohne Wagen im Kommissariat. Sie hätte ohnehin nicht wieder fahren können. Ihre Wohnung war mindestens zwanzig Minuten zu Fuß entfernt. Geld für ein Taxi hatte sie nicht dabei. Aber um nichts in der Welt hätte Katie sich jetzt von Hendrik heimbringen lassen.

Als sie das Ende des Parkplatzes erreicht hatte, entdeckte sie Alex Bierbrauer, der mit verschränkten Armen neben der Beifahrertür seines dunkelgrauen Audi stand.

„Ärger gehabt?“

Diesmal war sein Grinsen nicht zu übersehen. Seltsamerweise besänftigte sein Anblick sie.

„Ist nicht wichtig.“

„Sah anders aus.“

Sie schwiegen, ohne sich von der Stelle zu bewegen.

„Soll ich Sie nach Hause fahren? Oder vielleicht gehen wir zuerst irgendwo einen Kaffee trinken, und Sie erzählen mir, was Sie bislang rausgefunden haben. Natürlich nur, wenn Ihr Chef nichts dagegen hat.“

Es war ein billiger Trick. Doch Katie war in der Stimmung, darauf hereinzufallen. „Sie zahlen.“

Bierbrauers Grinsen wurde breiter. „Klar, ich bin ein Ehrenmann. Auch wenn ich es gewohnt bin, dass die Damen in meiner Begleitung das nicht so offensiv einfordern wie Sie.“

Er öffnete die Beifahrertür, ließ sie einsteigen und wartete, um sie eigenhändig wieder zu schließen. Katie konnte sich nicht erinnern, dass ein Mann jemals so aufmerksam gewesen wäre. Bislang hatte sie nicht gewusst, dass ihr das schmeicheln würde. Als er eingestiegen war und vom Hof fuhr, bemerkte sie Hendrik, der vor seinem Wagen stand und mit offenem Mund hinter ihnen her starrte.

Leise regte sich ihr Gewissen. Er war ihr bislang immer ein guter Freund gewesen. Außerdem glaubte sie nicht, dass diese Aktion mit Bierbrauer auf seinem Mist gewachsen war. Trotzdem. Sie war eine erwachsene Frau, und niemand hatte das Recht, sie vor Fehlern zu bewahren, die sie unbedingt begehen wollte. Automatisch schaute sie zu Bierbrauer, der sich auf den Verkehr konzentrierte. Sie schien er vergessen zu haben.

Ein Mann, der Frauen unglücklich macht.

Sie würde auf Johannsson hören und die Finger von ihm lassen. Als hätte er ihre Gedanken gelesen, drehte Bierbrauer sich zu ihr um und lächelte. Zum ersten Mal schien er sie tatsächlich wahrzunehmen.

15

Der Traum war ihr entglitten, bevor sie richtig wach wurde. Diesmal wusste Sina sofort, wo sie war. Die Kälte, der modrige Geruch, das schummrige Licht. Die Einsamkeit. Sie spürte Panik in sich aufsteigen. Sie hasste enge Räume – und das Gefühl eingesperrt zu sein. Mit ganzer Kraft zwang sie sich dazu, in den Entspannungsmodus zu wechseln. Das hatte sie jahrelang geübt. Als hätte sie auf diese Situation gewartet und versucht, sich so gut wie möglich darauf vorzubereiten. Und vielleicht war es so. Es gab Dinge, die ließen einen nicht mehr los, bestimmten ein ganzes Leben. Sie hatte sich vorgenommen, nie wieder hilflos zu sein. Dem Willen eines anderen Menschen ausgeliefert. Und sie hatte gelernt, dass dies keine Frage der äußeren Umstände war, sondern eine der inneren Haltung. Sie spürte, wie ihre Muskeln sich entspannten. Der Atem ging ruhiger, das Gefühl der Leere wich aus ihrem Kopf. Fürs Erste hatte sie den Kampf gewonnen – den gegen ihren unsichtbaren Feind und den gegen ihre eigene Angst.

Elvis Costello beschwor *Oliver's Army* und betonte, dass er gerade jetzt an jedem anderen Platz der Welt lieber wäre als ausgerechnet hier. *Sinas Lieblingslieder* – eine der CDs aus ihrem Wagen. Sie hatten sie gefunden und ließen sie pausenlos laufen. Vermutlich sollte es sie quälen, in ihrem Gefängnis ausgerechnet diese Musik zu hören. Früher, lange bevor Walkmen und MP3-Player dies zu einem realistischen Szenario machten, hatte sie sich manchmal vorgestellt, dass sie permanent von Musik umgeben sein würde. Dass ihre Lieder die Luft erfüllten. Eine ununterbrochene Linderung ihrer seelischen Schmerzen. Und tatsächlich empfand sie die vertrauten Klänge als Trost. Falls das in ihrer Lage überhaupt möglich war.

Jan war tot. Genau wie Balu. Und vermutlich hatten sie Asha ebenfalls erschossen. Die kleine ängstliche Asha, die in ihrem kurzen Leben so viel Schlimmes erlebt hatte. Nachdem sie und Jan das scheue Wesen aus dem Tierheim geholt hatten und Asha ganz langsam Vertrauen zu ihr fasste, hatte sie der Hündin versprochen, dass sie nun in Sicherheit sei. Dass ihr nie wieder jemand wehtun würde. Weil sie unter ihrem Schutz stand. Weil sie und Jan und Balu auf sie aufpassen würden. Sina wusste, dass Asha sie verstanden hatte. Dass sie ihr glauben wollte. Sie hatte jedoch versagt, hatte die junge Hündin nicht beschützen können. Genauso wenig wie sie Jan oder Balu eine Hilfe gewesen war. Alles, was ihr wichtig war, war fort. Sie war wieder allein in einer Welt, die ihr schon immer fremd gewesen war. Zumindest seit ihre Eltern bei einem Autounfall gestorben waren und man sie zu ihrer Tante nach Düsseldorf geschickt hatte.

Damals war sie fünf gewesen. Ein Kind in einer feindlichen Umgebung. Doch sie hatte sich gewehrt. Auf ihre Weise. Sie hatte überlebt, weil sie gelernt hatte, sich von ihrem Körper zu lösen. Das, was der Mann ihrer

Tante mit ihr tat, spürte sie nicht. Nichts konnte ihr etwas anhaben, und das machte ihn schier verrückt. In ihrem Inneren war sie zu Hause geblieben. In Hachenburg, dem Ort, der zum Inbegriff ihrer Sehnsucht wurde. Alles, was ihr bis dahin selbstverständlich gewesen war, fehlte nun. Der Marktplatz mit dem Brunnen und dem goldenen Löwen, die Bäckerei *Laatsch* mit der winzigen, verrauchten Kneipe hinter dem noch winzigeren Verkaufsraum, die Metzgerei *Hammer* und die *Hähnelsche Buchhandlung*, die das kulturelle Zentrum der Stadt war. Alles war klein, überschaubar und vertraut. Alles fühlte sich so an, als gehörte es zu ihr.

Düsseldorf hatte sie vom ersten Augenblick an gehasst. Fremd, anders. Und auch die Stadt konnte das Mädchen vom Land nicht leiden. Ebenso wenig wie der Mann ihrer Tante. Nicht mal Peggy hatte sie behalten dürfen, ihre kleine Pudelhündin. Tante Ellens Mann mochte keine Tiere – und keine Kinder.

Sie verstand bis heute nicht, warum sie unbedingt bei diesen beiden hatte leben müssen. Sie hatte weitere Verwandte, die allesamt im Westerwald lebten. Ihre Großeltern zum Beispiel. Vielleicht hatte das Jugendamt geglaubt, dass sie in Düsseldorf bessere Möglichkeiten haben würde. Sie konnte aufs Gymnasium gehen, zur Musikschule, in den Sportverein. Sina verabscheute das alles, denn es trennte sie von ihrem Zuhause. Aber sie war eine gute Schülerin. In allem, was sie tat. Vor allem lernte sie schnell, dass sie dem Mann ihrer Tante keinen Anlass geben durfte, sie zu bestrafen. Wenn er einen Grund hatte, sie zu schlagen oder für Stunden in die muffige fensterlose Abstellkammer zu sperren, blühte er regelrecht auf.

Irgendwann verstand sie, dass er es genoss, sie zu quälen. Und dass ihre Tante wegsah, weil sie froh war, dass er ihre Nichte verprügelte statt sie. Nein, von ihrer Tante hatte sie keine Unterstützung zu erwarten. Dann veränderten sich die Schläge, wurden beinahe liebevoll. Er fasste sie anders an, betrachtete sie mit diesem starren Blick aus seinen schönen grünen Augen – das Einzige, was ansehnlich an dem bulligen Kerl war und zumindest eine dürftige Erklärung lieferte, warum die attraktive Schwester ihrer Mutter ausgerechnet ihn geheiratet hatte.

Sie begriff, dass sein neues Verhalten mit der Veränderung ihres Körpers zu tun hatte. Plötzlich wuchsen ihr Brüste, ihre Hüften wurden runder. Nachdem der Mann ihrer Tante sie eines Abends im Hausflur in eine Ecke gedrängt und ihre Hand mit Gewalt an seine pralle Hose gezogen hatte, versuchte sie, ihm aus dem Weg zu gehen. Als er nachts in ihr Zimmer geschlichen kam und sie zwang, seinen Schwanz in den Mund zu nehmen, vertraute sie sich ihrer Lehrerin an. Sein Anwalt versuchte, sie als Lügnerin darzustellen, ihre Tante behauptete, ihre Nichte habe schon immer etwas gegen ihren Mann gehabt. Doch schließlich musste er ins Gefängnis, sie kam in eine Wohngruppe mit Jugendlichen, die ein ähnliches Schicksal erlitten hatten wie sie.

Von da an lief es besser. Aber es wurde nie wieder gut. Das konnte es nicht. Wer einmal seine Unschuld verloren hatte, vertraute dem Leben nie wieder völlig. Sie hatte gelernt, mit ihrer Vergangenheit zu leben. Hatte Kraft aus dem geschöpft, was mit ihr geschehen war.

Sie war stärker, als sie es ohne diese schmerzhaften Erfahrungen je hätte sein können. Das wusste sie. Die Wunde blieb. Der Tod ihrer Eltern, der Verlust des vertrauten Lebens, die Hölle im Haushalt ihrer Tante – all das war ihre persönliche Vertreibung aus dem Paradies gewesen. Bis heute hatte sie den Weg dorthin zurück nicht gefunden.

Jan war eine ernsthafte Chance gewesen. Die einzige, die das Leben ihr bislang eröffnet hatte. Sie war weit davon entfernt, ihr Schicksal als etwas Willkürliches zu betrachten. Ganz im Gegenteil war sie davon überzeugt, dass alles, was ihr je begegnet war, einen tiefen Sinn und ihr geholfen hatte, den ihr vorgezeichneten Weg zu finden. Doch warum hatte Gott ihr Jan gegeben und ihn wieder von ihrer Seite fortgerissen?

Sina hatte mit offenen Augen auf ihrer Pritsche gelegen und an die Decke gestarrt. Nun entfuhr ihr ein leises Stöhnen. Sofort spürte sie Unbehagen. Sie schien zwar allein in ihrem Gefängnis zu sein, dennoch fühlte sie sich beobachtet. Jan hätte sich jetzt lustig über sie und ihre Paranoia gemacht. Sie hatte allerdings gelernt, ihrer inneren Stimme zu vertrauen. Jemand verfolgte, was sie tat.

Automatisch scannte ihr Blick Decke und Wände ab, nirgends entdeckte sie ein verräterisches Leuchten. Vielleicht täuschte sie sich. Eigentlich war es ohnehin unwichtig. Niemand würde erraten können, was in ihr vorging. Das zu verbergen, hatte sie vor langer Zeit perfektioniert.

Sie hatte Kopfschmerzen, und in ihrer Brust lag ein schwerer Stein, genau dort, wo einst ihr Herz gewesen war. Aber es gab nichts, wovor sie sich ernsthaft fürchtete. Jan und die Hunde waren tot. Nichts hielt sie in diesem Leben. Natürlich wusste sie, dass man ihr wehtun würde. Womöglich folterten sie die Männer sogar. Schließlich wollten sie ihr nahekommen, sie im Innersten berühren. Sie weit über das körperlich Mögliche hinaus zerstören. Darum ging es immer. Sie würde es ertragen, bis es zu Ende war. Ihr war alles egal, das machte es leicht.

Einen Moment lang befreite Sina sich von sämtlichen Gedanken, ließ sich in die Leere fallen. Sie spürte, wie ihr Körper sich entspannte. Die Kopfschmerzen ließen nach, ihr Herz hämmerte gegen die Rippen. Dann tauchte aus dem Nichts ein anderer Impuls auf, einer, der ihr ebenfalls vertraut war. Er hatte Anteile von Trotz, Wut – und dem unbändigen Durst nach Rache. Sie zwang sich zur Ruhe. Sie würde abwarten und sehen, was sich ergab.

Sina stand auf und nahm die Grundhaltung einer Position aus dem Tai-Chi ein: den Himmel. Sie war bereit. Der Tod flößte ihr keine Angst ein. Trotzdem würde sie es ihnen nicht leicht machen. Es gab nur ein Ziel: Sie würden sie nicht brechen. Sie hörte das Lied, das ihr bereits geholfen hatte, ihre Kindheit zu überstehen. Elvis Presley. *You'll Never Walk Alone.*

16

Sina Lehmann war ohne Zweifel eine der interessantesten Testpersonen, die ihm je zur Verfügung gestanden hatten. Sie wirkte vollkommen ruhig. Beinahe gelassen. Als hätte sie ihren Mann nie sterben sehen und wäre selbst nicht in einem kalten, feuchten Verlies eingesperrt. Keine Spur von Angst oder Verzweiflung, weder im Wachzustand noch im Schlaf. Egal wie sehr er ihr Gesicht zu sich heranzoomte, es zeigte keine Regung. Und dennoch hätte er ein Vermögen darauf verwettet, dass der Verlust ihres Mannes und der Hunde sie tief getroffen hatte. Dass sie es hasste, eingesperrt zu sein. Er fühlte sie, diese Unruhe, die tief in ihr verborgen lag. Sie kannte diesen Schmerz, und sie hatte gelernt, ihn zu überleben. Dabei musste ihr längst klar sein, dass sie diesmal nicht davonkommen würde. Sie war bereits tot. Trotzdem hatte sie ihm den Fehdehandschuh hingeworfen. Sie wusste, dass es ihm nicht um ihren körperlichen Tod ging. Es ging um ihre Seele. Er wollte sie nicht töten. Er wollte ihr Innerstes freilegen, sie allem berauben, was sie zu einem Individuum machte. Das war schlimmer als der Tod, obwohl die meisten es nicht begriffen.

Vielleicht hätte er all die Frauen leben lassen, wenn das möglich gewesen wäre. Doch das war es nicht. Außerdem durfte er nicht nur an sich denken. Er musste seine Männer bei der Stange halten. Zumindest der

Penner genoss es, die Frauen umzubringen. Beim Großen war er sich nicht sicher. Manchmal glaubte er, dass er an nichts Freude hatte. Nicht einmal an den Vergewaltigungen. Der Kerl war vollkommen gefühllos. Oder er hatte sich außergewöhnlich gut unter Kontrolle. Womöglich sollte er sich eines Tages um den Großen kümmern. Der wäre bestimmt ein gutes Studienobjekt. Er musste grinsen.

Dann konzentrierte er sich wieder auf Sina Lehmann, die sich wie in Zeitlupe bewegte und ihm von einer ganzen Batterie von Bildschirmen entgegenstarrte. Beinahe schien es, als wäre sie sich bewusst, dass sie beobachtet wurde. Konnte es sein, dass sie so gerissen war? So abgebrüht? Forderte sie ihn heraus? Er würde es herausfinden. Und er würde das Spiel genießen. Beinahe bedauerte er es, dass das Ergebnis bereits feststand. Seine Regeln ließen nicht zu, dass sie eine echte Chance hatte. Dennoch würde er die Leine lang lassen. Eine Frau wie sie würde er so schnell nicht wieder finden.

„Meine kleine Kämpferin“, murmelte er und schaute das Gesicht auf dem größten der Monitore liebevoll an. Ein nie gekanntes Glücksgefühl durchflutete ihn. „Welch wundervolles Schicksal hat uns zusammengeführt.“

17

Katie sah Alex Bierbrauer erst am Montagmorgen wieder. Als sie den Besprechungsraum betrat, war er schon da. Er lächelte ihr kaum merklich zu und schien sich ehrlich über ihre Anwesenheit zu freuen. Sie entspannte sich. Am Samstag waren sie in ein Café in der Altstadt gefahren, nicht weit von ihrer Wohnung entfernt. Die Atmosphäre war locker, obwohl sie sich ausschließlich über den Fall unterhielten. Später brachte Alex sie zu Fuß nach Hause. Sie schlug einen kurzen Umweg vor und zeigte ihm das historische Rathaus. Er schien beeindruckt. Vor ihrer Tür verabschiedete er sich steif von ihr.

„Ich bin abends meist beim Iren. Falls Sie sich einsam fühlen“, ließ sie ihn noch einmal wissen.

Er schaute sie forschend an. Glaubte er etwa, sie wollte ihn anbaggern?

Kurz bevor Katie wütend wurde, lächelte er und zwinkerte ihr über die Schulter zu. „Ein eiskaltes Guinness? Ist vielleicht keine schlechte Idee. Mal sehen ...“

Doch er erschien nicht. Nicht am Samstag und nicht am Sonntag. Zu ihrem Ärger stellte sie fest, dass sie auf ihn gewartet hatte. Und dass sie enttäuscht war. Als sie an diesem Morgen vor dem Badezimmerspiegel stand und mehr Make-up auflegte als üblich, redete sie sich noch immer ein, dass er nur ein einsamer Kollege war, weit weg von zu Hause, um den sich jemand kümmern musste. Dass er auf Hendriks Gesellschaft keinen Wert legte, hatte er ja deutlich gezeigt. Ihre Nähe hatte er zumindest an diesem Wochenende auch nicht gesucht. Er war jedoch längst nicht mehr so abweisend.

Nun saß er am anderen Ende des Tisches und lächelte ihr zu. Unwillkürlich grinste sie zurück, was ihr prompt einen skeptischen Blick von Hendrik einbrachte, der gerade den Raum betreten hatte und sich neben sie setzen wollte.

„Was?“, blaffte sie ihn an.

Er sagte nichts und ließ sich auf einen freien Stuhl zwei Plätze weiter fallen.

Na toll, er schmollt.

In Katie regte sich das schlechte Gewissen. Schließlich waren sie Freunde.

Aber gibt ihm das das Recht, sich in mein Privatleben einzumischen?

Was hat Alex Bierbrauer damit zu tun?, fragte die Stimme in ihrem Kopf amüsiert.

Sehr witzig.

Johannsson stürmte ins Zimmer, im Schlepptau die beiden Schweriner Kollegen und eine junge Frau.

„Paula Szepanski, sie wird uns zuarbeiten“, stellte ihr Chef die Kollegin vor.

Katie kannte sie vom Sehen. Soweit sie wusste, war die Frau eine der Schreibkräfte aus der Abteilung Wirtschaftskriminalität. Eine Zivile, genau wie Sina Lehmann. Offenbar gab es bei den Kollegen größere personelle Reserven als in der Mordkommission. Das lag vermutlich daran, dass deren Auflösung längst beschlossen war. Spätestens wenn Johannsson in einigen Jahren in den Ruhestand gehen würde, stand die Zusammenlegung mit den Kolleginnen und Kollegen des K1 in Anklam an. Eine Sparmaßnahme, die vermutlich nur Politiker für sinnvoll halten konnten. Katie wusste, dass ihr Chef von diesen Plänen wenig begeistert war und seinen Ausstand deshalb so lange wie möglich hinauszögern würde. Und genau wie Johannsson wusste sie noch etwas anderes: Ein Fall wie dieser konnte die Auflösung ihres Kommissariats womöglich verhindern, zumindest für einige Jahre aufschieben – oder er konnte die Sache beschleunigen.

Paula war höchstens Mitte zwanzig, hatte kurzes, schwarz gefärbtes Haar, das auf einer Kopfseite abrasiert war und ihr auf der anderen in einer schwungvollen Welle übers Ohr fiel. Die lustigen hellbraunen Augen betonte sie mit einem auffälligen Make-up, in dem Schwarz dominierte, was ihr einen gewollt düster coolen Touch verlieh. Bestimmt trug sie irgendwo Tattoos, aber im Staatsdienst mussten die Hautkunstwerke stets unter der Kleidung verborgen werden. Winzige Löcher in Oberlippe und Ohren verrieten, wo sie in ihrer Freizeit eine Tonne Blech im Gesicht trug. Sie wirkte flippig, war jedoch hübsch und ohne Zweifel sympathisch. Zur Begrüßung strahlte sie in die Runde. Katie bemerkte, wie ihr Magen sich verkrampfte, als sie zu Alex Bierbrauer hinüberschaute. Er nahm von der Neuen keine Notiz, sondern fixierte Johannsson. Katie atmete hörbar aus. Nicht sein Typ. Doch wer außer Sina Lehmann war überhaupt sein Typ?

„Zu Ihrer Information, von heute an sind wir eine Einheit. Soko Königsstuhl. Die Kollegen aus Schwerin sind zu uns abgeordnet, bis der Fall geklärt ist. Irgendwelche Einwände?“ Johannsson war der Blick nicht entgangen, den Peters und Rönschmann ausgetauscht hatten.

„Nein, Chef. Nur ...“

Johannsson nahm Rönschmann ins Visier.

„Ich gehe in zwei Wochen in Urlaub. Ist schon gebucht, die Kinder haben Ferien ...“

Johannsson starrte Rönschmann an, während seine Augen zu schmalen Schlitzen wurden. Zum Glück hatte keiner seiner Leute Kinder.

„Dann sollten wir uns beeilen, meinen Sie nicht, Rönschmann?“ Damit wandte er sich abrupt Alex zu. „Ach ja, Bierbrauer, Sie gehören offiziell nicht zum Team. Sie sind lediglich Beobachter. Still und passiv, verstanden?“

Bierbrauer hielt seinem Blick stand. Einen Moment lang sah es so aus, als wollte er protestieren. Schließlich zuckte er gleichmütig mit den Schultern. „Wie Sie wollen, Herr Kriminaloberrat. Ich schaue mich stattdessen ein wenig in der Gegend um. Soll ja ganz schön sein, hier im Osten.“

„Machen Sie, was Sie wollen. Doch ich warne Sie: Halten Sie Abstand zu allen Orten, die irgendetwas mit diesem Fall zu tun haben.“

Johannsson blitzte Bierbrauer an, der schoss zurück. Ein wortloses Duell kampflustiger Blicke. Die Mienen der Zuschauer drückten teils Schadenfreude, teils Anspannung aus.

„Sagt wer?“, wollte Bierbrauer betont gelassen wissen.

„Sage ich“, erwiderte Johannsson im gleichen Ton.

„Aber ich gehöre nicht zum Team, schon vergessen? Auf welcher Grundlage wollen Sie mir Befehle erteilen?"

Johannsson war für mehrere Sekunden sprachlos. „Nun geben Sie mal nicht den Neunmalklugen, Bierbrauer. Sonst sind Sie ganz schnell auch Ihren Beobachterstatus los. Und ich versichere Ihnen, dass Ihr Vorgesetzter in Koblenz Sie schneller nach Hause beordert, als Sie sich Ihre Schuhe binden können. Also noch mal, bleiben Sie weg von möglichen Tatorten. Es sei denn, jemand fordert Sie ausdrücklich dazu auf, sich dorthin zu begeben. Und selbst dann wird immer einer von uns an Ihrer Seite sein, ist das klar?"

Bierbrauer schien sich in sein Schicksal zu fügen. „Aye, Käpt'n. Nur eine Frage: Sie haben nicht den geringsten Schimmer, wo der oder die Tatorte sind, stimmt's? Woher soll ich wissen, wohin ich gehen darf und wohin nicht?"

Johannsson holte tief Luft, und Katie fürchtete bereits, dass er ausrasten würde. Stattdessen atmete er nur geräuschvoll aus und wandte sich ihr zu.

„Hansen, erzählen Sie uns, was Sie über diese anderen Paare in Erfahrung gebracht haben."

„Nicht allzu viel, Chef. Sie sind nach wie vor verschwunden. Es gibt keine Hinweise, dass Nils und Biggi Albers je nach Schweden, Norwegen oder Dänemark eingereist sind. Jedenfalls stehen sie auf keiner Passagierliste der Fähren. Und auch die Obermeiers wurden zuletzt in der Ferienanlage in Salem gesehen. Außerdem sind alle genauso überstürzt abgereist wie Jan und Sina Lehmann. Waren einfach eines Morgens weg, der Schlüssel lag im tipptopp aufgeräumten Ferienhaus."

„War in beiden Fällen etwas anderes mit den Vermietern vereinbart?", unterbrach sie Bierbrauer.

Verlegen schaute sie ihn an. „Nun, bei den Albers ist das nicht ganz so ungewöhnlich. Das Haus liegt völlig einsam auf einem dreitausend Quadratmeter großen Grundstück. Da ist es nicht unüblich, dass Gäste den Schlüssel liegen lassen und abreisen. Allerdings hatten die zwei extra eine Endreinigung fürs Haus gebucht, damit sie nicht selbst putzen mussten. Biggis Eltern haben bei den Kollegen in Hamburg zu Protokoll gegeben, dass ihre Tochter nicht gerade eine begnadete Hausfrau ist. Sie können sich nicht vorstellen, dass sie das Haus freiwillig in Ordnung gebracht haben soll. Und laut Vermieter war es so gründlich gesäubert worden, dass er nicht mal durchkehren musste."

„Was ist mit diesen Bayern?", wollte Johannsson wissen.

„Wurden nach ihrem Aufenthalt im Ferienpark nicht mehr gesehen. Sie hätten den Schlüssel beim Parkverwalter abgeben müssen. Sie hatten eine Rechnung von drei Euro offen, da sie den Brötchenservice gebucht hatten. Allerdings hingen die Brötchen am späten Vormittag, als der Verwalter zur Hausübergabe kam, noch an der Haustür. Sie haben nicht mehr in Salem gefrühstückt."

„Und wer immer das Haus so sorgfältig gesäubert hat, war schon weg, als die Brötchen gebracht wurden. Sonst hätte er sie mitgenommen." Bierbrauer nickte Katie anerkennend zu.

Sie spürte, wie sie rot wurde.

„Keine voreiligen Schlüsse", bremste Johannsson ihr Glücksgefühl barsch aus. „Haben Sie irgendetwas Konkretes, das die Fälle in Verbindung bringen kann?"

Katie schaute ihn irritiert an. „Nur das, was ich gerade ausgeführt habe. Aber ..."

„Also nichts, was sich nicht auf vielfältige Weise anders erklären ließe. Solange wir keine besseren Anhaltspunkte haben, gehen wir im Fall Lehmann weiter von einer Einzeltat aus. Haben das alle verstanden?" Johannsson sah streng in die Runde, wobei sein Blick eine Sekunde länger an Bierbrauer hängen blieb. „Außerhalb dieser vier Wände und unseres Teams will ich kein Sterbenswort über einen möglichen Serientäter hören. Falls ich doch etwas in der Zeitung lesen oder im Radio hören sollte, wird sich einer von Ihnen neben dem armen Jan Lehmann im Leichenschauhaus wiederfinden, alles klar?"

„Klar, Chef", murmelten sie im Chor.

Nur Bierbrauer war stumm geblieben. Katie wurde nervös. Warum musste er Johannsson provozieren, verdammt?

„Klar, Bierbrauer?"

Der zog eine Braue in die Höhe. „Sie haben von ‚unserem Team' gesprochen. War ich da auch gemeint?"

Wider Erwarten blieb Johannsson ruhig. „Allerdings, Kollege. In dieser Hinsicht sind Sie ein vollwertiges Mitglied. Also, haben wir uns verstanden?"

„In dieser Hinsicht, ja."

Johannssons mahlte mit den Zähnen. War er wütend oder unterdrückte er ein Grinsen? Katie war sich nicht sicher. Jedenfalls gab sich ihr Chef mit Bierbrauers Erklärung zufrieden.

„So, nachdem das geklärt ist, kommen wir zu Ihren Aufgaben. Peters und Rönschmann, ich möchte, dass Sie sich noch einmal mit sämtlichen Bewohnern des Ferienparks in Sternberg befassen, die zur gleichen Zeit wie die Lehmanns dort gewohnt haben. Sprechen sie mit allen persönlich. Egal, wo sie jetzt sind, klar?"

Rönschmann sah aus, als wolle er protestieren, überlegte es sich jedoch anders.

„Das wird ja vermutlich keine zwei Wochen dauern, Rönschmann. Also keine Gefahr für Ihren Urlaub", beruhigte Johannsson ihn. „Sie, van Loh, nehmen gemeinsam mit unserem Koblenzer Kollegen das persönliche Umfeld von Sina und Jan Lehmann unter die Lupe. Wenn es sein muss, fahren Sie runter an den Rhein. Wir müssen wissen, ob es etwas Persönliches sein könnte, das nur zufällig bei uns stattgefunden hat. Zum Beispiel ein eifersüchtiger Ex-Lover von Frau Lehmann."

Johannsson schaute Bierbrauer direkt an, der blieb völlig ruhig. Falls ihn die Bemerkung ärgerte, ließ er sich nichts anmerken.

„Eigentlich bin ich nicht hochgefahren, um ...", setzte er an.

„Sie sind hier, um uns zu unterstützen, oder?", unterbrach ihn Johannsson. „Was könnte uns wohl mehr helfen als das? Sie kennen sich im Gegensatz zu uns da unten aus. Ich vermute, dass Sie zumindest einen guten Einblick in das private Umfeld von Sina Lehmann haben. Nennen Sie mir also ein einziges Argument, Sie mit einer anderen Aufgabe zu betrauen."

Bierbrauer blieb stumm. Offenbar wusste er darauf nichts zu erwidern. Schließlich nickte er. „Gut."

Johannsson sah zum ersten Mal an diesem Morgen zufrieden aus. „Zum Abschluss ein Hinweis zu Frau Szepanski. Sie ist recht fit in Internetrecherche. Wie wir alle wissen, ist das bei der Polizei ein seltenes Talent – wenn wir unsere Spezialisten mal außen vor lassen. Falls Sie ihre Unterstützung brauchen, greifen Sie, ohne zu zögern, auf die Kenntnisse der Kollegin zurück. Sie wird jedem von Ihnen zuarbeiten." Er schaute noch einmal in die Runde.

Alle nickten.

„So, das war's für heute Vormittag. Lassen Sie Ihre Handys eingeschaltet. Falls sich etwas Außergewöhnliches ergibt, rufe ich Sie wieder zusammen. Ansonsten treffen wir uns bis auf weiteres jeden Morgen um acht zur Lagebesprechung. Und jetzt raus hier. Alle bis auf Hansen."

Als sie allein waren, blickte Johannsson Katie nachdenklich an. „Sie sind davon überzeugt, dass es einen Zusammenhang zwischen dem Überfall auf die Lehmanns und dem Verschwinden der anderen Paare gibt?"

„Ja, Chef", gab Katie zu. „Es gibt zu viele Parallelen. Und schließlich hätten wir Jan Lehmann ja ohne den Abbruch nie gefunden."

„Mal angenommen, Ihre Theorie stimmt, dann bleiben viele Fragen offen, auf die wir derzeit nicht die geringste Antwort haben."

„Sie meinen, welcher Zusammenhang zwischen den Paaren besteht? Nun, zumindest waren es immer ein Mann und eine Frau."

„Tatsächlich?" Johannsson musterte sie belustigt.

Hatte sie etwas übersehen?

„Was meinen Sie ...?“

„Ich meine, dass wir – falls Sie richtig liegen, wohlgemerkt – bislang drei verschwundene Paare haben. Aber wer weiß, wie viele es tatsächlich sind? Und wer weiß, ob es nur Paare waren, die den Tätern in die Hände fielen? Abgesehen davon, dass wir nicht den geringsten Schimmer haben, wie das Motiv aussehen könnte, scheint es den Tätern ja vor allem um die Frauen zu gehen. Wenigstens haben sie Jan Lehmann schnell und einfach entsorgt. Haben sie das mit den anderen Männern ebenfalls getan? Und wo sind die Frauen? Haben sie sich womöglich auch alleinstehende Frauen geschnappt? Oder Frauen, die mit anderen Frauen unterwegs waren? Und falls das alles mehr ist als das Hirngespinst zweier paranoider Polizisten, sind die Frauen dann alle tot? Oder leben sie noch? Jedenfalls manche von ihnen. Und wie, um alles in der Welt, wählen die Täter ihre Opfer aus? Dass sie ihnen zufällig irgendwo im Wald begegnen, können wir ausschließen, nicht wahr? Sie wussten genau, wo die Leute untergekommen waren. Das haben sie bestimmt nicht erst herausgefunden, nachdem sie sie überfallen haben.“

Katie nickte.

„Immerhin wurden die Häuser zumindest im Fall Lehmann über Nacht in Ordnung gebracht“, fuhr Johannsson fort. „Außerdem hätten sie damit rechnen müssen, dass der ein oder andere Überfallene in einer Pension oder einem Hotel untergebracht war, was es nicht so leicht gemacht hätte, alles verschwinden zu lassen. Nein, Hansen, entweder ist das eine gewaltige Sackgasse, oder wir haben es mit einem Verbrechen ungeahnten Ausmaßes zu tun.“

Katie hatte ihrem Vorgesetzten fasziniert bei dem ungewohnt langen Monolog gelauscht. Offenkundig hatte er sich jede Menge Gedanken über ihre Theorie gemacht. Manche seiner Überlegungen waren sogar für sie neu.

„Was soll ich tun, Chef?"

Johannsson musterte sie einen Moment schweigend. „Um zwölf treffen wir uns in meinem Büro mit Ahrens. Wir werden ihn auf den neuesten Stand bringen und hören, was er zu unserer Hypothese zu sagen hat. Bis dahin können Sie ein wenig wühlen. Wir müssen wissen, welche Verbindung es zwischen den vermissten Paaren gibt – falls es eine gibt."

Katie wusste jetzt, dass Johannsson auf ihrer Seite war, aber auf Nummer sicher gehen wollte. Schließlich war es keine gute Werbung für die Region, wenn Urlauber verschwanden oder ermordet wurden. Auch deshalb sollte die Presse so spät wie möglich von ihrem Verdacht erfahren.

„Noch was?", fragte sie.

Johannsson schwieg eine Weile, ohne den Blick von ihr abzuwenden. „Ja", sagte er endlich. „Finden Sie heraus, ob es weitere verschwundene Menschen gibt, die ins Schema unserer Täter passen könnten."

„Welcher Suchradius und Zeitraum?"

Johannsson zögerte. „In ganz Meck-Pomm, die letzten drei Jahre. Vorerst."

18

Alex Bierbrauer saß in einem Café am Alten Markt. Von seinem Platz aus konnte er direkt auf die gotische Fassade des historischen Rathauses und die Nikolaikirche sehen. Es war später Vormittag, die Sonne schien, und es versprach, ein angenehm milder Junitag zu werden. Er hatte sich mit van Loh für den Nachmittag verabredet, und der junge Kollege schien zufrieden zu sein, sich nicht sofort mit ihm auseinandersetzen zu müssen. Alex grinste. Van Loh war in Katie Hansen verknallt. Das hatte er gleich bemerkt, als die beiden an seinem ersten Tag in Stralsund das Besprechungszimmer betreten hatten. Doch genauso schnell war ihm klar gewesen, dass der unsichere und schüchterne van Loh bei seiner coolen Kollegin nicht die geringste Chance hatte. Eine Frau wie Katie stand nicht auf nette Jungs. Jochen würde behaupten, dass sie genau in sein Beuteschema fiel. Tatsächlich war es umgekehrt. Sie gehörte zu den Frauen, die sich unwillkürlich in Männer wie ihn verliebten. Meist interessierte ihn das nicht, aber manchmal hatte er keine Lust, Nein zu sagen. Vielleicht hoffte er, so für ein paar Stunden der Einsamkeit zu entfliehen. Wie konnte man jedoch etwas entkommen, das tief in der eigenen Seele lauerte? Das war wohl der Grund, warum er meist noch in der ersten Nacht die Flucht ergriff. Das würde ihm bei Katie nicht passieren.

Mit ihr würde er gar keine Nacht verbringen. Zum einen war sie eine Kollegin, und sie arbeiteten am selben Fall. Das musste unweigerlich zu Problemen führen – mit Hansen, van Loh und Johannsson. Zum anderen mochte er sie tatsächlich. Er hatte nicht vor, für ihre Tränen verantwortlich zu sein. Sollten das ruhig weiter andere übernehmen. Ohnehin gehörten seine Gedanken allein Sina. In gewisser Weise war das von Anfang an so gewesen. Ein Teil von ihr war immer bei ihm. Seit Jahrzehnten. Jetzt war es anders. Sie war in Gefahr, und er musste sich vollkommen darauf konzentrieren, sie zu finden.

Reflexartig griff er in die Jackentasche und berührte den zarten Stoff des Schals, den Linda ihm mitgegeben hatte. Sie hatte wohl gedacht, dass ihm das helfen würde, dessen Eigentümerin zu finden.

Er ließ den Blick über den malerischen Platz mit den romantischen Häuserfassaden gleiten. Wie sehr diese Idylle im Gegensatz zu dem Grauen stand, das Sinas Verschwinden in ihm auslöste. Trotz der Verzweiflung, die ihn seit der Nachricht von Jan Lehmanns Tod ständig begleitete, hatten Stralsund und Umgebung eine seltsam beruhigende Wirkung auf ihn. Er wusste nun, was Sina hierher gezogen hatte. Zum ersten Mal konnte er verstehen, warum sie und Jan regelmäßig an die Ostsee und an die Mecklenburgische Seeplatte gereist waren.

Am Wochenende war er zuerst nach Sternberg gefahren und hatte dann die Ferienhäuser besucht, die die beiden anderen Paare gemietet hatten. Er hatte Karten studiert und war durch die Gegend gelaufen. In Salem hatte er mit dem Verwalter der Ferienanlage sprechen können, in der die Obermeiers Station gemacht hatten. Das alles hatte dazu geführt, dass er Katie Hansen zustimmte: Es gab eine Verbindung zwischen den Fällen. Obwohl er bislang nicht die geringste Ahnung hatte, wie die aussah. Bei seinen Ermittlungen war aber noch etwas anderes geschehen. Er hatte den Zauber der Gegend gespürt, und er kannte Sina gut genug, um zu wissen, was sie empfunden hatte. Er konnte sich vorstellen, dass sie hier zur Ruhe gekommen war. Und falls Jan Lehmann ähnlich gestrickt gewesen war, ahnte er zum ersten Mal, was Sina zu ihm hingezogen hatte. Womöglich war er tatsächlich der Seelenverwandte gewesen, den sie gesucht und in ihm nie gefunden hatte. In seinem Magen wütete urplötzlich ein Wirbelsturm, der in Sekundenschnelle in seine Brust wanderte und ihm den Atem raubte. Konnte es tatsächlich sein, dass sie ihn völlig abgeschrieben und in Jan Lehmann ihre große Liebe gefunden hatte? Etwas Starkes in ihm wehrte sich gegen diese Erkenntnis. Eine zartere Stimme machte ihn darauf aufmerksam, dass sie nicht unbedingt das Gleiche für ihn empfinden musste wie er für sie. Und selbst wenn es einmal so gewesen war, hatte er sich alle Mühe gegeben, ihre Gefühle für ihn zu zerstören.

Plötzlich kam Alex der malerische Platz nicht mehr so anheimelnd und beruhigend vor. Im Gegenteil. Er winkte eine Kellnerin herbei und hatte es eilig zu bezahlen. Ihm blieben knapp fünf Stunden bis zu seinem Treffen mit van Loh. Ausreichend Zeit, um sich ein wenig auf Rügen umzusehen. Denn dort war nicht nur die Leiche von Jan Lehmann gefunden worden. Von Linda wusste er, dass Sina und ihr Mann Ostdeutschlands

Vorzeigeinsel besonders geliebt hatten. Vielleicht waren sie zum Abschluss ihrer Reise ja doch noch einmal dorthin gefahren – und Jans Mörder begegnet. Falls dem so war, wusste Alex, wo er mit der Suche beginnen musste: in Sellin.

Dort hatten die Lehmanns laut Linda regelmäßig Quartier bezogen. Außerdem existierte mitten im Ort eine Art heiliger Berg. Der schien zwar über die Insel hinaus kaum bekannt zu sein, Alex wusste jedoch, wie fasziniert Sina von solchen Plätzen war. Um eine vorchristliche Kultstätte zu besuchen, wäre sie Hunderte von Kilometern gefahren. Er hatte das immer für Quatsch gehalten. Ein Stück Land, ein paar große Steine, die unwissende Höhlenmenschen dorthin geschleppt hatten – was sollte daran magisch sein? Wie konnte ein vernünftiger Mensch überhaupt einen Gedanken an Magie und Mystik verschwenden? Er wusste es nicht, hatte es nie verstanden. Obwohl Sina sich alle Mühe gegeben hatte, es ihm zu erklären. Und das, was sie sagte, hörte sich meist logisch an. Sina war schließlich eine intelligente Frau. Doch ihre Theorien setzten voraus, dass es eine Welt jenseits der bekannten fünf Sinne existierte. Das konnte und wollte Alex nicht glauben. Das war völlig verrückt. Es war schon schwer genug, sich in der Welt zurechtzufinden, die man sehen und anfassen konnte. Sinas Blick auf das, was sie „Schöpfung“ nannte, hätte ihm den Boden unter den Füßen weggezogen.

Und nun war etwas viel Schlimmeres geschehen. Denn Sina, das hatte er von Anfang an gewusst, war sein Rettungsanker. Jenseits ihres Glaubens an allerlei mystischen Schnickschnack war sie sein Bindeglied an die ganz profane Realität – eine Welt, zu der er sich nicht zugehörig fühlte. Wie sollte er sein Leben in dem Wissen ertragen, dass es sie nicht mehr gab? Das war undenkbar. Deshalb würde er diesen „heiligen Berg“ aufsuchen und verstehen, was sie angetrieben hatte. Er würde sich auf ihren Blick einlassen und hoffen, dass ihm das helfen würde, sie wiederzufinden. Und wenn sie dann immer noch nichts von dir wissen will? Es war diese Stimme in seinem Kopf, die ihn auf Dinge aufmerksam machte, die er nicht sehen wollte.

Alex schaute noch einmal über den Platz, stand auf und schlug den Weg zu seinem Hotel ein. In weniger als fünf Minuten würde er im Auto sitzen und Richtung Rügenbrücke fahren. Es war nicht wichtig, ob sie ihn wollte oder nicht. Es war wichtig, dass sie auf demselben Planeten lebte wie er.

19

Als Katie den Computer ausschaltete, betrat Hendrik das gemeinsame Büro.

„Hey, wo ist denn dein neuer Kompagnon? Ihr solltet doch zusammenarbeiten ..." Sie grinste ihren Partner schadenfroh an. Es war offenkundig, dass er Alex Bierbrauer nicht mochte.

„Er hatte noch was vor. Wir treffen uns erst heute Nachmittag. Bis dahin werde ich die üblichen Wege einschlagen, um etwas über die Lehmanns in Erfahrung zu bringen."

Er würde also zuerst die Polizeidatenbank anzapfen und prüfen, ob Sina oder Jan Lehmann aktenkundig waren. Die meisten Leute hatten sich zumindest mal einen groben Schnitzer beim Autofahren erlaubt. Männer waren außerdem häufig in ihrer Jugend durch Schlägereien aufgefallen. Falls das nichts brachte, gab es heutzutage dank Google, Facebook und Co. jede Menge andere Möglichkeiten, etwas über einen Menschen herauszufinden. Es war allerdings eine Sisyphusarbeit mit zweifelhaftem Erfolg. Meist teilten sie sich deshalb die Recherche. Heute hatte sie anderes zu tun, und Hendrik war selbst schuld, dass er Bierbrauer freigegeben hatte.

„Na, dann viel Glück. Ich muss zum Chef. Ahrens trifft sich gleich mit uns." Sie lächelte ihn noch einmal unaufrichtig an und verschwand.

Als sie in Johannssons Büro eintraf, war Prof. Ahrens gerade dabei, seinen kamelfarbenen Kaschmirmantel abzulegen. Da zwar ein einfacher Garderobenständer in der Ecke neben einem Regal stand, jedoch keine Kleiderbügel vorhanden waren, musste Ahrens das sündhaft teure Kleidungsstück entgegen jeder Etikette an der Kragenschlaufe aufhängen, was ihm sichtlich missfiel. Wie immer sah der Wissenschaftler aus wie aus dem Ei gepellt. Der hellgraue Maßanzug schimmerte, als wäre er aus Seide – was er sicherlich zu einem hohen Prozentsatz auch war –, die glänzenden schwarzen Schuhe wurden durch kein einziges Staubkörnchen beleidigt, und die Strümpfe, die unter dem Hosenbein hervorblitzten, als ihr Träger sich elegant auf einen Stuhl gleiten ließ, waren aus hochwertigsten Materialien gefertigt. Der Mann, der in den Designerklamotten steckte, vervollständigte das Bild. Das markant attraktive Gesicht wurde von den ausdrucksvollen graubraunen Augen und der leicht gebogenen Nase geprägt, Mund und Kinn waren scharf geschnitten. Das grau melierte, sanft gewellte Haar trug Ahrens halblang und modisch nach hinten gewachst. Die leicht gebräunte Haut und die manikürten Hände rundeten die Erscheinung ab. Prof. Dr. Dr. Hajo Ahrens war nicht nur der führende deutsche Wissenschaftler auf seinem Gebiet, er war auch der Inbegriff eines attraktiven Mannes mittleren Alters.

Eigentlich hatte Katie eine Schwäche für Männer, die sich pflegten und ihre Garderobe sorgfältig auswählten. Der Kult, den Ahrens um seine Person betrieb, ging ihr hingegen zu weit. Seine Selbstgefälligkeit, die zwangsläufig mit einer mehr oder weniger spürbaren

Herablassung gegenüber anderen Menschen einherging, hätte sie normalerweise abgestoßen. Aber zum einen hatte sie gelernt, Ahrens' fachliches Wissen zu schätzen. Schließlich hatte er sie in einigen Fällen hervorragend unterstützt. Zum anderen schien der Professor einen Narren an ihr gefressen zu haben. Jedenfalls behandelte er sie niemals von oben herab, sondern war betont freundlich.

Mehr als einmal hatte er ihr seine fachliche Hilfe angeboten, was Katie peinlich war, weil es ihr vor Augen führte, wie weit ihr unglückseliges Liebesleben sich mittlerweile herumgesprochen hatte. Allerdings hätte sie sich ohnehin nicht vorstellen können, auf einer Couch zu liegen und Ahrens ihre geheimsten Gedanken zu offenbaren. Denn so sehr seine Aufmerksamkeit ihr schmeichelte, so unangenehm war sie ihr. Vielleicht lag es daran, dass es ihr absolut unmöglich war, hinter der prächtigen Fassade des perfekten Wissenschaftlers auch nur einen Hauch des Menschen Hajo Ahrens zu erkennen. Sie hatte keine Ahnung, wer Ahrens tatsächlich war, und deshalb konnte sie ihm nicht das Vertrauen entgegenbringen, das ihrer Meinung nach die Grundlage jeder erfolgreichen Therapie war. Oder wollte sie sich nur nicht helfen lassen?

„Ah, Hauptkommissarin Hansen." Ahrens hatte sie bemerkt und erhob sich sogleich wieder, um ihr die Rechte entgegenzustrecken.

Soweit sie gesehen hatte, hatte er Johannsson zur Begrüßung lediglich zugenickt. Entschuldigend suchte sie den Blick ihres Chefs, während sie Ahrens' Händedruck erwiderte. Johannsson schien nicht sonderlich verärgert. Zumindest nahm er ihr Ahrens' Fauxpas nicht übel. Nachdem der Psychologe sie ein klein wenig später als schicklich freigegeben hatte, setzte Katie sich auf den freien Besucherstuhl vor Johannssons Schreibtisch.

„Es gibt also einen toten Mann auf Rügen und eine verschwundene Ehefrau, was unsere reizende Kollegin an einen Serientäter glauben lässt." Ahrens hatte nicht abgewartet, bis Johannsson das Gespräch eröffnete, und die Regie an sich gerissen.

Katie sah einen Anflug von Ärger auf dem Gesicht ihres Vorgesetzten, der so schnell verschwand, wie er aufgetaucht war. Sie beschloss, es Johannsson gleichzutun und die Überheblichkeit, die in Ahrens' Worten mitschwang, zu überhören. Sie überließ es Johannsson zu antworten.

„Guten Tag, Herr Professor. Ich freue mich, dass Sie Zeit für uns haben, und danke Ihnen schon jetzt für Ihre sicherlich unverzichtbare Unterstützung. Wir wissen Ihren fachlichen Rat sehr zu schätzen."

Hinter der förmlichen Begrüßung spürte Katie deutlich die Verärgerung über Ahrens' Gebaren. Außerdem machte Johannsson so ohne viel Aufhebens klar, wer Herr des Geschehens war und nach wessen Regeln gespielt wurde. Ahrens' süffisantes Lächeln zeigte ihr, dass auch er die Warnung hinter der Höflichkeit bemerkt hatte. Sie war sich dagegen nicht sicher, ob der Professor sie ernst nahm.

„Wenn man die Ereignisse vereinfachen will, haben Sie recht. Es gibt einen Toten, dessen Ehefrau unauffindbar ist. Das allein lässt uns natürlich nicht an einen Serienmörder glauben."

Johannsson verschwieg Ahrens, dass nur Katie der Serienmördertheorie anhing und dass dafür zurzeit kaum Anhaltspunkte existierten.

„Es gibt mindestens zwei weitere Paare, die verschwunden sind. Und einige Details stimmen auffällig mit dem aktuellen Fall überein." Er nickte Katie zu und übergab ihr damit das Staffelholz.

Bevor sie etwas erwidern konnte, ergriff Ahrens das Wort. „Sie sprechen von verschwundenen Paaren – im aktuellen Fall haben wir allerdings einen toten Mann und eine vermisste Frau, wenn ich Sie richtig verstanden habe. Das scheint mir ein recht bedeutsamer Unterschied zu sein."

Johannssons Kiefer mahlten, seine Nasenflügel bebten.

Katie beeilte sich, Ahrens' Aufmerksamkeit auf sich zu lenken. „Das stimmt, Herr Professor. Doch es war reiner Zufall, dass wir Jan Lehmann – das ist der Tote – überhaupt gefunden haben. Es hat nämlich in der Nacht, als seine Leiche entsorgt werden sollte, einen Abbruch gegeben. Deshalb ist der Körper an einem Baum hängen geblieben und nicht mit der Flut weggetrieben worden. Ansonsten hätten wir kaum etwas von dem Mann gefunden. Es ist also durchaus möglich, dass die Leichen der anderen Männer auf ähnliche Weise entsorgt worden und nicht wiederaufgetaucht sind."

Ahrens' Gesichtsausdruck blieb skeptisch, aber er enthielt sich vorerst jeden Kommentars. Es dauerte fünf Minuten, bis Katie alle bisherigen Erkenntnisse vorgetragen hatte. In den vergangenen beiden Stunden war sie auf vier weitere Paare gestoßen, die zum Muster passen konnten. Zwei der Vermisstenmeldungen waren jedoch mehr als zwei Jahre alt, und sie hatte noch keine Zeit gehabt, Einzelheiten zu recherchieren.

Nachdem sie ihren Bericht beendet hatte, räusperte Ahrens sich. „Nun, bei allem Respekt, das ist zwar eine schöne Theorie, die Fakten scheinen mir dagegen mehr als dürftig. Natürlich ist es wichtig, selbst die abwegigsten Spuren zu verfolgen. Zumal wenn die Ermittlungen in einer Sackgasse stecken. Davon kann derzeit nicht die Rede sein. Möglicherweise wäre es vernünftig, erst einmal das persönliche Umfeld von Herrn Lehmann und seiner verschwundenen Frau zu beleuchten. Womöglich bringt uns dieser klassische Ansatz bereits zum Ziel, und wir können uns viel überflüssige Arbeit ersparen. Apropos, ich habe gehört, dass ein Kollege aus dem Rheinland zu Ihrem Team gehört." Er sah Johannsson mit hochgezogenen Brauen an. „Er soll ein ... intimer Freund der Vermissten sein. Ist es nicht ungewöhnlich, Angehörige eines vermeintlichen Opfers an den Ermittlungen zu beteiligen?"

Johannsson begegnete dem Blick des Wissenschaftlers mit versteinerter Miene. „Kriminalhauptkommissar Bierbrauer arbeitet bei der Kripo in Koblenz, genau wie Sina Lehmann es früher getan hat. Die beiden kennen sich seit ihrer Jugend, deshalb liegt ihm verständlicherweise viel daran, dass sie unversehrt gefunden wird. Außerdem haben uns seine Vorgesetzten in Koblenz versichert, dass er absolut zuverlässig ist."

Katie schaute ihren Chef verblüfft an. Er hatte Bierbrauer tatsächlich gerade verteidigt.

„Mag sein“, erwiderte Ahrens. „Fakt ist jedoch, dass der junge Mann mit einem der Opfer bekannt ist. Offenbar sogar sehr gut. Da drängen sich Zweifel an seiner Objektivität auf, meinen Sie nicht? Und das ist nicht alles. Haben Sie bedacht, dass er ein Tatmotiv haben könnte? Wer weiß, wie eng seine Beziehung zu dieser Sina Lehmann gewesen ist? Vielleicht hat er seinen Nebenbuhler aus dem Weg geräumt und sich die Dame geschnappt. Oder die zwei stecken unter einer Decke. Wir können nicht einmal sagen, ob Frau Lehmann tatsächlich entführt wurde. Wir wissen nur, dass ihr Mann tot ist. Mal angenommen, ich habe recht: Wie könnte dieser Bierbrauer die Ermittlungen besser boykottieren als dadurch, dass er zum Team gehört? Schließlich kennt er sich bestens mit Polizeiarbeit aus.“

Auf Johannssons Gesicht war keine Regung zu festzustellen, er hatte sich mittlerweile fest im Griff. Selbstverständlich haben wir den Kollegen überprüft. Er hat neben einem tadellosen Leumund ein wasserdichtes Alibi. Und was seine Objektivität betrifft, das Problem ist uns bewusst. Deshalb hat er lediglich Beobachterstatus und ist nicht unmittelbar an den Ermittlungen beteiligt. Allerdings will ich nicht auf den Vorteil verzichten, den seine Anwesenheit zweifellos für unsere Arbeit hat.“

Die beiden Männer schauten sich schweigend an. Testosteronalarm, dachte Katie innerlich grinsend, während sie peinlich genau darauf achtete, dass ihr der Gedanke nicht anzusehen war.

„Wie Sie meinen“, lenkte Ahrens verbindlich lächelnd ein. „Es spricht jedoch sicher nichts dagegen, dass ich ein ausführliches Gespräch mit Hauptkommissar Bierbrauer führe, oder? Letztlich ist es auch für meine Arbeit enorm wichtig, dass ich mir ein möglichst genaues Bild von den Opfern und ihrem Umfeld machen kann. Vielleicht ist der Kollege aus Koblenz ja für uns alle ein Glücksfall."

Johannsson schwieg einige Sekunden, dann erhob er sich und streckte Ahrens die Rechte entgegen. „Natürlich, Herr Professor. Ich werde Herrn Bierbrauer bitten, einen Termin mit Ihnen zu vereinbaren. Ich bin überzeugt, dass er zu allem bereit ist, das uns hilft, Sina Lehmann schnellstmöglich zu finden. Ansonsten lasse ich Ihnen alles zukommen, was wir bislang herausgefunden haben."

Ahrens erhob sich mit einer Verzögerung und nahm die Hand, die Johannsson ihm noch immer entgegenhielt. „Nichts für ungut, Herr Kriminalrat. Ich will Ihnen nur helfen. Und dazu gehört meiner Meinung nach, dass ich Sie darauf aufmerksam mache, sollten Sie sich in etwas verrennen."

Johannsson nickte stumm.

Der Professor wandte sich Katie zu, die ebenfalls aufgestanden war, und schenkte ihr ein strahlendes Lächeln. „Und Sie, junge Dame, sind mir hoffentlich nicht böse, dass ich Ihre schöne Theorie in Stücke gehauen habe. Ich bewundere das Engagement und die Kreativität, mit denen Sie die Dinge angehen, das müssen Sie mir glauben. Aber es ist nun einmal die Aufgabe von uns alten Hasen, Jungspunde wie Sie hin und wieder auf den Boden der Tatsachen zurückzuholen, nicht wahr, Kriminaloberrat Johannsson?", fügte er rhetorisch an, ohne dem Leiter der Stralsunder Kripo einen

Blick zu schenken. „Sie werden sehen, Hauptkommissarin Hansen, gemeinsam werden wir den Fall im Nullkommanichts aufgeklärt haben. Wenn auch ein wenig unspektakulärer, als Sie es sich wünschen." Er griff nach seinem Mantel, warf ihn sich über den Arm und war verschwunden.

Johannsson atmete hörbar aus. „Was für ein Idiot."

Katie sagt vorsichtshalber nichts und ließ sich auf ihren Stuhl sinken. „Wie geht es weiter?", wollte sie wissen. „Unser Experte hält ja nicht besonders viel von der Serienmördertheorie."

Johannsson musterte sie eine Weile, bevor er antwortete. „Sind Sie nach wie vor davon überzeugt, dass mehr hinter der Sache steckt?"

Katie zögerte, bevor sie antwortete. „Ja", sagte sie mit fester Stimme.

„Gut. Machen Sie weiter. Ahrens ist zwar eine Kapazität auf seinem Gebiet, doch wenn es um Mörder geht, haben wir die besseren Instinkte. In der Hinsicht hat Ahrens allerdings recht: Wir dürfen das Offenkundige nicht außer Acht lassen, um einem Gefühl nachzuspüren. Das heißt, die anderen im Team fahren das Standardprogramm. Offiziell gehen wir weiterhin von einer Einzeltat aus. Sie beteiligen sich angemessen an dieser Arbeit und suchen nebenbei nach ähnlichen Fällen."

„Was ist mit Professor Ahrens?"

Johannsson sah Katie eindringlich an. „Der soll tun, was er für richtig hält. Wenn es uns hilft, den Fall aufzuklären – gut. Falls Sie recht haben, wird er nicht allzu weit kommen, denke ich. Sobald wir mehr Fakten über andere Vermisste zusammengetragen haben, können wir immer noch seinen Rat einholen. An die Arbeit!“ Johannsson widmete sich den Papieren auf seinem Schreibtisch.

Katie stand auf und zögerte. „Haben Sie Alex Bierbrauer tatsächlich überprüft?“

Johannsson schaute auf, und sie glaubte, ein spöttisches Lächeln in seinen Augenwinkeln zu erkennen, das nicht zu seinem barschen Ton passte. „Was glauben Sie denn? Dass ich den Ex-Lover der verschwundenen Frau Lehmann mitmischen lasse, ohne mich davon zu überzeugen, dass er sauber ist? Sie halten mich wohl auch für einen Stümper, wie es unser Freund Ahrens offenbar tut.“

„Ganz bestimmt nicht, Chef“, versicherte ihm Katie schnell. „Und ich glaube nicht, dass es Professor Ahrens so meinte.“

Jetzt grinste Johannsson tatsächlich. Etwas, was er nur äußerst selten tat und seinem Gesicht einen sanften, väterlichen Ausdruck verlieh. „Na, da bin ich mir nicht so sicher. Aber keine Sorge, die Meinung unseres hochgelobten Professors beeinträchtigt mein Selbstwertgefühl nicht im Geringsten. Ganz im Gegenteil.“ Sein Gesicht wurde plötzlich wieder streng, als wäre ihm bewusst geworden, dass er dabei war, seine Autorität zu verspielen. „Zum letzten Mal, Hansen, verschwinden Sie und gehen Sie an die Arbeit. Statt rumzutrödeln, sollten Sie uns lieber ein paar handfeste Beweise für Ihre waghalsigen Theorien liefern. Sonst machen wir uns am Ende beide lächerlich."

20

Sina hatte nicht die geringste Ahnung, wie lange sie gefangen war. Der einzige Anhaltspunkt waren die Hell- und Dunkelphasen der künstlichen Beleuchtung. Demnach wären vier Tage und drei Nächte vergangen. Sie traute der Sache allerdings nicht. Ihr Biorhythmus sagte etwas anderes, und da sie seit zwanzig Jahren keine Uhr mehr getragen hatte, konnte sie sich auf ihr Zeitgefühl verlassen. Doch wie lange funktionierte die innere Uhr, wenn sie sich nicht an Tag und Nacht orientieren konnte? Sie wusste es nicht. Aus den versteckten Lautsprechern betrauerten Bono und U2, dass sie noch immer nicht gefunden hatten, wonach sie schon ihr ganzes Leben lang suchten.

„*Still Haven't Found What I'm Looking For*", hallte die vor schmerzlichen Gefühlen bebende Stimme von den Felsen wider. Hatte sie es je gefunden? Wusste sie, was es war?

Sina ging der Frage nicht weiter nach. Ihr Körper hatte sich vom Hals bis zu den Beinen in ein großes schwarzes Loch verwandelt, in dem all ihre Wünsche und Hoffnungen verschwunden waren. Sie wusste genau, dass dort nichts als Tränen und Verzweiflung auf sie lauerten, deshalb weigerte sie sich strikt, genauer hinzuschauen. Ihr Kopf funktionierte, das reichte vollkommen. Gefühle waren in dieser Situation höchstens schädlich. Wer wusste schon, was sie noch auszuhalten hatte?

Ihre Seele war längst tot, sie machte sich jedoch nichts vor. Sie konnten ihr Schmerzen zufügen, die nicht leicht zu ertragen sein würden. Sie ging sogar davon aus, dass sie das tun würden. Sie versuchte, sich darauf vorzubereiten. Ihren Körper so weit aus seiner irdischen Existenz zu lösen, dass er das, was kommen würde, aushalten konnte. Für ihren Geist war es kein Problem sich zu entfernen. Das war eine angeborene Fähigkeit, die sie in unzähligen Meditationen perfektioniert hatte. Mit ihrem Körper war das etwas anderes. Zwar konnte sie die Misshandlungen von außen beobachten, als gingen sie sie nichts an. Es gab allerdings eine Intensität von Schmerz, die einen unweigerlich zurückholte. Sie wusste, dass es in Indien Menschen gab, die unvorstellbare Qualen ohne Schmerzen überstehen konnten. Das war ihr nicht einmal ansatzweise gelungen. Sie konnte sich nur von sich selbst entfernen und hoffen, dass es möglichst schnell vorbei sein würde.

Als der Schlüssel ins Schloss geschoben wurde und die Tür sich öffnete, saß sie völlig ruhig in der Meditationshaltung auf ihrer Pritsche. Ohne in seine Richtung zu sehen, nahm sie den Kerl mit dem Rattengesicht wahr, der sie am Steintanz angesprochen hatte. Ihm folgte ein Hüne, der einen ruhigen und besonnenen Eindruck machte. Beinahe sympathisch. Obwohl sie ihn nie zuvor gesehen hatte, wusste sie, dass er Jan, Balu und vermutlich auch Asha erschossen hatte. Ihr Blick heftete sich auf sein Gesicht. Sie wollte es sich einprägen und fixierte ihn auf die Art, die die meisten nervös machte. Der große Mann blieb gelassen. Mit unbeteiligter Miene erwiderte er ihren starren Blick. Aus den Lautsprechern ertönte wie zum Hohn *Love Is All Around* von Wet Wet Wet.

Die Ratte kam vorsichtig näher. Als der Kerl vier Schritte von ihr entfernt war, nahm sie seinen sauren Gestank wahr. Er war nervös. Offenbar hatte er nicht vergessen, was sie im Wald mit ihm angestellt hatte. Aber in seinen Augen lauerte noch etwas anderes. Hätte Sina bis dahin Zweifel gehabt, welchem Zweck dieser Besuch diente, wäre er beim Anblick seines geifernden Gesichtsausdrucks verschwunden. Am liebsten hätte er sich vermutlich einfach auf sie gestürzt. Doch er fürchtete sich vor möglicher Gegenwehr.

„Na los, Großer. Komm schon her und halt die Schlampe fest, damit ich'se mal so richtig durchficken kann. Erkennt jeder, dass die das braucht. Wirst sehen, anschließend frisst'se mir aus der Hand."

Sein Kumpel schaute ihn spöttisch an, zwängte sich an ihm vorbei, drückte Sina auf die Pritsche und hockte sich auf die Stirnseite. Von dort hielt er sie mit seinen riesigen Pranken eisern fest. Sie hatte darüber nachgedacht sich zu wehren. Sie wusste allerdings, dass es sinnlos sein würde. Sie würden sie in jedem Fall vergewaltigen, nur für sie konnte die Gegenwehr üble Folgen haben. Außerdem war sie sich sicher, dass es der kleinen Ratte umso mehr Spaß bereiten würde, je brutaler er ihren Widerstand brechen musste. Deshalb blieb sie ruhig liegen. Trotzdem war sie nicht bereit, es ihnen leicht zu machen.

Nervös zerrte die Ratte ihr Jeans und Unterwäsche vom Körper. Als der Kleine vor ihr stand und in seiner Jeans nach seinem steifen Glied suchte, musterte sie ihn verächtlich. Erst war er so damit beschäftigt, aus der Hose zu kommen, dass er es nicht bemerkte. Während er sich über sie beugte und ihre Beine brutal auseinanderdrückte, hielt er plötzlich inne.

„Was glotzte so, Schlampe?"

Sina sagte nichts, wandte den Blick nicht ab.

„Du sollst mich nicht so anglotzen, du Hexe. Sonst verpass ich dir eine, dass dir die Glotzerei vergeht." Seine Stimme war immer hysterischer geworden. Sein Geschlecht, das eben noch heftig gegen ihre Oberschenkel gepocht hatte, war merklich schlaffer geworden.

Sina fixierte ihn weiter. Er mühte sich, in sie einzudringen. Sie spürte, dass er nicht mehr hart genug war. Er probierte es mit Gewalt. Sein Schwanz war mittlerweile ein kümmerlicher weicher Wurm, sodass er die Hände zu Hilfe nahm. Vergeblich.

„Du Miststück. Verdammte Hure!"

Er heulte und keuchte ihr seinen Atem ins Gesicht. Fast hätte Sina wegen des fauligen Gestanks die Augen geschlossen. Sie beherrschte sich jedoch. Selbst als seine Faust auf ihrem Jochbein landete, ließ sie seinen Blick nicht los. Bevor er ein weiteres Mal zuschlagen konnte, schnappte sein Kumpel wie eine Schlange nach seinem Handgelenk. Die Ratte wollte sich loszureißen, doch die Faust des Großen umklammerte es wie ein Schraubstock. Die Ratte schaute ihn wütend an, dann sprang der Kleine auf und rannte aus dem Raum.

Sina triumphierte und verkniff sich ein Lächeln. Das Gesicht des Großen war genau über ihr. Er sagte kein

Wort, und sein Ausdruck war genauso verschlossen wie ihrer. Dennoch spürte Sina, dass er genau wusste, was in ihr vorging. Er ließ sie los und umrundete die Pritsche. Wortlos nahm er den Platz der Ratte ein. Ohne Eile öffnete er seine Hose und holte seinen Schwanz heraus. Mit drei, vier geübten Handgriffen versteifte er ihn. Er beugte sich über sie und drang ohne Weiteres in sie ein. Er war groß, das hatte sie gesehen und versucht, sich zu entspannen. Trotzdem tat es weh. Wie ein Messer, das in ihren Unterleib fuhr. Ohne besonderen Enthusiasmus beschleunigte er seine Bewegungen Stoß für Stoß. Es macht ihm keinen besonderen Spaß, wurde Sina klar. Kurz bevor er sich in sie ergoss, beugte er sich tief über sie. Seine Lippen waren dicht an ihrem Ohr. Dann sagte er drei Worte. Beinahe klang es wie eine Entschuldigung.

21

Sie lag reglos hinter einer Kuppe von Erde und Laub und beobachtete den Eingang der Höhle, in der die beiden Männer vor Kurzem verschwunden waren. Es dauerte nicht lange, da kam der Kleinere herausgestürmt. Sie konnte seinen scharfen Geruch bis in ihr Versteck riechen. Sie spürte seine Erregung. Er war wütend. Vermutlich hätte er sie nicht einmal bemerkt, wäre sie ihm geradewegs gefolgt. Beinahe hätte sie es getan. Aber da war noch der andere Mann, der Große. Er war nach wie vor in der Höhle. Etwas sagte ihr, dass auch Sina dort drin war. Sollte sie nach vorn laufen und versuchen, ungesehen hineinzugelangen? Nein. Die zwei waren gefährlich. Sie hatten Jan getötet. Und Balu. Außerdem hatten sie Sina niedergeschlagen und fortgeschleppt.

Es hatte lange gedauert, bis sie ihre Spur gefunden hatte. Seit Tagen folgte sie ihnen. Vorsichtig. Immer darum bemüht, dass sie sie nicht entdeckten. Sie hatten viele Verstecke, doch zum ersten Mal meldeten ihre Instinkte ihr, dass sie sie zu Sina geführt hatten. Sie würde warten. Wenn der Große heraustrat, würde sie sich vergewissern, dass die Kerle tatsächlich fort waren. Erst dann würde sie zurückkehren und einen Weg in die Höhle finden. Zu Sina. Dem einzigen Menschen, dem sie je vertraut hatte. Sie würde sie nicht im Stich lassen. Und wenn sie die Gelegenheit hatte, würde sie die Männer töten, die ihnen das angetan hatten. Jetzt musste sie Geduld haben.

Nach einer Weile hörte sie, wie im Inneren eine Tür geschlossen wurde, kurz darauf tauchte der große Mann auf. Er blieb stehen und schaute sich misstrauisch um. Einen unendlichen Augenblick lang nahm er den Hügel ins Visier, hinter dem sie sich verborgen hielt. Sie spannte die Muskeln an. Bereit, sich auf ihn zu stürzen. Dann zuckte der Mann jedoch mit den Schultern und ging in die gleiche Richtung davon wie der andere. Erst als sie ihn nicht mehr sehen konnte, folgte sie ihm vorsichtig. Sie wusste, wie wichtig bei einem Angriff das Überraschungsmoment war. Vor allem, weil sie allein war und ihre Feinde zu zweit. Am Waldweg sah sie gerade noch, wie der große Mann sich ins Auto setzte, in dem sein Gefährte bereits auf ihn wartete. Sie starteten den Wagen und fuhren davon, ohne sie zu bemerken.

Sie drehte sofort um und rannte so schnell sie konnte zurück zur Höhle. Sie war nicht sonderlich überrascht, dass sie kurz hinter dem Eingang auf ein Eisengitter traf. Es gelang ihr mühelos, sich zwischen den Stangen hindurchzuzwängen. Sie war immer klein und dünn gewesen. Doch ein paar Meter weiter versperrte ihr eine dicke Holztür den Weg. Hier gab es kein Durchkommen. Also kehrte sie um und lief um den Hügel herum, der den Höhleneingang nach drei Seiten abgrenzte. Sie hatte nicht ernsthaft geglaubt, dass sie auf dem gleichen Weg zu Sina gelangen konnte wie die Männer. Zur Not würde sie sich nach innen graben. Sie hatte nicht so lange überlebt, weil sie zimperlich war. Und sie hatte schon üblere Kerle ausgetrickst als diese beiden. Sie würde eine Möglichkeit finden. Je weiter die vom Höhleneingang entfernt war, desto besser.

Endlich fand sie, was sie gesucht hatte. Sie drückte sich durch den schmalen Spalt in einem niedrigen Felsen. Dahinter ging es genauso eng weiter. Falls das eine Sackgasse war, würde sie sich nicht umdrehen können, um zurückzukriechen. Hin und wieder musste sie sich den Spalt tatsächlich freigraben, weil Erde den Durchlass blockierte. Schließlich wurde er breiter. Nach mehreren Kurven stimmte nun die Richtung wieder.

Ihr Herz schlug schneller. Sie konnte spüren, dass Sina ganz in der Nähe war. Waren sie erst wieder zusammen, konnte ihnen nichts mehr passieren. Gemeinsam würden sie sich gegen die Männer wehren. Egal wie groß und gefährlich sie waren. Sie würden für das bezahlen, was sie Jan und Balu angetan hatten.

22

Alex Bierbrauer stand vor *Odins Platz* im Zentrum des oberen Plateaus auf dem bewaldeten Friedensberg, der mitten in der Selliner Innenstadt lag. Kaum vorstellbar, dass hier Paare unbemerkt überfallen und entführt werden konnten. In der Touristeninfo, in der Kurverwaltung gleich gegenüber dem „Haupteingang" des Bergs, hatte er sich eine Broschüre besorgt, die die einzelnen Stationen der beiden Ebenen und ihre Bedeutung beschrieb. Sie orientierten sich an den alten germanischen Göttern. Irgendjemand hatte allerlei Unsinn in die jeweiligen „Energiepunkte" hineininterpretiert. Trotzdem war Alex sie Punkt für Punkt abgegangen und hatte sich auf die vermeintliche Stimmung konzentriert. Auch wenn er keine mystische Offenbarung erlebt hatte, musste er zugeben, dass hier oben, umgeben von mehr oder weniger alten Buchen, eine außergewöhnliche Atmosphäre herrschte. Das lag vermutlich an der Einsamkeit und Stille.

Obwohl der Berg an allen Seiten von Straßen umgeben war, schien er weit weg von jedem Trubel. Dabei herrschte zu dieser Jahreszeit in Sellin jede Menge Verkehr. Rund um die schöne Wilhelmstraße mit ihren imposanten historischen Villen und den nicht minder beeindruckenden Neubauten war die Saison in vollem Gang. Im Winter war allerdings tote Hose. Alex wusste von Linda, dass Sina und Jan mehrfach bei Eis und

Schnee in der Stadt gewesen waren. Typisch Sina. Sie hatte es nie gemocht, wenn viele Menschen sie dabei störten, die Schönheit der Natur zu genießen. Ihm waren die einsamen Landschaften, die sie bevorzugte, immer ein wenig unheimlich gewesen.

Einmal waren sie gemeinsam durch Schottland gefahren, das Land, das sie am meisten liebte. „Ihre wahre große Liebe" hatte sie es einmal im Scherz genannt. All ihre Freunde hatten gelacht, doch Alex hatte sich gefragt, ob ihre Aussage der Wahrheit nicht näher kam, als ihm lieb sein konnte. Er hatte sich nur abends richtig wohl gefühlt, wenn sie gemeinsam in einem Pub saßen und nach einer einfachen Mahlzeit den obligatorischen Single Malt Whisky genossen. Im Nachhinein musste er zugeben, dass sie durch traumhaft schöne Gegenden gewandert waren. Vielleicht konnte ich es nicht ertragen, mit Sina und meinen Gedanken allein zu sein. Nichts, was von den eigenen Dämonen ablenkt.

Er scheuchte die Erinnerungen beiseite. Nicht weil er wieder vor ihnen davonlaufen wollte. Nein, falls er Sina zurückgewinnen konnte, würde er sich all diesen Fragen stellen. Das hatte er sich längst geschworen. Aber jetzt hatte er keine Zeit für so was. Jetzt musste er Sina finden. Sonst ergab das alles keinen Sinn.

Nachdem er auf dem Weg nach unten noch einmal kurz an jeder Götterstation Halt gemacht hatte, verließ er den Berg und lief zurück zur Wilhelmstraße. Sein Audi stand rechts die Straße runter vor einem Imbiss. Er lag im vorderen Teil der Wohnanlage *Seerose*, in der Sina und Jan während ihren Aufenthalten meist gewohnt hatten. Alex ging nach links zum Ende der Straße, die geradewegs zu einer steilen Treppe führte.

Sie brachte ihn hinunter zum Strand und zur imposanten Seebrücke.

Nach der Wende war sie im Stil der vorletzten Jahrhundertwende wiederaufgebaut worden. Obwohl er ansonsten wenig von modernen Gebäuden hielt, die „auf alt“ getrimmt waren, musste er einräumen, dass dem Architekten im Fall derSelliner Seebrücke ein kleines Meisterwerk gelungen war. Überhaupt fügten sich die modernen Bauten trotz ihrer enormen Dimensionen harmonisch ins Bild des alten Seebads ein. Mit Ausnahme des babyblau gestrichenen Kastens, der einen gleich oberhalb des Seebrückenaufstiegs zur Wilhelmstraße erwartete. Vermutlich war dies eines der ersten modernen Häuser am Platz gewesen, und glücklicherweise hatten die Bauherren seitdem dazugelernt.

Alex trank einen Espresso auf der Seebrücke. Am Wasser war es warm genug, um im Freien zu sitzen. Von seinem Platz aus konnte er in der Ferne die Kreidefelsen ausmachen, deren bekanntester der Königsstuhl war. Dort oben hatte man Jan Lehmanns Leiche gefunden. Er schaute auf seine Uhr. Heute würde er es nicht mehr bis dorthin schaffen. Es sah zwar so aus, als wäre die Küste nur einen Katzensprung entfernt, aber nach einem Blick auf die Straßenkarte wusste er, dass er schon bis Sassnitz eine gute halbe Stunde brauchen würde, bis zum Parkplatz am Königsstuhl noch länger. Und dann lag noch ein mehr oder weniger langer Fußmarsch vor ihm. Also würde er ein andermal wiederkommen. Vielleicht gemeinsam mit Katie. Schließlich war sie dabei gewesen, als Jans Leiche geborgen worden war. Sie wusste, wie er am besten dorthin gelangte.

Ihm fiel ein, dass Johannsson ihm striktes Tat- und Fundortverbot erteilt hatte. Natürlich hatte er nie vorgehabt, sich daran zu halten. Nur was würde Katie sagen, wenn er sie bat, ihn zu begleiten? Würde sie sich genauso leichtfüßig über Johannssons Weisung hinwegsetzen? Sie mochte ihren Chef, das stand außer Zweifel. Und dennoch konnte Alex sich nicht vorstellen, dass sie ein Mensch war, der sich den Befehlen eines anderen bedingungslos unterordnete. Hielt sie es für sinnvoll, würde Katie Johannssons Anweisungen in den Wind schreiben. Obwohl ihr das gewaltigen Ärger einbringen würde. Alex legte es nicht darauf an, seine Kollegin in Schwierigkeiten zu bringen. Es war jedoch ein gutes Gefühl zu wissen, dass er im Zweifelsfall nicht allein dastand.

Er zahlte und kehrte zu seinem Wagen zurück. Es wurde Zeit, zu seiner Truppe zurückzukehren. Der Friedensberg war eine Sackgasse gewesen. Zumindest auf dem Berg waren Sina und Jan nicht überfallen worden. Egal wie friedlich der Ort war, er lag in dicht besiedeltem Gebiet und war von den oberen Etagen des benachbarten Hauses trotz der Bäume gut einsehbar. Sehr unwahrscheinlich, dass hier Menschen verschwanden. Es sei denn, Hel, die Göttin der germanischen Unterwelt, hätte sie geholt. Doch warum hätte sie Jans Leiche in der Ostsee entsorgen sollen?

Es gab rund um Sellin genügend Wälder, in denen es auch ohne göttliche Kraft möglich war, jemanden unbemerkt abzufangen. Möglicherweise hatte Katie ja Lust auf einen Spaziergang auf dem Uferhöhenweg bei Sellin. Das wäre ein Anfang. Und Johannsson konnte dagegen kaum etwas ins Feld führen.

23

Zuerst schenkte sie dem Geräusch keine Beachtung. Es war nur ein leises Scharren, irgendwo im tiefen Schatten der felsigen Wand. Sie hatte ihr Gefängnis am zweiten Tag – wenn es denn der zweite gewesen war – genau untersucht. Dort hinten gab es einen kurzen Gang durch den Felsen, der nach wenigen Metern so schmal und niedrig wurde, dass ihre Hoffnung auf einen möglichen Fluchtweg sofort in sich zusammengestürzt war. Sie hätte sich mit bloßen Händen nach draußen gegraben, doch die Wände des Gangs waren aus massivem Gestein. Allerdings hatte sie in dem schmalen Durchlass einen Luftzug gespürt. Wahrscheinlich war das die natürliche Belüftung der Felsenkammer. Ein Weg nach draußen – für Mäuse, Ratten, vielleicht sogar für Füchse, aber nicht für sie.

Wer immer diesen Zugang zu ihrem Gefängnis nutzte, war im Moment eindeutig unterwegs zu ihr. Und er war deutlich kleiner als sie. Ohne sich zu rühren, fragte Sina sich, ob Ratten oder Mäuse ihr eine willkommene Gesellschaft wären. Sie liebte Tiere und hatte meist einen außergewöhnlich guten Draht zu ihnen. Oft spürte sie regelrecht, was in ihnen vorging, fühlte ihre Angst oder diese Mischung aus Neugier und Fluchtinstinkt. Ratten waren intelligente Tiere. In ihrer wilden Form waren sie jedoch nicht ungefährlich. Sie bezweifelte, dass es möglich wäre, mit einer von ihnen

Freundschaft zu schließen – so wie Willard es mit Sokrates getan hatte, im *Aufstand der Ratten*. Außerdem war diese Geschichte nicht gut ausgegangen.

Sie hatte den Roman mit elf oder zwölf Jahren gelesen und sich aus tiefstem Herzen gewünscht, sie hätte einen Freund wie Sokrates und Ben, der den Mann ihrer Tante bei lebendigem Leib auffressen würde. Als Sokrates getötet wurde, hatte sie Rotz und Wasser geheult, und wenn sie intensiv genug an die barbarische Szene dachte, kamen ihr die Tränen.

Das Scharren wurde lauter. Eindeutig keine Ratte, vielleicht ein Fuchs. Genau in dem Moment, in dem Sina sich vorsichtig erhob, um den Urheber des Geräuschs nicht zu erschrecken, vernahm sie ein leises Winseln. Ihr Herzschlag setzte für eine halbe Sekunde aus. In der Ecke sah sie etwas Weißes aufleuchten, feucht glänzende Augen fixierten sie gebannt. Die Welt blieb stehen.

Dann stürmte Asha auf sie zu, und der Aufprall des zarten Hundekörpers warf sie unsanft auf ihre hölzerne Pritsche zurück. Asha ließ nun jede Zurückhaltung fahren und leckte ihr wie wild das Gesicht ab, während sie sich vor Freude zuckend auf Sina herumwälzte. Instinktiv schloss Sina die Arme um den mageren Körper und vergrub ihr Gesicht in dem schmutzigen Fell ihrer kleinen Freundin. Erst nach einer Ewigkeit bemerkte sie, dass ihre Tränen Ashas Hals völlig durchnässt hatten. Sie hörte jemanden laut schluchzen und begriff nur langsam, dass sie es war, die diese verzweifelten Geräusche von sich gab. Etwas zerbrach in ihr. Bei all dem Glück, das sie empfand, da die Hündin so plötzlich in ihrem Verlies aufgetaucht war, öffnete dieses Gefühl auch die Schleusen für den Schmerz, den sie bislang so sorgfältig in sich vergraben hatte. Asha schien es genauso zu gehen. Unendlich lange hielten die beiden sich fest. Sinas Hände im Fell des Hundes verkrallt, und Ashas Pfoten regelrecht um ihren Hals geschlungen, hockten sie auf der Pritsche.

Nur langsam drängte sich ein anderer Gedanke in Sinas Bewusstsein.

„Er beobachtet uns“, hatte der Große ihr zugeraunt, als er auf ihr gelegen hatte. Womöglich hätte sie ihm nicht geglaubt, wenn er nicht etwas bestätigt hätte, was sie die ganze Zeit über gespürt hatte. Sie stand unter ständiger Beobachtung. Was ohne Zweifel bedeutete, dass ihre Feinde ebenfalls von Ashas Rückkehr zu ihr wussten. Und sie würden darauf reagieren. Sina hatte keinen Zweifel, dass die Männer – vor allem der Mann, der offensichtlich der Auftraggeber ihrer Peiniger war – Asha töten würde, sobald er ihrer habhaft wurde.

Er spielte mit ihr. Ständig hörte sie die Musik, die ihr besonders wichtig war. Neben den kargen Mahlzeiten, die ihr zugestanden wurden, fand sie stets eine „Botschaft“: ein Fotoausdruck von Jans totem Gesicht, ein Büschel Haare von Balu, ihre homöopathische Taschenapotheke oder den Ehering ihrer Mutter, den sie stets an einer goldenen Kette um den Hals getragen hatte. Das alles sollte ihr zeigen, was sie verloren hatte – und wie sehr sie ihren Feinden ausgeliefert war. Bislang hatte sie nichts davon an sich herangelassen. Es war sinnlos, sich gegen das Unabwendbare zu wehren. All das, was ihr unsichtbarer Folterer ihr vor Augen führte, war ohnehin nicht mehr zu ändern. Aber nun gab es Asha.

So glücklich sie die Anwesenheit der Hündin und das Wissen machte, dass sie noch lebte, sie war ihr wunder Punkt. Das würde ihr Feind sofort erkennen. Sinas Herzschlag beschleunigte sich, dennoch ließ sie Asha nicht los. Die Hündin spürte die neue Angst ihres Menschen und begann, leise zu winseln. Vorsichtig löste Sina sich von ihr und sah ihr lächelnd ins Gesicht. Sie wusste, dass Asha ohne ein einziges Wort verstehen würde, was sie ihr mitzuteilen hatte.

Beruhigend streichelte sie Ashas Gesicht und küsste die Seiten der zarten Schnauze. So viel Nähe hatte die Hündin bisher nie zugelassen. Nun blieb sie ruhig in ihren Armen liegen und schaute sie aufmerksam an. Sina musste unwillkürlich lächeln.

Wir werden es schaffen, kleine Asha. Du und ich. Doch wir müssen vorsichtig sein. Sie dürfen dich nicht in die Finger bekommen.

Bernsteinfarbene Augen versenkten sich in ihre Seele. Ashas Leib entspannte sich. Sie hatte verstanden. Sie würden sie nicht erwischen. Sina legte sich auf die Liege, Asha zwängte sich neben sie und platzierte den Kopf auf ihrer Brust. Sie wollte Sinas Herzschlag hören. Sina genoss die Wärme des Hundekörpers. Beide mussten wissen, dass die andere Wirklichkeit war. Sina hätte gern geschlafen, sie hatte jedoch zu viel Angst, dass sie die Ankunft ihrer Feinde nicht rechtzeitig bemerken würde. Asha, die die aufmerksame Wachsamkeit ihrer Menschenfreundin spürte, blieb ebenfalls mit offenen Augen liegen. Jetzt, wo sie sich wiedergefunden hatten, würde nichts sie noch einmal trennen können.

24

Als Alexander Bierbrauer um eine Minute vor vier das Büro betrat, das van Loh sich mit Katie teilte, hockte der junge Kollege Seite an Seite mit Paula Szepanski vor seinem Computer und starrte konzentriert auf den Bildschirm. Maus und Tastatur hatte er bereitwillig seiner Kollegin überlassen. Der bieder schüchterne van Loh und die exzentrisch extrovertierte Szepanski boten dem Auge einen perfekten Kontrast. Alex musste schmunzeln. Zwei Seiten einer Medaille hätte Sina das genannt. Gemeinsam deckten die beiden vermutlich alles ab, was man zu einem zufriedenen Leben brauchte.

Alex registrierte die Art, wie die junge Frau sich van Loh in ihrer ganzen Haltung zuwandte. Van Loh dagegen war sofort ein wenig von Paula abgerückt, als er seinen Koblenzer Kollegen wahrgenommen hatte. Was immer er spüren mochte, sein Verstand würde sich dagegen zur Wehr setzen. Alex kannte diesen inneren Kampf nur zu gut, und beinahe hätte er dem Impuls nachgegeben, seinen Kollegen zur Seite zu nehmen und ihn auf den Fehler aufmerksam zu machen, den er vermutlich begehen würde. Doch dann siegte sein Verstand. Was ging es ihn an? Außerdem hatte er von und durch Sina gelernt, dass niemand seinem Schicksal entgehen konnte. Der beste Rat würde niemanden vor einer schmerzhaften Erfahrung bewahren, die er unbedingt brauchte, um aus seiner Traumwelt aufzuwachen. Und van Lohs Traumwelt war nun mal Katie, die Frau, bei der er niemals eine Chance haben würde. Die ihn höchstens im Suff abschleppen und ihm spätestens am nächsten Morgen das Herz brechen würde. Keine gute Aussicht, aber nicht seine Angelegenheit.

Sina würde vielleicht versuchen, van Loh auf die Sprünge zu helfen. Zumindest hätte sie das früher getan. Sie hätte ihm wenigstens die Chance gegeben, die Fallen seiner Verstrickungen zu erkennen, bevor er sich in ihnen verfangen konnte – auch wenn sie genau wusste, dass dies in den allermeisten Fällen ein hoffnungsloses Unterfangen war. Sina sah es allerdings als ihre Aufgabe an, armen Seelen ihre Hand zu reichen und sie frei entscheiden zu lassen, ob sie zugreifen oder in ihrem Schmerz verharren wollten.

Am Anfang hatte Alex sie deshalb für einen Engel gehalten. Darüber hatte sie nur gelacht und behauptet, dass eher das Gegenteil der Fall sei. Erst nach langer Zeit hatte er begriffen, was sie damit meinte. War sie einmal zu der Überzeugung gelangt, dass jemand die Katastrophe, auf die er zusteuerte, unbedingt benötigte, um seinen Lebensweg vollenden zu können, ließ sie ihn geradewegs ins Unheil marschieren. Ohne weitere Intervention – und scheinbar ohne Mitleid. Überhaupt hatte er an Sinas Seite gelernt, dass es möglich war, den Schmerz eines Menschen zu teilen, ohne ihn zu seinem eigenen zu machen. Sie konnte vollkommen in das Wesen und die Gefühle ihres Gegenübers eintauchen und eine ungeahnte Nähe herstellen, ohne etwas davon an sich heranzulassen. Wandte sie sich ab, blieb der Schmerz zurück, und sie war wieder Sina – pur und mit ihrer ganz persönlichen, vom Kummer anderer unbefleckten Seele. Er hatte nie verstanden, wie sie das bewerkstelligte.

Natürlich hatte er eine eigene Strategie, sich nicht vom Schmerz anderer runterziehen zu lassen. Die bestand jedoch, wie bei den meisten Menschen und so gut wie allen Polizisten, schlicht darin, andere und ihre Gefühle nicht zu nah an sich heranzulassen. Sina kannte diese Scheu nicht. Sie tauchte in die Seelen anderer Menschen ein und wieder auf, als wäre nichts dabei. Als könnte nichts sie berühren. Er konnte nur hoffen, dass ihr diese außergewöhnliche Fähigkeit in ihrer momentanen Lage helfen würde.

Alex' Magen verkrampfte sich. Wie lange würde Sina durchhalten? Wie viel Zeit würden ihre Entführer ihr lassen? Noch lebte sie, das spürte er.

Denn wenn sie tot wäre, wüsste ich es. Dann wäre auch ein Teil von mir gestorben.

Noch war er völlig lebendig.

„Ist alles okay?" Van Loh hatte sich vom Bildschirm gelöst und schaute besorgt zu ihm hinüber.

Alex schüttelte den Kopf, um die Dämonen in ihre Verliese zurückzutreiben. Er lächelte van Loh und Paula schief an. „Danke. Ich musste nur gerade an etwas denken."

Offenbar war den Kollegen klar, was das gewesen war, denn ohne ein weiteres Wort wandten sie sich wieder dem Bildschirm zu. Alex beließ es ebenfalls dabei und stellte sich hinter die beiden. Paula hatte eine Seite geöffnet, die im mittelalterlichen Design – oder was Freaks dafür halten mochten – gestaltet und mit allerlei magischen Symbolen verziert war. Sie war gut gemacht und hatte dennoch etwas Kindliches. Sina hatte sich eine Zeit lang mit Magie beschäftigt und einige entsprechende Foren im Internet geprüft, letztlich hielt sie wenig von derlei Machenschaften.

„Zu neunzig Prozent sind es irgendwelche Verrückten, die solche Seiten ins Netz stellen", hatte sie ihm erklärt. „Sie haben zwar eine vage Idee von der Welt hinter der Welt, aber sie sind zu sehr in ihrem eigenen Psychokram gefangen, um sie wirklich zu verstehen. Und viele von ihnen wollen mit ihrem Halbwissen nur Macht über andere gewinnen. Ziemlich krank, das Ganze."

Die Welt hinter der Welt. Wenn er ehrlich war, hatte Alex oft das Gefühl gehabt, dass sie der eigentliche Grund war, warum Sina ihn verlassen hatte. Er konnte ihrem Weg nicht folgen – ihn nicht einmal akzeptieren. Schlimmer noch, er hinderte sie sogar massiv daran, ihr Schicksal zu erfüllen. Deshalb konnte sie nicht bei ihm bleiben. Seine Unausstehlichkeit hatte es ihr nur leichter gemacht.

„Das ist ein Forum für Leute mit einem Faible für magische Orte", ließ van Loh ihn wissen. „So heißt die Seite übrigens auch: *Bifröst – Magische Orte in Deutschland und Europa*. Das ist die Unterseite für Meck-Pomm."

Alex konnte sich ein Grinsen nicht verkneifen. „*Bifröst*? Hört sich nach Tiefkühlkost an ..."

Van Loh warf ihm einen genervten Blick zu.

„Nicht ganz", erklärte Paula, ohne sich zu ihm umzuwenden. „Der Name stammt aus der altnordischen Mythologie. Bifröst ist die Regenbogenbrücke, die Asgard, die Welt der Götter, mit Midgard, der Welt der Menschen, verbindet."

Ihre Stimme verriet nicht im Geringsten, was sie von diesen Themen hielt, Alex hatte jedoch den Eindruck, dass sie ihr nicht fremd waren.

„Sina wäre nie im Leben einem solchen Forum beigetreten", sagte er. „Sie hat sich zwar mit diesen Dingen beschäftigt, sie hielt allerdings nicht besonders viel von Leuten, die solche Seiten betreiben."

Nun drehte Paula sich doch um und grinste ihn von unten an. „Stimmt, ist sie auch nicht. Genau genommen existiert sie im Netz fast gar nicht. Von ihrer Mailadresse und einer für unsere Ermittlungen uninteressanten Homepage ihrer Praxis abgesehen. Sie hat nicht mal einen Facebookaccount. Scheint einer von den Menschen zu sein, die nicht gern was von sich preisgeben." Ihre Miene nahm einen fragenden Ausdruck an.

„Dicht dran." Alex grinste. Diese Paula gefiel ihm.

„Kluge Frau", murmelte sie und wandte sich wieder dem Bildschirm zu. „Aber ihr Mann hat sich vor fast fünf Jahren hier angemeldet. Und er hat viel über die Interessen seiner Frau gepostet. Mehr als über seine eigenen." Sie scrollte nach oben und verharrte bei einem Beitrag, den ein *Yoda-Jan* eingestellt hatte.

Entweder hatte Sinas Mann die ganze Angelegenheit nicht sonderlich ernst genommen, oder er war ein überhebliches Arschloch gewesen. Alex ließ die Antwort auf diese Frage vorläufig offen. Wenn er ehrlich war, wusste er nichts über seinen Nebenbuhler. Selbst als sie noch miteinander geredet hatten, hatte Sina nie mit ihm über ihre neue Liebe gesprochen. Er wischte die Gedanken beiseite und begann, den Eintrag zu lesen.

Prinzessin S. ist felsenfest davon überzeugt, dass es eine Ebene der Existenz gibt, die wir nicht mit unseren normalen Augen sehen können. Und dass es magische Orte gibt, die sozusagen ein Tor in diese andere Welt sind. Na ja, nicht so ein richtiges Tor zum Durchgehen – S. ist ja keine abgedrehte Mysterytussi. Nein, sie ist ein richtig kluges Mädchen. Und würde sie euch erklären, wie sie das meint, würdet ihr ihr das glatt abnehmen. Hört sich alles total vernünftig und überzeugend an. Ich glaub auch schon fast daran ...

Die Antwort war prompt erfolgt. *Master of Masters* wollte wissen, warum Sina ihnen ihr Wissen vorenthielt.

Wir sind total neugierig auf diese Superfrau. Scheint eine echte Priesterin zu sein. Lad sie doch in unser Forum ein. Wir brauchen solche Mitglieder in unserer Gruppe.

Jan hatte abgewiegelt.

Fehlanzeige, sorry. Prinzessin S. steht nicht sonderlich auf solche Foren. Will im Netz am liebsten gar nichts über sich verraten. Ist ein bisschen paranoid, die Kleine. Aber da arbeite ich dran! Vielleicht also später mal ...

Das Gespräch ging noch ein wenig hin und her, andere Teilnehmer klinkten sich ein. Viele zeigten Verständnis für Sinas Ängste, doch alle waren der Meinung, dass dieses Forum etwas ganz Besonderes und absolut vertrauenswürdig sei.

Paula scrollte weiter nach unten und deutete auf einen Eintrag vom Dezember letzten Jahres. „Das hier ist interessant."

Jan Lehmann hatte sich wieder zu Wort gemeldet.

Hey Leute, danke für eure vielen Tipps. Habe Urlaub für Ende Mai/Anfang Juni gebucht. Das mit dem Ferienhaus hat problemlos geklappt. Gibt in der Gegend jede Menge Kraftpunkte, die wir besuchen werden. Und diesmal laufen wir nicht am Steintanz vorbei, versprochen!

Vor drei Wochen hatte Jan sich erneut gemeldet.

Bei uns geht's übermorgen los. Bin schon gespannt auf die Tanzenden Steine. Hat eigentlich jemand gehört, wie es Biggi-Maus und Nils Holgersson dort gefallen hat? Sie wollten die Steinkreise auf ihrer Hochzeitsreise besuchen. Müssten eigentlich längst zurück sein, oder? Na ja, frisch verliebt eben! Melden sich bestimmt später wieder ...

Etwas fuhr Alex in den Magen. „Er hat also in diesem Forum ausgeplaudert, wo und wann er Urlaub machen wollte. Und jemand hat ihm den Tipp mit dem Ferienhaus gegeben. Das könnte eine Spur sein!"

Van Loh und Paula wechselten einen Blick, bevor sie sich gleichzeitig zu ihm umdrehten.

„Das ist nicht alles." Van Lohs Kiefer waren so fest zusammengepresst, dass es ihm sichtlich schwerfiel, überhaupt ein Wort über die Lippen zu kriegen. „Das junge Paar aus Hamburg, das Katie heute Morgen erwähnt hat, Biggi und Nils Albers aus Hamburg, sie waren auf Hochzeitsreise, als sie verschwunden sind."

Nun wusste Alex woher das ungute Gefühl gekommen war. *Biggi-Maus* und *Nils Holgersson* – es war nicht allzu abwegig, hinter diesen Nicknames die beiden Vermissten zu vermuten. Offenbar hatten sie dasselbe Ziel gehabt wie Sina und Jan Lehmann. Einen Steinkreis in Mecklenburg-Vorpommern, der irgendetwas mit tanzenden Steinen zu tun hatte.

„Weiß jemand von euch, was es mit diesem Steinkreis auf sich hat? Und habt ihr auch Einträge von Biggi und Nils Albers im Forum gefunden?" Die Fragen kamen Alex schärfer über die Lippen, als er es beabsichtigt hatte. In Wirklichkeit lag es ihm fern, den Kollegen irgendwelche Vorwürfe zu machen. Aber die Anspannung ließ ihn schroff werden.

Van Loh warf ihm einen brennenden Blick zu.

Doch Paula war schneller. „So weit sind wir noch nicht. Wir haben die Seite gerade erst gefunden. War gar nicht so leicht, aus *Yoda-Jan* einen Bezug zu Jan Lehmann herzustellen. Ist uns eigentlich nur gelungen, weil er auf seiner Facebookseite mal einen entsprechenden Hinweis gegeben hat." Die Internetexpertin war gelassen und freundlich geblieben. Sie lächelte ihn sogar aufmunternd an. „Ich werde die Einträge heute noch durchgehen. Vielleicht finden wir ja einen Hinweis auf das Paar aus Bayern. Eugen und Nicole Obermeier, oder?“

Van Loh nickte. Seine Laune hatte sich nur unwesentlich gebessert. Er fühlte sich offenkundig nach wie vor zu Unrecht angegriffen. Alex wollte keinen Ärger mit ihm haben. Johannsson hatte beschlossen, dass sie beide eng zusammenarbeiten sollten, und das musste nicht durch überflüssige Machtspielchen erschwert werden. Also ruderte er zurück.

„Ich wollte euch keine Vorwürfe machen, ehrlich. Ich finde, ihr habt tolle Arbeit geleistet. Seid ein gutes Team.“ Er schlug van Loh freundschaftlich auf die Schulter und fing sich einen missmutigen, aber deutlich weniger feindseligen Blick ein. „Ich hoffe ihr versteht, dass mir die Sache an die Nieren geht. Also sorry, sollte ich mich im Ton vergriffen haben.“

Van Loh rang noch mit sich.

Paula strahlte ihn arglos an. „Ist klar. Ginge uns allen in deiner Situation so, oder, Hendrik?“

Van Loh wich seinem Blick aus. „Ja, mag sein. Doch genau deshalb sollten Angehörige nicht Mitglied des Ermittlungsteams sein.“

Paula sog hörbar die Luft ein.

Alex war entschlossen, sich nicht provozieren zu lassen. „Sei’s drum. Weiß jemand von euch etwas über diesen Steinkreis, von dem Jan Lehmann da geschrieben hat?“

Paula schüttelte den Kopf so heftig, dass die langen Strähnen auf ihrer einen Kopfseite hin und her wippten. „Ne, haben wir schon drüber gesprochen. Wir sind nicht aus der Gegend. Aber keine Sorge, wenn keiner der Kollegen etwas darüber weiß, finde ich was im Netz. Dürfte nicht allzu lange dauern, denke ich. Vorausgesetzt, ihr lasst mich endlich in Ruhe arbeiten." Sie grinste van Loh und Alex an und konzentrierte sich auf die Internetseite.

„Was machen wir in der Zeit?" Alex hatte zwar Ideen, wie ihre nächsten Schritte aussehen sollten, er wollte van Loh jedoch nicht vorgreifen.

Der junge Kollege überlegte einen Moment, stand auf und sah Alex selbstbewusst an. Das erforderte sichtlich seine ganze Kraft, und das nicht nur, weil der Westerwälder das Nordlicht um mindestens eine Kopflänge überragte.

„Ich gehe zu Johannsson und erzähle ihm, was Paula und ich herausgefunden haben", antwortete van Loh. „Danach suchen wir uns ein ruhiges Plätzchen, und Sie erzählen mir alles, was Sie über Sina Lehmann wissen."

Alex nickte und grinste van Loh an. „Wie Sie wollen. Dann sollten wir in ein Lokal gehen, das rund um die Uhr geöffnet hat. Könnte ein langer Abend werden."

Van Loh entspannte sich, straffte die Schultern und rang sich ein Lächeln ab. „Ich nehme mir so viel Zeit für Sie wie nötig. Und wenn es die ganze Nacht dauert. Geht ja schließlich um viel, oder?"

Alex wusste, dass der Bann gebrochen war. Van Loh wollte keinen Streit mit ihm. Und es war ihm wirklich wichtig, Sina zu finden. „Okay, lassen Sie uns anfangen."

25

Es wurde Zeit, Biggi Albers loszuwerden. Er hatte sie zwar noch nicht allzu lange, aber er wollte kein Risiko eingehen. Das mit Jan Lehmann war ein unentschuldbarer Fehler gewesen. Nun schnüffelte die Polizei überall herum und machte sich sogar Sorgen wegen eines Serienkillers. Dabei war alles so reibungslos gelaufen, seit er hierhergezogen war. Die Verstecke waren perfekt, seine Spur zu den Verschwundenen nicht zurückzuverfolgen.

Früher, als er noch in Berlin gearbeitet hatte, hatte er jedes Mal Blut und Wasser geschwitzt, wenn er sich eine seiner Versuchspersonen beschafft hatte. Meist hatte er sie mehr oder weniger zufällig ausgesucht, ohne irgendetwas über sie zu wissen. Außerdem hatte er warten müssen, bis er die Frauen allein erwischte. Und die Verstecke ... Na ja, in einer großen Stadt gab es zwar viel Anonymität, und die Menschen interessierten sich kaum für das, was um sie herum geschah. Doch man ging trotzdem das Risiko ein, dass irgendjemandem etwas auffiel.

Seit er in der mecklenburgischen Provinz sesshaft geworden war, konnte er alles von Anfang an planen. Für die Wahl seiner Opfer hatte er ein perfektes System entwickelt, das nicht nur wesentlich weniger riskant war, sondern ihm auch jede Menge Informationen über die Frauen verschaffte. Das gab seiner Arbeit einen völlig neuen Reiz. Dieses blinde Herumstochern von früher kam ihm im Vergleich dazu regelrecht stümperhaft vor.

Heute kannte er die intimsten Geheimnisse seiner Frauen. Er konnte mit ihren Ängsten spielen und ihnen das nehmen, was ihnen kostbar war. Selbst die Entsorgung der Männer, die ursprünglich nur eine schlichte Notwendigkeit gewesen war, entpuppte sich als hilfreich. Sahen sie ihre Männer sterben, waren die Frauen von Anfang an traumatisiert. Nahm er ihnen auch ihre Kinder oder Hunde, war es noch schlimmer. Allerdings hatte gerade die Sache mit den Kindern Nachteile. Die Angehörigen gingen auf die Barrikaden, wenn der Nachwuchs beteiligt war. Das vergrößerte das Risiko. Deshalb entschied er sich nur für ganze Familien, deren Frauen er unbedingt haben wollte. Er hatte einen guten Instinkt beim Auswählen entwickelt.

Biggi Albers hatte ihn gereizt, weil sie jung war, hübsch und lebenslustig. Aber sie hatte keinen Tiefgang, das war ihm immer klarer geworden. Sie litt unter den Qualen, die er ihr bereiten ließ. Sie weinte und bettelte um Gnade. Sie war jedoch keine Überraschung. Nur vor einigen Tagen, da hatte sich plötzlich etwas verändert. Sie war ruhiger geworden. Er konnte nicht genau sagen, was passiert war. Er hatte sie ein wenig länger behalten als geplant, um dahinterzukommen. Vergeblich. Sie sprach nicht mehr mit dem Großen. Vielleicht hatte er sich getäuscht. Womöglich hatte sie einfach die Schwelle überschritten. Jenen Punkt, an dem sie aufhörten zu kämpfen und zu hoffen. Alles hinnahmen. Nur wenn es ans Sterben ging, bäumten sich die meisten noch einmal auf. Für Biggi Albers war es bald so weit. Sie langweilte ihn.

Mit Sina Lehmann verhielt es sich dagegen anders. Er hatte so lange auf sie gewartet. Fast vier Jahre war es her, dass er sie zum ersten Mal ins Visier genommen hatte. Doch sie waren nicht gekommen. Die Männer hatten sich die Beine in den Bauch gewartet. Wären sie auf Zack gewesen, hätten sie ein paar Runden im Wald gedreht und die beiden wahrscheinlich gefunden. Vermutlich wäre Jan Lehmann heilfroh gewesen, hätte ihm jemand den Weg zu den Steinen gezeigt. So hatte er vier Jahre länger leben dürfen. Entgangen war Sina ihm trotzdem nicht.

Es hätte ihn wirklich betrübt, hätten sie es nicht noch einmal versucht. Er wusste, dass sie am liebsten jeden Urlaub in Schottland verbracht hätte. Gott sei Dank war Jan Lehmann ein starker Verbündeter gewesen. Im wahren Wortsinn. Er musste grinsen. Dieser arrogante Dummkopf. Es war so leicht gewesen, ihn auszuhorchen. Ihn bei der Stange zu halten. Er war sich so schlau vorgekommen. Und war so naiv gewesen. Sina wäre ihm nie auf den Leim gegangen. „Paranoia" hatte Jan Lehmann die Vorsicht seiner Frau genannt und sich darüber lustig gemacht. Er war überzeugt, dass das Leben diese Frau hatte argwöhnisch werden lassen. Sie besaß einen gesunden Überlebensinstinkt und außergewöhnliche Strategien, um mit Notsituationen umzugehen. Sie zog sich in sich selbst zurück. Scheinbar konnte nichts sie tief im Inneren berühren. Dabei hatte er sich in den letzten Tagen alle Mühe gegeben. Das Foto ihres toten Mannes, ein Stück Fell des braunen Hundes, die Musik – aber alles, was die anderen schier um den Verstand gebracht hatte, prallte an Sina ab. Er hatte ihr Hoffnung gemacht, indem er ihr diese sinnlosen Zuckerkügelchen überlassen hatte. Keine Reaktion. Erst der Hund hatte ihre Schale geknackt.

Zuerst war er furchtbar wütend gewesen, als er sich das Video angeschaut und das Tier entdeckt hatte. Diese Idioten hatten den Köter nicht nur laufen lassen, sondern ihn auch noch zu Sina geführt. Doch je länger er das Geschehen beobachtet hatte, umso klarer wurde ihm, dass der Hund ein unvermuteter Verbündeter war. Obwohl er sich beim besten Willen nicht erklären konnte, wie das Mistvieh in die Höhle gelangt war.

Er hätte Sinas Gesicht nicht heranzoomen müssen, um zu erkennen, dass sie sich mit dem Auftauchen des Tiers verändert hatte. Plötzlich hatte sie wieder etwas zu verlieren. Und das machte ihr Angst. Sie bangte nicht um sich, um diesen Kläffer dagegen schon. Er würde nie verstehen, wie einem das Leben eines Hundes wichtiger sein konnte als das eigene. Frauen waren so. Deshalb faszinierten sie ihn.

Sie konnten so stark sein und dann wieder so unglaublich dumm und verletzlich. Ihr Verhalten war manchmal geradezu lächerlich. Manche weinten und schrien, erniedrigten sich. Andere behielten ihre Würde weit über jedes zu erwartende Maß hinaus. Am Ende zerbrachen sie alle. Sina Lehmann würde sich ihm ebenfalls unterwerfen. Er würde das, was sie stählte, erkennen und zerstören. Doch das hatte Zeit. Sie war ein faszinierendes Studienobjekt, und er wollte jede Minute mit ihr auskosten. Er würde sich vollkommen auf sie konzentrieren und sorgsam darauf achten, keine weiteren Spuren zu hinterlassen.

Vorläufig konnte er sich ohnehin keine neuen Frauen beschaffen. Erst musste Gras über die Sache wachsen. Ein zärtliches Lächeln glitt über sein Gesicht, während er das Standbild von Sinas Gesicht erneut intensiv betrachtete. Sanft und zart, aber auch verschlossen und unbeugsam. Es war ein neuer Zug hinzugetreten. Etwas, das in ihren Augen aufglimmte. Verletzlichkeit? Sorge? Durchaus. Und da war noch mehr. Wut womöglich. Entschlossenheit. Konnte es sein, dass sie bereit war, um ihr eigenes und das Leben ihres Hundes zu kämpfen? Er musste laut lachen.

„Oh, Sina, du bist so wundervoll. Eine wahrhaft würdige Gegnerin."

Er würde zur ersten blutigen Schlacht blasen, aus der sie ganz sicher nicht ohne tiefe Wunden hervorgehen würde. Zu ungleich war der Kampf. Genau das war es, was ihm so viel Freude verschaffte. Sie war bereit, um das Leben ihrer vierbeinigen Freundin zu kämpfen. Dazu würde er ihr allerdings keine Gelegenheit geben. Seine Männer würden das Drecksvieh einfangen und in handliche kleine Portionen schneiden.

„Was kannst du wirklich ertragen, Sina? Wann brichst du zusammen?"

Vielleicht sollte er ihr den Hund noch ein paar Tage lassen. Solange, bis sie sich sicherer fühlte. Weniger auf der Hut war. Das war seine Trumpfkarte. Er wollte sie nicht zu früh zücken und sich um den halben Spaß bringen. Ja, je mehr sie sich an die Gesellschaft des Tiers gewöhnte, umso schmerzhafter würde sein Verlust sein. Seine Aufgabe war es, den optimalen Zeitpunkt zu bestimmen.

Nun denn, das Experiment konnte beginnen.

26

Katie brauchte fast zwei Tage, dann war sie mit dem Ergebnis ihrer Recherche zufrieden. Vorläufig. Paula war damit beschäftigt, die Spuren auszuwerten, auf die sie und Hendrik gestoßen waren. Sie hatte Katie gut gelaunt versprochen, dass sie noch heute überprüfen würde, ob sie auf dieser seltsamen Internetseite, die ein Schlüssel zum Verschwinden von Sina Lehmann und den Albers zu sein schien, einige ihrer anderen Paare fand. Fünfzehn hatte sie aufgestöbert, die infrage kamen. Den Suchzeitraum hatte sie auf fünf Jahre erweitert, nachdem sie über Interpol eine Serie von vermissten Dänen, Schweden und Polen entdeckt hatte. Alle hatten Urlaub an der Mecklenburgischen Seenplatte oder der Ostseeküste gemacht. Da sie ihre Ferienhäuser zwar ungesehen, aber in tadellosem Zustand verlassen hatten, war die Polizei in ihren Heimatländern davon ausgegangen, dass sie auf dem Weg nach Hause verloren gegangen waren. Das lag schon deshalb nahe, weil die ostdeutsche Küste für drei der fünf Paare ohnehin nur eine Zwischenstation gewesen war.

Die anderen Vermissten stammten allesamt aus Deutschland. Acht Paare, darunter ein lesbisches aus der Nähe von Berlin – und zwei Familien. Katie hatte zunächst gezögert, sie in ihre Recherchen aufzunehmen. Auch weil in beiden Fällen am Tag nach der vermeintlichen Abreise aus dem Ferienhaus Textnachrichten übers Handy an Familie oder Freunde verschickt worden waren. Doch gerade diese Nachrichten hatten sie schließlich stutzig gemacht. Beim Überfliegen der Akten war ihr ins Auge gefallen, dass die SMS nahezu identisch waren.

Kommen einen Tag später nach Hause, macht euch keine Sorgen. Liebe Grüße ...

Vor allem die Angehörigen von Rena und Mark Müller aus Hessen hatten von Anfang an behauptet, dass diese Nachricht keinesfalls von den Verschwundenen sein könnte. Die Müllers nutzten ihr Handy offenbar ausschließlich zum Telefonieren, und das nur äußerst selten. Da Renas Eltern, an die die Nachricht gerichtet war, die ganze Zeit daheim gewesen waren, gab es ihrer Meinung nach keinerlei Veranlassung für ihre Tochter, ihnen eine Textnachricht zu schicken, statt sie anzurufen. Außerdem hatten sie nur Minuten nach Erhalt der Nachricht versucht, die Müllers telefonisch zu erreichen. Doch die waren nicht mehr ans Handy gegangen. Die Polizei hatte das Mobiltelefon später an irgendeinem See in Niedersachsen geortet, weshalb man bislang angenommen hatte, dass die Familie dort verschollen war. Vierzehn Monate war das her.

Katie hatte – wie von allen Vermissten, die sie überprüfen wollte – Fotos von den Müllers und ihren Kindern ausgedruckt. Die Eltern waren noch ziemlich jung, vier- und sechsundzwanzig Jahre alt, überaus sympathisch und alternativ angehaucht. Wallende

Hose und Bluse bei ihr, ausgewaschene Jeans und labbriges T-Shirt bei ihm. Die Bilder der Kinder hatten Katie mitten ins Herz getroffen. Zwei lachende Blondschöpfe mit lustigen braunen Augen, Sommersprossen und der typischen Kleinkinderstupsnase. Sie waren damals drei und vier Jahre alt gewesen.

Jaqueline und Volker Steinberg aus Heiligenstadt in Thüringen hatten ihre achtjährige Tochter Anastasia dabei gehabt, als sie vor zwei Jahren von der Bildfläche verschwunden waren. Die Aufnahme des hübschen dunkelhaarigen Mädchens lag ganz oben auf dem Stapel, als sie ihre Unterlagen zusammenpackte und sich anschickte, ihrem Chef Bericht zu erstatten. Johannsson würde über die Dimensionen, die der Fall anzunehmen drohte, wenig begeistert sein. Doch das konnte sie ihm nicht ersparen. Im Gegenteil, sie war sich sicher, dass dies längst nicht das Ende der unangenehmen Überraschungen war.

27

„Sie sind also wild entschlossen, alle Vermisstenfälle der letzten zehn Jahre im Umkreis von, sagen wir mal, fünfhundert Kilometern ihrem vermeintlichen Serienkiller anzuhängen?"

Prof. Ahrens gab sich alle Mühe, noch ein wenig herablassender zu klingen als üblich. Hinter seinem süffisanten Grinsen spürte Katie deutlich den Zorn, den ihre Ermittlungsergebnisse in ihm auslösten. Sie musste sich eingestehen, dass sie von seiner Reaktion überrascht war. Bislang hatte sie immer geglaubt, ein solcher Fall wäre ein makabres Fest für seinen Forschergeist. Vielleicht hatte sie sich in ihm getäuscht.

Johannsson bemühte sich redlich, angesichts des unangemessenen Tonfalls seines Gegenübers gelassen zu bleiben. Eine wahre Meisterleistung, bedachte man, wie wenig er den aufgeblasenen Wissenschaftler leiden konnte.

„Keinesfalls, Herr Professor. Sie können mir glauben, dass uns allen ein Stein vom Herzen fallen würde, wenn zumindest einige der Vermissten, die wir ins Visier genommen haben, nicht Opfer unserer Täter geworden wären. Wir werden sie alle überprüfen. Und ja, wir werden wohl tiefer graben müssen. Kein Mensch kann derzeit wissen, wann und wo es angefangen hat."

Ahrens war klug genug sich zu sammeln, bevor er antwortete. „Dann liege ich wohl richtig anzunehmen, dass Sie Verdächtige aus dem persönlichen Umfeld von Frau Lehmann mittlerweile völlig ausschließen. Ohne nähere Prüfung, versteht sich."

Allein Johannssons stahlharter Blick verriet, wie wütend er war. „Sie spielen auf Kriminalhauptkommissar Bierbrauer an. Wie ich Ihnen schon bei unserem letzten Treffen erklärt habe, haben wir sein Alibi überprüft. Es ist wasserdicht. Allerdings verstehe ich nicht, warum Sie so interessiert daran sind, dem Kollegen etwas anzuhängen."

Nun gelang es Ahrens nicht mehr, die Fassung zu bewahren. Zum ersten Mal, seit sie ihn kannte, sah Katie, dass er vor Wurt rot anlief. Seine ansonsten so sanfte und beherrschte Stimme war nur noch ein zorniges Zischen.

„Ich will niemandem etwas anhängen, Herr Kriminaloberrat", blaffte er. „Ich weise Sie lediglich nachdrücklich darauf hin, dass es ein großer Fehler sein könnte, sich auf eine einzige vage Spur zu konzentrieren und dabei das Offensichtliche zu übersehen."

Die Stimmung in dem engen Büro war mittlerweile so geladen, dass Katie am liebsten aufgesprungen wäre, um das einzige Fenster zu öffnen. Vermutlich hätten die beiden Streithähne das nicht einmal bemerkt, denn ihre Anwesenheit schienen sie ohnehin völlig vergessen zu haben.

Sie räusperte sich hörbar, bevor sie betont gleichmütig das Wort ergriff. „Verzeihen Sie, Professor, wenn ich Sie korrigiere. Wir verfolgen auch andere Spuren. Doch Sie stimmen mir sicher zu, dass wir das, was wir bislang herausgefunden haben, nicht ignorieren können."

Ahrens schaute sie an, als sähe er sie zum ersten Mal. Zumindest hatte die Unterbrechung offenbar den Erfolg, dass er sich seiner Entgleisung bewusst wurde. Einige Sekunden tobten die widersprüchlichsten Gefühle auf seinem Gesicht, dann hatte er sich wieder im Griff. Das Lächeln, das er Katie schenkte, war fast so geschmeidig wie immer.

„Natürlich müssen Sie dem nachgehen, meine Liebe. Wer wollte mit sachlichen Argumenten gegen die Instinkte einer Frau anreden? Ich erinnere Sie und Ihren Chef lediglich daran, dass es solides polizeiliches Handwerkszeug gibt, das man nicht leichtfertig über Bord werfen sollte."

Johannssons Halsschlagader schwoll bedrohlich an und begann zu zucken, während seine Wut nach einem Ventil lechzte. Katie machte sich zwar ernstliche Sorgen um seine Gesundheit, war jedoch nicht bereit, die beiden Testosteronbomber wieder aufeinander losstürmen zu lassen. Nach einem warnenden Blick auf ihren Vorgesetzten grinste sie Ahrens genauso falsch an wie er sie.

„Das tun wir nicht, Herr Professor. Keine Sorge. Gerade heute Morgen haben die Kollegen Bierbrauer und van Loh den Auftrag erhalten, an den Rhein zu fahren, um dort das persönliche Umfeld der Lehmanns zu durchleuchten."

Sie hätte nicht sagen können, welche Reaktion sie auf diese Enthüllung interner Sokomaßnahmen erwartet hatte. Das, was folgte, sicher nicht. Während Johannsson vor Wut rot anlief, wurde Ahrens blass vor Schreck. Fasziniert beobachtete Katie, wie es ihm die Sprache verschlug.

Es war Johannsson, der sie anfuhr. „Ich glaube nicht, dass wir Professor Ahrens mit Einzelheiten unseres Vorgehens langweilen müssen, Hansen. Er ist unser psychologischer Berater, nicht mehr und nicht weniger. Deshalb sollte unser Gespräch sich von nun an allein auf diesen Teil des Falls richten." Er wandte den strengen Blick von Katie ab und nahm den Professor erneut ins Visier. „Also, Herr Ahrens, gibt es irgendetwas, was Sie uns zu dieser Sache erzählen können, das uns weiterhilft? Vielleicht können Sie ja einfach mal davon ausgehen, Kriminalhauptkommissarin Hansen und ich hätten recht und wir müssten von einem oder mehreren Serientätern ausgehen. Als Arbeitsthese, sozusagen. Womit haben wir es dann zu tun? Und wie groß sind die Chancen, dass wir Sina Lehmann oder eines der anderen Opfer lebend wiederfinden?"

Prof. Ahrens gab sich einen Ruck und kehrte zu seiner gewohnt herablassenden Art zurück. Er hatte wohl verstanden, dass Johannsson nicht zu bekehren war, und machte das Beste daraus. Allerdings war Katie noch immer nicht klar, warum er sich überhaupt so dagegen sträubte, den Fall Lehmann mit den anderen Verschwundenen in Verbindung zu bringen. Natürlich stand längst nicht fest, dass allen Vermissten, die sie ermittelt hatte, das gleiche traurige Schicksal wiederfahren war, aber zumindest die Verbindung zu den Albers und Obermeiers stand so gut wie außer Frage, nachdem Paula Szepanski die vier auf dieser *Bifröst*-Internetseite gefunden hatte. Man musste schon sehr blauäugig sein, wollte man das für einen Zufall halten.

„Nun, Kriminaloberrat Johannsson, vorausgesetzt, dass Sie mit Ihrer Serienkillerthese nicht vollkommen danebenliegen, stellt sich natürlich zunächst die Frage, was mit den Verschwundenen geschehen ist. Allein die Tatsache, dass man Jan Lehmann erschossen aufgefunden hat, muss nicht unbedingt bedeuten, dass alle Männer tot und alle Frauen und Kinder entführt und gequält wurden." Ahrens grinste überheblich und ließ Johannsson keine Gelegenheit, etwas zu erwidern. „Wenn Sie erlauben, nehme ich als Arbeitsthese lediglich die drei Fälle, die sich halbwegs belegen lassen. Dann wäre es wohl das Naheliegendste, dass die Paare einer kriminellen Bande in die Hände gefallen sind, die ihren Familien Geld abpressen wollen."

Johannsson fixierte Ahrens, als zweifelte er an dessen Verstand. „Es sind keine Lösegeldforderungen bei den Familien eingegangen ..."

„Bislang nicht", unterbrach Ahrens ihn kühl.

Johannsson ließ sich nicht stoppen. „Ich darf Sie daran erinnern, Herr Professor, dass die Obermeiers seit acht Monaten verschwunden sind. Wann haben Sie zuletzt von einem Entführer gehört, der sich so viel Zeit gelassen hat, um seine Forderung an den Mann zu bringen? Zumal jeder Tag, an dem er seine Geiseln versteckt halten muss, das Risiko für ihn erhöht. Und wer würde zwei weitere Paare kidnappen, bevor er beim ersten eine Lösegeldforderung gestellt hat? Ich denke, wir können diese These ausschließen."

Ahrens lächelte Johannsson an, doch seine Kiefer zuckten. „Mein lieber Kriminaloberrat, in den Nachrichten können Sie jeden Abend von Geiseln hören, die Monate oder gar Jahre in der Gewalt ihrer Entführer gewesen sind ..."

Johannsson verlor die Geduld. „Wir sind nicht im Jemen, Professor Ahrens, und nicht in Afghanistan oder Syrien. Und ganz bestimmt haben wir es weder mit IS noch mit Al Kaida zu tun. Darf ich Sie um etwas mehr Sachlichkeit bitten? Und falls Sie uns nicht helfen können oder wollen, sagen Sie es bitte gleich. Wir haben bei diesem Fall keine Zeit zu verlieren."

Ahrens, der sich bislang gewohnt lässig und elegant mit übereinandergeschlagenen Beinen in seinem Stuhl zurückgelehnt hatte, richtete sich abrupt auf, und Katie glaubte schon, er würde gehen. Auch in Johannssons Miene blitzte Hoffnung auf. Offenkundig hielt er es ohnehin längst für einen riesigen Fehler, den arroganten Wissenschaftler um Hilfe gebeten zu haben.

Ahrens ging jedoch nicht. Er starrte Johannsson an und fuhr mit gepresster Stimme fort. „Nun, Herr Kriminaloberrat, ich weiß zwar nicht, wozu Sie meine Unterstützung überhaupt brauchen, da Sie sich ja ohnehin längst ein unabänderliches Bild gemacht haben, aber wie wäre es damit: Jemand erledigt die Männer und schafft die Frauen und Kinder über Polen in den Osten, um sie dort zu verscherbeln. Ist ein einträgliches Geschäft, wie Sie sicher besser wissen als ich. Sina Lehmann und die kleine Albers sind attraktive Frauen. Viele der anderen, die Kriminalhauptkommissarin Hansen aus dem Polizeicomputer gefischt hat, ebenfalls. Für die Kinder soll es übrigens einen eigenen Markt geben, auf dem extrem hohe Preise gezahlt werden. Das scheint mir jedenfalls eine plausiblere Erklärung zu sein als Ihre Fantasie von magischen Orten und rituellen Morden."

„Frau Obermeier ist Anfang sechzig", warf Johannsson ein. „Nicht gerade das bevorzugte Opfer von Frauenhändlern."

Ahrens grinste siegessicher. „Sie würden sich wundern, welche Vorlieben manche Leute haben. Außerdem ist Nicole Obermeier für ihr Alter sehr attraktiv, stimmt's? Von Weitem würde sie locker als wesentlich jüngere Frau durchgehen."

Johannsson sah Ahrens nachdenklich an. „Ja, vielleicht haben Sie recht. Ich danke Ihnen, Herr Professor. Wir melden uns bei Ihnen, sobald es etwas Neues gibt." Er war bereits aufgestanden und hielt dem verblüfften Wissenschaftler die Hand entgegen.

„Falls ich recht habe, leben die Frauen. Und zumindest einige der Opfer könnten sogar noch in der Gegend sein. Die Frage ist nur, wie sie einer solche Situation seelisch gewachsen sind. Ich würde deshalb nach wie vor gern mit Kriminalhauptkommissar Bierbrauer sprechen, um mehr über Sina Lehmann zu erfahren."

Johannsson ließ die Hand sinken. „Wieso ausgerechnet über Frau Lehmann und nicht über Frau Albers oder Frau Obermeier?"

Ahrens lächelte ihn harmlos an. „Nun, weil sie die Letzte ist, die verschwunden ist. Und weil wir das Glück haben, dass jemand, der sie bestens kennt, vor Ort ist. Er ist doch noch vor Ort, oder? Denn wenn ein solches Gespräch überhaupt Sinn ergeben soll, dann sollten wir nicht länger warten."

Johannsson schaute Ahrens einen Moment forschend an und nickte. „In Ordnung, Professor, ich werde mit Bierbrauer reden. Ich kann ihn natürlich nicht zwingen, zu Ihnen zu kommen. Das verstehen Sie bestimmt." Johannsson zweifelte wohl daran, dass Alex Bierbrauer freiwillig mit Ahrens zusammenarbeiten würde.

Ahrens' Lächeln wurde breiter. „Richten Sie ihm aus, dass es wichtig ist. Selbst wenn nur eine winzige Chance besteht, dass ein solches Gespräch dazu beiträgt, Sina Lehmann lebend zu finden, sollte er seinen Anteil daran leisten. Das wird er einsehen."

Bevor er den letzten Satz zu Ende gesprochen hatte, griff Ahrens nach seinem Mantel, Sekunden später war er durch die Tür verschwunden. Die Hand hatte er Johannsson nicht gereicht. Und Katie auch nicht.

„Der hatte es aber plötzlich eilig." Johannssons Kommentar war ein nachdenkliches Brummen, sodass Katie nicht sagen konnte, ob er tatsächlich mit ihr gesprochen hatte.

„Nun, ich denke, er hat sich in unserer Gesellschaft nicht wohlgefühlt, was nicht allzu verwunderlich ist. Sie wollten ihn doch loswerden, und das war deutlich zu spüren."

Johannsson hob die Brauen. „Finden Sie nicht, dass unser Professor sich merkwürdig verhalten hat? Als würde unsere These ihn persönlich beleidigen. Er ist zwar ein arrogantes Arschloch, so habe ich ihn allerdings nie zuvor erlebt. Und ich kenne ihn schon eine ganze Weile."

Genau genommen kannte Johannsson Ahrens genauso lange wie Katie ihn kannte, nämlich seit fünf Jahren, seit er von Berlin hierhergezogen war. Ein Schritt, den niemand verstanden hatte, denn für seine Karriere war die Provinz nicht gerade förderlich. Katie hatte immer vermutet, dass Ahrens sich mit seiner unausstehlichen Art in der Hauptstadt so viele Feinde gemacht hatte, dass er es für sinnvoll hielt, dem Ruf nach Greifswald zu folgen. Nur dass er so lange geblieben war, war für einen international anerkannten Fachmann wie ihn ungewöhnlich. Gerade seine Arbeit mit traumatisierten Opfern war in Europa und Nordamerika gefragter denn je. Bislang hatte sie nicht gehört, dass er eines der Angebote annehmen wollte, die sich auf seinem Schreibtisch stapeln mussten.

„Er ist eitel, und vielleicht hat er heute einen ganz besonders schlechten Tag", vermutete Katie. Dann wechselte sie das Thema. „Glauben Sie wirklich, dass es hierbei um Menschenhandel gehen könnte?"

Sie hatten die These in ihren Morgensitzungen angeschnitten, waren jedoch einstimmig zu der Einschätzung gelangt, dass zu viel dagegen sprach. Die Verbindung der Opfer über die mysteriöse Internetseite. Die Art ihres Verschwindens. Und unabhängig davon, was Ahrens sagte, Nicole Obermeier war nicht prädestiniert für ein osteuropäisches Bordell.

„Ist nicht ganz von der Hand zu weisen, Hansen. Zumindest sollten wir diese Möglichkeit als Alternative im Hinterkopf behalten. Aber nein, ich glaube nicht daran."

Als er mit Ahrens gesprochen hatte, hatte Katie einen anderen Eindruck gewonnen.

„Was?", raunzte Johannsson. „Ich wollte den Mistkerl loswerden. War doch offenkundig, dass er nicht bereit war, unsere Vermutungen zu untermauern, oder? Ich habe ohnehin nie viel von diesen Psychoonkels gehalten. Und dieser Ahrens trägt nicht dazu bei, meine Meinung zu ändern."

Katie musste grinsen.

„Freut mich, dass Sie mir zustimmen, Hansen."

Nur wer ihn so gut kannte wie sie, merkte, dass Johannsson innerlich schmunzelte. Sie liebte seinen trockenen Humor.

„So, genug Zeit verschwendet. Raus mit Ihnen. Und schicken Sie mir Bierbrauer rein, wenn Sie ihn sehen."

Katie schaute ihren Chef fragend an.

„Na, er soll sich bei unserem Professor melden. Scheint ja das Einzige an diesem Fall zu sein, das den guten Ahrens bewegt. Also tun wir ihm den Gefallen."

„Was ist mit der Dienstreise nach Koblenz. Sie wollten unbedingt ..."

„Sie alle waren heute Morgen der Auffassung, dass die Recherche dort unten auch von den Koblenzer Kollegen erledigt werden könnte. Glauben Sie, ich hätte das nicht bemerkt, nur weil keiner den Mut gehabt hat, es auszusprechen? Also rufen Sie diesen Berg an und klären Sie ihn über den Stand der Dinge auf. Er wird uns vermutlich gern helfen."

„Aber ..."

Johannsson war genervt. „Ja, Hansen, es stimmt, ich halte Ahrens für ein Arschloch, und ich habe selbst gesagt, dass wir Bierbrauer nicht zu diesem idiotischen Gespräch zwingen können. Ich würde jedoch gern wissen, warum es dem Professor so wichtig ist. Und ich bin überzeugt, dass der Kollege Bierbrauer uns dabei helfen wird, es herauszufinden. Sind nun alle Ihre Fragen beantwortet?"

Katie nickte und beeilte sich aufzustehen.
„Dann raus jetzt", schallte es ihr hinterher, als sie auf den Flur trat.

28

Paula Szepanski war allein im Besprechungszimmer der Soko Königsstuhl, das ihr gleichzeitig als Büro diente. Man hatte ihr einen winzigen Schreibtisch in eine Ecke am Fenster gestellt und einen der moderneren Laptops darauf platziert, weil in keinem anderen Raum Platz war. An ihrem gewöhnlichen Arbeitsplatz, vorn in der „Schreibstube", wollte und sollte sie nicht arbeiten. Schließlich war das, was sie hier tat, streng vertraulich.

Paula war glücklich. Nicht darüber, dass diese armen Menschen verschwunden waren. O Gott, nein. Aber für sie war dieser Fall eine Riesenchance. Die erste gute, die sich ihr bot, seit sie vor drei Jahren bei der Kripo in Stralsund angefangen hatte. Bislang war sie vor allem für mehr oder weniger langweilige Schreibarbeiten eingeteilt worden, sie hatte jedoch immer gewusst, dass ihre Computerkenntnisse ihr irgendwann einmal nützlich sein würden. Zum Glück hatte nie jemand gefragt, wie sie an ihr Wissen gelangt war, und Paula hatte nicht vor, mit ihren Kollegen über ihre Zeit in der örtlichen Hackergemeinde zu sprechen. Selbst unter den Profis war sie richtig gut gewesen – und das als einzige Frau.

Allerdings wollten die Jungs ohnehin nichts mehr von ihr wissen, seit sie begriffen hatten, dass ihr Job bei der Polizei für sie mehr war als eine tolle Gelegenheit, sich Zugang zum Netz einer der wichtigsten deutschen Behörden zu verschaffen. Sie hätten wahnsinnige Publicity erlangt, wären sie damit an die Presse gegangen. Paula hatte abgelehnt. Im Gegenteil, sie hatte den anderen unverblümt damit gedroht, den ganzen Klub auffliegen zu lassen, sollte es einer wagen, ihren Arbeitgeber anzugreifen. Die Jungs waren zwar echte Computerfreaks, aber alles andere als cool und gewalttätig. Sonst hätte sie als Verräterin wohl um ihr Leben fürchten müssen.

Paula musste grinsen, als sie sich vorstellte, wie Julius einen Killer auf sie ansetzte. Allein der Gedanke hätte ausgereicht, damit er sich in die Hosen machte. Julius war nicht nur ein lebensuntüchtiger Angsthase, er war auch der Beste, um im weltweiten Netz eine Spur zu verfolgen. Und genau das brauchte sie jetzt.

Es hatte ihr keine Mühe bereitet, die Posts zu rekonstruieren, die jemand von der *Bifröst*-Seite gelöscht hatte. Alles was älter als drei Monate war, war für gewöhnliche Mitglieder nicht mehr auffindbar. Sie hatte die Beiträge bis zum Start der Seite vor etwa fünf Jahren zurückverfolgt und sämtliche Personen überprüft, die Katie Hansen ihr auf einer Liste übergeben hatte.

Zuerst war das gar nicht so einfach gewesen, denn die Fantasie der Menschen kannte keine Grenzen, wenn es darum ging, sich Nutzernamen in Foren zu verpassen. Von Lächerlichkeiten wie *Kuschelhase* und *Zuckermaus* über Nicknames aus der einschlägigen SciFi-Szene bis zu jenen aus der Götterwelt der Kelten, Germanen, Griechen und Römer wurde so gut wie nichts ausgelassen. Sicher war sie sich zuerst nur bei drei Paaren gewesen, darunter die jungen Leute mit den beiden süßen Kindern, die dicht an ihrer echten Identität geblieben waren.

Dann war ihr etwas anderes aufgefallen. Alle, die sie eindeutig mit Katies Liste in Verbindung bringen konnte, hatten sich in den Urlaub nach Meck-Pomm verabschiedet und sich danach nie wieder gemeldet. Außerdem hatten sie sich zuvor alle auffällig für die „Tanzenden Steine" interessiert – genau wie Jan Lehmann, die Albers und Obermeiers.

Nachdem sie verstanden hatte, worauf sie achten musste, konnte Paula innerhalb von einer Stunde die komplette Liste bestätigen und hatte zwei weitere potenzielle Opfer entdeckt: ein Paar aus Großbritannien und ein weiteres aus Litauen, die sich vor drei Jahren aus dem Forum verabschiedet hatten. Falls sie recht hatte, war das der Zeitpunkt, an dem sie aus dem wirklichen Leben verschwunden waren. Katie war bereits an der Sache dran, und Paula hatte das Gefühl, dass sie sich spätestens mit dieser Aktion die Achtung des gesamten Soko-Teams erarbeitet hatte.

Sie war allerdings keineswegs zufrieden. Denn bislang war es ihnen nicht gelungen, den Betreiber der Seite ausfindig zu machen. Dass die sogenannten Spezialisten vor Ort schnell an ihre Grenzen kamen, wunderte Paula nicht. Johannsson hatte nicht lange gefackelt und das BKA um Unterstützung gebeten. Vergeblich. Die Spur verlor sich irgendwo in der Südsee. Wer immer diese Seite ins Netz gestellt hatte, hatte sich alle Mühe gegeben, anonym zu bleiben.

Das sprach dafür, dass *Master of Masters* ihr Mann war. Dass er größenwahnsinnig und auch sonst nicht ganz richtig im Kopf war, verriet sein Nutzername.

Paula hatte natürlich schon daran gedacht, Julius um Hilfe zu bitten. Dann war es ihr zu riskant erschienen. Vor allem für Julius. Schließlich wollte sie ihn nicht um einen Gefallen bitten, der ihn ans Messer liefern konnte. Und da das BKA in die Sache eingebunden war, würde man vermutlich auf einer plausiblen Erklärung bestehen, präsentierte sie plötzlich eine Lösung.

Während sie einmal mehr überlegte, ob der Umfang des zu erwartenden Grauens das Risiko für Julius womöglich doch rechtfertigte, ging Paula erneut alle Beiträge der mutmaßlichen Opfer durch. Bislang hatte sie sie angesichts der Fülle an Material überflogen. Jetzt wollte sie sichergehen, dass sie nichts übersehen hatte. Beim letzten Eintrag von Lisa Schröder aus Hannover stutzte sie.

War übrigens ein fantastischer Tipp mit dem Reisebüro. Haben ein nagelneues Ferienhaus zum Superpreis ergattert. Direkt am See! Tausend Dank, Master. Wir berichten, sobald wir wieder zurück sind.

Das hatte sie nie getan. Was Paulas Aufmerksamkeit auf sich zog, war jedoch etwas anderes. Täuschte sie sich nicht, hatten weitere User einen Reiseanbieter erwähnt – wenn auch nie mit Namen. Sie las alle Einträge noch einmal. Tatsächlich: Fünfmal gab es einen Hinweis darauf, dass die Vermissten über die Website einen Tipp für einen Reiseanbieter erhalten hatten, der sie mit außergewöhnlich guten und preiswerten Ferienhäusern versorgte. Paula ging erneut die ganze Homepage durch, konnte aber auf keiner Unterseite einen entsprechenden Eintrag finden. Also mussten die

Verschwundenen auf andere Weise an die Information gelangt sein.

Paula überprüfte ein zweites Mal die Anmeldebedingungen. Wie fast immer wurden von neuen Mitgliedern viel zu viele Informationen abgefragt. In diesem Fall sogar außergewöhnlich viele – *Master of Masters* erklärte das damit, dass es sich um eine verschworene Gemeinschaft mit familiären Zügen handelte und man deshalb genau wissen wollte, mit wem man es zu tun hatte. Außerdem wollte er verhindern, dass „Unwürdige" sich in die Seite einschmuggeln und die Mitglieder lächerlich machen würden.

Wie dumm musste man sein, um auf eine solch fadenscheinige Erklärung hereinzufallen? Paula war fassungslos. Vergleichsweise harmlos schien es dagegen, dass die E-Mail-Adresse der Mitglieder verlangt wurde. Allerdings war dies der einfachste Weg, jenseits des Forums Kontakt zu einzelnen Mitgliedern aufzunehmen. Etwa indem man ihnen ein günstiges Angebot für ihren nächsten Urlaub unterbreitete. Sie mussten unbedingt die E-Mail-Konten der Opfer durchforsten. Bei den meisten würde das vermutlich kaum möglich sein, weil die Angehörigen die Accounts längst gelöscht hatten. Doch bei den Obermeiers, Albers und Lehmanns standen die Chancen gut, dass noch etwas zu finden war. Sie mussten das überprüfen. Und zwar so schnell wie möglich.

29

Sie hatten ihr Essen gebracht. Das kam nicht allzu häufig vor. Sina tat, als würde sie schlafen. Das schützte sie zwar selten, aber diesmal verschwanden der Große und die Ratte, ohne sie weiter zu beachten. Asha hatte sich schon vor fünf Minuten zurückgezogen. Entweder hatte die kleine Hündin ein außergewöhnlich gutes Gehör oder einen ausgeprägten Instinkt für Gefahr. Vermutlich war es eine Kombination aus beidem. Sie stand immer Minuten, bevor einer ihrer Peiniger auftauchte, von der Pritsche auf und schlich durch den Felsspalt in Freie. Sina hoffte, dass sie dabei genauso vorsichtig vorging, denn natürlich würden die Männer versuchen, Asha draußen abzufangen. Bislang war sie jedes Mal zurückgekehrt, wenn die Luft rein war. Manchmal war das deutlich später, als Sina geglaubt hatte. Doch sie erwischten Asha nie.

Auch diesmal hatten die Männer ihr ein „Souvenir" neben den Teller mit dem trockenen Brot und dem Stück altem Käse gelegt. Oft waren es Fotoausdrucke von Bildern, die Jan und sie in den letzten zwei Wochen aufgenommen hatten. Sie hätte die kalten Wände mit den Fotos tapezieren können, hätte die Ratte sie ihr nicht mit einem bösartigen Grinsen weggenommen. Genau wie die Gegenstände, die Jan gehört hatten – seine Sonnenbrille, eine *Arizona-Wildcats*-Kappe, die sie während ihres Amerikaurlaubs erstanden hatten, oder seinen Kompass. Letzterer erlaubte ihr wenigstens, die Himmelsrichtungen ihres Gefängnisses zu bestimmen, wusste sie auch noch nicht, wofür das gut sein sollte. Der Anblick all dieser Dinge versetzte Sina tiefe Stiche, und das war wohl ihr Sinn.

Während der Große ruhig blieb wie gewöhnlich, spürte Sina bei der Ratte eine kaum beherrschbare Gereiztheit. Der Mistkerl hatte nicht wieder versucht, sie zu vergewaltigen, sie hatte jedoch den Eindruck, dass er sie liebend gern geschlagen hätte. Sie hatte ihn zweimal gedemütigt, dafür würde sie irgendwann bezahlen müssen. Man musste nicht sonderlich feinfühlig sein, um den brennenden Blick zu interpretieren, mit dem er sie fixierte, glaubte er, dass sie schlief. Noch rührte er sie nicht an. Offenbar hielt ihn etwas zurück, das stärker war als sein Hass. Der Große hatte sie zwei weitere Male vergewaltigt und sich dabei tief über sie gebeugt und ihr etwas zugeraunt. Scheinbar hielt er sie für eine verwandte Seele.

Von den Vergewaltigungen und der Gefangenschaft abgesehen, hatten die Männer sie bislang weitgehend in Ruhe gelassen. Sina war klar, dass das eine Strategie war, um sie zu zermürben. Nach wie vor lief pausenlos Musik, die einen Bezug zu ihrem Leben hatte. Die meiste Zeit verbrachte sie schlafend oder in tiefer Trance. Auf keinen Fall durfte sie die Panik zulassen, die ihre Gefangenschaft umso stärker auszulösen drohte, seit ihr nicht mehr alles gleichgültig war.

Sie hatte enge, dunkle Räume seit jeher gehasst. Zu sehr erinnerten sie Sina an die winzige Abstellkammer, in die der Mann ihrer Tante sie einsperrte, wenn er sich über sie geärgert hatte. Es war eng und dunkel und der

Boden war von achtlos hingeworfenen Schuhen übersät, sodass sie nicht einmal richtig stehen konnte. Und überall waren Spinnen und sonstiges unheimliches Getier. Am liebsten hätte sie sich vor Angst die Seele aus dem Leib geschrien. Das hätte allerdings nichts genutzt. Im Gegenteil, es hätte den Triumph ihres Peinigers nur vergrößert. Und so war sie stumm geblieben. Hatte gelernt, sich ihre Furcht nicht anmerken zu lassen. Ein gutes Training für das hier. Genau wie damals war es ein harter Kampf, die Wellen der Panik niederzuringen, die sie zu überrollen drohten. Zum Glück konnte sie ihren Kopf von allem Ballast befreien – zumindest vorübergehend. Das war ihre wichtigste Waffe in diesem ungleichen Krieg.

Der Wechsel von künstlichem Licht und völliger Dunkelheit hatte keinen festen Rhythmus und war dazu gedacht, ihr Zeitgefühl zu töten. Trotzdem glaubte sie, dass seit dem Überfall acht Tage vergangen waren. Zu essen bekam sie nur wenig, meist eine Kante Brot und etwas Käse, und die Wasserrationen waren ebenfalls kleiner geworden. Doch an den Wänden liefen oft kleine Bäche hinunter – vermutlich dann, wenn es draußen stark regnete – sodass weder sie noch Asha durstig waren. Ohnehin war die Hündin eine echte Überlebenskünstlerin, der es nicht das Geringste auszumachen schien, sich draußen im Wald zu versorgen. Anfangs hatte sie Sina sogar zweimal ein erlegtes Kaninchen mitgebracht. Nachdem Sina ihr Geschenk verschmäht hatte, fraß Asha ihre Beute selbst. Es war trotzdem ein gutes Gefühl zu wissen, dass sie sich in dieser Hinsicht auf Asha verlassen konnte.

Sie war mitten in einer Meditation, als sie die Schüsse hörte. Es kostete sie alle Kraft, ruhig sitzen zu bleiben. Obwohl sie innerlich vor Verzweiflung bebte, sah ihr niemand die Panik an, die sie empfand. Wenigstens hoffte sie das. Der Schrei fuhr ihr mitten ins Herz. Der Tumult spielte sich direkt vor der Tür ihres Gefängnisses ab. Sie hörte das triumphierende Lachen der Ratte, dann ein jämmerliches Jaulen. Erst laut, schließlich immer leiser, bis es erstarb. Die schwere Tür wurde aufgerissen, und die Ratte betrat den Raum. Zum ersten Mal seit Langem schien ihr Peiniger gut gelaunt. In seinen Armen hielt er ein lebloses Fellbündel, das über und über mit Blut getränkt war. Im Dämmerlicht war kaum zu erkennen, dass der Pelz des Tiers einmal weiß gewesen war.

„Na, schau ma an, was mir da draußen vor die Flinte gelaufen is." Die Stimme der Ratte überschlug sich vor Begeisterung. „Keine Angst, das Vieh war nich gleich tot. Das hab ich hiermit erledigt." Er hielt ihr sein blutiges Messer entgegen. „Schön langsam natürlich, damit der Köter was davon hatte."

Der Mann bleckte die unappetitlichen Zähne, sein schlechter Atem verbreitete sich in der Felsenkammer. Oder war es der Geruch von Angst und Blut, den der leblose Körper verströmte? Er ließ ihn achtlos vor seine Füße fallen. Sina sah scheinbar teilnahmslos auf den toten Hund hinab.

„Dachte, du willst ihn noch mal sehen, bevor wir ihn verbuddeln. War ja dein Liebling ..."

Das bösartige Kichern blieb der Ratte im Hals stecken, als Sina ihren Blick unvermittelt auf ihn richtete. Sie sagte kein Wort, ihre Züge blieben ausdruckslos.

Doch im Schwarz ihrer Augen sah die Ratte ihren Tod. Unausweichlich. Sofort bildeten sich Schweißperlen auf der schmutzigen hohen Stirn des Mannes. Hastig zerrte er den leblosen Körper vom Boden hoch und beeilte sich, zurück zur Tür zu kommen. Kurz bevor er die dicken Holzbohlen mit einem lauten Krachen zuschlug, wagte er einen Blick auf Sina.

„Du verdammte Hure. Ich freu mich auf den Tag, an dem du mir vors Messer läufst. Mit dir lass ich mir mehr Zeit als mit dem Biest hier. Das verspreche ich dir Hexe, du."

Hinter der Ratte hatte Sina für einen Moment das sanfte Gesicht des Großen gesehen. Es war genauso leer wie ihr eigenes. Es sagte ihr jedoch alles, was sie wissen musste.

30

Sie saßen an einem der hohen Tische in der schummrigsten Ecke, die der Ire zu bieten hatte, vor sich zwei große Guinness. Obwohl Katrin Hansen und Alexander Bierbrauer sich in den letzten Tagen hervorragend verstanden hatten, fühlten sie sich befangen. Es war ihr erstes privates Treffen. Sie wirkte so cool wie immer, dennoch spürte Alex Katies Unruhe, und das machte auch ihn nervös. Vielleicht war es keine gute Idee gewesen, mit ihr hierherzukommen. Nachdem sie sich rein zufällig im Fitnessstudio neben dem Kommissariat getroffen und zwischen Butterfly und Sit-ups über die Details der aktuellen Entwicklung gesprochen hatten, hatte es allerdings nahegelegen, den Tag bei einem gemeinsamen Bier ausklingen zu lassen. Was war schon dabei? Sie waren Kollegen, die zusammen an einem Fall arbeiteten. An einem besonders wichtigen Fall. Und sie verstanden sich gut. Beruflich und privat. Selbst wenn da mehr gewesen wäre – was für Alex nach wie vor nicht infrage kam –, wer hätte ihnen Vorwürfe machen sollen? Von Johannsson mal abgesehen, der sich offenkundig für Katies Übervaterersatz hielt. Und van Loh, der selbst in Katie verknallt war.

„Alles okay?“ Katie sah ihn fragend an.

„Klar, kein Problem.“ Alex wusste, wie wenig überzeugend er klang.

„Machst du dir Sorgen wegen Johannsson?“ Katie grinste ihn frech an.

Das lange Haar fiel ihr über die Schultern, im Dienst hatte sie es meist zusammengebunden. Sie war wirklich eine süße Person. Einerseits die toughe Polizistin und andererseits von einer herzerfrischenden Offenheit. Irgendwie kam sie Alex angenehm unkompliziert vor. Ganz anders als er. Und als Sina, die ihn zwar ebenfalls zum Lachen gebracht hatte, aber trotzdem der tiefgründigste Mensch war, dem er je begegnet war.

Sina war die Einzige, der er von seinen Ängsten erzählt hatte. Sie kannte die ebenso düsteren wie unerklärlichen Stimmungen, die ihn heimsuchten. Sie hatte niemals versucht, ihn zu therapieren – daran hatten sich andere die Zähne ausgebissen. Sie hatte ihn jedoch festgehalten, wenn er das Gefühl hatte, in einen Abgrund zu stürzen. Sie war selbst in seinen schlechtesten Zeiten an seiner Seite geblieben, und sie war die Einzige, deren Anwesenheit er in solchen Momenten ertragen konnte. Vor allem konnte er ihr nach solchen Tagen und Nächten in die Augen schauen, ohne vor Scham im Boden zu versinken. Sie war seine einzige Hoffnung auf ein normales Leben gewesen. Trotzdem hatte er sie von sich gestoßen ...

„Jetzt denkst du an sie, stimmt's?“

Katie hatte die Frage beiläufig gestellt und holte Alex in die Gegenwart zurück. O Gott, er hatte sie die ganze Zeit angestarrt.

„Tut mir leid, Katie. Ja, ich musste gerade an Sina denken. Vielleicht ist das hier doch keine gute Idee.“

Katie überhörte den letzten Satz. „Warum hat es nicht funktioniert? Mit dir und Sina." Sie nahm einen kräftigen Schluck Guinness.

Es interessierte sie wirklich, Alex hatte allerdings nicht das Gefühl, dass billige Neugier dahintersteckte. Trotzdem wunderte sich ein Teil von ihm, dass er ihr antwortete. „Ich hab's versaut. Wie alles, was in meinem Leben gut und wichtig gewesen ist. Ich gehöre zu den Männern, die auf der Welt sind, um andere unglücklich zu machen, weißt du? Muss ich gar nicht viel für tun, passiert einfach so."

Katie schaute ihn an, ohne etwas zu erwidern.

„Falls das für mildernde Umstände taugt, versichere ich dir, dass ich mich meist nicht besser fühle als meine Opfer. Ganz im Gegenteil. Halte dich trotzdem besser von mir fern." Alex grinste.

„Ich stehe auf Kerle, die mich unglücklich machen. Ist meine einzige Schwäche. Schade, dass du nicht mein Typ bist." Sie leerte ihr Glas mit einem tiefen Zug. „Noch ein Bier?"

Alex hätte im Nachhinein nicht mehr sagen können, wie viele Guinness später Piet aufgetaucht war. Es hatte eine ganze Weile gedauert, bis er begriffen hatte, dass tatsächlich etwas zwischen diesem Weichei und Katie lief. Oder besser: gelaufen war. Denn der untergewichtige Hänfling mit dem Mädchengesicht zog alle Register, um seinen offenbar erst kürzlich vollzogenen Rauswurf aus Katies Wohnung rückgängig zu machen. Seine Versuche wurden nicht gerade dadurch begünstigt, dass er sich mit irgendetwas zugedröhnt hatte. Nachdem er mit Schleimen, Betteln und Heulen gescheitert war, verlegte er sich auf Beleidigungen, die übler wurden, je erfolgloser er war. Schließlich schien sein benebeltes Gehirn Alex wahrzunehmen, der seiner Aufmerksamkeit bislang gänzlich entgangen war.

„Ah, ich verstehe. Du treibst es jetzt mit Affen. Warst ja schon immer eine große Tierfreundin, du Schlampe. Wo hast du den her? Aus'm Zoo?"

Er baute sich vor Alex auf, der ihn um mehr als eine Kopflänge überragte, und fing an, wie ein wildgewordener Schimpanse im Kreis herumzuhüpfen, wobei er sich in wilden Zuckungen unter den Armen kratzte und entsprechende Geräusche von sich gab. Alex richtete seinen Blick auf Katies Bierglas, ohne einen Ton zu sagen, doch seine Kiefermuskeln zuckten verdächtig.

„Okay, Piet", sagte Katie alarmiert, „du hattest deinen Spaß. Und nun verzieh dich. Ich hab dir gesagt, dass es diesmal endgültig aus ist. Mach dich nicht lächerlich."

Piet dachte nicht daran, sich kampflos zurückzuziehen. Er rückte Katie auf die Pelle, versuchte, sie zu umarmen und ihr Gesicht abzulecken. „Komm, Süße. Was willst du mit so einem Hohlkopf? Dicke Arme und nichts in der Hose. Du weißt, dass es dir keiner so gut besorgen kann wie ich ..."

Alex riss der Geduldsfaden. Er packte Piet am Kragen und zog ihn mühelos von Katie weg. Ihr Ex landete unsanft auf dem Hosenboden.

„Sie hat gesagt, du sollst verschwinden, du Wicht. Und solltest du an deinem Babygesicht hängen, hörst du auf sie."

Die Warnung in Alex' Stimme war nicht zu überhören. Piet war jedoch so wütend, dass alle natürlichen Fluchtinstinkte ausgeschaltet waren. Außerdem sorgte das Zeug, das er eingeworfen hatte, offenbar dafür, dass er sich für unbesiegbar hielt. Wie ein Schachtelteufel sprang er auf die Beine.

„Es spricht! Habt ihr das gehört, Leute? Das Tier kann sprechen. Hört sich fast wie ein echter Mensch an, oder?“ Beifall heischend suchten seine glasigen Augen an den Nachbartischen nach Publikum. Da niemand reagierte, drehte er sich wieder zu Alex um, und betastete dessen Oberarme. „O Gott, es ist stark. Verdammt, ich sollte wohl Angst haben.“ Prompt fing er an, wie wild mit dem Kopf zu wackeln und die Augen zu rollen.

Alex hatte die Hände bereits zu Fäusten geballt, um zuzuschlagen. Der Anblick des zuckenden schmächtigen Mannes vor ihm war allerdings so grotesk, dass er zögerte. Und so war es Katies Faust, die auf Piets Unterkiefer krachte und ihn auf die dunkel gestrichenen Dielen schickte. Dort blieb er jammernd und deutlich ernüchtert liegen, während seine Ex-Freundin in aller Ruhe ihr Bier austrank, nach ihrer Jeansjacke griff und über ihn hinwegstieg.

Sie wandte sich zu Alex um und schaute ihn fragend an. „Kommst du?“

Er folgte ihr grinsend.

Draußen bemerkte Alex, dass er viel mehr getrunken hatte, als gut war. Doch das war ihm egal. Er hatte das unglaubliche Bedürfnis zu lachen. „Machst du immer so Schluss? Dann sollte man vielleicht eine Warnung an die Männer hier oben rausgeben: Haltet euch von Katie Hansen fern. Oder macht wenigstens regelmäßig Krafttraining. Sonst schickt sie euch auf die Bretter, wenn sie genug von euch hat.“

Katie, die mindestens genauso viel getrunken hatte wie er, kicherte albern. „Na ja, du trainierst ja regelmäßig. Brauchst also keine Angst zu haben."

Sie ließ sich gegen ihn fallen, schlang den Arm um seine Taille und zog ihn mit sich. Irgendwo in ihm meldete sich eine Stimme, die ihn ermahnte, sich sofort aus dem Staub zu machen. Er wollte ihr nicht zuhören, denn er fühlte sich so gut wie lange nicht mehr. Sie waren Kollegen, und er mochte sie. Sein Arm legte sich wie von allein um ihre Schulter.

Als sie vor Katies Haustür ankamen, drehte sie sich zu ihm um. „Komm mit hoch, ja?"

Es war dieser Hauch von Unsicherheit, der Alex' Sinne klärte. Allerdings nur für Sekunden.

„Das ist keine gute Idee, Katie. Ich sollte schön brav in mein Hotel gehen, und wir sehen uns morgen früh."

Unglücklicherweise strafte sein Körper diese heroischen Worte Lügen. Sein Arm ruhte noch immer auf Katies Schulter, ihr Gesicht war nur wenige Zentimeter von seinem entfernt.

„Ich will nicht bis morgen warten, ich will dich jetzt gleich. Und du willst mich auch."

Grinsend legte sie ihre Hand auf seine Hose und presste sie gegen sein pochendes Glied. Es wäre völlig lächerlich gewesen, sein Verlangen zu leugnen.

„Das wird nicht gut gehen, und ich mag dich viel zu sehr, um dir wehzutun."

Ihr Grinsen wurde breiter. „Doch, bitte, tu mir weh. Nimm mich schnell und hart, gleich hier auf der Straße."

Stöhnend presste sie sich an ihn. Sie wäre tatsächlich bereit, es vor ihrer Haustür zu treiben. Der Gedanke brach Alex' letzten Widerstand. Er griff nach ihren Brüsten und knetete sie hart, ihr Stöhnen erstickte er mit einem wilden Kuss. Er hatte jedoch keineswegs vor, als Sittenstrolch in die Geschichte Stralsunds einzugehen, deshalb löste er sich aus Katies Umklammerung und hielt sie ein wenig von sich weg.

„Nicht auf der Straße, Katie. Wenn du mich haben willst, musst du mir schon was Bequemeres bieten."

Mit glasigem Blick wühlte Katie in ihren Jackentaschen und fand endlich die Hausschlüssel. Beinahe hätte sie ihn auf der Treppe auf sich gezogen, aber Alex gelang es, sie in ihre Wohnung und schließlich ins Schlafzimmer zu bugsieren, obwohl sie sich bis dahin bereits all ihrer Klamotten entledigt hatten. Bevor er sich auf sie schob, um ihr zu geben, worum sie seit Minuten bettelte, hielt er noch einmal inne.

„Ich hab dich wirklich gern, Katie. Allerdings kann ich dir nichts versprechen."

Katie verdrehte die Augen. „Ich hab dich auch gern, Alex. Und wenn du nicht sofort weitermachst, bring ich dich um. Das schwöre ich!"

31

Sie hatte in dieser Nacht kaum drei Stunden geschlafen. Am späten Nachmittag war Paula Szepanski zu Johannssons Büro marschiert und hatte ihn zu ihrer Überraschung noch angetroffen.

Zu diesem Zeitpunkt stand fest, dass die meisten der verschwundenen Paare ihre Ferienunterkünfte über einen bestimmten Anbieter gebucht hatten, der ihnen die Objekte zu außergewöhnlich günstigen Konditionen überließ. Der Kriminaloberrat hörte ihr aufmerksam zu, griff zum Telefonhörer und rief persönlich bei seinen Kollegen in Hamburg, Koblenz und Bayern an. Sie sollten versuchen, auf den Rechnern der betreffenden Paare E-Mails aufzuspüren, die mit der Reservierung ihrer Ferienwohnung zu tun hatten. Die bayrischen Kollegen waren so dumm zu fragen, ob die Angelegenheit bis zum nächsten Tag Zeit habe, da die Computerfachleute bereits Feierabend gemacht hatten. Die Folge war ein mittlerer Vulkanausbruch, in dessen Verlauf Johannsson seinem Kollegen am anderen Ende der Leitung nachdrücklich erklärte, dass er einen Serienmörder jage, der womöglich noch mehrere Opfer in seiner Gewalt habe.

„Was glauben Sie? Macht es den Frauen etwas aus, ein oder zwei Tage länger zu warten, bis wir dem Irren auf die Spur kommen, der ihre Männer ermordet und sie gekidnappt hat, um Gott weiß was mit ihnen anzustellen?"

Paula konnte die Antwort nicht hören, doch sie schien Johannsson zufriedenzustellen.

„Ich bitte darum", bellte er und warf den Hörer auf die Gabel zurück.

Im Kommissariat gab es nur schnurgebundene Telefongeräte – aus Sicherheitsgründen. Paula war klar, dass sich damit kaum etwas gegen echte Profis ausrichten ließ, vor allem, wenn sie über die Möglichkeiten und Kontakte amerikanischer Geheimdienste verfügten. Aber zumindest konnte nicht jeder Vollidiot mithören, was bei der Stralsunder Kripo übers Telefon geplaudert wurde. Womit sie keineswegs die These aufstellen wollte, Mitglieder amerikanischer Geheimdienste wären keine Vollidioten. Sie musste lächeln.

„Mir muss der heitere Teil Ihrer Ausführungen entgangen sein, Frau Szepanski. Wollen Sie mich aufklären?"

Johannsson war bärbeißig wie immer. Paula ließ sich davon nicht einschüchtern. Die Männer ihrer Familie waren alle so wie ihr neuer Chef. Ein bisschen weniger kultiviert, dafür deutlich einsilbiger. Sie hatte das nie ernst genommen, und sie würde jetzt nicht damit anfangen.

„Ich musste nur gerade daran denken, wie antiquiert unsere Ausstattung ist. Kein Wunder, dass die Bösen uns stets einen Schritt voraus sind."

„So, sind sie das? Und Sie kennen jemanden, der besser ausgestattet ist als wir und uns ein wenig auf die Sprünge helfen könnte, stimmt's?"

Hinter dem strengen Ton hörte Paula das Lächeln in der Stimme ihres Chefs. „Könnte sein. Es ist allerdings riskant – für beide Seiten, wenn Sie verstehen, was ich meine."

„Oh, ich denke schon, dass ich verstehe. Außerdem dürfte die Bereitschaft Ihrer Bekannten, der Polizei zu helfen, nicht allzu groß sein, richtig?"

„Könnte sein." Sie grinste Johannsson frech an, was er ignorierte.

„Vielleicht versuchen Sie es mal. Kann ja nicht schaden, ein paar Tipps von echten Profis zu bekommen, nicht wahr? Gibt es irgendetwas, was die Kooperationsbereitschaft erhöhen könnte?"

Paula überlegte kurz. „Die betreffenden Personen wollen sich natürlich nicht selbst ans Messer liefern, deshalb ..."

Johannsson winkte ab. „Schon klar. Den Kontakt wird es offiziell nie gegeben haben. Ist das alles?"

Paula spitzte die Lippen. „Es würde womöglich helfen, ihnen einige Fotos zu zeigen. Vor allem die von den Kindern könnten die gewünschte Wirkung haben."

Johannsson dachte nach. „Sie wissen, dass das heikel ist ..."

„Ja, aber offiziell wird es den Kontakt nie gegeben haben, und deshalb wird offiziell niemand die Bilder gesehen haben."

Johannsson atmete geräuschvoll ein. „Gut, tun Sie, was Sie für richtig halten."

Paula wandte sich zur Tür.

„Einen Moment."

Johannssons scharfer Ton bremste sie mitten in der Bewegung. Sie wandte sich zu ihm um.

„Diese Sache bleibt unter uns, verstanden? Schon Ihren ‚Bekannten' zuliebe. Und noch was."

Paula schaute ihn gespannt an.

„Gute Arbeit, Szepanski."

Paula war sich bewusst, dass Johannsson nicht gerade mit Lob um sich warf, und machte sich gut gelaunt wieder an die Arbeit. Nach etwa einer Stunde gab Johannsson die Informationen aus Koblenz und Hamburg an sie weiter. Die aus Bayern folgten zwanzig Minuten später.

Es war so, wie sie vermutet hatte: Ein Reiseanbieter mit dem poetischen Namen *Ostseeglück* und Sitz in Güstrow hatte sich an die Paare gewandt und ihnen als Mitglieder des *Bifröst*-Forums ein Vorzugsangebot unterbreitet. Es handelte sich ausnahmslos um besonders attraktive, frei stehende Ferienhäuser, entweder in Alleinlage oder in kleineren Anlagen, zu überraschend günstigen Preisen. Die Offerte war so überzeugend, dass die Obermeiers sogar von ihrem ursprünglichen Plan abgewichen waren, sich einfach mit ihrem Wohnmobil auf einen Campingplatz zu stellen.

Dann gönnen wir uns eben mal ein bisschen Luxus, wenn er für so wenig Geld zu haben ist!, hatten sie dem Anbieter nach einigem Hin und Her geantwortet.

Absender war ein gewisser Olaf Mansur, offenbar ein Mitarbeiter von *Ostseeglück*. Johannsson sorgte dafür, dass Peters und Rönschmann diesen Mansur gleich am nächsten Morgen aufsuchen würden. Zuvor hatte er vergeblich versucht, Katie Hansen zu erreichen. Vermutlich zog sie mit diesem Vollidioten Piet durch die Kneipen. Die Szenen, die die beiden sich in aller Öffentlichkeit machten, waren Stadtgespräch. Paula hatte sich immer gefragt, wieso eine Frau wie Katie sich vor einem feixenden Publikum von einem Typen demütigen ließ, der ihr in keiner Weise das Wasser reichen konnte. Kein Wunder, wenn Johannsson befürchtete, dass seine beste Mitarbeiterin sich mit ihrer Schwäche für irisches Bier und Männer, die sie unglücklich machten, früher oder später ihre Karriere versauen würde. Umso glücklicher war Paula darüber, dass der Leiter der Mordkommission mit ihrer Arbeit offenkundig zufrieden war – trotz ihres Modegeschmacks, der für einen Mann seiner Generation zweifellos gewöhnungsbedürftig sein musste.

Johannsson verließ das Kommissariat gegen neun Uhr. Drei Stunden später gestand Paula sich ein, dass sie an diesem Abend nicht mehr viel weiterkommen konnte. Sie hatte alles über *Ostseeglück* und Olaf Mansur zusammengetragen und in die Mappen geheftet, die sie schon am Nachmittag für jeden ihrer Soko-Kollegen vorbereitet hatte. Sie würden die aktuellen Informationen auf ein erträgliches Maß zusammengestutzt und dennoch ohne den geringsten Substanzverlust bei der Frühbesprechung auf ihren Plätzen vorfinden. Wer es genauer wissen wollte, konnte in dem dicken Tagesordner nachblättern, den sie ebenso gewissenhaft führte, um sicherzustellen, dass nicht die kleinste Information verloren ging. Der Teufel steckte im Detail, das wusste jeder Krimifan aus unzähligen *Tatort*-Folgen. An ihr würde es jedenfalls nicht liegen, wenn die Kollegen einen entscheidenden Hinweis übersahen.

Ohnehin war sie wild entschlossen, dafür zu sorgen, dass das bei „ihrer" Ermittlung gar nicht erst passieren konnte. Schließlich war sie im Sternzeichen der Jungfrau geboren, und diese Menschen waren für ihre Gründlichkeit und Detailverliebtheit berüchtigt. Paula grinste, als sie an die martialische Tätowierung auf ihrem Rücken dachte. Von den Piercings, die zumindest in ihrer Freizeit weite Teile ihres Körpers zierten mal ganz abgesehen. Nicht gerade die typische Optik für Jungfrauen. Da hatte sich wohl schon vor geraumer Zeit der Skorpion-Aszendent Bahn gebrochen. Oder der Widder-Mond. Als sie merkte, dass sie sich immer weniger auf ihre Arbeit konzentrieren konnte, schaltete sie den Monitor aus und griff nach den Kopien der Fotos, die sie gleich nach dem Gespräch mit Johannsson ausgedruckt hatte. Es war kurz nach Mitternacht, genau die richtige Zeit, um Julius einen Besuch abzustatten.

32

Als er am nächsten Morgen die Augen aufschlug, mochte er sie nach wie vor. Kein Bedürfnis, sich seine Klamotten zu schnappen und zu verschwinden. Kein schlechtes Gewissen, keine Befangenheit. Er beobachtete sie bereits eine ganze Weile, bevor sie aufwachte. Die letzte Nacht war ihr deutlich anzusehen.

„Du siehst grauenhaft aus."

Sie brauchte eine Weile, bis sie einen Ton herausbrachte.

„O danke, so werde ich am liebsten geweckt. Du siehst übrigens fantastisch aus, und das finde ich echt zum Kotzen. Du hast doch genauso viel getrunken wie ich, oder?"

Er grinste. „Na, das glaube ich kaum. Aber selbst wenn, wir Westerwälder sind ein ausgesprochen trinkfreudiges Volk. Wir können so einiges wegstecken."

„Habe ich von mir auch immer geglaubt ..." Mühsam setzte Katie sich auf und scannte den Boden nach ihren Klamotten ab.

„Nun ja, Trinkfreudigkeit würde ich dir zugestehen. Nur leider sieht man dir am Morgen danach jeden Tropfen an."

Katie fand ihren Slip und warf ihn nach ihm. Dann ließ sie sich zurück in die Kissen fallen.

Alex war derweil aus dem Bett gesprungen und in seine Jeans gestiegen. „Weißt du was, bleib einfach noch ein bisschen liegen, während ich das Frühstück mache. Wir haben eine Stunde Zeit, um ins Büro zu kommen."

„Du machst Frühstück?"

Er schaute mit hochgezogenen Brauen auf sie hinab.

„Natürlich nur, wenn du beim Anblick von Toast und Eiern nicht auf den Tisch kotzt."

„Ganz sicher nicht. Vor allem, weil ich weder Toast noch Eier im Haus habe. Doch wie wär's mit einem starken Kaffee?"

„Kommt sofort, Madame."

Als sie später mit Katies Mini zum Kommissariat fuhren, meinte sie: „Ich hätte nicht geglaubt, dass du noch da sein würdest ..."

Sie vermied es, ihn anzusehen und heftete den Blick stattdessen starr auf die Straße.

„Ich, ehrlich gesagt, auch nicht. Aber dann hat es sich überraschenderweise ziemlich gut angefühlt. Hätte ich lieber verschwinden sollen?" Er stellte die Frage ganz ernst, ohne jede Ironie.

„Natürlich nicht."

Die Ampel sprang auf Grün.

„Ich freue mich, dass du geblieben bist. Schon allein deshalb, weil der Sex wirklich gut war – soweit ich mich erinnern kann." Sie grinste vor sich hin und wurde wieder ernst. „Und wie geht's weiter?"

Es dauerte eine Weile, bis er antwortete. „Nun, fürs Erste könnten wir das Wochenende auf Rügen verbringen. Was hältst du davon? Ich wollte dich ohnehin fragen, ob du mir die Insel zeigst. Nach den jüngsten Ereignissen kann ich dieser Idee einige neue Aspekte abgewinnen."

Katie lenkte den Mini in eine Lücke am äußersten Ende des Präsidiumparkplatzes und drehte sich zu Alex. „Und was ist mit Sina?"

Er erwiderte ihren Blick. „Ich will dir nichts vormachen, Katie. Das habe ich dir gestern Abend schon gesagt. Ich mag dich, und die Nacht mit dir war einsame Spitze. Ich hätte nichts dagegen, sie zu wiederholen. Und glaub mir, das verwundert niemanden so sehr wie mich. Das mit Sina ist jedoch etwas völlig anderes. Ich liebe sie, weil sie ein Teil von mir ist. Seit sie fort ist, habe ich das Gefühl, dass mir jemand den Boden unter den Füßen fortgerissen hat. Und das macht mich unglaublich wütend."

Was schon deshalb ganz schlecht war, weil er ohnehin so ungeheuer viel Wut in sich hatte. Doch das behielt er lieber für sich.

„Ich muss sie finden, und zwar lebendig. Was dann passiert, kann ich dir nicht sagen."

Sie schauten sich schweigend an.

„Wenn du wissen willst, was das mit dir ist: keine Ahnung. Ehrlich nicht. Ich weiß, dass ich dich sehr gern habe. Und dass du mir guttust. Zum ersten Mal seit Jahren scheint etwas völlig unkompliziert zu sein. Wenn du unsere Zeit genießen kannst, ohne etwas von mir zu erwarten, freue ich mich. Allerdings will ich dir auf keinen Fall wehtun. Wenn du dir mehr von mir erhoffst und unter dieser Unverbindlichkeit leidest, sollten wir es hier und jetzt beenden."

Katie atmete tief ein und verdrehte die Augen in gespielter Langeweile. „Bist du fertig? Gut. Dann lass uns reingehen."

Sie kletterte aus dem Mini und wartete, bis Alex an ihrer Seite war. Kurz bevor sie den Eingang erreichten, blieb Katie noch einmal stehen.

„Ich werde dich nicht festhalten, wenn du gehen willst. Aber solange du bleiben möchtest, steht meine Schlafzimmertür offen. Ich werde doch den besten Sex meines Lebens nicht freiwillig aufgeben. Wichtiger als das ist mir deine Freundschaft. Versprich mir, dass ich sie auch dann behalten werde, wenn ich alles andere verliere."

Alex beugte sich vor und küsste sie sanft auf die Lippen. „Das verspreche ich dir."

Sex unter Freunden – er hatte nie daran geglaubt, dass so was funktionieren kann. Selbst mit Sina war der Versuch kläglich gescheitert. Bei Katie hatte er dagegen ein gutes Gefühl. Mit ihr könnte es womöglich tatsächlich klappen.

33

Piet wurde wach, als die Tür hinter Katie und diesem Gorilla ins Schloss fiel. Da die Scheiben seines altersschwachen Skoda beschlagen waren, konnte er die beiden nur undeutlich erkennen. Vorsichtig, um keine Aufmerksamkeit zu erregen, wischte er das Kondenswasser weg. Stunden zuvor hatte er sich vor ihrem Haus postiert, es jedoch nicht gewagt zu klingeln. Falls der Affe bei ihr wäre, würde er sich vielleicht noch eine Abreibung einfangen, und darauf war er wirklich nicht scharf. Aber er musste wissen, was los war. Also wartete er im Auto. Und nun hatte er Gewissheit: *Sie hatte sich tatsächlich von diesem Primitivling vögeln lassen, diese verdammte Schlampe!*

Mit kalter Wut beobachtete er vom Fahrersitz seines Wagens aus, wie dieser Wichser den Arm um Katies Schulter legte. Sie liefen gemeinsam zum Mini, stiegen ein und fuhren los. Am liebsten wäre er ihnen hinterhergefahren, hätte den Affen aus dem Auto gezerrt und kaltgemacht. Allerdings war das ein unrealistischer Wunsch – er konnte es ja nicht mal mit Katie aufnehmen. Die Erinnerung daran, dass sie ihn gestern Abend vor der halben Stadt zusammengeschlagen und liegen gelassen hatte, während sie mit ihrem neuen Lover schnurstracks in ihr Schlafzimmer abmarschiert war, brachte seinen Zorn zum Sieden.

„Dafür wirst du büßen, du verdammte Fotze. Das schwöre ich dir!“

Sie würde schon sehen, was sie davon hatte. So sprang man nicht ungestraft mit ihm um. So nicht. Immerhin hatte er sie geliebt, und sie servierte ihn wegen dieses Scheißkerls ab. Denn dass Katie zu ihm zurückkehren würde, glaubte Piet keine Sekunde. Egal wie oft er sie beschwatzt hatte, ihm eine neue Chance zu geben, er wusste, dass es diesmal endgültig vorbei war. Das zumindest dachte Katie. Wann wirklich Schluss war, würde er bestimmen.

„Du willst es auf die harte Tour? Dann kriegst du es auf die harte Tour. Und das wird richtig wehtun, Katie-Maus, richtig weh.“

Er stieg aus und wühlte den Schlüssel aus der Hosentasche. Wie klug es gewesen war, ihn rechtzeitig anfertigen zu lassen. Damals hatte er es vor allem getan, weil Katie ihm ständig ihre Macht demonstriert hatte, indem sie ihre Hausschlüssel zurückverlangte. Zwar hatte er sie meist nach kurzer Zeit zurückbekommen. Doch er hatte schon damals keine Lust gehabt, sich von ihr gängeln zu lassen. Niemand sagte Piet Lichtenthäler, wann er in die Wohnung seiner Freundin kommen durfte und wann nicht.

Als er die Treppe nach oben stieg, genoss er die Macht, die ihm der Schlüssel gab. Er konnte jederzeit in Katies Apartment. Ob sie da war oder nicht. Und das Beste war, dass sie davon nicht mal etwas ahnte, die dumme Schlampe.

34

Hendrik van Loh stand am Fenster des Büros, das er sich mit Katie teilte, und schaute auf den Parkplatz hinunter. Als er den roten Flitzer seiner Partnerin auf den Hof einbiegen sah, straffte er unwillkürlich die Schultern. Heute würde er mit Katie reden. Seit sie spitzgekriegt hatte, dass er sie auf Johannssons Geheiß von Bierbrauer fernhalten sollte, stimmte es nicht mehr zwischen ihnen. Sie waren stets ein gutes Team gewesen, jetzt ging Katie ihm aus dem Weg. Hendrik hatte deshalb schon zwei Nächte schlecht geschlafen, noch länger würde er das nicht aushalten. Deshalb hatte er beschlossen, den Stier bei den Hörnern zu packen – ein Bild, das die Lage treffend beschrieb – und das Thema direkt anzusprechen.

Während sich die Beifahrertür öffnete und Bierbrauer aus dem Wagen kletterte, geriet seine Entschlossenheit ins Wanken. Die Art und Weise, wie die beiden nebeneinander über den Parkplatz schlenderten, hatte etwas ungeheuer Vertrautes. Oder bildete er sich das nur ein? Seine Zweifel – und damit auch seine Hoffnung – schwanden dahin, als Bierbrauer sich zu Katie hinunterbeugte und ihr einen Kuss auf die Lippen drückte. Der Koblenzer Kollege war ihm zuvorgekommen und hatte den Stier gezähmt.

Erstaunlicherweise verspürte Hendrik neben einem jähen Schmerz Erleichterung. Zumindest war die Ungewissheit beendet. Außerdem hatte er tief im Inneren immer gewusst, dass sich zwischen Katie und diesem Bierbrauer etwas anbahnte, das niemand verhindern konnte. Nicht Johannsson und schon gar nicht er. Was ihn wunderte, war die Tatsache, dass die Liebe des Koblenzers zur verschwundenen Frau Lehmann offenbar nicht so groß war, wie sie alle vermutet hatten. Immerhin hatte es weniger als eine Woche gedauert, bis er in Katies Bett gelandet war. Das enttäuschte Hendrik am meisten. Er hatte Bierbrauer für einen von den Typen gehalten, die eisern an ihrer großen Liebe festhielten – selbst wenn sie nichts mehr von ihnen wissen wollte. Das allein hatte ihm die Hoffnung gegeben, dass er doch die Finger von Katie lassen würde. Oder dass es wenigstens bei einem einmaligen Ausrutscher blieb, der die Freundschaft der zwei nachhaltig trüben und womöglich sogar beenden würde.

Das, was er gerade beobachtet hatte, erzählte eine andere Geschichte. Dass sie die Nacht miteinander verbracht hatten, stand außer Zweifel. Der Morgen danach war jedoch offenkundig angenehmer verlaufen als erwartet. Als die beiden aus dem Aufzug stiegen – Katie benutzte ihn nur, war sie am Abend zuvor abgestürzt –, brachte Hendrik es fertig, ihnen freundlich entgegenzulächeln.

„Ihr seht gar nicht mal so gut aus. Zumindest einer von euch nicht. War wohl eine harte Nacht?" Für den letzten Satz hätte er sich ohrfeigen können. Zum einen waren solche Anzüglichkeiten überhaupt nicht seine Art, zum anderen wollte er die Antwort nicht hören. Zu seiner Überraschung schien Katie erleichtert, und Bierbrauer klopfte ihm freundschaftlich auf die Schulter.

„Du hättest sie mal heute Morgen sehen sollen, als sie wach geworden ist. Schrecklich, sage ich dir. Jetzt sieht sie doch schon wieder ganz frisch aus, oder?"

Bierbrauer stellte sich neben Hendrik und grinste Katie provozierend an. Sie wurde rot und boxte ihm lachend mit der Faust gegen den Oberarm. Hendrik hatte niemals zuvor gesehen, dass sie errötete, und das versetzte ihm einen Schlag in den Magen.

Bevor die Situation peinlich werden konnte, zog Bierbrauer ihn zum Besprechungsraum. Katie folgte ihnen auf dem Fuß. Sie schien gut gelaunt zu sein, etwas, das üblicherweise am Morgen nach einer ihrer Sauftouren nicht vorkam. Hendrik musste widerstrebend zugeben, dass dieser Bierbrauer Katie guttat. Jedenfalls noch. Im Besprechungsraum setzten die beiden sich nicht nebeneinander. Stattdessen nahm Bierbrauer zu seiner Linken Platz und Katie drei Stühle rechts von ihm. Vielleicht wollten sie Johannsson nicht provozieren. Dass sich ihr Techtelmechtel vor ihm geheim halten ließ, konnten sie unmöglich glauben.

Vor ihnen auf den im Halbrund aufgestellten Tischen lagen Schnellhefter, die mit einer ganzen Reihe von Computerausdrucken gefüllt waren. Falls Paula sie zusammengestellt hatte – daran hatte Hendrik nicht den geringsten Zweifel –, würde der Inhalt der Mappen sie auf schnellstem Weg mit den wichtigsten neuen Erkenntnissen vertraut machen.

Nicht zum ersten Mal kam Hendrik der Gedanke, dass die junge Verwaltungsangestellte ein echter Gewinn für die Abteilung war. Mal abgesehen davon, dass sie einige der wichtigsten Erkenntnisse in diesem Fall ihrer Unterstützung zu verdanken hatten, war der Informationsfluss nie zuvor so reibungslos verlaufen wie unter ihrer Regie. Hendrik konnte sich beim besten Willen nicht vorstellen, künftig auf ihre Hilfe verzichten zu müssen.

Paula betrat den Raum kurz vor Johannsson und setzte sich zwischen ihn und Katie, wobei sie allen ein strahlendes Lächeln schenkte. Trotzdem war nicht zu übersehen, dass auch ihre Nacht nicht besonders erholsam gewesen war. Wahrscheinlich bin ich der Einzige, der allein in seinem Bett gelegen hat, ging es Hendrik in einem Anflug von Selbstmitleid durch den Kopf. Ein wenig fühlte er sich von Paula verraten. Sie hatten in den letzten Tagen eng zusammengearbeitet und sich blendend verstanden. Er hatte sogar geglaubt, dass sie ihn besonders mochte. Aber was hieß das schon? Schließlich wusste er nichts über ihr Privatleben. Womöglich hatte sie einen festen Freund. Der kam bestimmt aus der alternativen Szene und war nicht so ein konservativer Langweiler wie er.

Johannssons Erscheinen unterbrach seine selbstzerstörerischen Grübeleien. Der Leiter der Mordkommission knallte einen dicken Ordner auf den Tisch und schaute mit strengem Blick in die Runde. Dabei kam es Hendrik so vor, als würden seine gefährlich blauen Augen eine Sekunde länger auf Katie ruhen. Doch die blieb völlig cool. Auch dafür bewunderte er sie.

„Wie Sie sehen können, hat Frau Szepanski gestern Abend ganze Arbeit geleistet. Könnte gut sein, dass sie uns damit einen entscheidenden Schritt vorangebracht hat."

Alle Augen hefteten sich auf Paula, der deutlich anzusehen war, wie stolz sie auf dieses Lob war. Johannsson nickte ihr zu, und sie erklärte, was sie herausgefunden hatte.

„Rönschmann und Peters sind unterwegs nach Güstrow, um sich diesen Mansur vorzunehmen."

Katie rutschte unruhig auf ihrem Stuhl herum. Ihre gute Laune schien sich ebenso verflüchtigt zu haben wie die von Alex Bierbrauer.

Johannsson fixierte Hendriks Partnerin mit ausdruckslosem Gesicht. „Natürlich wäre das eigentlich Ihre Sache gewesen, Hansen. Schließlich haben Sie das alles ins Rollen gebracht. Leider konnte ich Sie nicht erreichen."

Katies Kiefermuskeln spannten sich für eine Sekunde an, und sie hob lächelnd die Schultern. „Kein Problem."

„Gut. Dann haben Sie sicher nichts dagegen, wenn ich Ihnen eine andere Aufgabe gebe. Die Kollegen aus Hamburg, Koblenz und München haben gestern Abend die E-Mails von den Rechnern der verschwundenen Paare rübergeschickt. Frau Szepanski hat sie zwar durchgearbeitet, aber sie müssen noch gründlich ausgewertet werden. Ich will, dass Sie die Kollegin dabei unterstützen."

Hendrik war wie vom Donner gerührt. Bislang hatte er gemeinsam mit Paula im Internet recherchiert, und es gefiel ihm überhaupt nicht, seinen Platz zu räumen.

„Ich wollte noch mal nach Rügen rüberfahren und mir die Gegend um den Fundort der Leiche von Jan Lehmann genauer anschauen. Er und seine Frau sind häufig auf der Insel gewesen. Vielleicht wollten sie zum Abschluss ihres Urlaubs noch einen Abstecher dorthin machen, und jemand hat sie gesehen.“ Katie sah Johannsson unschuldig an.

„Wann wollen Sie fahren?“

„Ich hatte gedacht, ich fahre übers Wochenende rüber und könnte gleich mal meine Eltern besuchen.“

Johannsson zögerte.

Katie hatte natürlich nicht umsonst ihre Eltern erwähnt: Sie wollte ihren Chef daran erinnern, dass sie von der Insel stammte, damit er nicht auf die Idee kam, diesen Job an jemand anderes zu vergeben.

„Gut, dann wird van Loh Frau Szepanski unterstützen“, erwiderte Johannsson. „Allerdings fahren Sie erst, wenn Rönschmann und Peters zurück sind und wir wissen, was bei der Befragung von diesem Mansur herausgekommen ist, verstanden? Und außerdem“, er blickte vielsagend von einem zum anderen, „erwarte ich, dass Sie alle das ganze Wochenende rund um die Uhr erreichbar sind. Also laden Sie die Akkus Ihrer Handys auf und tun Sie nichts, was Sie nicht sofort abbrechen können, wenn ich Sie hier brauche.“

Alle bis auf den Koblenzer Kollegen nickten.

„Das gilt auch für Sie, Bierbrauer.“

„Kein Problem. Haben Sie sonst noch eine Aufgabe für mich?“

Hendrik schaute verwundert zu ihm hinüber, doch der schien es völlig ernst zu meinen.

„Und ob“, raunzte Johannsson. „Sie machen einen Ausflug nach Greifswald und sprechen mit Professor Ahrens. Der besteht nämlich darauf, Sie so schnell wie möglich kennenzulernen.“

Bierbrauer sah aus, als wollte er protestieren.

„Kein Widerrede. Ahrens rechnet um zehn mit Ihnen. Mir ist zwar ebenfalls nicht klar, wie es Sina Lehmann helfen soll, dass unser Psychoguru Ihnen auf die Finger klopft, aber sollte es auch nur einen Hauch von Chance geben, dass es so ist, werden wir dieses Opfer bringen."

Bierbrauer hob die Brauen. „Wir, Chef?"

„Glauben Sie mir, junger Freund, wenn es um Ahrens geht, habe ich in den letzten Tagen weit mehr als ein Opfer dargebracht. Ich erwarte, dass Sie die gleiche Disziplin zeigen."

Katie gab sich alle Mühe, nicht loszuprusten, es gelang ihr jedoch nicht. Johannssons Kopf fuhr zu ihr herum.

„Keine Indiskretionen, Hansen! Bereiten Sie den Koblenzer Kollegen lieber so gut wie möglich auf unseren Psychodoktor vor. Vielleicht schafft er es dann, die Beherrschung zu bewahren, rückt unser arroganter Freund ihm auf die Pelle."

„Mach ich, Chef." Katie hatte sich wieder im Griff und blieb völlig ernst. „Soll ich ihm auch Ihre Gesprächstaktik gegenüber dem Professor näherbringen?"

Johannsson ersparte sich eine Antwort. Stattdessen blitzte er seine Untergebenen an. „Sie sitzen ja noch immer hier. Los, an die Arbeit!"

35

Sie hatten ihr einen Fleischeintopf gebracht. Er duftete köstlich, doch sie rührte ihn nicht an. Das lag nicht allein an der abgeschnittenen Pfote, die sie malerisch neben der Schüssel drapiert hatten. Die Dummköpfe glaubten tatsächlich, sie könnten sie mit solchen Taschenspielertricks beeindrucken. Selbst wenn sie es nicht gewusst hätte, wäre ihr gleich aufgefallen, dass der tote Hund, den die Ratte ihr vor die Füße geworfen und anschließend in aller Eile wieder nach draußen getragen hatte, nicht Asha war. Der weiße Schäferhund war, seiner Rasse entsprechend, deutlich größer und kräftiger gewesen als ihre kleine Mischlingshündin. Trotzdem war ihr Herz schwer, wenn sie an die Qualen dachte, die sie dem armen Tier zugefügt hatten, nur um sie zu foltern. Wahrscheinlich hatten sie es irgendwo gestohlen, und nun fragte sich ein Mensch, was seinem geliebten Tier zugestoßen war. In ständigem Aufruhr zwischen Bangen und Hoffen.

Es bereitete Sina Mühe, die Wut niederzukämpfen. Sie wusste jedoch, dass Zorn kein brauchbarer Führer war. Sie musste nicht nur unnahbar erscheinen, sie musste ihr Herz tatsächlich vor dem verschließen, was um sie herum geschah. Das war ihre einzige Chance. Und bislang hatte sie sie gut genutzt. Einmal mehr flüchtete sie sich in die Meditation. Im Stillen sprach sie ein Gebet für die arme getötete Kreatur und ein weiteres für Asha, die irgendwo da draußen herumirrte und nicht mehr zu ihr kommen konnte. Sina hatte keinen Zweifel, dass ihre Peiniger Ashas Zugang gefunden und verbarrikadiert hatten. Sonst hätte die ganze Inszenierung mit dem Hund keinen Sinn ergeben. Sie war sich aber ebenso sicher, dass sie die schlaue, kleine Hündin nicht erwischt hatten, denn sonst würde sie eine kleinere Pfote in ihrer Hand halten.

Ein Gesicht stahl sich in ihr Bewusstsein, spöttische dunkle Augen. Sie schob es entschlossen zur Seite. Sie würde trauern müssen. Um Jan, um Balu, um das Leben, das sie vor sich gehabt hatten. Doch hier und jetzt ging es einzig darum, nicht die Kontrolle zu verlieren. Sie allein war die Herrin über ihren Geist, Hüterin ihrer Seele. Da draußen gab es jemanden, der ihr genau das nehmen wollte: ihre Selbstbestimmung. Der ihren Geist und ihre Seele zerstören wollte. Der genau wie sie wusste, dass dazu mehr gehörte, als jemanden einzusperren und ihn zu quälen. Die Angst war sein Verbündeter. Sie würde dem Grauen widerstehen. Selbst wenn sie am Ende ihr Leben verlieren würde, ihre Seele würde sie niemals hergeben. Das war die Quelle ihres Widerstands.

Sie wusste jedoch noch etwas anderes. Wollte sie eine Chance haben, in dieser Welt weiterleben zu können, musste sie als Siegerin aus diesem Duell hervorgehen. Nur dann würde sie wirklich frei sein. Um zu trauern und zu vergeben. Um sie herum beschwor Annie Lennox mit der ihr eigenen Intensität den Hass und die Rachsucht einer gedemütigten Frau. *You Hurt Me And I Hate You.*

36

Zwei Minuten vor zehn stand Alex Bierbrauer vor dem Büro von Prof. Dr. Dr. Hajo Ahrens, das nicht in dem völlig heruntergekommenen Gebäude des Kriminologischen Instituts der Uni Greifswald untergebracht war, sondern einige Meter weiter in einem schmucken, aufwändig restaurierten, wenn auch nicht allzu großen rosafarbenen Altstadthäuschen, dessen obere Etagen dem Wissenschaftler als Wohnung dienten. Ahrens verfügte über mindestens zwei weitere Büros an anderen Fakultäten, doch er hatte den Koblenzer Polizisten in die herrschaftlichste seiner Residenzen zitiert – eigens für den Professor angemietet und eingerichtet. Katie hatte vermutet, dass die repräsentative Unterbringung eine Bedingung des Experten gewesen war, um dem Ruf nach Greifswald überhaupt zu folgen. Denn so eitel, wie er sich aufführte, war ein Büro im halbverfallenen Institutsgebäude eindeutig unter seinem Niveau. Wahrscheinlich war es insgeheim sogar unter seiner Würde, eine solche Kaschemme zu leiten.

Katie hatte Alex genug über den Experten für Entführungs- und andere Opfer von Gewaltverbrechen erzählt, um eine ausgeprägte Abneigung in ihm hervorzurufen, die von Minute zu Minute wuchs. Ein Unheil verheißendes Ziehen breitete sich in seinen Eingeweiden aus und wanderte langsam, aber sicher Richtung

Magen. Er kannte genügend Psychiater und Therapeuten – beruflich wie privat –, um nicht das Geringste von diesen selbsternannten Menschenverstehern zu halten. Im günstigsten Fall schadeten sie ihren Patienten nicht. In der Regel kreisten sie jedoch mehr oder weniger offensichtlich um ihr eigenes Ego. Nach allem, was er über Ahrens gehört hatte, ging Alex davon aus, dass er es mit einem besonders ausgeprägten Fall von Egomanie zu tun bekommen würde. Die Tatsache, dass Ahrens ihn bereits eine geschlagene Viertelstunde vor seiner reich verzierten und aufwendig restaurierten Doppelflügeltür sitzen ließ, bestätigte seine dunkelsten Ahnungen.

Gerade als er darüber nachdachte, wieder zu gehen, öffnete sich die Tür, durch die er die Kombination aus Sekretariat und Warteraum betreten hatte. Die etwa vierzigjährige, äußerst gepflegte Dame hinter dem Empfangstresen, die sich als Ellen Hausmann vorgestellt hatte, schaute auf, und Alex registrierte verblüfft, wie sich das strenge Gesicht im Bruchteil einer Sekunde in ein strahlendes, warmes, ja beinahe sinnliches Antlitz verwandelte.

Neugierig sah er zu dem Mann hinüber, der diese Veränderung zuwege gebracht hatte. Er war mittelgroß, schlank, mit femininen Zügen – einer der Kerle, die Frauenherzen zum Schmelzen brachten, ohne dass je ein Mann verstanden hätte, warum. Allerdings musste Alex zugeben, dass an diesem Typ nichts Affektiertes oder Aufgesetztes war. Im Gegenteil, er wirkte sympathisch, als er in seine Richtung nickte und sich wieder der Frau hinter dem Schreibtisch widmete.

„Hallo, Ellen, ist der große Meister zu sprechen?" Er lächelte Ahrens Sekretärin liebevoll und ohne jede Übertreibung an.

„Tut mir leid, Bengt. Das wird wohl so schnell nichts werden. Der Herr dort wartet auch schon seit einer Viertelstunde auf seinen Termin mit dem Professor."

Bengt Andriesen, der Assistent von Prof. Ahrens, drehte sich zu Alex um. Katie hatte ihm von dem Schweden erzählt und erwähnt, dass er ein echter Frauenschwarm war. Als er jetzt auf ihn zukam, fragte Alex sich, ob sie ihn genauso in ihr Bett gezerrt hatte wie ihn. Überraschenderweise behagte ihm dieser Gedanke nicht. Doch das ungute Gefühl legte sich, als Andriesen ihm freundlich die Hand entgegenstreckte.

„Sie müssen Kriminalhauptkommissar Bierbrauer sein. Ihre Kollegin, Kriminalhauptkommissarin Hansen, hat mir von Ihnen erzählt."

Nichts in Andriesens Haltung ließ darauf schließen, dass hinter seinen Worten mehr steckte als freundliche Konversation.

„Entschuldigen Sie, ich habe mich gar nicht vorgestellt. Bengt Andriesen. Ich bin ein Mitarbeiter von Professor Ahrens."

Alex erwiderte den kräftigen Händedruck und lächelte sein Gegenüber an. Dieser Mann hatte etwas, dem man sich nur schwer entziehen konnte. Perfekte Voraussetzung für einen Therapeuten.

„Werden Sie bei unserem Gespräch dabei sein?" Bislang war Alex davon ausgegangen, dass Ahrens allein mit ihm reden würde. Der Gedanke, dass der junge Assistent ihnen Gesellschaft leisten würde, hatte etwas Beruhigendes.

Andriesen lachte, wobei unzählige kleine Fältchen in den Augenwinkeln das Strahlen seiner großen, außergewöhnlich hellen blauen Augen noch verstärkten. Er ist deutlich älter als es auf den ersten Blick scheint, dachte Alex. Spontan hätte er ihn auf höchstens Ende zwanzig geschätzt, bei näherer Betrachtung legte er zehn Jahre obendrauf.

„Nein, keine Sorge, das ist nicht die Heilige Inquisition, und wir wollen Sie nicht zu zweit ausquetschen. Professor Ahrens wird allein mit Ihnen sprechen." Er zögerte. „Ah, warten Sie. Vielleicht ist er doch nicht allein. Sein Sohn hospitiert gerade im Institut. Er arbeitet an seiner Doktorarbeit, wissen Sie? Dabei profitiert er natürlich von der Position seines berühmten Vaters, diese Vergünstigungen haben jedoch ihren Preis ..." Er zwinkerte Alex vertraulich, aber ohne jede Doppeldeutigkeit zu.

„Es ist bestimmt nicht leicht, der Sohn eines so berühmten Wissenschaftlers zu sein."

Andriesen nickte, und während seine Haltung entspannt blieb, machte sich in seinem Blick ein tiefer Ernst breit. „Da haben Sie recht. Es ist schwer für einen jungen Menschen, immer sein Bestes geben zu müssen und nie gut genug zu sein. Daran ist schon so mancher zerbrochen." Der skandinavische Akzent war fast nicht wahrzunehmen. „Ich kenne Sebastian, seit er ein Junge war und von seiner völlig überforderten Mutter zu seinem Vater gezogen ist. Das war keine angenehme Zeit. Für beide nicht. Sie kannten sich ja kaum, und Professor Ahrens – er war es nicht gewohnt, sich um ein Kind zu kümmern."

Andriesen hielt inne. Möglicherweise wurde ihm bewusst, dass er bereits viel zu viel aus dem Privatleben seines Chefs ausgeplaudert hatte. Er schwieg einen Moment, dann kehrte die gute Laune in sein fein geschnittenes Antlitz zurück.

„Entschuldigen Sie, ich wollte Sie nicht langweilen. Das alles ist lange her, Basti ist auf dem besten Weg, ein ebenso guter Wissenschaftler zu werden wie sein Vater, und ich hoffe, es stört Sie nicht, wenn er bei Ihrem Gespräch mit Professor Ahrens anwesend sein wird." Andriesen hatte sich während des Gesprächs auf den Sessel neben ihm gesetzt. Nun rückte er ein wenig näher an Alex heran, bevor er weitersprach. „Und ich kann Sie beruhigen, mein Chef ist nicht das Monster, als das er manchmal beschrieben wird."

Offenbar hatte Ahrens' Assistent von dem Streit in Johannssons Büro gehört. Alex lächelte stumm.

„Die Methoden des Professors sind manchmal ein wenig unorthodox, doch er ist herausragend auf seinem Gebiet, das können Sie mir glauben. Sollte es eine Chance geben, dass unsere Profession bei der Aufklärung dieses Falls mitwirken kann, sind Sie bei ihm in besten Händen. Vertrauen Sie ihm, auch wenn seine Fragen für Sie manchmal wenig Sinn ergeben mögen."

Alex nickte seinem Gegenüber zwangsläufig zu. Natürlich würde er alles tun, was Sina helfen konnte. Egal welche Opfer ihm das abverlangte. In seinem Magen machte sich wieder das unangenehme Ziehen bemerkbar, als Andriesen sich erhob und mit einem Zwinkern von ihm verabschiedete.

Am Schreibtisch der Sekretärin hielt er an. „Ich komme heute Nachmittag noch einmal rein, Ellen. Richten Sie das dem Professor bitte aus."

„Aber natürlich, Bengt. Mache ich gern."

Als Bengt Andriesen leichtfüßig durch die Eingangstür verschwand, schaute ihm Alex fast so sehnsüchtig hinterher wie Ellen Hausmann.

Als sich kurz vor halb elf schließlich einer der beiden Flügel öffnete und ein gepflegter Endvierziger ihm mit ausgebreiteten Armen entgegenkam, war Alex mehr als überrascht. Ahrens wirkte auf ihn sympathisch – wenn auch nicht so unwiderstehlich gewinnend wie sein Assistent. Der Wissenschaftler legte zweifellos äußersten Wert auf eine gepflegte Erscheinung, Alex war jedoch weit davon entfernt, ihm das anzukreiden. Zumal von Arroganz ansonsten nichts zu spüren war. Vielleicht mochte Ahrens ja nur Johannsson nicht – wer hätte ihm das verübeln können? Obwohl Alex sich längst eingestanden hatte, dass er den bärbeißigen Chef der Stralsunder Mordkommission gut leiden konnte, war ihm klar, dass Johannssons autoritäre Ausstrahlung nicht bei jedem auf so viel Wohlwollen stieß. Besonders nicht bei Männern, die gewisse Herrschaftsansprüche an ihre Umgebung stellten.

„Hauptkommissar Bierbrauer. Sie sind doch Alexander Bierbrauer, nicht wahr?" Ahrens schüttelte Alex die Hand und dirigierte ihn mit der anderen in sein Arbeitszimmer.

Zwei der vier Wände waren mit deckenhohen Regalen aus dunklem Holz verkleidet, in die die breite Tür integriert war und die dem Zimmer die gediegen elegante Atmosphäre einer englischen Landhausbibliothek verliehen. An der dritten Seite gruppierte sich ein Lederensemble um einen zierlichen Glastisch. Der Blickfang war ein überdimensionales Acrylgemälde, dessen abstrakte Formen und grelle Farben, in denen Rot und Gelb dominierten, in augenfälligem Kontrast zum konservativen Stil der sonstigen Einrichtung standen. Vor einer Reihe von bodentiefen, stilecht restaurierten Fenstern stand Ahrens gewaltiger Mahagonieschreibtisch, auf den er zusteuerte und Alex einen der beiden bequemen, aber bescheidenen Sessel anbot, die vor diesem Bollwerk von Wissen und Wohlstand aufgestellt waren und offenkundig dazu dienten, Besucher in mehrfacher Hinsicht auf den ihnen gebührenden Platz zu verweisen. Dicke Teppiche, vermutlich wertvoll und handgeknüpft, dämpften jeden ihrer Schritte. Alex gab sich alle Mühe, nicht zu beeindruckt zu wirken.

„Verzeihen Sie, dass Sie warten mussten. Ein Anrufer, den ich nicht schneller abwimmeln konnte.“ Ahrens lächelte ihm gewinnend zu.

Alex grinste zurück. Den jungen Mann, der neben einem der Fenster gestanden hatte und nun auf sie zukam, bemerkte Alex wegen des blendenden Lichteinfalls erst, als dessen ausgestreckte Hand bereits unmittelbar vor ihm war. Beinahe wäre er zurückgeschreckt.

„O, entschuldigen Sie, Kommissar Bierbrauer. Offenbar hat Ihnen niemand mitgeteilt, dass mein Sohn an unserem Gespräch teilnimmt.“

Er wartete einen Moment, in dem Alex überlegte, ob er das Gespräch mit Andriesen erwähnen sollte. Ahrens redete allerdings bereits weiter, und er beließ es dabei.

„Sebastian arbeitet gerade an seiner Doktorarbeit. Er ist ein guter Therapeut, doch er interessiert sich auch für unsere Forschungen. Und, ehrlich gesagt, hege ich die Hoffnung, dass er meine Arbeit irgendwann einmal fortführen wird."

In Ahrens Blick war eindeutig Stolz zu erkennen – und Erleichterung. Alex bemühte sich, sein Erstaunen zu verbergen. Als Andriesen ihm von Sebastian Ahrens erzählt hatte, hatte er vermutet, dass der junge Mann zwar die Beziehungen seines Vaters nutzte, aber nicht sonderlich talentiert oder erfolgreich war. Katie hatte Ahrens junior nur kurz erwähnt, was bei ihm den Eindruck hinterlassen hatte, dass es sich bei dem jungen Mann um einen dieser desorientierten Langzeitstudenten gehandelt hätte, deren Erfolg letztlich ihrer Ziellosigkeit zum Opfer fiel. Als Ahrens Nachfolger kam deshalb nach Katies Ansicht nur dessen Assistent Andriesen infrage. Automatisch hatte Alex sich Sebastian Ahrens deshalb ähnlich vorgestellt wie diesen Piet, Katies Ex-Freund: als Sohn wohlhabender Eltern, den Gleichgültigkeit oder falsche Nachsicht zum gesellschaftlichen Parasiten gemacht hatten, rücksichtslos und unfähig, sich in die Situation seiner Mitmenschen zu versetzen.

Tatsächlich machte der junge Mann, der vor ihm stand und ihn schüchtern anlächelte, jedoch einen gefestigten Eindruck. Rein äußerlich war er die um zwanzig Jahre jüngere Ausgabe seines Vaters. Nur die dunklen Augen schauten wesentlich sanfter in die Welt. Rücksichtslosigkeit traute Alex ihm nicht zu, eher das Gegenteil – eine Zartheit, die ihn allzu hilflos gegenüber den Härten des Lebens machte. Vielleicht kam ja daher sein Interesse für das morbide Spezialgebiet seines Vaters. In jedem Fall konnte er sich vorstellen, dass Sebastian Ahrens als Therapeut spielend das Vertrauen seiner Patienten gewann, obwohl ihm derzeit noch Andriesens Lockerheit fehlte.

„Ich hoffe, seine Anwesenheit stört Sie nicht." Ahrens wartete kaum Alex' angedeutetes Kopfschütteln ab. „Gut. Er wird sich dort hinten aufs Sofa setzen und uns zuhören. Sie werden gar nicht bemerken, dass er überhaupt da ist."

Während Sebastian Ahrens sich schweigend in den Hintergrund verzog, nahmen auch sein Vater und Alex ihre Plätze ein.

„Nun", Ahrens lehnte sich lässig in seinem beeindruckenden Ledersessel zurück und schlug die Beine übereinander, „lassen Sie uns gleich zur Sache kommen. Ich nehme an, Sie haben ähnlich viel zu tun wie ich. Aber wissen Sie, das hier ist enorm wichtig. Vor allem für Frau Lehmann. Wenn ich der Polizei wirkungsvoll helfen soll, muss ich möglichst viel über die Verschwundene wissen."

Etwas regte sich in Alex. Kein Widerstand, sondern Skepsis. Andriesens Worte kamen ihm in den Sinn.

„Ich werde natürlich alles tun, was in meiner Macht steht, um Ihnen zu helfen, Herr Professor. Doch, ehrlich gesagt, verstehe ich nicht, warum Sie so viel über Sina wissen müssen. Sie ist immerhin nur eines von mehreren Opfern. Und ich habe bislang nicht den Eindruck gewonnen, dass unser Täter bei der Auswahl der Frauen einen bestimmten Typ bevorzugt."

Ahrens Lächeln verlor etwas von seiner Herzlichkeit. Alex bildete sich für einen Moment ein, dass dies an seinem ausgeprägt harten Dialekt lag. Dann wurde ihm klar, dass Ahrens es nicht mochte, wurde seine Überlegenheit in Zweifel gezogen.

„Nun, mein lieber Kommissar Bierbrauer, das sieht vielleicht für Sie so aus. Einerseits können wir das jedoch erst beurteilen, wenn wir möglichst viele Fakten über alle vermeintlichen Opfer zusammengetragen haben, nicht wahr? Und andererseits gibt es ja immer noch die Möglichkeit, dass die Fälle überhaupt nicht miteinander in Verbindung stehen. Wir sollten deshalb nach allen Seiten offen sein. Kann ich also auf Ihre Unterstützung setzen?"

Konnte es sein, dass Johannsson den Professor nicht über die aktuelle Entwicklung informiert hatte? Nachdem die Verbindung zu diesem Reiseportal hergestellt war, war der Zusammenhang der Vermisstenfälle ein Fakt. Alex war versucht, Ahrens auf die neuen Erkenntnisse anzusprechen, ließ es aber bleiben. Johannsson leitete die Ermittlungen, und hatte er es für richtig gehalten, Ahrens nicht sofort zu informieren, würde er seine Gründe dafür haben.

Er nickte dem Professor zu. „Gut, fangen wir an. Was wollen Sie wissen?"

37

Sie wussten, dass er log. Olaf Mansur lag in dem Stuhl hinter seinem Schreibtisch, die hageren Beine in den verwaschenen Jeans gekreuzt und in permanenter Bewegung. Er gab sich alle Mühe, lässig zu erscheinen. Kevin Peters und David Rönschmann hatten eine Weile gebraucht, um das im Erdgeschoss eines sanierten Plattenbaus untergebrachte Büro von *Ostseezauber* zu finden. Sie hätten darauf gewettet, dass die offizielle Geschäftsstelle des Reiseportals ihrem scheinbar einzigen Mitarbeiter ebenfalls als Wohnstätte diente. Genauso überzeugt waren sie, dass er über alle Berge gewesen wäre, hätten sie ihm die Chance dazu gegeben. Doch sie hatten erst angerufen, um sich anzumelden, als sie schon vor seiner Tür standen. Tatsächlich öffnete er die Wohnungstür, bevor sie geklingelt hatten – angeblich wollte er zum Briefkasten. Mit Herrenhandtäschchen und Autoschlüssel. Sie hatten ihn nur angegrinst. Die gute Laune war ihnen allerdings in der letzten halben Stunde vergangen, denn Mansur zog sich auf die einzige Taktik zurück, die er beherrschte: Er stellte sich dumm.

„Sie sind sich also ganz sicher, dass Sie noch nie etwas von dieser *Bifröst*-Seite gehört haben?“

Rönschmann ließ keinen Zweifel daran, dass er Mansur nicht glaubte. Und dass er ziemlich sauer war, auch wenn das nicht unbedingt etwas mit seinem Gegenüber zu tun hatte. Sein Urlaub rückte unaufhaltsam näher, und dieser verdammte Fall ließ sich nicht so an, dass er in ein paar Tagen geklärt sein würde. Seine Frau machte ihm schon die Hölle heiß und hatte angedroht, zur Not mit den Kindern allein nach Mallorca zu fliegen. Da kam ihm dieser Freak gerade recht, der offensichtlich glaubte, sie an der Nase herumführen zu können. Mansur sah ihn betont gelangweilt an, doch Rönschmann entging das kurze Flattern seiner Augenlider nicht.

„Ne, noch nie was von gehört. Sollte ich?"

Bevor Rönschmann explodieren konnte, übernahm Peters die Gesprächsführung. „Denke schon, schließlich bekommen Sie all Ihre Kunden über dieses Portal."

Mansur versteckte seine Unsicherheit hinter einem trotzig vorgestreckten Kinn. „Sagt wer?"

„Sagen unsere Spezialisten, du Komiker." Rönschmann war kurz davor, endgültig die Geduld zu verlieren.

„Schöne Spezialisten habt ihr, Mann. Meine Kunden rufen hier an oder melden sich über das Kontaktformular auf der *Ostseezauber*-Homepage. Die können sich nicht über diese Dingsbumsseite anmelden. Das wüsste ich ja wohl. So'n Quatsch." Mansur befand sich nun eindeutig in der Defensive. Das rhythmische Zucken seines Beins nahm Formel-eins-Geschwindigkeit an.

„Okay", kam Peters ihm entgegen. „Ihre Kunden melden sich also nicht über die *Bifröst*-Seite an. Natürlich tun sie das nicht. Aber verraten Sie uns mal, warum Sie den Mitgliedern dieses Forums so fantastische Angebote machen. Ein funkelnagelneues Ferienhaus, nur einen Steinwurf vom Sternberger See entfernt für zweihundertfünfzig Euro die Woche. Im Juni. Da können Sie nicht viel verdient haben."

Einen Moment lang schaute Mansur dumm aus der Wäsche – was ihm zugegebenermaßen nicht allzu schwer fiel. „Sie meinen die Lehmanns?"

Er versuchte, Zeit zu gewinnen. Rönschmann konnte förmlich beobachten, wie es hinter der hohen Stirn mit dem kurz rasierten dunklen Haar arbeitete.

„Ja, wir meinen die Lehmanns. Und die Albers. Und die Obermeiers. Und eine ganze Menge anderer deiner Kunden." Er trommelte mit den Fingern auf seiner Stuhllehne herum, wobei er unwillkürlich den Rhythmus von Mazurs Beinen aufgriff.

Der war alarmiert. „Ja, die Lehmanns und die Albers. An die erinnere ich mich. Ist ja noch nicht so lange her."

„Das ist prima." Das Fingertrommeln wurde lauter.

„Ja, also, die haben einen Sonderpreis gekriegt, stimmt."

Diesmal kam Peters Rönschmann zuvor. „Das wissen wir bereits, Junge. Von unseren Experten. Die sind nämlich echt gut. Von dir wollen wir wissen, warum sie einen solch fantastisch günstigen Sonderpreis gekriegt haben."

Sie fixierten ihr Opfer wie zwei Kampfhunde einen Zwergpudel, und der Zwergpudel bot ihnen in vollendeter Unterwerfung seine Kehle dar.

„Na und, ist doch nicht illegal, oder?"

„Nur wenn die Leute, denen dieser Supersonderpreis zuteil wird, ausgeraubt und ermordet werden."

Peters hatte einen Tonfall angeschlagen, als wolle er Kuchenrezepte austauschen. Rönschmann hörte auf zu trommeln.

Mansur wurde grau. „Wieso ermordet? Davon weiß ich nichts. Was wollt ihr mir da anhängen? Ich habe den Leuten nur Ferienhäuser vermittelt. Habe sie nicht mal persönlich kennengelernt."

Rönschmann platzte der Kragen. „Dann erklär uns endlich mal, warum sie diese Häuser so billig erhalten haben! Sonst nehmen wir dich mit, und du kannst in einer Zelle über die Antwort nachdenken."

Mansur war vor Rönschmann zurückgewichen, als hätte er Schaum vorm Mund.

„Wir wissen, dass du für das Haus am Sternberger See dreihundert Euro an den Vermieter zahlen musstest", setzte Peters nach. „Du willst uns nicht im Ernst verklickern, dass du bei wildfremden Menschen obendrauf legst, wenn du ihnen ein Ferienhaus vermittelst. Ich halte dich zwar nicht unbedingt für einen begnadeten Geschäftsmann, aber du bist nicht völlig bescheuert, oder?"

Der Schweiß lief Mansur mittlerweile in Strömen in den ohnehin schmuddeligen Hemdkragen. „Ne, natürlich hab ich nichts draufbezahlt. Hab ja noch 'ne Provision von zweihundert Euro gekriegt."

Peters schaute ihn schweigend an. „Interessant", sagte er schließlich. „Von wem hast du die Kohle denn?"

„Keine Ahnung. Der Typ ruft an, wenn Freunde von ihm ein gutes Haus brauchen, und zahlt einen Teil der Miete selbst. Dafür mache ich dann so'n Sonderpreis. Unterm Strich hab ich so hundert oder zweihundert

Euro mehr als sonst. Ist doch clever, oder?“ Er grinste sie schief an.

Peters atmete tief durch und gab sich sichtlich Mühe, ruhig zu bleiben. Die Rolle des Cholerikers hatte Rönschmann schon übernommen.

„Wirklich schlau, Mansur. Wie heißt dieser großzügige Menschenfreund, der die halbe Miete für seine Bekannten zahlt?“

Das Grinsen auf Mazurs Gesicht erstarb. „Kein Ahnung, echt nicht. Der Kerl ruft immer nur an. Hab nicht mal seine Nummer, ist jedes Mal unterdrückt.“

„Was ist mit dem Geld? Die Überweisung muss von irgendeinem Konto kommen“, ließ Peters nicht locker.

„Ne, die Kohle kriege ich bar. Steckt nach ein paar Tagen in einem Umschlag in meinem Briefkasten.“

Peters verengte die Augen. „Und du hast dich nie gefragt, wer dieser große Unbekannte ist? Hast nicht zufällig mal versucht, es rauszufinden?“

Mansur lehnte sich in seinem Stuhl zurück. Er gewann wieder Oberwasser. „Ne, warum sollte ich? Lief ja alles prima, wenn Sie wissen, was ich meine.“

Rönschmann und Peters wussten, was er meinte. Und sie wussten, dass er log. Rönschmann war nahe daran, über den Schreibtisch zu hechten und seinem Gegenüber das schmierige Grinsen aus dem Gesicht zu hämmern. Das würde ihn schon zum Reden bringen. Doch Peters stand auf und blies damit zum Aufbruch.

„Tut mir echt leid, dass ich euch nicht weiterhelfen konnte, Jungs.“ Mansur wurde übermütig.

Peters, der die Eingangstür schon in der Hand hatte, drehte sich noch einmal um. „Wir sehen uns bestimmt wieder. Vielleicht ist dir ja bis dahin was eingefallen.

Bis es so weit ist, schicken wir schon mal die Kollegen von der Steuerfahndung raus. Du hast die Barzahlungen deines unbekannten Gönners sicher in deiner Steuererklärung angegeben, oder? Nicht dass es dir so ergeht wie Al Capone."

Mansur war beim Wort „Steuerfahndung" blass geworden und schaute Peters fassungslos an. „Al wer ...?"

38

Katie öffnete den Schrank zum fünften Mal. Das verdammte T-Shirt musste irgendwo sein. Sie hatte es erst kürzlich gewaschen und gebügelt. Und gebügelte Wäsche kam immer in den Kleiderschrank. Trotzdem hatte sie bereits mehrfach alle Wäschestapel durchwühlt, die sich an ausgewählten Plätzen ihrer Wohnung auftürmten – den völlig überladenen Kleiderdiener, den Stuhl neben ihrem Bett und den kaum noch sichtbaren Rand der Badewanne. Das T-Shirt mit der „*Scheiß Bullen*"-Aufschrift blieb verschwunden. Piet hatte es ihr geschenkt, und obwohl er es bestimmt nicht nett gemeint hatte, mochte sie das Shirt. Selbstverständlich trug sie es nur im Fitnessstudio oder zu Hause. Jetzt war es weg.

Natürlich hätte sie etwas anderes anziehen können. Das mysteriöse Verschwinden des Teils war allerdings nur die Fortsetzung einer ganzen Reihe von seltsamen Ereignissen. Mal fehlte ein Stück Käse aus dem Kühlschrank, von dem sie wusste, dass sie es noch gar nicht aus der Plastikverpackung geholt, geschweige denn verspeist hatte. Ein anderes Mal war die Milchtüte leer, nachdem sie sie am Morgen halb gefüllt an ihren Platz gestellt hatte. Auch eine ihrer Ketten vermisste sie seit geraumer Zeit. Das war weniger ungewöhnlich, denn ihren Schmuck suchte sie regelmäßig, weshalb sie grundsätzlich nur billiges Zeug kaufte.

Bei den verschwundenen Lebensmitteln hatte sie zunächst an Alex gedacht. Doch zum einen war er eigentlich niemals allein in ihrer Wohnung, zum anderen hatte sie ihn gefragt.

„Du glaubst, dass ich dir dein Essen klaue?" Er hatte sie amüsiert angeschaut und war wieder ernst geworden. „Ist dir sonst noch was aufgefallen? Hast du den Eindruck, dass jemand in deine Wohnung kommt, wenn du nicht da bist?"

Sie hatte abgewiegelt, aber in Wirklichkeit befürchtete sie genau das. Vor Kurzem war sie sogar wach geworden, weil sie sich beobachtet fühlte. Als sie das Licht einschaltete, war niemand sonst da gewesen, und sie kam sich lächerlich vor. Trotzdem schlief sie seit dieser Nacht mit ihre Dienstwaffe unter dem Kopfkissen. Jedenfalls dann, wenn Alex nicht da war. Hätte er ihre Befürchtungen gekannt, wäre er vermutlich zu dem gleichen Schluss gelangt wie sie: Piet. Und wenn sie darüber nachdachte, hielt sie es für unwahrscheinlich, dass er sich keinen Zweitschlüssel hatte anfertigen lassen, als er noch die Gelegenheit dazu gehabt hatte. Er war so ein mieser Typ, und Katie fragte sich zum hundertsten Mal, was sie an dem Kerl gefunden hatte. Immerhin hatte er sie so fasziniert, dass sie sich vor der ganzen Stadt lächerlich gemacht hatte. Sie gab ihre Suche auf.

Okay, er hatte sich also das T-Shirt zurückgeholt. Sie würde es abhaken. Und sie würde ihren Vermieter bitten, die Türschlösser auszutauschen. Und zwar noch heute. Es würde keine Probleme geben. Schließlich war sie Polizistin bei der Mordkommission, da geriet man schon mal ins Visier irgendwelcher Irrer. Zur Not würde sie die Kosten selbst übernehmen. Sie griff zum Telefon und wählte die Nummer der Hausverwaltung. Natürlich hätte sie Piet auflauern und ihm eine kräftige Abreibung verpassen können. Obwohl das womöglich die effektivste Gegenmaßnahme gewesen wäre, entschied sie sich dagegen. Sie wollte den Typen nur loswerden. Er hatte in ihrem Leben nichts mehr verloren. Und sie würde sich nicht noch einmal die Hände an ihm schmutzig machen.

39

Er hatte den Großen einbestellt. Den Penner lud er nie zu sich ein. Es hätte ohnehin keinen Sinn, ihm etwas erklären zu wollen. Er war so gewöhnlich. Nicht dumm oder einfältig. Das nicht. Im Gegenteil, er konnte raffiniert und kreativ sein, wenn es darum ging, seine niederen Bedürfnisse zu befriedigen. Aber er hatte nicht den geringsten Sinn für das Einzigartige ihrer Arbeit. Erkannte nicht die Poesie in dem, was sie den Frauen antaten. Das war beim Großen anders. Oft schien es ihm, als wäre er ebenfalls ein Suchender. Das verband sie weit über das Geschäftliche hinaus miteinander. Obwohl das, was sie zu finden hofften, ohne Zweifel unterschiedlicher Natur war, achteten sie einander. Damit war der Große der einzige Mensch, der jemals an seinem Triumph teilhaben konnte. Schließlich konnte er nicht darauf hoffen, dass der Rest der Welt ihn verstehen und sein Tun gutheißen würde. Davon abgesehen, dass es keinesfalls in seiner Absicht lag, dieses Tun offenzulegen. Zumindest nicht zu seinen Lebzeiten und vermutlich nicht darüber hinaus. Also begnügte er sich mit seinem Einmannpublikum.

„Sie ist außergewöhnlich, nicht wahr?"

Der Große nickte. Er saß auf dem Sofa und hielt ein Glas Whisky in der Hand. Single Malt. Sein Gesicht blieb völlig ausdruckslos. Unmöglich zu wissen, was in ihm vorging. Selbst für ihn. Der Mann war stumm und kalt wie ein Fisch. Daran hatte er sich jedoch längst gewöhnt.

„Es ist nicht leicht, sie zu knacken. Das mit dem Hund war ein Fehlschlag. Hätte ich mir gleich denken können, dass sie auf solch einen billigen Trick nicht reinfällt. Ehrlich gesagt, hätte mich das enttäuscht. Ich habe ein paar weitere Überraschungen für sie. Allerdings glaube ich nicht, dass das ausreichen wird. Bei dieser Frau müssen wir zwei, drei Gänge hochschalten." Keine Reaktion. „Du erinnerst dich doch an diese Freundin? Die, mit der sie sich die Praxis teilt. Falls nicht, nimm dir die Akte noch mal hervor. Wir müssen sie uns holen."

Nun sah der Große auf. War da ein Funke von Überraschung in seinem Blick?

„Sie wohnt in Neuwied. Ganz schön weit weg von hier."

Er griff nach der Whiskyflasche auf dem kleinen Servierwagen mit den Spirituosen und schenkte dem Großen nach, bevor er sich ebenfalls einen Handbreit in ein Glas füllte. „Ja, ich gebe zu, es ist aufwendig. Ich habe bereits darüber nachgedacht, irgendeine andere Frau zu nehmen. Oder ein Kind. Nur ich fürchte, dagegen würde sie sich abschotten. Diese Linda Meurer steht ihr dagegen nahe. Vielleicht liebt sie sie sogar. Vor allem wird sie wissen, dass Linda nur aus einem einzigen Grund leiden muss: weil sie ihre Freundin ist." Er lächelte versonnen in sein Glas. Dann gab er sich einen Ruck und schaute den Großen erneut an. „Vorher müsst ihr etwas anderes erledigen. Mansur hat angerufen. Die Polizei war bei ihm. Er schwört, dass er dichtgehalten hat. Doch er ist nervös und will untertauchen.

Das halte ich für eine hervorragende Idee. Und ich möchte, dass er nicht wiederauftaucht, verstanden? Nie wieder."

Der Große nickte. „Was sollen wir mit der Meurer machen, wenn wir sie haben, Boss? In der Jagdhütte sitzt nach wie vor Biggi Albers, und die anderen Verstecke ..."

Er dachte einen Moment nach. „Du hast recht. Die anderen Verstecke sind derzeit nicht sicher. Und hier im Haus will ich sie nur ungern haben. Also gut, entsorgt die Albers. Sie langweilt mich sowieso. Aber erst kurz bevor ihr aufbrecht, um Linda Meurer zu holen. Ich rufe dich an, wenn es losgeht. Und lasst den Keller der Albers so, wie er ist. Linda soll den Angstschweiß ihrer Vorgängerin riechen. Wir wollen uns nicht lange mit ihr aufhalten. Ich brauche nur ein paar starke Bilder, die ich unserer Prinzessin servieren kann." Bei der Vorstellung huschte ein Lächeln über sein Gesicht.

Die Züge des Großen blieben ausdruckslos.

40

„Ich hab's!" Paula Szepanski jubelte vor Freude.

Hendrik konnte sich ein Schmunzeln nicht verkneifen. Sie war so voller Energie. Dann wurde ihm klar, was diesen Ausbruch hervorgerufen haben musste, und er stürzte zu ihr hinüber.

Sie sah von ihrem Bildschirm auf und strahlte ihn an. „Hier", sie drehte den Monitor in seine Richtung, „der Steintanz von Boitin. Vier prähistorische Steinkreise, mitten im Wald, zwischen Boitin, Dreetz und Bützow in Meck-Pomm. Etwa zwanzig Kilometer von Sternberg entfernt."

Sie hob die Hand, und Hendrik klatschte ab. Eigentlich fand er das ziemlich blöd. Zumindest war er fünfzehn Jahre zu alt für so was. Aber bei Paula wirkte diese Geste ganz selbstverständlich. Sie hatten die E-Mails vom Vorabend noch einmal durchgearbeitet, ohne etwas Neues zu entdecken. Dann hatte sie ihm gestanden, dass die Sache mit dem Steinkreis nach wie vor nicht geklärt war. Wegen der Geschichte mit den Mails war sie nicht dazu gekommen, nach entsprechenden Formationen in Meck-Pomm zu suchen.

Tatsächlich gab es scheinbar Dutzende von diesen prähistorischen Stätten in der Gegend. Wenn man nur die Steinkreise mitzählte. Nahm man die Hügelgräber hinzu, wurde es unübersichtlich. Sie wussten, dass Jan und Sina Lehmann sich für all diese Plätze interessiert hatten, an denen angeblich besondere Energien zusammenfließen sollten. Eben hatte er auf einer abgedrehten Seite über diese vermeintlichen Kraftpunkte gelesen. Unglaublich, woran intelligente Leute zu glauben bereit waren. Denn dass Sina Lehmann nicht blöd war, stand für ihn fest, nachdem er das erste Mal auf ihr Bild an der Ermittlungswand geschaut hatte. Es war etwas in ihren Augen, dunkel und unergründlich. Hätte er es für möglich gehalten, dass an dem Quatsch mit den Energien etwas dran war, wäre Sina Lehmann für ihn ein Mensch gewesen, der diese Kräfte hätte spüren können. Doch er glaubte nicht an diesen Humbug. Im Gegensatz zu wahnsinnig vielen anderen. Denn das Internet war voll von diesem Zeug. Von den rein historischen Sachen mal abgesehen. Deshalb war er davon ausgegangen, dass sie sich durch einen Berg von Möglichkeiten wühlen mussten.

„Wieso glaubst du, dass das die richtigen Steinkreise sind? Es gibt unzählige davon." Er sah Paula gespannt an.

„Na, zum einen sind sie nah bei Sternberg und von den anderen Ferienhäusern in maximal zwei Stunden zu erreichen. Und zum anderen war in einigen der Mails von vier Kreisen die Rede. Und das, mein Lieber, gibt es in unserem schönen Land nur sehr, sehr selten. Also habe ich Steinkreise, Meck-Pomm und vier gegoogelt."

„Ulkiger Name: Steintanz von Boitin. Hört sich eher nach Hexen an als nach prähistorischer Kultstätte. Wär ich nie drauf gekommen, dass wir danach suchen." Er lächelte Paula anerkennend an und registrierte mit Genugtuung, wie sie errötete, während sie ihn weiter anstrahlte.

Sie wandte sich wieder ihrem Monitor zu und rief die Gegend um die Steinkreise auf Google Earth auf. Er stellte sich dicht hinter ihren Stuhl und schaute ihr über die Schulter, roch ihr Parfüm. Nicht zu aufdringlich, das passte zu ihr.

„Sie liegen eindeutig mitten im Wald. Das könnte hinhauen, oder?" Paula drehte sich um und sah ihn fragend an.

Er wusste nicht gleich, was sie meinte.

Paulas Augen funkelten belustigt. „Ich meine, dieser Lehmann hatte doch Erde unter den Fingernägeln, oder? Und wenn einer mit dem Gewehr auf Leute ballern will, wird er das kaum in der Nähe von Häusern tun."

„Schon gut, schon gut, Inspektor Columbo. Du hast absolut recht, das könnte der Ort sein, an dem unsere Paare verschwunden sind. Falls sie tatsächlich dorthin gelockt wurden, um sie zu überfallen ..."

„Was machen wir damit?"

„Tja, Kollegin, ich denke, wir sollten den Chef informieren. Und dann sollte jemand rausfahren und sich die Sache vor Ort ansehen. Wie sieht's aus, hast du geländegängige Schuhe?"

Paula blickte ihn ungläubig an, während sein Grinsen immer breiter wurde. „Du meinst, du willst mich mitnehmen?"

„Klar, warum nicht? Vier Augen sehen mehr als zwei, oder? Rönschmann und Peters sind in Güstrow bei diesem *Ostseezauber*-Typen und haben garantiert keine

Lust, ihr freies Wochenende in den Wind zu schreiben. Katie ist auf Rügen, und von Bierbrauer habe ich seit Stunden nichts mehr gesehen." Hendrik ging davon aus, dass der Koblenzer Kollege sich genau dort aufhielt, wo Katie im Moment war, und er vermutete stark, dass auch Paula das wusste. Er würde das Thema jedoch auf keinen Fall von sich aus ansprechen. „Falls du also nichts Besseres mit deinem Wochenende vorhast, könnten wir morgen früh zur Seenplatte rüberfahren. Vielleicht gehen wir essen, wenn wir mit diesem Steintanz fertig sind. Ich finde, das hast du dir verdient."

Paula schien von innen zu strahlen. „Das ist so süß von dir." Sie sprang auf und drückte ihm einen Kuss auf die Wange. „Aber was wird Johannsson dazu sagen? Schließlich bin ich nur eure Tippse und keine Polizistin."

Hendrik konnte nicht verhindern, dass sich ein stolzes Grinsen auf seinem Gesicht breit machte, auch wenn er nicht den geringsten Schimmer hatte, wo dieses Gefühl herkam. „Na los, fragen wir ihn."

Noch heute Morgen hätte ihm die Aussicht, seinem Chef unter die Augen zu treten, um ihm vorzuschlagen, mit einer Zivilangestellten den mutmaßlichen Tatort in einem Serienmordfall zu inspizieren, den kalten Schweiß auf die Stirn getrieben. Doch nun glaubte er, unbesiegbar zu sein.

Paula druckte die Karte aus, auf der die Lage des Boitiner Steintanzes am besten zu erkennen war, und legte die Informationen über die historische Kultstätte dazu. „Also gut, gehen wir zu Johannsson."

41

Sie waren am frühen Freitagnachmittag in Sellin angekommen. Katie hatte ein Apartment in der *Villa Seerose* gebucht, während er bei Ahrens war. Das war nicht leicht gewesen, denn übers Wochenende war fast alles belegt. Schließlich konnte sie eine winzig kleine Wohnung im hinteren Gebäude des zweiteiligen Komplexes ergattern, mit Terrasse zum Parkplatz. Sina hätte das nicht gefallen. Sie hasste Beengtheit, brauchte viel Raum um sich herum. Deshalb liebte sie Altbauten mit hohen Decken und weitläufigen Zimmerfluchten. Alex war sich sicher, dass sie unter Platzangst litt, obwohl sie das nie zugegeben und meist gut unter Kontrolle hatte. Er konnte nur hoffen, dass man sie nicht in einen engen Raum eingesperrt hatte. Er wischte die Gedanken beiseite. Egal wo sie gerade war, er konnte nichts daran ändern. Er konnte sich nur alle Mühe geben, sie schnell zu finden.

Sie marschierten auf dem Hochuferweg bis nach Binz und nahmen den Rasenden Roland, die legendäre, dampfbetriebene Kleinbahn der Insel, zurück nach Sellin. Abends gingen sie in einem der Lokale auf der Wilhelmstraße essen und verbrachten eine fantastische Nacht miteinander, in der sie nicht allzu viel Schlaf bekamen.

Trotzdem waren sie am nächsten Morgen bereits früh Richtung Sassnitz unterwegs. Nach kurzer Diskussion hatten sie sich entschieden, die neun Kilometer von Sassnitz bis zum Königsstuhl zu Fuß zurückzulegen. Auf dem Hochuferweg, mit steilen Auf- und Abstiegen. Nach der halben Strecke passierten sie die Stelle, an der man Jan Lehmann gefunden hatte. In der Nähe führte ein breiter Waldweg von der Straße hierher, für einen geländegängigen Wagen kein Problem. Katie führte ihn auf einem schmalen Pfad zum Strand hinab und brachte ihn von unten an die Abbruchstelle, die aus dieser Perspektive wie eine frische Wunde in der zerklüfteten Wand wirkte. Mehrere Bäume waren mitsamt ihrem Untergrund vom Hochufer nach unten gestürzt. Jan Lehmann war an den Ästen einer riesigen Buche hängen geblieben. Sina liebte Buchen. Ansonsten war es einer der enttäuschendsten Tatorte, die Alex je gesehen hatte.

„Die Flut ist zigmal über die Stelle gerollt", hatte ihn Katie gewarnt. „Da gibt's nichts mehr zu finden."

Er hatte ihr nicht geglaubt. Hatte sich für schlauer gehalten. Gehofft, auf irgendetwas zu stoßen, das die anderen übersehen hatten. Er hatte keine Ahnung vom Meer. Von dieser seltsamen Küste, die sich beinahe stündlich veränderte. Katie hatte versucht, es ihm zu erklären.

Die Abbrüche, die das Gesicht Rügens stetig veränderten, waren ein Teil seiner Natur. „Du kannst keine Karte von der Insel anfertigen, die in fünf Jahren noch stimmt."

Er hatte geglaubt, dass sie übertrieben hätte. Als er die gewaltige Masse an Sand, Kreide und Bäumen sah, die offenbar kurz vor Jan Lehmann in die Tiefe gestürzt war, beunruhigte ihn die neue Erkenntnis zutiefst. Er brauchte festen Boden unter den Füßen. Am liebsten wäre er nicht mehr auf den Hochuferweg zurückgekehrt. Doch diese Blöße wollte er sich nicht geben. Also brachten sie auch den Rest des Wegs hinter sich. Schweigend. Den Blick von der Aussichtsplattform auf den berühmtesten aller Rügener Kreidefelsen sparte er sich.

Katie sagte nichts dazu, deutete mit dem Kopf auf die nahe gelegene Haltestelle. „Wenn du die Strecke nicht zu Fuß zurücklaufen willst, schlage ich vor, wir nehmen den Bus."

Er hatte nichts dagegen, entspannte sich langsam. Trotzdem blieb etwas zurück, heftete sich an seine Seele. Der Ort, an dem man Jan Lehmann aus der auflaufenden Flut gefischt hatte, machte es real. Das, was Sina passiert war. Er spürte sie wieder, die Gefahr, in der sie sich befand. So wie am Anfang, als er von ihrer Entführung gehört hatte und auf Autopilot hier raufgefahren war, weit weg von sich selbst und allem, was halbwegs normal an seinem Leben war.

Nachdem sie nach Sellin zurückgekehrt waren und sich ein Lokal gesucht hatten, glaubte er, dass es nur ein kurzer Rückfall gewesen war. Alles war leicht in Katies Nähe. Der Sex war gut. Doch als er am Sonntagmorgen die Augen aufschlug und in ihr schlafendes Gesicht schaute, fühlte es sich zum ersten Mal falsch an. Vielleicht hatte er von Sina geträumt. Er wusste es nicht. Aber er wusste, dass er nicht hier sein sollte. Nicht mit Katie. Sie tat ihm gut, ja. Sie war unkompliziert. Machte ihm keine Angst. Denn sie berührte seine Seele nicht, stellte ihn nicht infrage. Ließ ihn in dem Glauben, dass er tatsächlich so wäre, wie er sein wollte. Machte seine

Fassade zu etwas, das sich beinahe echt anfühlte. Und gut. Jedoch nur beinahe.

Deshalb war er so lange vor Sina davongelaufen, hatte sich eingeredet, dass sie nicht sein Typ war. Zu zart, zu klein, zu wenig perfekt. Später lieferte ihm ihre Tiefgründigkeit das Argument, dass sie nicht zueinander passten. Ihre Stärke diente ihm als Rechtfertigung, sie auf Abstand zu halten und schließlich aus seinem Leben zu jagen. Denn obwohl Sina der Sache ein Ende bereitet hatte, war es für Alex immer klar gewesen, dass eigentlich er ihre Koffer gepackt und sie hinausgeworfen hatte. Raus aus seinem Leben. Denn sie war gefährlich. Eine stetige Bedrohung für sein Selbstmitleid und den Weg, auf dem er es sich so bequem gemacht hatte. Er, der Junge aus einfachen Verhältnissen, dem das Schicksal nie eine echte Chance gegeben hatte. Der niemals mit denen mithalten konnte, die er am meisten bewunderte: die vom Glück Verwöhnten, die ihr Leben mit anmutiger Leichtigkeit meisterten. Die nie an sich zweifelten, denen Bildung und Erfolg praktisch in den Schoß fielen. Die schon als Kinder perfekt Klavier spielten und denen Eleganz angeboren zu sein schien.

Sina hatte ihn gezwungen, genauer hinzuschauen, hinter die Fassaden. Einfach indem sie es aussprach. Sie hatte sich bemüht, ihm das Besondere, das Kostbare an seinem grüblerischen Charakter zu offenbaren. Auch dafür liebte er sie, denn sie hatte es tatsächlich ernst gemeint. Sie hatte ihm das Leid und die Leere gezeigt, die sich vorzugsweise hinter strahlend lächelnden Lippen verbargen. Und sie hatte ihn gelehrt, dass es viel wertvoller war, sich seinen goldenen Löffel selbst zu verdienen, statt mit ihm geboren zu werden. Sie hatte ihm geholfen, die Welt zu verstehen. Von dem kleinen Jungen, dessen ausgeprägter Dialekt sofort seine Herkunft aus einfachen Verhältnissen verriet, zu einem erwachsenen Mann zu werden, der seinen Wert kannte. Er hatte ihr so viel zu verdanken.

Aber sie hatte seinen Traum zerstört. Die Hoffnung, eines Tages zu etwas gehören zu können, das es gar nicht gab. Die Frau zu finden, hinter deren äußerem Glanz sich eine ebenso schöne Seele entdecken ließ. Nach den Sternen greifen zu können, ohne hart auf der Erde zu landen. Das hatte ein Teil von ihm ihr stets übel genommen. Jener Teil, der nach wie vor einem Trugbild hinterherjagte. Der lieber in einer traurigen Traumwelt lebte als in einer anstrengenden Wirklichkeit, in der man sein Glück selbst schmieden musste. Erst als sie fort war, hatte er verstanden, wie kostbar das Geschenk war, das sie ihm gemacht hatte. Und erst jetzt, wo er sie endgültig zu verlieren drohte, wurde ihm klar, dass er stets nur sie gewollt hatte.

„Du denkst an sie, stimmt's?"

Er hatte Katie die ganze Zeit angesehen, ohne zu bemerken, dass sie aufgewacht war. Nun setzte sie sich auf und zog sich die Decke über die nackten Schultern. Er drehte sich auf den Rücken, wandte das Gesicht von ihr ab. Doch was immer es darin zu lesen gab, sie hatte es gesehen.

„Sie ist schön, oder?"

Katie verstand offenbar nicht sofort, was er meinte. Vielleicht dachte sie an die Fotos an der Ermittlungswand: Jan Lehmann, seine zierliche blonde Frau und ihr brauner Labrador. Das zerknitterte Bild, das Jan bei sich getragen hatte, als er gestorben war. Sina wirkte darauf überirdisch, wie ein Wesen aus einer anderen Welt. Elfenhaft. Mittlerweile hatte Sinas Freundin Linda eine sehr viel deutlichere Aufnahme geschickt, deren Vergrößerung zu einer täglichen Prüfung für ihn geworden war. Ein Porträt: Sina, wie sie lachend hinter dem mächtigen Stamm einer Buche hervorschaut, das blonde Haar locker aufgesteckt. Hohe Wangenknochen, sinnliche Lippen, schimmernde Zähne, Lachfältchen um die dunklen, fast schwarzen Augen, in deren Tiefe jeder Betrachter – egal ob Mann oder Frau – versank.

„Ich kenne sie ja nicht persönlich, aber ich denke, dass sie schön ist, ja", erklärte Katie. „Außergewöhnlich schön sogar."

Ihre Stimme klang belegt. Doch welche Frau diskutierte schon gern morgens im Bett mit ihrem Lover über die Schönheit seiner großen Liebe? Alex kam sich vor wie ein Schuft, das Bedürfnis, seine Gedanken in Worte zu fassen, war allerdings übermächtig.

„Ich habe ihr das nie gesagt, weißt du?", sagte er nach einer Weile.

„Ich denke, sie weiß es auch so ..."

Er drehte sich zu ihr um und blickte sie direkt an.

„Nein, du verstehst mich nicht. Ich habe nicht bemerkt, wie schön sie ist. Im Gegenteil, ich habe ihr vorgeworfen, dass sie nicht perfekt ist. Nicht mein Typ. Nicht die Frau, von der ich immer geträumt habe."

„Das hast du ihr gesagt? Genau so?" Katie schaute ihn fassungslos an.

„Nein, natürlich nicht. Sie wusste es trotzdem. Und ich *wollte*, dass sie es weiß."

Sie schüttelte den Kopf. „Sei mir nicht böse, das hört sich jedoch bescheuert an. Willst du mir sagen, dass du so ein Scheißtyp bist, der sich eine tolle Frau sucht und ihr dann so lange einredet, dass sie dumm und hässlich ist, bis sie es glaubt? Selbst wenn du diesen kranken Zug hast, habe ich bis jetzt nicht den Eindruck gehabt, dass Sina auf so was abfährt. Geschweige denn, dass sie sich davon den Schneid abkaufen lässt."

Alex lächelte. Sie war so herrlich direkt. Was immer aus ihnen werden würde: Sie war kein Fehler. Keine billige Beruhigung seiner gewöhnlichen Seelenhälfte. „Nein, hat sie nicht. Nichts kann Sina aus der Bahn werfen. Jedenfalls nichts, was ich kleiner Wicht je fertig bringen würde. Sie wusste, dass ich sie so gesehen habe, verstehst du? Dass sie für mich nicht perfekt war. Dass sie nicht die Frau ist, die ich will."

Katie sah erschüttert aus. „Du willst mir nicht im Ernst erzählen, dass du Sina Lehmann in Wirklichkeit gar nicht liebst? Das ist blanker Unsinn!"

Fast fürchtete er, sie wäre nahe daran, ihm die Faust ins Gesicht zu schlagen, um ihn zur Besinnung zu bringen.

„O Gott, beruhige dich. Und schlag mich nicht!" Er hob abwehrend die Arme und grinste, hinter dieser Grimasse spürte er jedoch einen tiefen Schmerz.

Katie schien ihn ebenfalls zu bemerken, und das versöhnte sie auf wundersame Weise.

„Natürlich liebe ich sie. Ich habe sie von Anfang an geliebt", fuhr Alex fort. „Das weiß ich schon seit einer ganzen Weile. Aber sie weiß es nicht, weil ich Idiot mir alle Mühe gegeben habe, diese Liebe an einem Ort zu verstecken, den sie nicht finden konnte." Er schwieg und legte sich wieder auf den Rücken, starrte zur Decke. Als er weitersprach, zitterte seine Stimme. „Wenn sie stirbt, wird sie es niemals wissen. Dann wird sie diese Welt in der Vorstellung verlassen, nicht gut genug für mich gewesen zu sein. Doch das ist eine Lüge. Sie ist das Beste, was mir je passiert ist. Und ich will unbedingt, dass sie das weiß."

Katie legte sich neben ihn und fixierte die Decke genauso konzentriert wie er. Ihre Hand suchte seine und drückte sie sacht. Er ließ es zu.

„Glaub mir: Sie weiß es."

42

Rönschmann und Peters waren kurz vor Mittag zurück in Stralsund und erstatteten Johannsson Bericht.

„Besorgen Sie sich einen Haftbefehl und bringen Sie den Kerl hierher."

Sie hatten auf dem Rückweg von Güstrow bereits darüber diskutiert. Vor allem Rönschmann hatte Zweifel angemeldet, dass die Verdachtsmomente einen Haftbefehl rechtfertigen würden. Allerdings hatte Peters den Eindruck, dass diese Zweifel stark von dem Bedürfnis genährt wurden, sich den frühen Feierabend und damit das erste lange Wochenende seit Langem nicht durch die langwierige Prozedur zu versauen, die dem Antrag auf Haftbefehl zwangsläufig folgte.

„Glauben Sie wirklich, dass die Beweise ausreichen?" Rönschmann musste verzweifelt sein, dass er Johannsson eine solche Frage stellte.

Der Kripochef schaute von den Unterlagen auf, denen er sich wieder zugewandt hatte. „Glauben Sie, ich hätte Ihnen diese Anweisung gegeben, wenn ich nicht davon überzeugt wäre?"

Johannsson schien ganz ruhig, ein sicheres Zeichen dafür, dass bei weiterem Widerstand ein gewaltiger Anschiss bevorstand. Darauf konnte Peters gut verzichten.

Rönschmann offenbar nicht. „Ich meine nur ..."

„Herrgott, Rönschmann. Was ist eigentlich Ihr Problem? Sie haben mir doch eben erzählt, dass dieser Mansur praktisch dabei war, die Biege zu machen, als Sie zu ihm kamen. Wenn es Ihnen so wichtig ist, freitagsmittags um zwölf in den Feierabend zu gehen, sollten Sie sich zum Arbeitsamt oder in eine andere Behörde versetzen lassen, in der man Ihnen das garantiert. Aber wie ich gehört habe, soll es selbst da nicht mehr so gemütlich sein, wie Sie es sich wünschen." Johannsson hatte die Stimme kaum gehoben, ihr Klang war jedoch kalt wie Eis. Seine stahlblauen Augen schienen Rönschmann zu durchbohren, woraufhin der prompt ein paar Zentimeter kleiner wurde. „Sie werden den Mann verhaften, und zwar heute noch. Ich sage das für den Fall, dass Sie auf die Idee kommen, die Sache hätte Zeit bis morgen früh."

Peters hätte darauf gewettet, dass Rönschmann genau das hatte vorschlagen wollen. Beinahe hätte er gegrinst. Johannsson konnte ein echter Schinder sein, doch er war ein klasse Polizist.

„Raus jetzt! Und machen Sie dem Staatsanwalt Dampf, oder glauben Sie, dieser Mansur bleibt brav in seiner Wohnung sitzen und wartet, bis Sie ihn abholen?"

Tatsächlich dauerte es zwei Stunden, bis sie das Schriftstück in Händen hielten. Für einen Freitagnachmittag ein rekordverdächtiges Tempo. Der Staatsanwalt war überglücklich, dass Bewegung in diesen überaus imageschädigenden Fall kam, dessen wahre Dimension nach wie vor nicht abzuschätzen war. Der Wochenendverkehr machte den Zeitgewinn allerdings wieder zunichte. Als sie schließlich gemeinsam mit zwei Streifenwagenbesatzungen in Güstrow eintrafen, war es fast sechs Uhr. Auf ihr Klingeln reagierte niemand. Nach zehn Minuten ließ Peters die Tür aufbrechen. Von Mansur war weit und breit nichts zu sehen.

„Ausgeflogen", stellte Rönschmann nicht ohne eine gewisse Genugtuung fest. „War ja klar, dass das nichts bringt, oder? Der kleine Pisser ist auf und davon." Er hatte sich offenkundig von Johannssons Anpfiff erholt und gab sich nun hemmungslos seiner schlechten Laune hin.

Sie nahmen die gesamte Wohnung unter die Lupe, die neben dem *Ostseezauber*-Büro über eine schmale Küche und einen größeren Raum verfügte, der Mansur als Wohn- und Schlafzimmer gedient hatte. In der Ecke, neben einem zweitürigen Kleiderschrank aus schwarzem Kunststofffurnier, stand eine Reisetasche. Peters öffnete den Reißverschluss. Sie war vollgestopft mit Klamotten. Obendrauf lagen drei Päckchen Zigaretten und ein Bündel Banknoten.

„Sieht nicht so aus, als wäre unser Mann freiwillig verschwunden. Oder glaubst du, er hat die Tasche nur vergessen?"

Rönschmann atmete tief ein. „Verdammt."

Peters folgte seinem Blick. Die Blutflecken waren auf dem versifften Teppich kaum zu erkennen. Nichts Großes, nur ein paar Sprenkler. Aber sie waren frisch. Jedenfalls blieben sie hellrot an Rönschmanns Handschuhen kleben, die er sich vorsichtshalber übergezogen hatte. Er schaute Peters resigniert an.

„Tatort?"

„Tatort." Rönschmann nickte.

„Okay, dann ruf ich mal die Kollegen von der Spurensicherung. Anschließend sag ich meiner Frau, dass es spät werden kann."

Beinahe hätte er Peters leidgetan.

43

Piet war stinksauer. Sie hatte die Türschlösser ausgetauscht! Als er gesehen hatte, dass Katie mitsamt ihrem Gorilla und einer Reisetasche in ihrem roten Mini davonraste, hatte er beschlossen, es sich in ihrer Wohnung gemütlich zu machen. Die beiden würden frühestens am nächsten Vormittag zurückkehren, vermutlich später. Ausreichend Zeit, das Apartment in eine Müllhalde zu verwandeln. Vielleicht wären auch ein paar Hundert Liter Wasser eine nette Variante. Dann stand er jedoch an der Haustür und kam nicht rein. Es hatte zwei Stunden gedauert, bevor die Alte, die unter Katie wohnte, mit ihrem Miniköter das Haus verlassen hatte und er blitzschnell in den Hausflur gehuscht war, bevor die Tür wieder ins Schloss fiel. In der Wohnungstür hatte er kein Hindernis gesehen, zumal seine sonstigen Pläne ohnehin nicht darauf angelegt waren, weiter unentdeckt zu bleiben. Doch er hatte feststellen müssen, dass Katie ihre Wohnung in ein verdammtes Fort Knox verwandelt hatte – mit hochmodernen Sicherheitsschlössern und einem kaum auszuhebelndem Querbalken in der Mitte. Zumindest reichten seine bescheidenen Einbruchkenntnisse nicht aus, um sein Vorhaben weiter ausführen zu können.

In seiner Wut zerkratze er das weiß lackierte Türblatt mit dem Messer, das eigentlich Katies Polstermöbeln die Eingeweide hätten rauschneiden sollen. Nun gut, dann musste er eben zu anderen Mitteln greifen. Er würde sie schnappen und in Jay-Jays Keller verfrachten. Und anschließend würde er ein paar Dinge mit ihr anstellen, die ihr gar nicht gefallen würden. Oder vielleicht doch? Piet grinste in sich hinein. Ja, vielleicht würde Katie sogar Spaß daran haben. Auf jeden Fall würde er sich nicht zurückhalten wie bei diesen Huren, die einfach die Hand hoben, wenn es ihnen zu heftig wurde. Und Jay-Jay, dieses Weichei, bestand jedes Mal darauf, dass sie aufhörten. Diesmal würde er sich nicht von seinem Freund bequatschen lassen. Diesmal würde Blut fließen. Und egal wie sehr Katie um Gnade betteln würde, er würde ihr zeigen, dass ihr Leben allein von seiner Großherzigkeit abhing. Dass er die Macht über Leben und Tod hatte. Mal sehen, was dann noch von der toughen Polizistin übrig blieb.

44

Sie hatten Mansur erwischt, als er gerade abhauen wollte. Ein Schlag über den Schädel, Tüte über den Kopf, fertig. Der Mickerling wollte die Wohnung sofort klarmachen, er bestand jedoch darauf, dass sie erst die Leiche fortschafften. Bevor sie das Haus betreten hatten, hatten sie es von dem Wäldchen aus beobachtet, das unmittelbar an die Rückseite des Plattenbaus angrenzte. Auch deshalb hatten sie das Apartment ausgesucht. Falls nötig, konnten sie Mansur über den Balkon vor seinem Büro ungesehen erreichen. Jedenfalls war das meistens möglich, denn zwischen Wald und Haus lag nur ein schmaler Streifen Wiese, der hin und wieder von den Bewohnern als Spielplatz genutzt wurde. Dummerweise war an diesem Freitag eine regelrechte Kinderparty im Gang. Also mussten sie sich gedulden und abwarten, dass Mansur ihnen in die Arme lief. Der hatte allerdings vermutlich keine Lust, sich vor den Augen der gesamten Hausgemeinschaft aus dem Staub zu machen. Außerdem hatten sie vereinbart, dass sie ihm Geld bringen würden, damit er untertauchen konnte. Der Dummkopf wartete auf sie. Einmal versuchte er, ihn anzurufen. Er nahm das Gespräch nicht an.

Als die letzten Mütter mit ihren Kindern schließlich gegen vier Uhr verschwunden waren, spurteten sie zum Haus hinüber. Mansur öffnete die Balkontür, bevor sie angeklopft hatten. Er drehte sich um und ging vor ihnen in den Raum, in dem er hauste. Sie hatten nicht lange gefackelt.

„Is doch idiotisch, noch mal wiederzukommen, Mann. Lass uns die Bude putzen, den Papierkram und den Computer einräumen, und dann können wir uns verpissen."

Der Große hasste den nörgelnden Ton seines Gehilfen. Aber wenn er es sich recht überlegte, hasste er eigentlich den ganzen Typen. Der Name, den er ihm im Stillen verpasst hatte, traf in mehrfacher Hinsicht ins Schwarze. Der Kerl war in jeder Hinsicht mickrig. „Wir schaffen ihn erst weg."

So schnell wollte der Mickerling nicht aufgeben. „Hey, Mann, was soll das? Was, wenn die Bullen zurückkommen und wir nicht mehr in die Wohnung können?"

Er schaute ihn reglos an. „Und was ist, wenn die Bullen kommen, während wir hier mit Gummihandschuhen und Meister Propper die Wohnung schrubben und unser toter Freund mit einer Plastiktüte über dem Kopf vor seinem Bett liegt?"

Tatsächlich waren die Argumente des Mickerlings nicht völlig von der Hand zu weisen. Zumindest konnten sie es sich nicht leisten, der Polizei sämtliche Informationen über ihre Geschäftsverbindung zu *Ostseezauber* auf dem Silbertablett zu servieren.

„Also gut, ich suche alles zusammen, was wir mitnehmen müssen. In der Zeit verschnürst du unseren Freund zu einem handlichen Päckchen, verstanden? Muss ja nicht jeder auf den ersten Blick sehen, dass wir einen Toten mit uns rumschleppen. Anschließend nimmst du das Zeug und bringst es zum Wagen. Wenn die Luft rein ist, gib mir Bescheid, dann trage ich das Arschloch raus."

Kurz vor fünf waren sie so weit. Die Wiese war noch immer leer, der Mickerling vergewisserte sich, dass niemand am Fenster oder auf einem der anderen Balkone stand. Doch es hatte angefangen zu nieseln, und was hätte man da hinten schon beobachten können? Der kleine Mann rannte in den Wald und fuhr den Wagen in die schmale Straße, die an der anderen Seite der Bäume entlanglief. Nachdem der Mickerling ihn auf dem Handy angerufen hatte, hievte er sich den in der Mitte zusammengeklappten, mit Mülltüten und Klebeband zusammengeschnürten Mansur auf die Schulter und lief über die Wiese.

„Los, wir schaffen ihn weg und kommen so schnell wie möglich zurück."

Als sie knapp zwei Stunden später wieder in die Plattenbausiedlung fuhren, sahen sie bereits von Weitem das Aufgebot an Streifenwagen und kaum weniger auffälligen Zivilfahrzeugen der Polizei. Er dachte nach. Man würde keine Fingerabdrücke finden, sie hatten Handschuhe getragen. Aber er konnte nur hoffen, dass dieser Volltrottel von Mansur keine Sicherungskopien von seiner Festplatte gemacht hatte, die er in der Eile übersehen hatte.

„Verdammte Scheiße, was tun wir jetzt?" Der Mickerling war in Panik.

Nicht zum ersten Mal fragte er sich, wie zuverlässig sein Partner war, wenn es tatsächlich eng werden würde. Er lenkte den Wagen langsam durch die Siedlung zurück auf die Hauptstraße und Richtung Autobahn.

„Jetzt fahren wir nach Hause. Und morgen schaffen wir Platz für die nächste Laborratte."

Der Mickerling schaute ihn verständnislos an. Dann verstand er, und ein zufriedenes Grinsen breitete sich auf seinem Gesicht aus. Der Kerl war widerwärtig. Er hatte nie verstanden, wie einem die Arbeit, die sie für ihren Boss erledigten, solch eine Freude bereiten konnte. Schließlich waren die Frauen chancenlos. Sie waren keine Gegner, mit denen man sich messen konnte. Man musste nicht besonders mutig sein, um man sie zu vergewaltigen, zu schlagen oder abzustechen. Sie zu quälen oder zu töten, war im Grunde genommen armselig. Noch armseliger war es, sich an ihrer Hilflosigkeit aufzugeilen. Eines Tages würde er den Mickerling beseitigen, das stand längst für ihn fest. Und in diesem Augenblick war er überzeugt, dass er dann zum ersten Mal eine tiefe Freude daran haben würde, einem Menschen das Lebenslicht auszublasen.

45

Vielleicht irrte sie sich, oder sie verlor langsam den Verstand. Das wäre kein Wunder. Doch eigentlich war sich Sina sicher: *As Long As I Have You* von Elvis war auf keiner ihrer CDs im Auto gewesen. Sie hatte den Song seit Jahren nicht mehr gehört. Vor einiger Zeit –vor zwei Tagen? – war die Dauermusikberieselung durch gezielte Anschläge mit Liedern ersetzt worden, die ihr wichtig waren und die einen grotesken Bezug zu ihrer Situation hatten. Wie *Don't Ask Me Why* von Annie Lennox oder *Take Another Piece of My Heart* von Janis Joplin. Sie musste zugeben, dass diese Taktik wesentlich effizienter war, denn gegen alles, was permanent auf einen einstürmte, stumpfte man früher oder später zwangsläufig ab.

Sina verstand mittlerweile gut, wie selbst sensible Menschen in einem Krieg größtes Grauen ertragen konnten. Kriege dauerten einfach zu lange, und das Erste, was sie töteten, war das Mitgefühl. Man wurde erschreckend schnell gleichgültig. Aber diese Nadelstiche waren etwas anderes. Sie verletzten ihr Opfer immer wieder aufs Neue. Ihr Gegner war ein Meister der Folterkunst. Sie durfte ihn nicht unterschätzen. Sina war auf alles gefasst. Sie konnte jedoch nicht verhindern, dass es sie im Innersten traf, als aus ihrer Befürchtung Gewissheit wurde. Die gelbe Rose neben ihrem Kopfkissen und der kaum bekannte Elvis-Song: alles bedeutsame Symbole ihrer anderen, ihrer verlorenen Liebe. Das Lied stammte aus dem Film *King Creole*, einem der wenigen besseren Streifen mit der Musikerlegende. Alex und sie hatten ihn sich in der Neiterser *Wied-Scala* angeschaut, einem Westerwälder Programmkino mit Kultstatus. Was als nostalgisch witziger Abend gedacht gewesen war, war zum Beginn ihrer Liebesgeschichte geworden.

Es gab keinen Zweifel, Alex war zu einem Teil des Spiels geworden. Beinahe zwangsläufig fragte der nicht zu kontrollierende Teil ihres Gehirns sich, wie das möglich war. Sie wusste, dass Jan auf allen möglichen Internetforen unterwegs gewesen und sich mit anderen Menschen ausgetauscht hatte – auch über private Dinge und offenkundig über sie. Das war eine ebenso einleuchtende wie simple Erklärung dafür, dass sie seit ihrer Gefangenschaft mit persönlichen Details ihres Lebens bombardiert wurde. Jemand wusste viel zu viel über sie und prahlte damit, um sie mürbe zu machen.

Jan hatte dagegen nichts über sie und Alex gewusst – zumindest keine Einzelheiten. So sehr er gebohrt hatte, sie hatte ihm jede Auskunft verweigert, weil es ihn schlicht nichts angegangen war. Ihre Beziehung zu Alexander Bierbrauer gehörte allein ihm und ihr, selbst wenn sie vorbei war. Niemals wäre sie auf die Idee verfallen, das Vertrauen, das die Grundlage ihrer Liebe gewesen war, im Nachhinein zu enttäuschen, indem sie diese Beziehung für einen anderen Menschen öffnete. Auch nicht für Jan. Sie wäre sich vorgekommen, als würde sie Alex verraten – ihn und jedes Gefühl, das jemals zwischen ihnen existiert hatte. Und noch immer existierte, denn viel tiefer als die leidenschaftliche Liebe, die sie für ihn empfunden hatte, reichte die Freundschaft, die sie bereits so lange verband.

Der andere Grund, warum Alex in ihren Gesprächen mit Jan tabu gewesen war, war ihre tiefe Überzeugung, dass es eine Belastung für eine neue Liebe war, wenn sie mit der Vergangenheit befrachtet wurde. Die Sache zwischen ihr und Alex war vorbei. Sie hatte dieses – zugegebenermaßen lange und intensive – Kapitel ihres Lebens abgeschlossen, bevor Jan auf der Bildfläche erschienen war. Hätte sie angefangen, die Etappen dieser ebenso wundervollen wie dramatischen Liebesgeschichte mit dem neuen Mann an ihrer Seite noch einmal zu durchleben, wäre alles zurückgekommen und Teil ihrer Gegenwart mit Jan geworden. Sie wusste genau, dass Jan das niemals ertragen hätte. Er war so schon übermäßig eifersüchtig auf Alex gewesen, hatte sogar darauf bestanden, dass sie den Kontakt zu ihrem früheren Lebensgefährten abbrach. Eine Forderung, der Sina unter anderen Umständen kaum nachgekommen wäre. Vor sich selbst musste sie jedoch zugeben, dass es ihr nicht recht gewesen wäre, hätte Jan sich weiterhin mit einer Frau getroffen, die in seiner Vergangenheit eine so bedeutsame Rolle gespielt hatte.

Anfangs hatte Alex ihr unglaublich gefehlt. Nicht der Alex, mit dem sie die Höhen und Tiefen einer von vorneherein verkorksten Beziehung durchlitten hatte. Aber jener, der ihr bester Freund gewesen war, solange sie denken konnte. Dann hatte sie es geschafft, auch damit abzuschließen. Nur hin und wieder quälte sie ihr schlechtes Gewissen, mit der Ahnung, dass sie womöglich etwas aufgegeben hatte, das viel kostbarer war, als es eine Liebesgeschichte mit ihren zwangsläufigen Egoismen je sein konnte. Doch sie hatte sich entschieden. Alex war Teil eines anderen Lebens, das nicht ins Hier und Jetzt gehörte. Und trotzdem war er plötzlich wieder da. Durchbrach die Mauer zwischen Gegenwart und Vergangenheit, drängte ausgerechnet jetzt in ihr Leben zurück, wo es davon abhing, dass sie sich nicht mit ihren Gefühlen auseinandersetzte.

Einen Augenblick geriet sie ins Wanken und stellte sich schlafend. Es gab keinen Zweifel daran, dass Alex mittlerweile von ihrem Verschwinden erfahren hatte – schließlich war er Mitglied der Koblenzer Mordkommission – und alles daran setzen würde, sie zu finden. Denn sie war überzeugt: Er hatte niemals aufgehört, ihr Freund zu sein. Egal wie sehr ihr Verhalten ihn enttäuscht haben mochte. Das musste sein persönlicher Albtraum sein. Sie dachte an Silke Bischoff und die Bedeutung, die sie in seinem jungen Leben gespielt hatte. Er war recht blauäugig Polizist geworden, um solche Tragödien zu verhindern. Und nun musste er hilflos mit ansehen, wie der Mensch, der ihm am wichtigsten war, ein ähnliches Schicksal erlitt, ohne dass er etwas dagegen tun konnte. Doch er würde es versuchen.

Als sie darüber nachdachte, zweifelte Sina nicht daran, dass er längst an die Ostsee gereist war und sich dem zuständigen Kommissariat aufgedrängt hatte. Oder, falls er dort abgeblitzt war, auf eigene Faust nach ihr forschte. Erstaunlicherweise gab ihr diese Erkenntnis Kraft. Sie war nicht allein. Dort draußen, womöglich ganz in ihrer Nähe, war jemand, der das gleiche Ziel verfolgte wie sie. Jemand, der ihr so nahe war wie wenige andere Menschen.

Ob sie Jans Leiche mittlerweile gefunden hatten? Sina spürte, wie eine Welle aus Trauer und Verzweiflung das kühle Analysieren ihres Verstandes wegzuspülen drohte.

Sofort schaltete sie um auf Nichts. Genau das durfte nicht passieren. Nicht jetzt. Es mochte sein, dass Alex nach ihr suchte. Aber Sina war der tiefen Überzeugung, dass ihr Überleben allein von ihr und ihrer Fähigkeit abhing, nichts an sich heranzulassen. Hier drin gab es nur sie und ihren Gegner. Diesen Feigling, der seine Folterknechte vorschickte, um sie zu demütigen und zu quälen, während er sich hinter den Monitoren versteckte, die mit den Kameras in ihrem Gefängnis verbunden waren. Er wollte sie zermürben, ihren Willen brechen. Auf irgendeine Weise war es ihm gelungen, Alex da mit reinzuziehen. Sie würde ihm allerdings nicht den Gefallen tun und darüber nachgrübeln, wie das sein konnte. Und ganz sicher würde sie nicht anfangen zu glauben, dass Alex etwas mit Jans Tod und ihrer Entführung zu tun hatte. Nichts hatte sich geändert. Da konnte Elvis noch so herzzerreißend um seine ermordete Geliebte weinen.

46

Für einige Minuten hatte er geglaubt, es würde funktionieren. Dann hatte sie sich wieder an jenen Ort zurückgezogen, an den er ihr nicht zu folgen vermochte. Aber die Fassade bröckelte. Zu gern hätte er dieses Spiel bis in alle Ewigkeit weitergespielt, ihren Widerstand bis zum Letzten ausgekostet. Die Zeit lief ihm jedoch davon. Die Polizei wusste bereits Dinge, die sie niemals hätte herausfinden sollen. Er musste untertauchen, bevor ihn jemand mit den verschwundenen Paaren in Verbindung bringen konnte. Er hatte sich für Australien entschieden. Ein Land, das groß, unübersichtlich und weit genug entfernt war, um von vorn zu beginnen – und um völlig von der Bildfläche zu verschwinden, falls das nötig sein würde. Zu schade, dass er den Großen nicht mitnehmen konnte. Er brauchte ihn hier, als Sündenbock. Und zwar als möglichst stummen.

Es würde nicht leicht werden, ihn auszutricksen, doch er hatte bereits einen Plan. Bevor es so weit war, wollte er sich noch eine Weile mit Sina beschäftigen. Sie war eine Traumkandidatin. Es würde lange dauern, jemanden zu finden, der sie ersetzen konnte. Er schüttelte bedauernd den Kopf, während er sie beobachtete. Sie war nun wieder dabei, diese seltsamen Übungen zu absolvieren. Dabei sah sie so aus, als würde sie sich in Zeitlupe bewegen. Angeblich sollten die Figuren dazu beitragen, Energie zu bündeln. Er hätte sich mehr gesorgt, hätte sie versucht, ihre Muskeln zu trainieren.

Der Penner hatte Bekanntschaft mit ihren Kenntnissen in Selbstverteidigung gemacht, das würde er ihr nie verzeihen. Vermutlich wartete er nur darauf, ihr jeden Knochen einzeln brechen zu dürfen. Das kam nicht infrage. Sie würde es fertigbringen, sich hinzulegen und zu sterben, bevor er sie besiegt hatte. Sie würde sterben, zuvor würde er sie allerdings brechen. Dafür war er bereit, ein gewisses Risiko einzugehen.

Er nahm sein Handy und wählte die Nummer des Großen. Der hob ab, ohne etwas zu sagen.

„Es wird Zeit. Bringt mir diese Meurer."

Am anderen Ende der Leitung herrschte Stille. Er dachte schon, der Große hätte aufgelegt. Wäre ihm zuzutrauen. Wenn er einen Auftrag bekam, führte er ihn aus, ohne darüber zu diskutieren. Erneut bedauerte er, dass er diesen Mann zurücklassen musste. Doch er brauchte nun mal mehr als einen vorzeigbaren Täter, sonst würde die Polizei nie Ruhe geben. Gerade als er die Verbindung trennen wollte, hörte er den Großen geräuschvoll ausatmen.

„Halten Sie das jetzt für klug? Wir konnten die Wohnung von Mansur nicht gründlich genug reinigen. Die Bullen waren zu schnell da."

Er hätte am liebsten geflucht. Diese Idioten. Vielleicht war es ganz gut, ohne sie in Australien zu sein. Er überlegte fünf Sekunden lang – und traf eine Entscheidung.

„Ihr holt sie trotzdem. Noch weiß die Polizei nichts. Aber beeilt euch. Und: Wir können uns keine Fehler mehr leisten, verstanden?"

Diesmal legte der Große auf.

Ihm blieb weniger Zeit mit Sina, als er gehofft hatte. Nun, dann sollte das Ende zumindest etwas ganz Besonderes werden. Ein Feuerwerk, bei dem ein Höhepunkt den nächsten jagte.

47

Als Hendrik am Samstagmorgen gegen zehn mit dem nagelneuen silbergrauen VW-Passat aus dem Fuhrpark des Präsidiums in die schmale Straße in der Vorstadt einbog, stand Paula schon vor dem gepflegten Dreifamilienhaus, in dem sie eine Wohnung hatte. Hendrik war überrascht – und ein wenig enttäuscht. Er hätte wetten können, dass Paula, genau wie Katie, mitten in der Altstadt lebte, wo man sich jeden Abend ins Getümmel stürzen konnte. Sein Navi hatte ihn allerdings in dieses konservative Wohngebiet südlich des Moorteichs dirigiert, in dem viele neuere Einfamilienhäuser sich mit wenigen älteren, aber topsanierten Gebäuden zu einem beeindruckenden Ensemble formierten. Er hätte liebend gern einen Blick in Paulas Wohnung geworfen, doch ihm wollte beim besten Willen kein Grund einfallen, warum sie noch einmal ins Haus gehen sollten.

„Hey." Paula hatte sich mit dem vertraut strahlenden Lächeln auf den Beifahrersitz fallen lassen und ihren Miniaturrucksack auf die Rückbank geworfen.

„Hey", erwiderte Hendrik und ärgerte sich über seine Einfallslosigkeit. „Schöne Gegend." Er hob den Kopf in einer vagen Bewegung Richtung Straße.

Paulas Grinsen wurde breiter. „Ja, find ich auch. Bist du erstaunt, dass ich hier lebe?"

Hendrik spürte, dass er rot wurde. „Na ja", gab er zu. „Ich hätte eher eine Bude in der Altstadt erwartet."

Paula lachte, und zum Glück hatte Hendrik nicht den Eindruck, dass sie sich über ihn lustig machte.

„Bingo. Hatte ich tatsächlich. Dann haben mir meine Eltern diese Wohnung gekauft. Und ich muss zugeben, es ist richtig toll. Absolut ruhig."

Hendrik dachte an seinen Plattenbau und wechselte das Thema. „Ich hoffe, du hast heute nichts mehr vor, denn ich habe mir gedacht, dass wir uns auch die Ferienhäuser der letzten Opfer anschauen. Wenn wir schon mal aufs Land fahren ..."

Er rechnete mit Protest, immerhin war Samstag, und die meisten Leute ihres Alters hatten am Wochenende andere Pläne, als sich an potenziellen Tatorten umzusehen.

„Toll. Ich hab den ganzen Tag für dich reserviert. Schließlich wolltest du mich ja zum Essen einladen. Oder hab ich da was falsch verstanden?"

Paula lächelte ihn verschmitzt an, und Hendrik spürte, dass ihm das Blut schon wieder in die Wangen schoss. Er wendete den Wagen und fuhr aus der Stadt hinaus. Knapp zwei Stunden später hielten sie am Waldrand hinter Tarnow. Laut GPS mussten die Steinkreise nach etwa zwei Kilometern an dem Waldweg liegen, der hier begann. Hendrik holte die schweren Wanderstiefel aus dem Kofferraum, die er sich am Tag zuvor in aller Eile besorgt hatte. Paula, die immer äußerst festes Schuhwerk zu tragen schien, wartete in ihrem schwarzbunten Kleid und den violettfarbenen Strumpfhosen, bis er den Kampf gegen Schnürsenkel und Ösen gewonnen hatte.

Er griff nach der Digitalkamera und schlug den Kofferraumdeckel etwas zu fest zu. „Also los."

Sie brauchten zwanzig Minuten bis zu den Steinen. Hendrik konnte nichts Besonderes an dem Platz finden, Paula lief dagegen fasziniert zwischen dem Durcheinander an Felsbrocken herum, das man mit viel Fantasie für Kreise halten konnte.

„Nicht gerade ein Mecklenburgisches Stonehenge." Hendrik war enttäuscht.

„Ist auf jeden Fall kein idealer Platz, um Menschen zu erschießen oder zu verschleppen. Ich meine, so dicht am Weg."

Paula hatte recht.

„Ja, das ist seltsam. Immerhin könnte ja jederzeit jemand vorbeikommen. Obwohl der Wald nicht gerade ein touristisches Zentrum der Region zu sein scheint, ist das Risiko hoch", führte Hendrik Paulas Gedanken fort. Zwei der prähistorischen Kreise lagen rechts, einer links vom breiten Weg. „Warte mal, sollten das nicht vier Steinkreise sein?"

„Stimmt." Paula sah sich um und ging zu einer Tafel, die am Rand des Platzes stand und ihm nicht aufgefallen war. „Guck mal", rief sie. „Es gibt einen weiteren Steinkreis, der tiefer im Wald liegt. Steht zumindest da."

Hendrik lief zu Paula hinüber und betrachtete die Tafel ebenfalls. Wenn er die Skizze richtig verstand, musste der letzte Kreis irgendwo gegenüber im Wald sein.

Er spürte ein Kribbeln im Nacken. „Den sollten wir uns anschauen, was meinst du?"

Paula war aufgekratzt. „Unbedingt."

Sie suchten gerade nach einem Pfad oder sonst etwas, das ihnen die Richtung weisen würde, als das Fahrzeug neben ihnen anhielt. Keiner von ihnen hatte bemerkt, wie es den Weg hinuntergerollt war. Dem mitgenommen orangefarbenen Pritschenwagen war anzusehen, dass er häufiger im Wald unterwegs war. Beide Fenster waren hinuntergelassen. Am Steuer saß ein kräftiger Kerl. Er wirkte sympathisch, betrachtete sie allerdings mit unbeteiligtem Blick. Es war sein Begleiter, der sie ansprach – und der eine deutlich weniger einnehmende Erscheinung war. Gedrungen, Halbglatze und irgendwie schmierig.

„Könn'mer Ihnen helfen?" Es hätte ein freundliches Angebot sein können, klang tatsächlich jedoch wie eine Drohung. Eiskalte, blassgrüne Augen musterten Hendrik abschätzend.

Er zückte seinen Dienstausweis. „Kripo Stralsund. Wir ermitteln in einem Mordfall und interessieren uns in diesem Zusammenhang für den Steintanz. Also, ich meine, für diese Steinkreise."

Es schien, als würde der kleine, hässliche Mann blass werden, doch er hatte sich schnell wieder unter Kontrolle.

„Können Sie uns sagen, wo wir den vierten Kreis finden können?"

Der kleine Mann blieb stumm, wobei er abwechselnd Hendrik und Paula fixierte. Der Kerl gefiel Hendrik nicht, und auch Paula schien ihre gute Laune verloren zu haben.

„Ein Mord? In unserm Wald? Is nich wahr, oder?" Er schaute zu seinem Kumpel hinüber, der nach wie vor vollkommen reglos hinterm Steuer saß.

„Wir ermitteln noch“, räumte Hendrik ein. „Sicher sind wir nicht. Aber es würde uns helfen, wenn wir den vierten Kreis fänden.“

Der Blick des kleineren Mannes ruhte nun ganz auf ihm. „Klar, Mann. Ich kann Ihnen den zeigen. Is nich weit.“ Er wandte sich zu seinem Begleiter um. „Was meinste? Am besten gehe ich mit den beiden, oder?“

Der große Mann musterte den kleinen einen unendlich langen Moment. Dann schüttelte er den Kopf. „Keine Zeit. Wir sind spät dran. Sag ihnen einfach, wo sie hinlaufen müssen.“

Wieder schwiegen sich die zwei an. Hendrik hätte schwören können, dass sie ohne Worte eine ganze Unterhaltung führten. Irgendwie kam ihm die Situation vor wie ein Traum. Endlich drehte der Schmuddelige sich wieder zu ihm um, Bedauern in den Augen.

„Tja, Mann. Tut mir echt leid. Aber Sie hör’n ja, was mein Kumpel sagt. Sin’ spät dran.“

Hendrik war nahe daran, seine Meinung über den Mann zu revidieren. Er war vielleicht nur ein bisschen primitiv, deshalb musste er nicht zwangsläufig ein schlechter Kerl sein. Der Typ beugte sich aus dem Fenster und wies auf einen schmalen Pfad hinter ihnen, den sie übersehen hatten.

„Laufen Sie da rein. Is nur zwei, drei Minuten von hier.“

Die plötzliche Nähe trieb Hendrik einen Schwall stinkenden Atem ins Gesicht und stellte seine Toleranz gegenüber mangelnder Bildung und nachlässiger Hygiene erneut auf die Probe. Es gelang ihm, nicht zurückzuweichen. „Okay, danke.“

Der Mann hatte sich bereits wieder in seinen Sitz sinken lassen.

Bevor der Fahrer den Gang einlegen und weiterfahren konnte, trat Hendrik – einen kleinen, aber hartnäckigen Widerstand heroisch überwindend – dichter an den Pritschenwagen und legte die Hand aufs Beifahrerfenster. „Einen Moment."

Der kleine Mann glotzte ihn misstrauisch an, seine Augen waren nur noch Schlitze.

„Wie gesagt, ermitteln wir in einem Mordfall." Hendrik hatte sein Selbstbewusstsein wiedergefunden. Schließlich war er in offizieller Mission unterwegs, und sein Fall war von einiger Bedeutung. Außerdem war er sich Paulas gespannter Aufmerksamkeit bewusst. Sie stand drei Schritte hinter ihm und hatte nichts gesagt, seit die Männer aufgetaucht waren. Ohne sie sehen zu können, glaubte Hendrik zu spüren, dass deren Gegenwart sie beunruhigte. Das spornte ihn an. „Waren Sie auch am Elften hier? Und ist Ihnen da etwas aufgefallen? Haben Sie zum Beispiel einen Mann und eine Frau bemerkt, die bei den Steinkreisen gewesen sind? Sie hatten zwei Hunde dabei. Einen großen braunen und einen kleineren weißen."

Der Kerl auf dem Beifahrersitz starrte ihn nur an, und Hendrik registrierte, dass ihm diesmal offene Feindseligkeit aus den kalten Augen entgegenschlug. Er riss sich zusammen, um nicht zurückzuweichen und die Dienstwaffe zu ziehen.

Diesmal war es der Große, der ihm antwortete. „Am Elften? Das war letzte Woche, oder?"

Hendrik nickte. „Ja, am Mittwoch."

Der Große sah gelassen zu ihm rüber. „Letzte Woche hatte mein Kollege Urlaub. Deshalb war ich nicht draußen. Die Arbeit ist schwer, da kann man allein meist nicht viel ausrichten. Hab die Gelegenheit genutzt und Innendienst geschoben. Muss auch mal sein. Papierkram, wissen Sie?"

Tatsächlich hatte Hendrik nicht die geringste Ahnung, worin die Aufgaben von Waldarbeitern bestanden. Falls sie Waldarbeiter waren. „Okay. Verzeihen Sie, dass wir Sie aufhalten, aber können Sie mir sagen, für wen Sie arbeiten? Nur falls wir noch mal mit Ihnen reden müssen."

Wieder schwiegen die beiden einen Moment zu lang. Vielleicht war das ja auf dem Land so eine Marotte. Oder sie konnten sich nicht einigen, wer antworten sollte.

Schließlich sprach der große Mann. „Klar. Wir arbeiten für die Gemeinde. Achten darauf, dass im Wald alles in Ordnung ist. Sie wissen schon, umgefallene Bäume entsorgen und so. Wenn das alles ist, wir müssen weiter." Sein Gesicht verzog sich zu einem Grinsen, was ihn richtig nett aussehen ließ. Er hob die Hand zum Gruß, legte den Gang ein und fuhr davon.

Hendrik hatte gerade noch Zeit, seine Linke vom Beifahrerfenster fortzuziehen. Verblüfft starrte er dem Wagen nach, der sich zügig entfernte.

„O Mann, was für seltsame Gestalten, Hendrik. Ich bin froh, dass ich nicht allein unterwegs bin. Der Kleine war ja zum Fürchten."

Er drehte sich zu Paula um, die sich schüttelte.

„Zum Glück hatten die keine Zeit, uns den Steinkreis zu zeigen", fuhr sie fort und lachte. „Ich wär ungern mit diesem Gruseltypen durch den Wald gelaufen."

Hendrik nickte nachdenklich. „Na ja, der Größere war doch ganz sympathisch, oder?"

„Schon", räumte Paula ein. „Ganz geheuer war er mir, ehrlich gesagt, trotzdem nicht. Kam es dir nicht komisch vor, wie eilig die es plötzlich hatten abzuhauen?"

Jetzt war es Hendrik, der grinste. „Hey, du hast nicht etwa Angst gehabt, oder?"

Paula lachte laut auf. „War nicht nötig. Ich hab ja einen Beschützer dabei. Einen echten Polizisten mit einer richtigen Waffe. Da sollen die bösen Jungs mal kommen."

Hendrik packte sie sanft bei den Schultern und schob sie zu dem Pfad. „Na dann hast du sicher kein Problem damit, gemeinsam mit deinem Beschützer nach diesem vierten magischen Kreis zu suchen. Zur Not werde ich auch mit alten Zauberern fertig", spielte er auf die Sage an, die sie auf der Holztafel gelesen hatten.

Demnach sollte ein alter Mann dereinst eine ganze Hochzeitsgesellschaft und einen Schäfer samt Herde in Steine verwandelt haben, nachdem sie in ihrer Dekadenz mit kostbaren Lebensmitteln gekegelt und ihn verspottet hatten.

„Ne", alberte Paula zurück. „Da mach ich mir keine Sorgen. Bei mir wird nicht mit Würstchen und Brot gekegelt. Die futter ich immer gleich auf. Leider."

„Steht dir aber gut." Hendrik meinte das völlig ernst, und diesmal wurde er nicht rot. Das lag vermutlich daran, dass ein Teil seiner Gedanken nach wie vor bei den seltsamen Männern war. Ihm war nicht entgangen, dass sie ihm verschwiegen hatten, für welche Gemeinde sie arbeiteten. Das würde er spätestens am Montag herausfinden.

48

„Wir hätten sie abknallen und verbuddeln sollen." Der Mickerling war sichtlich sauer. „Haste gesehen, wie der Typ uns angeglotzt hat? Der erkennt uns wieder, Mann. Wieso haste die beiden laufen lassen?"

Er sah zu ihm hinüber. Dass ihn das Lamentieren nervte, merkte man ihm nicht an. Ihm war klar, warum der Mickerling sich so aufregte. Er hatte Angst. Regelrechte Panik. Er konzentrierte sich aufs Fahren.

„Das waren Bullen, Mann. Die kann man nicht so einfach umbringen." Seine Stimme war sanft, und er hörte sich an, als müsse er ein traumatisiertes Kind beruhigen. „Wahrscheinlich weiß jemand, dass sie hier sind. Willst du etwa, dass die morgen mit 'ner Hundestaffel aufkreuzen und den ganzen Wald durchkämmen? Die wissen nichts, glaub mir. Wir sind nur ein paar Waldarbeiter, die ihnen den Weg gezeigt haben. Das ist alles."

Der Mickerling schien nicht sonderlich überzeugt.

„Außerdem haben wir einen Auftrag zu erledigen", erinnerte er ihn.

„Schon gut", murmelte der Mickerling. Ein Glitzern trat in seine Augen. Die Polizisten waren zumindest für den Moment vergessen.

Er schaute zu seinem Kompagnon hinüber, ohne dass der es bemerkte. Auch er hätte die Bullen am liebsten vergessen, doch ihm war klar, dass der Mickerling sich mehr als verdächtig verhalten hatte. Der Typ war ein saudummes Arschloch. Es war höchste Zeit, ihn loszuwerden.

Das hier würde ohnehin nicht mehr lange gut gehen. Und wenn die ganze Sache aufflog, wollte er möglichst weit weg sein. Vielleicht in Kanada. Für die Drecksarbeit, die sie für den Boss erledigten, wurden sie gut bezahlt. Er besser als der Mickerling, was der nicht wusste. Und im Gegensatz zu diesem widerlichen Stinktier, das seinen Anteil komplett versoffen und zu Huren getragen hatte, hatte er jeden Euro gespart. Mittlerweile hatte er ein kleines Vermögen zusammen. Genug, um ein neues Leben zu beginnen. Wenn das vorbei war, würde er mit der Frau, die er liebte, von vorn anfangen. Nur sie beide. Vorher musste er ein paar Probleme aus dem Weg räumen. Eines saß neben ihm und hatte wieder angefangen zu schmollen.

„Wir hätten sie erledigen sollen. Das war'n Riesenfehler von dir, du Schlaumeier."

Er sagte nichts.

49

Sie wusste sofort, dass etwas anders war. Dieses Glitzern in den Augen des Schweins hatte sie lange nicht mehr gesehen. Genau genommen seit den ersten Vergewaltigungen. Heute würde er sie töten, und das versetzte ihn in Hochstimmung. Sie hatte geglaubt, der Tod würde ihr keine Angst bereiten. Wäre im Gegenteil die willkommene Erlösung. Doch jetzt, wo es so weit war, bäumte ihr Geist sich gegen das Unvermeidliche auf. Ihr schwacher Körper war bereit, die letzten Reserven zu mobilisieren, um zu kämpfen. Selbst dieses jämmerliche bisschen Leben wollte er nicht loslassen. Das Schwein stand nun dicht vor ihrer Pritsche, griff in ihr verfilztes Haar und zerrte sie auf die Beine.

„Steh schon auf, du Schlampe. Gott, du siehst aus wie'n Schwein, und du stinkst wie'n Schwein. Was soll ich anderes mit dir machen, als dich abzustechen wie'n Schwein?“ Sein Gesicht war dicht vor ihrem und alles, was sie wahrnahm, waren seine faulenden Zähne, als er sie höhnisch angrinste.

„Dann sollte dich am besten auch jemand abstechen, denn du stinkst selber wie ein Schwein.“ Es dauerte eine Weile, bis sie registrierte, dass das Krächzen aus ihrer Kehle gekommen war.

Das Schwein schien verblüfft. Er sah sie für einige Sekunden ungläubig an. Dann brach sich seine Wut Bahn, und er schlug ihr mit der Faust ins Gesicht. Die ohnehin gebrochene Nase knirschte. Mein Gott, ich werde nie wieder so aussehen wie früher. Stöhnend schüttelte sie den Kopf über das naive Wesen, das offenbar in den Tiefen ihrer Gehirnwindungen überlebt hatte und sich mit diesen völlig absurden Ängsten zu Wort meldete.

„Idiotin." Sie hatte es laut ausgesprochen.

Das Schwein schaute sie verwirrt an. „Biste jetzt völlig durchgeknallt, oder was? Redest wohl mit dir selbst. Aber recht haste." Der Kerl grinste.

„Los, mach schon. Ich will nicht die ganze Nacht hier rumstehen." Der Große, der hinter der Kellertür gewartet hatte, trat einen Schritt nach vorn und bedachte seinen Kumpan mit der üblichen stoischen Gelassenheit, der nur ein wenig Missmut beigemischt war.

Er war ihr immer der Angenehmere gewesen. Beinahe hatte sie ihn gemocht. Obwohl er es gewesen war, der Nils erschossen hatte. Daran gab es keinen Zweifel. Außer den beiden hatte sie niemals jemanden gesehen, und das Schwein war ja mit ihnen durch den Wald gestapft, als die tödlichen Schüsse gefallen waren. Nein, der Große würde ebenso wenig Gnade für sie übrig haben, wie er sie für ihren Mann gehabt hatte. Egal wie sanft seine Augen sie anblickten.

Das Schwein fixierte den Großen großspurig. „Dann verpiss dich. Das schaff ich allein. Will noch'n bisschen Spaß mit der Kleinen haben, bevor sie ins Gras beißt."

Sein Lachen ließ ihr die Galle in die Kehle steigen. Der Spaß, den dieser Mistkerl im Sinn hatte, würde mehr mit dem Messer in seinem Gürtel als mit dem kümmerlichen Schwanz in seiner Hose zu tun haben. Einen Augenblick war sie versucht, eine entsprechende Bemerkung zu machen. Doch ein Instinkt, von dessen Existenz sie bislang nichts geahnt hatte, sagte ihr, dass dies nicht der richtige Moment war, um ihn zu provozieren. Zuerst musste der Große verschwinden, damit sie wenigstens den Hauch einer Chance hatte.

Tatsächlich drehte der sich um und marschierte los. Das Schwein verstärkte den Griff in ihrem Haar und zog sie durch einen engen Gang hinter sich her. Über eine schmale Treppe gelangte sie zu einer geöffneten Falltür in eine rustikal gemütliche Diele. Zum ersten Mal bekam sie eine Vorstellung von dem Versteck, in dem man sie gefangen hielt.

Draußen war es dunkel, aber nicht stockfinster. Nach Wochen im Dämmerlicht gewöhnten ihre Augen sich schnell an das Zwielicht der Mondnacht. Auch wenn sie nur die Schemen ihres Gefängnisses erkennen konnte, verstärkte sich der Eindruck, dass es sich um ein abgelegenes Haus handelte. Zumindest konnte sie weit und breit kein Licht eines Nachbarn ausmachen. Stattdessen schien das Gelände dicht mit Bäumen bewachsen zu sein. Sie waren mitten im Wald. Unter anderen Umständen hätte die romantische Lage sie begeistert. Jetzt suchten die Reste ihres Verstands fieberhaft nach einem Ausweg.

Wenn sie sich losreißen und fortlaufen könnte, würden sie sie so schnell nicht wiederfinden. Jedenfalls nicht, solange es dunkel war. Allerdings musste sie davon ausgehen, dass ihre Peiniger sich hier bestens auskannten, wohingegen sie nicht einmal ungefähr wusste, wo sie sich befand. Geschweige denn, wie sie heil aus diesem Wald herauskommen konnte. Gab es in der Gegend Wölfe? Vermutlich nicht. Selbst wenn, erschien ihr die Aussicht auf eine Begegnung mit einem oder mehreren dieser Tiere verglichen mit dem, was das Schwein mit ihr vorhatte, regelrecht verlockend. Am liebsten wäre sie blindlings losgerannt. Hauptsache weg, fort von diesen grausamen Männern. Sie musste jedoch warten, bis sie mit dem Schwein allein war. Das war ihre einzige Chance. Diesmal schien Gott sie zu erhören.

„Kriegst du das mit dem Loch allein hin?" Der Große blickte seinen Kumpan gelangweilt an.

Der geiferte zurück. „Klar, Mann. Die Kleine wird mir beim Graben helfen, nich wahr, schöne Frau? Dann wird dir auch schön warm." Er lachte als Einziger über seinen Witz und zerrte an dem Fetzen, der einmal ihr T-Shirt gewesen war.

Sie bemerkte, dass sie zitterte. Das war nicht der Kälte geschuldet, wie das Schwein glaubte. Ihre Sinne waren so geschärft, wie die eines in die Enge getriebenen Tiers. Und genauso fühlte sie sich.

Endlich drehte der Große sich um und steuerte einen kaum sichtbaren Waldweg an. „Wir treffen uns beim Wagen. Du hast eine Stunde Zeit, hörst du? Keine Minute länger. Sonst kannst du zu Fuß nach Hause laufen. Und verdammt, vergrab sie nicht wieder so dicht am Haus. Du weißt, wie wütend der Chef beim letzten Mal gewesen ist."

Das Schwein murmelte etwas, das sie nicht verstand, und schubste sie auf einen winzigen Pfad, der in die andere Richtung in den Wald führte. Der Weg war so schmal, dass sie nicht nebeneinander gehen konnten, und so trieb der Mann sie vor sich her, indem er ihr von Zeit zu Zeit die Faust ins Kreuz rammte. Zum Glück hatten sie ihr die Schuhe gelassen. Es waren gute Wanderschuhe mit einer dicken, robusten Sohle. Sie würde sie brauchen, wollte sie sich ins Dickicht schlagen. Mehrmals setzte sie an, um sich an einer günstigen Stelle nach rechts oder links fallen zu lassen. Doch jedes Mal zögerte sie eine Sekunde zu lange. Die Tatsache, dass ihr Bewacher hinter ihr herlief und sie ihn nicht sehen konnte, erschwerte die Entscheidung für die passende Gelegenheit. Als sie meinte, genug Abstand zwischen sich und den Großen gebracht zu haben, gab sie sich einen Ruck. Sie wusste nicht, wie weit das Schwein sie vom Haus wegführen wollte. Wenn sie erst am Ort seiner Wahl angekommen waren, verringerten die Chancen sich gewaltig, ihm zu entwischen.

Im Unterholz zu ihrer Linken erkannte sie einen Wildwechsel und riskierte es. Gerade hatte das Schwein ihre Haare losgelassen, um sie erneut zu stoßen, da drehte sie sich zur Seite und verschwand wie ein Gespenst im Dickicht. Ihr Bewacher fluchte wild, schien allerdings nicht besonders beunruhigt. Sie konnte kaum sehen, wohin sie trat, hielt jedoch nicht an, um sich zu orientieren. Ihre Beine schlugen an Ästen und Baumstümpfen an, die Arme wurden von wilden Brombeeren zerkratzt, doch sie spürte nichts. Sie wusste nicht einmal, ob das Schwein ihr folgte und falls ja, wie viel Vorsprung sie hatte. Erst als sie seinen Atem im Nacken spürte, war ihr klar, dass sie verloren hatte. Sie hatte vergebens um ihr Leben gekämpft. Das Einzige, was sie empfand, während er sich gegen sie warf und mit ihr zu Boden fiel, war grenzenlose Enttäuschung.

Das triumphierende Lachen des Schweins drang kaum bis in ihren Verstand vor.

„Bist ja 'ne echte Wildkatze. So viel Mumm hätt ich dir gar nicht zugetraut. Das is ja viel besser, als ich gehofft hab." Er hatte sie auf den Rücken gezerrt und kauerte über ihr. Die Jagd hatte ihn erregt. Auch das würde ihr also nicht erspart bleiben. „Also gut, Schlampe, hier willste dir also dein Loch buddeln. Kein Problem, kannste haben. Aber vorher will ich's dir noch mal richtig besorgen. Als kleines Abschiedsgeschenk, sozusagen. Bin ja kein Unmensch."

Er fummelte am Reißverschluss seiner Hose, als etwas Großes, Weißes von der Seite auf sie zugeflogen kam, das Schwein regelrecht von ihr herunterrammte und sich bedrohlich knurrend mit dem schreienden Mann auf dem Boden herumwälzte. Es gibt Wölfe in dieser Gegend, kam es ihr in den Sinn, als ihr Verstand sich langsam zurückmeldete. Weiße Wölfe sogar. Und dieses Exemplar wollte unbedingt töten, denn seine Zähne versuchten, die Kehle des Schweins zu erwischen. Zu gern hätte sie der Bestie zugeschaut, doch schlagartig wurde ihr klar, dass dies ihre zweite Chance war.

Sie rappelte sich auf und lief davon, so schnell ihre zitternden Beine es erlaubten. Mit einem letzten Blick nahm sie wahr, dass sich das Schwein die blutenden Arme schützend vor Gesicht und Hals hielt, sein Widerstand erlahmte zusehends. Hoffentlich war der Wolf erfolgreich. Erst als sie von den Schreien des Mannes und dem Knurren des Wolfs nichts mehr hörte, blieb sie stehen, um Atem zu schöpfen. Sie bewegte sich vorsichtig weiter durch den Wald und versuchte, so wenige Geräusche wie möglich zu machen.

Sie würden sie suchen, das stand außer Frage. In der Dunkelheit konnte sie sich vor allem durch den Lärm verraten, den ihre unachtsamen Schritte im Wald verursachten. Sie lehnte sich an einen mächtigen Buchenstamm und gab sich alle Mühe, die Panik niederzuringen, da hörte sie den Schuss. Nicht nah, aber zu nah. Am liebsten hätte sie laut aufgeschrien, damit würde sie sich jedoch nur verraten. Was sollte sie tun? Welche Richtung musste sie einschlagen? Wo war sie sicher? Gab es überhaupt einen Platz für sie, an dem sie jemals wieder sicher sein würde?

Langsam rutsche sie am Stamm des Baums nach unten und weinte mit geschlossenen Lidern lautlos in sich hinein. Dass sie nicht mehr allein war, bemerkte sie erst, als etwas Feuchtes sanft ihr Gesicht anstieß. Beinahe hätte sie aufgeschrien, als sie die Augen des Wolfs direkt vor sich sah. Etwas darin flößte ihr Vertrauen ein, obwohl das Blut getränkte Fell ein beängstigender Anblick war. Das Tier stupste sie noch einmal an und lief ein paar Schritte von ihr weg. Dann wartete es. Konnte es sein, dass sie mit ihm kommen sollte? Dass dieser Wolf den Weg hier raus kannte?

Ohne weiter darüber nachzudenken, wie verrückt dieser Gedanke war, stand sie auf und folgte dem hellen Schatten. Nach einer Ewigkeit lichtete der Wald sich, und sie erfasste das graue Band einer Straße. Der Wolf blieb in Deckung, sie tat es ihm gleich. Irgendwo lauerten das Schwein und der Große darauf, sie wieder einzufangen. Sie konnten es sich nicht leisten, sie entwischen zu lassen.

Das erste Auto fuhr vorbei, ohne dass sie sich entschließen konnte, ihr Versteck zu verlassen. Was wenn der Fahrer nicht anhielt? Oder ihre Peiniger ihn erschossen? Sie hatte keinen Zweifel daran, dass sie genau das tun würden. Als sich eine Kolonne von fünf Wagen näherte, wagte sie es. Taumelnd lief sie dem BMW an der Spitze vor einer sanften Kurve entgegen. Die dunkle Limousine bremste mit quietschenden Reifen, brach nach links aus – und blieb stehen. Die nachfolgenden Fahrzeuge hielten ebenfalls an. Bevor der erste Fahrer ausgestiegen war, hörte sie den Donnerhall eines Schusses.

Etwas riss ihr die Beine weg. Entsetzt schaute sie zurück und sah in die sanften Augen des Großen, der keine zwanzig Meter von ihr entfernt zwischen den Bäumen aufragte. Langsam hob er das Gewehr und zielte sorgfältig. Bevor er abdrücken konnte, bohrte sich etwas Weißes in seinen Unterarm. Er schrie wütend auf und versuchte, den Wolf abzuschütteln. Aber das Tier hatte sich fest in ihm verbissen. Zwei der Wagen waren nach dem Schuss mit quietschenden Reifen davongebraust. Die anderen Fahrer waren hinter ihren Autos in Deckung gegangen. Doch der junge Mann, der zuerst angehalten hatte, sprintete zu ihr hinüber, riss sie in seine Arme und rannte zu seinem BMW zurück. Er warf sie kurzerhand auf den Rücksitz, setzte sich hinters Steuer und gab Gas. Die anderen folgten seinem Beispiel.

Minuten später kamen ihnen mehrere Streifenwagen mit Blaulicht und Martinshorn entgegen. Etwa drei Kilometer von der Stelle entfernt, an der sie auf die Straße gelaufen war, blieb die gesamte Blechlawine mitten auf der Waldstraße stehen. Absperrbänder wurden gezogen, Menschen redeten wild durcheinander. Die Besatzung eines Rettungswagens kämpfte sich zu ihr durch und zog sie vorsichtig aus dem BMW, um sie auf einer Trage zu ihrem eigenen Fahrzeug zu bringen. Von alldem bekam sie kaum etwas mit. Der Anblick eines schmutzig weißen Fellbündels, das sich fest in den Unterarm des Großen verbissen hatte und ihn so daran hinderte, noch einmal auf sie zu feuern, war das Letzte, was sie bewusst wahrnahm. Ihr letzter Gedanke gehörte diesem Tier.

Das ist gar kein Wolf. Es ist ein Hund.

50

Hendriks Handy klingelte, als sie gerade beschlossen hatten, sich ein – oder besser zwei – Zimmer zu nehmen und erst am nächsten Morgen nach Stralsund zurückzukehren.

„Van Loh, wo sind Sie?" Johannssons Stimme dröhnte ihm so gewaltig aus dem Lautsprecher des Mobiltelefons entgegen, dass Hendrik nicht auf die Idee kam, das ginge seinen Chef womöglich nichts an.

„In der Nähe von Güstrow. Gerade haben wir zu Abend gegessen. Wir waren ja bei den Ferienhäusern, da ist es spät geworden." Er wusste nicht, warum er das Gefühl hatte, sich rechtfertigen zu müssen. Paula blickte ihn neugierig an, und Hendrik spürte, wie er rot wurde.

„Schon gut, van Loh. Sie müssen sich nicht entschuldigen."

Klang der Chef bei aller Strenge amüsiert? Jetzt machte Johannsson sich auch noch lustig über ihn. Immerhin hatte Hendrik ihn am Mittag angerufen und über die Steinkreise im Wald bei Boitin informiert. Bei der Gelegenheit hatte er den Leiter der Stralsunder Mordkommission darüber in Kenntnis gesetzt, dass er und Paula die Ferienhäuser überprüfen würden, die die Obermeiers und Albers gemietet hatten.

Das Haus am Kummerower See war wieder vermietet, weshalb sie sich nur ein benachbartes Anwesen anschauen konnten, was laut Ferienparkverwaltung identisch mit dem der Obermeiers war. In der Mecklenburgischen Schweiz hatten sie mehr Glück. Das Haus war frei und der Vermieter hatte nichts dagegen, mit ihnen rauszufahren und ihnen alles zu zeigen. Er genoss die makabre Aufmerksamkeit, die ihm und seinem Ferienhaus in jüngster Zeit entgegengebracht wurde. Neben dem persönlichen Eindruck hatten die Besuche nichts gebracht. Wenn man davon absah, dass die Vertrautheit zwischen ihm und Paula von Stunde zu Stunde wuchs. Vielleicht hatte Hendrik sich deshalb dazu hinreißen lassen, zwischen Hauptgang und Dessert auf der malerischen Terrasse des Hotelrestaurants eine Übernachtung vorzuschlagen. Paula war sofort Feuer und Flamme gewesen, und Hendrik hatte im Überschwang eine für seine Verhältnisse sündhaft teure Flasche Rotwein bestellt.

Glücklicherweise hatte er bislang nur ein Glas getrunken, denn Johannsson ließ all seine Träume und Hoffnungen platzen. „Tja, Junge, Sie und Frau Szepanski haben sich ohne Zweifel einen schönen und vor allem ungestörten Abend verdient. Leider muss ich Sie in die harte Realität zurückholen. Vor einer halben Stunde ist in einem Waldstück zwischen Mustin und Kreisstraße hundertvier eine schwer verletzte Frau auf die Straße gelaufen und hat mehrere Autos angehalten. Als die Fahrer ihr helfen wollten, sind sie vom Wald aus beschossen worden. Die Kollegen sind noch eine Weile vor Ort. Ich möchte, dass Sie rüberfahren und sich die Sache anschauen."

Hendrik schwieg, während sein Verstand versuchte, die Informationen zu verarbeiten. „Sie glauben, die Frau könnte Sina Lehmann sein?"

Paula hielt den Atem an.

„Nein, eher nicht", machte Johannssons schnarrende Stimme seine Hoffnung zunichte. „Aber die Beschreibung könnte zu Biggi Albers passen. Wir überprüfen das gerade. Mir wäre es in jedem Fall lieber, wenn sich jemand von uns einen Eindruck verschafft. Also schnappen Sie sich Frau Szepanski und düsen Sie los. Ist nicht allzu weit von Güstrow. Vielleicht können Sie Ihren romantischen Abend später fortsetzen."

Bevor Hendrik etwas erwidern konnte, hatte sich Paula ihre Strickjacke gegriffen und war aufgestanden.

„Wer ist aufgetaucht?" Sie stellte die Frage, als würde sie schon seit Jahren für die Mordkommission arbeiten.

Hendrik konnte sich gerade noch ein Grinsen verkneifen, schließlich wollte er Paula nicht verärgern. „Könnte Biggi Albers sein. Wir sollen uns ein Bild von der Sache machen."

Paula strahlte vor Stolz. Zielsicher steuerte sie auf die Rezeption zu. „Wir müssen noch mal weg, aber das Zimmer ist gebucht. Und könnten Sie uns den Wein nach oben bringen lassen?"

Die Frau an der Rezeption zog Hendriks Kreditkarte durch das Lesegerät und hatte keine Einwände.

Eine knappe halbe Stunde später trafen sie an der Stelle ein, an der die Autofahrer von der Frau aufgehalten worden waren. Hendrik wunderte sich, dass auf der Nebenstraße so viele Wagen unterwegs gewesen waren. Es stellte sich heraus, dass vier der fünf Fahrzeugführer von derselben Veranstaltung gekommen waren.

Nach der ersten Aufregung und der erregenden Erkenntnis, im Zentrum eines Verbrechens zu stehen, wurden die Zeugen ungeduldig. Nur der Mann, der die mutmaßliche Biggi Albers unter Einsatz seines Lebens von der Straße gesammelt hatte, schien nachhaltig beeindruckt und war ohne Zögern bereit, den Stralsunder Polizisten seine Geschichte noch einmal zu erzählen. Er war Zeitsoldat, achtundzwanzig Jahre alt und hieß Karsten Jahnes. An diesem Abend war er auf dem Weg in eine Güstrower Diskothek gewesen.

„Sie kam von rechts aus dem Wald. Laufen kann man das eigentlich nicht nennen, sie ist eher getaumelt. Im Scheinwerferlicht konnte ich erkennen, dass die Frau schwer verletzt war. Ich habe sofort angehalten."

Da alle anderen Wagen hinter ihm gewesen waren und die Fahrbahn eng war, hatten sie nicht passieren können.

„Sie haben gesagt, es wurde auf Sie geschossen."

Der durchtrainierte junge Mann schaute Hendrik einen Moment lang abwesend an. Offenkundig hatte er das Geschehene noch nicht verdaut. „Jaja, es wurde geschossen. Zuerst nur auf die Frau, und ich dachte schon, er hätte sie getroffen. Dann hat der Kerl auch auf uns geballert. Zwei Wagen haben sich daraufhin an mir vorbeigezwängt und sich in Sicherheit gebracht. Die Leute haben die Polizei informiert."

Jahnes stand eindeutig unter Schock. Hendrik ging entsprechend vorsichtig vor. „Ja, das war klug. Sie sind dennoch rübergelaufen und haben die Frau geholt, nicht wahr? Obwohl weiter geschossen wurde. Das war ziemlich mutig."

Der Mann blickte zu jener Stelle auf der Straße, an der er seinen Schützling in Sicherheit gebracht hatte. Tränen schimmerten in seinen Augen. „Kann sein. Ehrlich gesagt, habe ich nicht darüber nachgedacht. Sie haben sie nicht erlebt. Sie war so hilflos, wissen Sie? Regelrecht geschunden. Wer tut einer Frau so was an?"

Hendrik wusste keine Antwort darauf und ließ dem Zeugen Zeit sich zu sammeln. „Können Sie den Mann beschreiben, der geschossen hat?"

Das war ihre einzige Hoffnung, die anderen Fahrer hatten den Schützen entweder gar nicht wahrgenommen oder konnten keine brauchbaren Informationen liefern.

„Wenn Sie von mir wissen wollen, wie sein Gesicht aussah oder welche Haarfarbe er hatte – keine Ahnung. Es war stockdunkel. Aber er war groß."

Hendrik war enttäuscht, versuchte jedoch, sich nichts anmerken zu lassen. „Na gut. Gibt es vielleicht sonst noch etwas, das Ihnen aufgefallen ist?"

Jahnes dachte einen Moment nach. Dann schaute er Hendrik direkt an. „Nur der Hund."

Hendrik war verwirrt. Dass ein Hund am Tatort gewesen war, hatte bislang niemand erwähnt. Paula war näher getreten. Er gab sich einen Ruck. „Welcher Hund, Herr Jahnes? War er in einem der Wagen?"

Der Soldat schüttelte energisch den Kopf. „Nein, glaube ich nicht. Ich bin davon ausgegangen, dass er mit der Frau aus dem Wald gekommen ist. So ein mittelgroßer heller Hund. Jedenfalls konnte man ihn in der Dunkelheit gut erkennen. Und er hat sich im Arm des Schützen verbissen. Sonst hätte er uns bestimmt erwischt."

„Wissen Sie, was aus dem Hund geworden ist?" Paula hatte sich nicht länger zurückhalten können.

Jahnes schien sie erst jetzt zu bemerken. Er schüttelte langsam den Kopf. „Nein, habe ihn nicht mehr gesehen. Vielleicht hat der Schütze ihn erschossen. Eigentlich sollten wir ihn suchen, schließlich haben wir ihm unser Leben zu verdanken."

Paula war schon losgerannt. Hendrik bedankte sich in aller Eile bei Karsten Jahnes und folgte ihr. Von einem Kollegen, der sich in Nähe des Waldrands aufhielt, lieh er sich eine Taschenlampe. Die Straße war zwar hell erleuchtet, doch dort, wo der Lichtschein nicht hinreichte, war es umso dunkler.

Paula kletterte gerade durch den niedrigen Graben, der den Wald von der Straße trennte, als er sie erreichte. „Du meinst, es könnte die Hündin von Sina Lehmann sein? Aber die Frau war nicht Sina Lehmann, das ist ziemlich sicher."

Paula schaute ihn an, und zum ersten Mal war nichts Leichtes in ihren Zügen. „Trotzdem könnte er es sein, oder? Auf jeden Fall muss hier irgendein Hund stecken, der versucht hat, den Schützen anzugreifen. Und wir müssen davon ausgehen, dass es ihm nicht gut bekommen ist, sonst wäre er wiederaufgetaucht."

Hendrik lief gemeinsam mit Paula den Waldsaum ab. „Du meinst, der Hund könnte irgendwo verletzt rumliegen?"

„Genau das meine ich. Und deshalb werden wir ihn suchen." Paula lächelte ihn gewinnend an.

„Ja, es dürfte jedoch schwierig sein. Es ist stockdunkel im Wald. Vielleicht warten wir bis morgen früh, wenn es wieder hell ist."

„Morgen früh ist er vielleicht tot. Willst du das riskieren?“

Hendrik sah ihr an, dass sie zur Not den Rest der Nacht allein im Wald herumkriechen würde – auf der Suche nach einem Hund, den es womöglich gar nicht gab. „Na gut, du Nervensäge. Warte auf mich. Ich organisiere ein paar Leute und mehr Licht.“

Paula strahlte. Hendrik kehrte um, um mit den Kollegen der Streife zu sprechen. Die würden nicht begeistert sein, wenn er den Einsatz länger als nötig herauszögerte. Falls es allerdings tatsächlich der Hund von Sina Lehmann war, den Jahnes gesehen hatte, wollte er sich keinesfalls einen Fehler erlauben. Aus den Augenwinkeln nahm er wahr, dass der Soldat sich nicht etwa davongemacht hatte wie die anderen Zeugen, sondern, mit einer Armeetaschenlampe bewaffnet, auf Paula zusteuerte, um ihr bei der Suche nach dem vierbeinigen Retter zu helfen.

Kurz darauf stapften Hendrik, Paula, Karsten Jahnes und vier Streifenbeamte den taghell erleuchteten Waldrand ab. Sie fanden den Hund zwanzig Minuten später in einem dichten Gebüsch, etwa zehn Meter von der Straße entfernt. Beinahe wären sie an dem verletzten Tier vorbeigelaufen, Paula hatte schließlich das leise Winseln gehört. Gemeinsam mit Jahnes kletterte sie in die Dornenhecke, die zuvor von den Beamten so weit wie möglich niedergetreten worden war, um den Hund zu bergen. Das ehemals weiße Fellbündel war dunkel vor Dreck und Blut. Zuerst dachte Hendrik, das Rückgrat wäre gebrochen, doch dann hob die geschundene Kreatur den Kopf und schaute ihn aus wachen Augen direkt an.

Automatisch fuhr er zurück. „Mein Gott, was ist mit ihm?"

Paula hatte Tränen in den Augen und streichelte über das verkrustete Fell.

„Er hat den Kiefer gebrochen", sagte Jahnes. „Und einen schweren Schlag auf den Kopf abgekriegt. Vermutlich ein Schädelhirntrauma. Er muss schnellstens ärztlich versorgt werden, soll er das überleben. Ich bin Sanitäter."

Hendrik nickte und wandte sich an seine Kollegen vom der Schutzpolizei. „Weiß jemand, wo der nächste Tierarzt ist? Der Hund muss auf der Stelle dorthin gebracht werden."

51

Er hatte einen Moment zu lange gezögert. Anfangs wollte er sich sofort zurückziehen, als die ersten Wagen entkommen waren. Es war klar, dass die Polizei auftauchen würde. Dennoch hatte er die Nerven behalten. Sie konnten unmöglich wissen, wer die Frau war, und deshalb würde sie kaum mitten in der Nacht mit einer Hundestaffel auftauchen und den dunklen Wald durchkämmen. Zumindest den Köter würde er beseitigen müssen – spätestens wenn die Polizisten abgerückt waren. Das Mistvieh hatte sich in ein Dornengestrüpp verkrochen. Das stand zu dicht an der Straße, als dass er es hätte riskieren können, den Hund dort aufzustöbern, solange dort ein regelrechter Volksauflauf herrschte. Zuerst hatte er gehofft, Biggi Albers erledigen zu können, dafür wäre er sogar ein Risiko eingegangen. Doch der Krankenwagen war sofort mit ihr weggerast. Darum würde der Chef sich selbst kümmern müssen. Er würde toben. In letzter Zeit lief zu viel schief. Es wurde Zeit, dass sie verschwanden.

Wenigstens hatte er die Gelegenheit genutzt und den Mickerling erledigt. Zuerst hatte er gehofft, der Hund würde das für ihn übernehmen, aber als er sich seinen Komplizen genauer anschaute, sah er, dass der noch lebte, auch wenn sein Hals zerfetzt war. So viel Mut und Kraft hätte er dem Köter gar nicht zugetraut. Im Nachhinein betrachtet, wäre es besser gewesen, er hätte die Kugel auf das Tier abgefeuert statt auf den Mickerling. Außerdem lag der Kerl jetzt irgendwo im Wald und musste auf dem Weg zum Auto aufgesammelt und entsorgt werden. So ein Arschloch. Er hatte immer gewusst, dass der Typ ihn mal in ernste Schwierigkeiten bringen würde.

Irgendwann waren die jungen Polizisten aufgetaucht, denen sie am Vormittag beim Steintanz begegnet waren. Vielleicht hatte der Mickerling da ausnahmsweise mal recht gehabt: Sie hatten ihn gesehen. Und wenn einer der Autofahrer ihn beschreiben konnte, würde es nicht lange dauern, bis ihnen die Forstarbeiter wieder einfallen würden. Als die zwei plötzlich auf den Wald zuliefen, schien ihm das wie ein Zeichen. Doch wie sollte er die beiden kassieren, ohne dass die anderen etwas merkten? Plötzlich kehrte der Mann um, die junge Frau suchte allein weiter – wahrscheinlich nach dem Hund. Das war seine Gelegenheit, zumindest sie auszuschalten.

Er griff nach dem großen Messer an seinem Gürtel. Sollte er sie abstechen und liegen lassen oder besser entführen und sie später kaltmachen? Ließ er sie zurück, würde sie zu schnell gefunden werden und er hätte keinen großen Vorsprung. Wenn er sie vorerst am Leben ließ und sie sich wehrte, würde er kaum unentdeckt fliehen können. Kaum war ihm klar, dass er sie töten und ihre Leiche wenigstens ein Stück weit mitschleppen musste, gesellte sich dieser BMW-Fahrer zu ihr und half ihr beim Suchen. Er hatte die Sache vergeigt.

Nachdem mehrere Beamte sich mit jeder Menge Lampen genähert hatten, beschloss er zu verschwinden. Er entfernte sich so leise wie möglich und nahm den Mickerling mit. Dann fuhr er, vorsichtshalber ohne Licht, davon. Zehn Minuten später informierte er den Boss. Wie erwartet, tobte der. Von seinem Vorschlag, angesichts der aktuellen Ereignisse auf den Abstecher nach Neuwied zu verzichten, wollte er jedoch nichts wissen. Linda Meurer musste her, kostete es, was es wollte.

Fluchend setzte der Große sich in seinen Wagen und gab Gas. An einer Kiesgrube in Niedersachsen entsorgte er den Mickerling. Bei Remscheid nahm er sich ein Zimmer im Autobahnmotel, das war unauffälliger, als im Fahrzeug zu schlafen. Er musste ein paar Stunden ausruhen, außerdem würde er sich Linda Meurer ohnehin nicht am helllichten Tag schnappen können.

52

Katie und Alex verließen Sellin am Sonntagmorgen gegen neun Uhr. Entgegen ihrer Ankündigung verzichtete Katie darauf, auf dem Rückweg ihre Eltern in Bergen zu besuchen. Sie zweifelte, ob Alex sich auf einen solchen Besuch überhaupt eingelassen hätte. Womöglich hätte er es nur getan, weil er sich verpflichtet gefühlt hätte. Etwas hatte sich zwischen ihnen verändert. Sina hatte ihn zurückerobert. Ohne das Geringste dafür zu tun. Katie hatte keine Ahnung, was ihn plötzlich von ihr weg und zu seiner Ex-Geliebten hin getrieben hatte. Vermutlich war Sina niemals aus seinen Gedanken verschwunden, schließlich hatte er immer betont, dass sie das Wichtigste für ihn sei. Trotzdem hatte es sich anders angefühlt. Katie wusste längst, dass Alex mehr für sie war als eine leidenschaftliche Affäre. Doch sie würde ihm keine Szene machen. Sie hatten sich versprochen, Freunde zu bleiben, auch wenn ihre Liebesbeziehung enden würde, daran würde sie sich halten. Es wurde höchste Zeit, dass sie sich woanders Hilfe suchte.

Alex sah zu ihr herüber. Sie hatten seinen Wagen genommen, deshalb saß er am Steuer.

„Du bist so still, Katie. Ich hoffe, das ist nicht meine Schuld."

Sie rang sich ein Lächeln ab. „Nein, ich denke bloß nach." Bevor sie in die Verlegenheit kam, ihm erklären zu müssen, womit ihre Gedanken sich beschäftigten, klingelte ihr Handy. Johannsson. Erleichtert nahm sie das Gespräch entgegen. „Hallo, Chef, ich bin schon auf dem Rückweg. Rügen war ein Fehlschlag."

Alex zog die Brauen hoch und lauschte ihrem einsilbigen Gespräch, während ihre Laune immer schlechter wurde, je länger Johannsson auf sie einredete.

„Okay, ich bin so schnell wie möglich im Präsidium", sagte Katie. „Ja, wenn ich ihn erreichen kann, bringe ich ihn mit. Klar, Chef." Mit gerunzelter Stirn blickte sie Alex an. „Während wir unsere Zeit auf Rügen vertrödelt haben, ist auf dem Festland jede Menge passiert", ließ sie ihn wissen. „Hendrik und Paula haben Steinkreise gefunden, die mit hoher Wahrscheinlichkeit als Tatort infrage kommen. Sie sind bereits vor Ort gewesen und haben sich die Sache angeschaut." Nicht einmal sie hätte sagen können, ob es sie mehr ärgerte, dass ihr Partner in ihrem Fall eine solch tragende Rolle spielte oder dass er das zusammen mit dem Neuzugang Paula Szepanski tat.

„Paula ist ein echtes Ass in der Internetrecherche. Wir können froh sein, dass wir sie im Team haben. Und nach allem, was sie uns bisher geliefert hat, ist es nur fair, dass sie mal mit rausfahren darf, oder?" Alex lächelte.

Katie war fast bereit, ihre düstere Stimmung zu vergessen. „Das ist noch nicht alles. Gestern Abend ist in der Nähe von Sternberg eine schwer verletzte Frau aus dem Wald getaumelt und hat ein paar Autos angehalten. Die Frau und die Autofahrer sind von einem Unbekannten beschossen worden. Außerdem haben Paula und Hendrik später im Wald eine halbtote weiße Hündin gefunden, die der Frau offenbar bei ihrer Flucht geholfen hat. Die Kollegen haben die ganze Nacht bei einem Veterinär in Sternberg verbracht und dem Tier die Pfote gehalten. Der Hund ist inzwischen übern Berg."

Alex war blass geworden. Er fuhr rechts ran und hielt am Rand der schmalen Allee – sehr zum Ärger der nachfolgenden Autofahrer. Doch weder das Hupen noch die eindeutigen Gesten schien er wahrzunehmen. „Die Frau ..."

Katie sah ihn an. „O Gott, Alex, verzeih mir." Es war ihr ernst. „Natürlich interessiert dich die Frau, nicht der Hund." Sie streichelte ihm sanft über die Wange. „Es ist nicht Sina. Aber es könnte Biggi Albers sein. Johannsson wartet auf die DNA-Analyse. Er tobt, weil Sonntag ist und es ihm nicht schnell genug geht."

In Alex' Gesicht kehrte langsam die Farbe zurück. Er nickte benommen. „Okay. Können wir die Frau befragen?"

„Noch nicht. Sie ist in keinem guten Zustand. Die Ärzte können nicht sagen, wann sie ansprechbar ist. Wenn du willst, können wir trotzdem kurz in der Klinik vorbeischauen, bevor wir ins Präsidium fahren." Sie wusste zwar nicht, was Johannsson von dieser Idee halten würde, doch sie war bereit, das Risiko einzugehen.

Alex beugte sich zu ihr herüber und hauchte ihr einen Kuss auf die Wange. „Danke."

Sie nahmen die Fähre und schafften es in einer Dreiviertelstunde nach Greifswald. Der Raum, in dem die mutmaßliche Biggi Albers lag, war nicht gesichert. Kein Beamter, der vor ihrer Tür Wache gehalten hätte.

Alex war wütend. Er sagte kein Wort, Katie entgingen die mahlenden Wangenknochen jedoch nicht. Nein, dieser Mann konnte seine Gefühle nicht verbergen. Eine warme Flut durchströmte sie. Neuerdings gesellte sich zu diesem vertrauten Gefühl eine schwermütige Note.

Es gelang ihnen, das Zimmer der verletzten Frau zu betreten, ohne von jemandem aufgehalten oder nur bemerkt zu werden. In Katie verstärkte sich die ungute Ahnung. Falls sie tatsächlich das Opfer eines Serienkillers war, schwebte die schmale Frau in dem Krankenbett in höchster Gefahr. Wahrscheinlich wartete Johannsson nach wie vor auf die Bestätigung, dass es sich tatsächlich um Biggi Albers handelte und nicht um eine Ehefrau, die von ihrem Mann am Wochenende grün und blau geschlagen worden war. Allerdings musste Katie zugeben, dass man das höchstens auf den ersten Blick vermuten konnte. Wer genauer hinschaute, erkannte ohne jeden Zweifel, dass die Frau ein langes Martyrium hinter sich hatte. Wie mochte sie erst ausgesehen haben, bevor ihre zahlreichen Wunden versorgt und verbunden worden waren?

„Frau Albers?" Alex war dichter an das Bett herangetreten.

Die Lider der Frau flatterten. Mühsam öffnete sie die Augen und versuchte, etwas zu erkennen.

„Wir sind von der Kripo, Frau Albers. Sie sind in Sicherheit. Mein Name ist Bierbrauer, neben mir ist meine Kollegin Hansen." Er machte eine Pause, damit die Frau das Gesagte verarbeiten konnte. „Dürfen wir Ihnen ein paar Fragen stellen?"

Katie hatte Alex nie zuvor so behutsam auf einen Menschen eingehen sehen – und, ehrlich gesagt, hätte sie es nicht für möglich gehalten, dass der kräftige Mann mit dem markant rollenden R so sensibel sein konnte. Die Verletzte, die sie für Biggi Albers hielten – auch wenn sie nur entfernte Ähnlichkeit mit dem Bild der fröhlichen jungen Frau hatte, die ihnen tagtäglich von ihrer Ermittlungswand entgegenlächelte –, nickte ihnen kraftlos zu. Ihr Blick schien etwas klarer.

„Zuerst einmal: Sind Sie Biggi Albers?"

Einen ewigen Moment lang passierte nichts. Katie und Alex hielten die Luft an. Dann nickte die Frau wieder mühsam.

„Ja, Biggi Albers", krächzte sie.

Alex trat zu ihr und nahm behutsam ihre verbundene Hand. „Gut, Frau Albers, können Sie uns sagen, was geschehen ist?" Man musste genau hinhören, um die Anspannung in seiner Stimme zu bemerken.

Biggi Albers brauchte ihre ganze Kraft, um zu antworten. „Steintanz ..."

Katie schaltete sich ein. „Sie wollten sich den Boitiner Steintanz ansehen, Sie und Ihr Mann, stimmt das?"

Biggi Albers schaute schwerfällig zu ihr hinüber und nickte. Offenkundig hatte sie Schmerzen. Katies Gewissen meldete sich.

„Nils ... erschossen. Großer, Schwein. Eingesperrt ..." Das letzte Wort konnte Biggi Albers nur noch hauchen.

Katie berührte Alex sanft am Arm. „Ich glaube, wir müssen ihr ein wenig Zeit lassen. Sie ist völlig erschöpft."

Alex nickte, wandte sich jedoch noch einmal an Biggi Albers. Bevor er seine Frage stellen konnte, öffnete sich die Tür und eine ganze Korona von Ärzten stürmte das Zimmer. Keiner war erfreut, sie zu sehen.

„Wer sind Sie, und was tun Sie hier?“ Der Anführer knurrte sie wenig freundlich an.

Alle anderen brachten sich um ihn herum in Position. Wie ein wütendes Rudel Wölfe. Zumindest funktionierte der Patientenschutz in seinen Grundzügen.

Sie zückte ihren Dienstausweis. „Kein Problem. Kriminalhauptkommissarin Hansen, Kripo Stralsund. Wir haben Frau Albers nur ein paar Fragen gestellt.“

Der ranghöchste Mediziner – vermutlich Chef- oder Oberarzt – sah sie weiterhin feindselig an. „Dass das kein Problem ist, glauben nur Sie. Es ist gut, Ihren Namen zu kennen, dann wissen wir immerhin, über wen wir uns beschweren müssen.“

Alex, der nach wie vor Biggi Albers' Hand hielt, drehte sich ohne erkennbare Regung zu dem Ärzteteam um und fixierte den Sprecher einen Moment lang schweigend. „Wir haben Verständnis dafür, dass Sie Ihre Patienten schützen wollen, auch vor voreiligen Befragungen. Aber derjenige, der ihr das angetan hat, hat mindestens eine weitere Frau in seiner Gewalt, die wir finden müssen, bevor es zu spät ist.“

Die Ärzte schwiegen betreten. Biggi Albers drückte kaum wahrnehmbar Alex' Hand.

Liebevoll schaute er zu ihr hinunter. „Wollen Sie mir noch etwas sagen?“

Für ein Nicken reichte ihre Kraft nicht mehr aus, doch die misshandelte Frau schloss einmal langsam die Augen. Alex beugte sich zu ihr hinunter.

„Hütte ... Wald ... Keller.“ Sie atmete schwer. „Hund ... geholfen.“

„Der Hund hat Ihnen geholfen zu entkommen?“

Wieder senkten sich die Lider. „Schwein getötet.“ Sie blickte Alex flehend an. Hatte er sie verstanden?

„Danke, Frau Albers. Sie haben uns sehr geholfen. Wir kommen später wieder, wenn Sie sich etwas ausgeruht haben.“

Biggi Albers sah ihn an, dann schloss sie die Augen und schlief mit einem zufriedenen Gesichtsausdruck ein.

53

Gegen ein Uhr trafen Katie und Alex im Präsidium ein. Die Stimmung war mehr als gereizt, was eindeutig an Johannssons miserabler Laune lag.

„Wir sind über Greifswald gefahren und haben bei Biggi Albers vorbeigeschaut." Katie hielt es für besser, direkt ein Geständnis abzulegen, obwohl ihr Chef vermutlich nicht allzu begeistert auf den Alleingang reagieren würde. Überraschenderweise gab es kein Donnerwetter.

„Konnten Sie mit der Frau sprechen?" Johannssons Frage glich einem Knurren. „Mir sagt man nämlich ständig, sie sei nicht vernehmungsfähig."

Katie schöpfte Hoffnung. „Sprechen wäre zu viel gesagt. Aber wir waren in ihrem Zimmer, und sie hat bestätigt, dass sie Biggi Albers ist."

Johannsson, der bis dahin durch den Vernehmungsraum getigert war, blieb abrupt stehen und fixierte sie. „Ohne Zweifel?"

Katie sah zu Alex hinüber, um sich zu vergewissern, dass er ihrer Meinung war. Er nickte ihr kaum merklich zu, blieb jedoch stumm.

„Ja, ich würde sagen, das war das einzig Verständliche, was wir aus ihr herausgekriegt haben. Alles andere war unzusammenhängendes Zeug von Schweinen und Hunden. Vermutlich hat man sie unter Drogen gesetzt."

Johannsson blickte zwischen Katie und Alex hin und her. „Nun, damit sind wir immerhin einen Schritt weiter. Den Kollegen ist es nämlich bislang nicht gelungen, den DNA-Abgleich durchzuführen. Faseln irgendwas von Wochenende und Sommergrippe, verdammt." Er wies auf Hendrik und Paula, die, offenkundig völlig übermüdet, am Besprechungstisch saßen. „Die beiden können Sie auf den aktuellen Stand bringen, was die Ereignisse von gestern Abend betrifft. Dann, fürchte ich, müssen wir sie nach Hause schicken, damit sie ein wenig Schlaf nachholen können. Ich werde in der Zeit versuchen, die Kavallerie in Bewegung zu setzen, damit sie den Wald absuchen, aus dem Frau Albers so plötzlich wiederaufgetaucht ist. Mal sehen, ob die auch Wochenende haben."

Entschlossen marschierte Johannsson aus dem Raum. Vermutlich würde er tatsächlich auf beträchtlichen Widerstand stoßen. Für einen solchen Einsatz brauchte er die Hundestaffel, und bis die vor Ort in Mecklenburg sein würde, wäre es zwischen den Bäumen vermutlich längst zu dunkel. Es war also damit zu rechnen, dass man Johannsson bis zum nächsten Morgen vertrösten würde. Zumindest würde man das versuchen. Und was das in seinem derzeitigen Zustand für eine Reaktion nach sich ziehen würde, konnte Katie sich allzu gut vorstellen. Als hätten sie sich abgesprochen, setzten sie und Alex sich in Bewegung und gingen zu Hendrik und Paula hinüber. Hendrik versuchte sich zusammenzureißen, aber Paula fielen immer wieder die Augen zu.

Diesmal kam Alex Katie zuvor. „Anstrengende Nacht gehabt, was?“ Sein Grinsen hatte nichts Anzügliches. „Wie geht es dem Hund?“

Katie war erstaunt, dass er sich so für das Tier interessierte. Sie war davon ausgegangen, dass er sich zuerst das Auffinden von Biggi Albers noch einmal in aller Ausführlichkeit schildern lassen würde. Auch Hendrik sah ihn verwundert an, doch Paula war sofort hellwach. Augenscheinlich mochte sie Tiere.

„Es geht ihr den Umständen entsprechend gut. Immerhin besteht keine akute Lebensgefahr mehr. Ist ein zähes kleines Ding.“ Sie grinste Alex glücklich an.

Der lächelte erleichtert zurück. „Seid ihr euch sicher, dass es der Hund von Sina Lehmann ist?“ In seiner Frage schwang die Angst vor der Antwort mit.

Paula, die schon wieder gähnte, beruhigte ihn. „Sind wir. Sie ist gechippt und auf Sina Lehmann registriert. Es ist Asha.“

Hendrik schaute zu Paula und wandte sich grinsend an Alex. „Ihr glaubt ja nicht, was für eine Hundefreundin unsere neue Kollegin ist. Hat mich gezwungen, die ganze Nacht in dieser Tierarztpraxis zu hocken und dem Tier die Pfote zu halten, während sie das arme Ding pausenlos beschworen hat, nicht aufzugeben. ‚*Alles wird wieder gut, Asha. Das verspreche ich dir.*‘ Und was soll ich euch sagen? Es hat funktioniert. Selbst der Tierarzt war platt, als Asha schließlich den Kopf gehoben und Paula die Hand abgeleckt hat.“

Um Paula zu ärgern, schüttelte Hendrik sich vor vermeintlichem Ekel. Ihm war deutlich anzusehen, wie sehr ihn der Einsatz seiner neuen Partnerin rührte.

Paula, die das ebenfalls bemerkte, boxte ihm freundschaftlich in die Seite und kicherte verlegen in sich hinein.

Die Vertrautheit der beiden versetzte Katie einen Stich. Sah so aus, als hätte sie innerhalb weniger Stunden sowohl ihre Liebhaber als auch ihren Partner verloren. Dann schluckte sie ihr Selbstmitleid hinunter und lächelte der Neuen freundlich zu. „Das war wirklich großartig, Paula. Echt klasse. Wie alles, was du bislang für uns gemacht hast."

Alex grinste zur Bestätigung und berührte wie zufällig Katies Hand. Konnte es sein, dass er wusste, was in ihr vorging? Unsicher schaute sie zu ihm hinüber, aber er schien es nicht zu bemerken.

Stattdessen wandte er sich an Hendrik. „Gab es sonst noch etwas Besonderes? Ich habe gehört, ihr habt einen Platz gefunden, der als Tatort infrage kommt."

Hendrik gähnte herzhaft, bevor er antwortete. „Ja, stimmt. Deshalb sind wir da runtergefahren. Paula hat im Netz so einen mystischen Ort gefunden: die tanzenden Steine von Boitin."

Paula unterbrach ihn kopfschüttelnd und gähnte. „Den Steintanz von Boitin." Was sie womöglich sonst noch beizutragen hatte, ging in einem weiteren Gähnen unter.

„Wie dem auch sei", meinte Hendrik. „Das sind vier Steinkreise an einem Waldweg. Nicht allzu groß ..."

Alex unterbrach ihn. „Direkt am Weg? Das scheint nicht gerade ein passender Ort zu sein, um Menschen zu erschießen oder verschwinden zu lassen, oder?"

Hendrik schien eine Weile zu brauchen, bis er verstand, worauf der Koblenzer Kollege hinauswollte. „Ja, mag sein. Nur ist da echt nichts los. Uns ist jedenfalls niemand begegnet, als wir da rumgelaufen sind ...“ Er erinnerte sich an etwas. „Außer diesen Waldarbeitern. Die kamen mit so einem Pritschenwagen vorbei, als wir nach dem vierten Steinkreis gesucht haben. Der ist ein paar Schritte vom Weg entfernt. Nicht weit, aber auch nicht sofort zu sehen.“

Alex nickte. „Okay, einer der Kreise ist also vom Weg aus nicht gleich zu entdecken. Ist er weit genug entfernt, dass man risikolos jemanden erschießen könnte?“

Hendrik überlegte einen Moment. „Ist nur ein paar Schritte vom Weg entfernt. Da müsste man sich schon ganz sicher sein, dass sonst niemand in der Nähe ist. Und das ist meiner Meinung nach kaum möglich. Ein paar Meter hinter den Steinen zweigen weitere Waldwege ab. So ein Gewehrschuss ist ja kilometerweit zu hören.“

„Es sei denn“, warf Paula ein, „man ist vorher alle Wege mit einem Wagen abgefahren ...“

Hendrik schaute zweifelnd zu ihr hinüber. „Du meinst die zwei Kerle?“ Er wandte sich wieder Alex und Katie zu. „Der eine war ein ziemlich unsympathischer Kerl, der andere war ganz okay. Arbeiten für eine der umliegenden Gemeinden. Ich wollte die morgen früh ohnehin checken. Vielleicht brauchen wir sie ja noch als Zeugen.“

„Ziemlich unsympathisch?“ Paula fielen die Augen schon wieder zu. „Das ist untertrieben. Der Typ war gruselig.“

Eine halbe Stunde später schickte Johannsson Hendrik und Paula nach Hause. Zu diesem Zeitpunkt waren beide bereits selig eingeschlafen – Hendrik mit zurückgeworfenem Kopf und Schnarchgeräuschen auf seinem Stuhl liegend und Paula mit auf den Tisch gesunkenem Oberkörper. Johannsson bot ihnen an, sie von einem Streifenkollegen nach Hause bringen zu lassen, davon wollte Hendrik allerdings nichts wissen, und so trotteten sie schlaftrunken davon. Zu seinen Bemühungen, die Hundestaffel noch am Sonntagnachmittag in Marsch zu setzen, hatte Johannsson nichts gesagt. Doch Katie sah ihrem Chef an, dass er keinen Erfolg gehabt hatte. Daran gemessen blieb er erstaunlich ruhig.

„Die Hunde werden bei Tagesanbruch das Waldstück durchkämmen, aus dem Biggi Albers auf die Straße gelaufen kam. Ich halte es für fair, dass van Loh diesen Einsatz für unser Team begleitet. Oder hat jemand von Ihnen Einwände?"

Johannsson schaute sie nur kurz an, offenbar war auch er müde. Oder resigniert von unzähligen fruchtlosen Bemühungen, mehr Tempo in den Fall zu bringen. Katie und Alex schüttelten den Kopf.

„Gut. Dann werden Sie gleich morgen früh erneut Ihr Glück im Krankenhaus versuchen. Frau Albers kennt Sie ja bereits. Und lassen Sie sich, um Gottes willen, nicht länger von diesen Ärzten abwimmeln, verstanden?"

Diesmal nickten Katie und Alex ergeben.

Johannsson stand auf und war im Begriff, den Raum zu verlassen, als ihm etwas einfiel. „Sie beide können nach Hause fahren und den Rest des Wochenendes genießen. Hier gibt es für uns nichts mehr zu tun. Aber, Bierbrauer, was immer Sie heute noch vorhaben: Keine Alleingänge, verstanden?“

Entgegen seiner sonstigen Gewohnheit wartete Johannsson nicht auf eine Bestätigung. Stattdessen verließ er grußlos und steifbeinig den Raum.

54

Als Sina die Augen aufschlug, meinte sie, wieder auf einen ihrer Träume hereingefallen zu sein. Doch dann war sie erneut da. Die Stimme. Alex' Stimme. Sie kam aus den verborgenen Lautsprechern, die sie sonst mit Musikstücken quälten.

„Sina." Pause. „Du bist ... mir wichtiger als irgendetwas anderes auf der Welt. Ich würde alles für ... dich ... tun."

Kein Zweifel. Es war Alex. Wo hatten sie diese Aufnahme her? Hatten sie ihn ebenfalls entführt? Vielleicht hörten sich die Sätze deshalb so abgehackt an.

„Nein, um ihn tut es mir nicht leid. Jan Lehmann ist schuld daran, dass ich ... dich ... verloren habe. Ich hoffe ... du kannst ... mir vergeben."

Nein, sie würde nicht glauben, dass Alex etwas mit Jans Tod und ihrer Entführung zu tun hatte. Niemals. Sie spürte, wie Tränen über ihr Gesicht liefen, und eine Welle der Verzweiflung durchflutete ihren Körper. Aus den Lautsprechern kam nun die klagende Stimme von Timi Yuro. *I'm So Hurt.*

55

Gegen neun Uhr abends meldete Prof. Hajo Ahrens sich telefonisch bei der Oberschwester seiner Station auf dem Gelände der Uniklinik Greifswald, das, anders als sein Institut, außerhalb der Innenstadt lag. Am Nachmittag hatte man Biggi Albers auf seinen ausdrücklichen Wunsch hin hierher verlegt, nachdem es kaum noch Zweifel an ihrer Identität und der Tatsache gegeben hatte, dass sie ein Opfer schwerster Kriminalität war.

Er hatte nicht verhindern können, dass Johannsson einen uniformierten Beamten vor dem Zimmer der schwer verletzten Frau postierte. Offenbar glaubte der Chef der Stralsunder Mordkommission, dass Frau Albers in seiner Obhut nicht sicher war. Sei's drum. Das Beruhigungsmittel, das er ihr gleich nach ihrer Verlegung verabreicht hatte, sollte so weit abgebaut sein, dass er mit ihr sprechen konnte. Diesmal würde er Johannsson zuvorkommen. Hier wurde nach seinen Regeln gespielt. Er wies Schwester Carmen an, die Patientin zu ihm bringen zu lassen – und zwar ohne ihren Personenschutz.

„Heute Abend noch?" Obwohl sie wissen musste, dass es wenig förderlich für die eigene Karriere war, seine Anweisungen infrage zu stellen, war der Krankenschwester der Einwand herausgerutscht.

Ahrens blieb ruhig. „Ja, Schwester, sofort. Es handelt sich um einen äußerst wichtigen Fall, und ich weiß, dass die Polizei so schnell wie möglich mit der Frau sprechen will. Allerdings muss ich erst prüfen, ob sie in der Lage ist, ein solches Verhör seelisch zu überstehen. Das verstehen Sie doch?"

Schwester Carmen beeilte sich, ihm zuzustimmen. „Selbstverständlich, Herr Professor. Unser Bufdi wird sie gleich zu Ihnen bringen."

Fünf Minuten später lieferte ein schlanker junger Mann mit Pferdeschwanz Biggi Albers, die in einem Rollstuhl saß, an der Tür seines Büros ab. Das war zwar deutlich kleiner und weniger prunkvoll eingerichtet als seine Residenz in der Stadt, aber die Albers würde sich kaum am mangelnden Luxus stören.

„Soll ich Ihnen helfen ...?" Der Bufdi war stehen geblieben.

Ahrens winkte ab. „Nein, danke. Wir kommen allein zurecht."

Ahrens schob den Rollstuhl zu einer schwarzen Lederliege, die in einer Ecke gegenüber der Fensterfront stand, und half der jungen Frau, darauf Platz zu nehmen. „Wie geht es Ihnen?"

Sie schaute ihn mit großen Augen an. Es gab keinen Zentimeter in ihrem Gesicht, der nicht grün oder blau geschlagen war. Man hatte sie übel zugerichtet. Die Pupillen waren starr und erweitert. Das Beruhigungsmittel war nicht völlig abgebaut.

„Soll ich Ihnen noch etwas gegen die Schmerzen geben?"

Langsam schüttelte Biggi Albers den Kopf. Ihre Stimme hörte sich krächzend und unwirklich an, als hätte sie sie lange nicht benutzt. „Nein, danke. Es geht schon."

„Frau Albers, ich weiß, dass Ihnen Furchtbares angetan worden ist. Sie müssen sich vor allen Dingen ausruhen, aber die Polizei wird bald mit Ihnen sprechen wollen. Meinen Sie, Sie schaffen das?"

Sie nickte.

„Gut, wollen wir uns ein wenig auf dieses Gespräch vorbereiten, ja? Geben Sie mir ein Zeichen, sollte es Ihnen zu viel werden. Dann hören wir sofort auf."

Wieder ein schwaches Nicken.

„Wissen Sie, was mit Ihnen geschehen ist?"

Tränen traten in die Augen der Frau.

„Können Sie darüber sprechen?"

„Sie haben ... Nils erschossen. Im Wald ... bei den Steinen." Die Erinnerung ließ sie zittern. Sie stand eindeutig unter Schock.

„Schon gut, meine Liebe, schon gut." Er drückte beruhigend ihre Hand und ließ ihr einen Moment Zeit. „Wissen Sie, was mit Ihnen geschehen ist?", wiederholte er.

Diesmal strömten die Tränen hemmungslos über das geschundene Gesicht. „Sie ... haben ... mir ... wehgetan. So ... furchtbar weh." Ein Krampf schüttelte sie.

„Jetzt ist alles gut, meine Liebe. Jetzt sind Sie in Sicherheit. Hier wird Ihnen niemand etwas antun. Jetzt ist alles gut. Verstehen Sie das?"

Biggi Albers schaute ihn an, nach kurzem Zögern nickte sie zaghaft.

„In Ordnung. Sagen Sie mir, gab es etwas, das Ihnen geholfen hat, diese schwere Zeit zu überstehen? Sie müssen völlig verzweifelt gewesen sein. Woran haben Sie gedacht, da ganz allein in Ihrem Gefängnis?"

Biggi Albers schwieg so lange, dass er bereits dachte, sie hätte die Frage nicht verstanden.

„Nils." Sie weinte erneut.

Sanft streichelte er ihre Hand. „Ja, natürlich, meine Liebe. Aber Nils war tot. Der Gedanke an ihn kann Sie unmöglich getröstet haben. Gab es nichts Schönes, an das Sie denken konnten, um die Qualen besser zu ertragen?"

Es dauerte eine kleine Ewigkeit, bis ein Leuchten in Biggi Albers Augen trat. Sie hatte endlich verstanden, worauf er hinauswollte.

„Mira."

Ahrens schaute sie fragend an. „Mira – wer ist das?"

Jetzt lächelte die Frau auf der Liege, obwohl sie offenkundig Schmerzen hatte. „Katze."

„Mira ist Ihre Katze? Und Sie haben an sie gedacht, als es Ihnen schlecht ging?"

Biggi Albers nickte mit geschlossenen Augen. Sie war am Ende ihrer Kraft.

„Schön, Frau Albers, das soll für heute genügen. Ruhen Sie sich ein wenig aus. Ich gebe Ihnen etwas gegen die Schmerzen, dann können Sie einschlafen."

Er holte die vorbereitete Spritze von seinem Schreibtisch und injizierte Biggi Albers das Beruhigungsmittel durch die Kanüle in ihrem Arm.

Anschließend ging er zum Telefon und rief die Oberschwester an. „Ja, hallo, Professor Ahrens am Apparat. Ich bin mit Frau Albers fertig und habe ihr gerade noch einmal Propofol gegeben. Lassen Sie sie ein wenig in meinem Büro ausruhen und holen Sie sie später zurück auf die Station, ja?" Er hörte das Notsignal, das einer der Patienten von seinem Bett aus abgesetzt hatte, im Stützpunkt ertönen.

Schwester Carmen wurde unruhig. „Ist gut, Herr Professor. In zwei Stunden ist Schichtwechsel. Vorher holen wir Frau Albers rüber. Ich werde so schnell wie möglich nach ihr sehen. Ist das in Ordnung?"

„Ja, perfekt. Und, Schwester Carmen, Sie müssen sich nicht beeilen. Sie schläft wie ein Engel auf meiner Couch. Ich glaube nicht, dass sie so schnell wieder aufwacht."

56

Biggi Albers wusste nicht, ob sie wachte oder träumte, als sie von kräftigen Armen aufgehoben und fortgetragen wurde. Irgendwie erschien ihr alles so unwirklich. Es war dunkel, und plötzlich wurde es kalt. Unter ihren Zehen spürte sie kleine glatte, runde Steine. Jemand schob sie sanft nach vorn und flüsterte ihr irgendetwas ins Ohr, das nicht den geringsten Sinn ergab.

„Du hast wirklich geglaubt, du hättest es geschafft, stimmt's, kleine Biggi? Aber die Welt ist ein gemeiner Ort, an dem niemand seinem Schicksal entgehen kann. Auch du nicht. Tut mir wirklich leid."

Vor ihren Augen tat sich ein schwarz glänzender Abgrund auf. Ihre Füße baumelten in der Luft.

„Denk einfach an Mira, die Katze." Jemand lachte ihr hämisch ins Ohr.

Sie versuchte sich festzuhalten. Doch da war nichts, an das sie sich hätte klammern können. Dann fiel sie. Ihr letzter Gedanke gehörte nicht Mira, sondern Nils.

57

Gegen Mitternacht hielt er vor dem gepflegten, aber langweiligen Einfamilienhaus, das Linda Meurer mit ihrem Lebensgefährten bewohnte. Er hatte Glück, die beiden schienen keine Nachtmenschen zu sein. Alles war dunkel und ruhig. Ins Haus zu gelangen, war kein Problem. Kein Hund, keine gesicherten Fenster, nicht mal die Rollos an der Terrassentür waren heruntergelassen.

Sie merkten erst, dass etwas nicht stimmte, als er bereits vor ihrem Bett stand. Er hielt sich nicht lange auf, tötete den Mann mit einem Schnitt durch die Halsschlagader, knebelte und verschnürte die panische Frau, bevor er sie in den großen Kofferraum seines Geländewagens packte.

Anschließend machte er sich auf den Weg, ohne irgendwelche Spuren zu beseitigen. Sollten sie ruhig ein wenig darüber grübeln, ob es einen Zusammenhang mit dem Verschwinden von Sina Lehmann gab. DNA würden sie nicht finden, dafür hatte er gesorgt. Und bis sie auf ihn kamen, falls sie das jemals taten, würde er Tausende von Kilometern entfernt sein. Doch vorher gab es ein paar Dinge zu erledigen. Die zwei Polizisten vom Steintanz gehörten dazu.

58

Um halb eins in der Nacht klingelte das Handy, das immer griffbereit neben seinem Bett lag. Thorwald Johannsson war sofort hellwach. Er wusste, dass es keine guten Nachrichten waren, die ihn erwarteten.

„Ja", bellte er in das Gerät.

Ausnahmsweise hatte er das Schlafzimmer nicht verlassen, bevor er das Gespräch entgegengenommen hatte, weshalb seine Frau die Nachttischlampe anmachte und ihn alarmiert beobachtete. Sie stand auf, ging in die Küche und warf die Kaffeemaschine an. Es kam selten vor, dass sie ihn auf diese Weise bei der Arbeit unterstützen musste. Wenn es jedoch notwendig war, wusste sie es. Als er schließlich fertig angezogen die Küche betrat, wartete eine Tasse dampfenden Kaffees auf dem Tisch, daneben lagen seine Autoschlüssel.

„Danke." Sein Blick war düster.

„Schlimm?"

Er nahm einen tiefen Zug aus dem Keramikbecker mit der nicht ganz ernst gemeinten Aufschrift *Chef*, bevor er antwortete. „Ja, sehr schlimm. Wir haben gerade unsere wichtigste Zeugin verloren."

59

Ihr Chef schien die Ruhe selbst zu sein, doch Katie zweifelte nicht daran, dass der Vulkan kurz vor dem Ausbruch war. Bislang war es ihm gelungen, die Kollegen aus Anklam und vom LKA außen vorzuhalten, die ihm täglich ihre Unterstützung angeboten hatten, in Wirklichkeit aber die Federführung in dem spektakulären Fall übernehmen wollten. An Johannsson waren derartige Begehrlichkeiten abgeprallt. Der Tod von Biggi Albers würde ihnen allerdings als gravierende Ermittlungspanne ausgelegt werden. Und vermutlich würde er die Presse auf den Plan rufen.

„Wieso wurde Frau Albers auf diese Station verlegt? Und wieso war sie nicht in ihrem Bett – mit einem Polizisten vor der Tür?"

Die Oberschwester, die laut Namensschild Carmen hieß, stand mit verheulten Augen vor ihnen und bekam kaum ein Wort heraus. Freilich hatte sie Johannssons Fragen mindestens fünfmal auf die gleiche Weise beantwortet. Prof. Ahrens habe die Verlegung auf seine Station am Nachmittag veranlasst. Und er sei es gewesen, der die Patientin gegen neun Uhr am Abend in sein Zimmer beordert hatte. Er habe prüfen wollen, ob Frau Albers in der Verfassung sei, am nächsten Tag ein polizeiliches Verhör über sich ergehen zu lassen. Das hatte er ihr zumindest mitgeteilt.

„Gegen halb elf hat er angerufen und gesagt, er sei jetzt fertig und wir könnten die Patientin auf die Station zurückholen." Ein tiefer Schluchzer unterbrach Schwester Carmens Redefluss. Kurz bevor Johannsson die Geduld verlor, sprach sie weiter. „Er hat auch gesagt, dass er ihr ein Beruhigungsmittel gegeben hat und dass wir uns nicht beeilen müssen, weil sie tief und fest schläft."

Johannssons Blick durchbohrte die kräftige Brünette mit den kantigen Gesichtszügen. „Und wie erklären Sie sich dann, dass die tief und fest schlafende Patientin eine halbe Stunde später vom Dach gestürzt ist und sich das Genick gebrochen hat?" Damit machte Johannsson die Oberschwester persönlich für den Tod von Biggi Albers verantwortlich.

Obwohl Katie seinen Zorn nachvollziehen konnte, erschien es ihr ungerecht, alles an der Schwester auszulassen. „Chef ..."

Wie von der Tarantel gestochen, fuhr Johannsson zu ihr herum. „Was?"

Alex hielt es offenbar für angebracht einzugreifen, bevor Katie zum nächsten Opfer von Johannssons überschäumender Wut wurde. Vermutlich empfand Alex die gleiche hilflose Wut wie Johannsson. Und sicher war ihm dieses Gefühl ebenso verhasst wie ihrem Chef.

„Ich denke, wir kommen ohne Professor Ahrens nicht weiter", bemühte Alex sich um Besonnenheit.

Johannssons Gesichtsmuskeln zuckten. Schließlich gab er nach. „Sie haben recht, Bierbrauer. Wir brauchen dieses Arschloch von Professor."

Schwester Carmen sah ihn erschrocken an, verzichtete aber klugerweise auf das winzigste Geräusch, das die Aufmerksamkeit dieses furchteinflößenden Hünen wieder auf sie hätte lenken können. Stattdessen schaute sie dankbar zwischen Katie und Alex hin und her. Am liebsten hätte sie sich vermutlich unsichtbar gemacht.

„Geben Sie eine Fahndung nach ihm raus, Hansen."

Katie räusperte sich. „Welcher Code?"

Alex hielt die Luft an.

„Wir suchen Ahrens als Verdächtigen in einem Mordfall. Höchste Priorität, verstanden?"

Wenige Minuten später näherte sich ein Trio der kleinen Gruppe, die nach wie vor im Flur vor dem winzigen Schwesternzimmer stand. Zwei der Männer trugen weiße Kittel und waren unverkennbar Ärzte, bei dem dritten handelte sich um den verschlafenen und geschockten Bengt Andriesen. Der Assistent von Prof. Ahrens steuerte geradewegs auf Johannsson zu. Der Wall aus Stahl und Eis, der den Polizisten für jedermann sichtbar umgab, schien ihn nicht zu beeindrucken.

„Kriminaloberrat Johannsson, wie furchtbar, dass das geschehen ist. Kann ich Ihnen irgendwie helfen?"

„Ja, das können Sie, Andriesen. Schaffen Sie mir Ihren vermaledeiten Chef hierher – sofort!" Johannsson war nahe daran zu brüllen.

Andriesen blieb gelassen. „Natürlich. Wir lassen ihn bereits suchen. Er wird so schnell wie möglich hier sein, das verspreche ich Ihnen."

„Das will ich für ihn und dieses verdammte Krankenhaus hoffen." Johannsson schien sich ein wenig beruhigt zu haben. Einmal mehr bewunderte Katie das Talent des Schweden.

Johannsson wandte sich Andriesen ganz zu. „Wissen Sie, warum Ahrens Biggi Albers heute Abend unbedingt noch hat befragen wollen? Und wie sie von seinem Büro aus aufs Dach gelangt ist?"

Andriesen zog bedauernd die Schultern hoch. „Es tut mir leid, aber ich hatte mir das Wochenende freigenommen, um meine Eltern in Schweden zu besuchen. Ich bin erst am Abend zurückgekehrt und hatte mich bereits hingelegt, als ich erfahren habe, was geschehen ist. Ich habe Professor Ahrens zuletzt am Freitagnachmittag gesehen."

„Dann müssen wir wohl die Obduktion abwarten." Johannsson schien enttäuscht.

Einer der Ärzte meldete sich zu Wort, die der Unterhaltung bislang stumm gefolgt waren. „Sie wollen die Patientin obduzieren lassen? Sie glauben nicht im Ernst, dass sie jemand vom Dach gestoßen hat?"

Der Mann schrumpfte zusammen, als Johannssons stahlharter Blick ihn traf.

„Nun, Herr Doktor", er sah demonstrativ auf das Namensschild am Revers des Arztes, „Mertens, wie würden Sie denn erklären, dass eine Patientin, die es nicht einmal schafft, allein zur Toilette zu gehen, sich fünf Stockwerke nach oben quält, um sich anschließend vom Dach zu stürzen? Und das alles, nachdem sie beinahe übermenschliche Kräfte aufgebracht hat, um ihren Peinigern zu entkommen. Leuten, die kein Interesse daran haben, dass sie mit uns spricht und ihre Identität preisgibt. Fällt Ihnen dazu irgendetwas Kluges ein?"

„Was mein Kollege meint, ist, dass wir keine voreiligen Schlüsse ziehen sollten", mischte der dritte Mann sich ein. Er war deutlich selbstbewusster als sein Begleiter.

„Und wer sind Sie?" Johannsson war am Ende seiner Geduld.

„Professor Doktor Langbein. Ich bin der medizinische Leiter dieser Abteilung."

Das Pendant zu Professor Ahrens also, der für die Psyche der Patienten zuständig war.

„Wir sollten nicht vergessen, dass es sich bei Frau Albers um eine tief traumatisierte Patientin gehandelt hat. Da ist es leider gar nicht so selten, dass es zu Kurzschlusshandlungen kommt. Frau Albers wäre auf jeden Fall nicht die Erste gewesen, die nach ihrer Rettung in eine Depression verfallen ist und ihrem Leben selbst ein Ende gesetzt hat. Doch das kann Ihnen Professor Ahrens besser erklären. Ich möchte Sie nur davor warnen, den Ruf dieses Hauses ohne plausiblen Verdacht in Verruf zu bringen. Das wäre für keinen von uns gut – falls Sie verstehen, was ich meine."

Johannsson fixierte Professor Langbein schier endlos, und diesmal konnte niemand ahnen, was hinter der stoischen Maske vor sich ging.

„Ich verstehe. Warten wir also auf Ihren Kollegen Ahrens. Bis dahin wird unser guter Professor Ellermann vermutlich die ersten Obduktionsergebnisse vorgelegt haben."

„Sie haben die Obduktion bereits veranlasst?", fragte Langbein ungehalten.

„Selbstverständlich, Herr Professor. Sie haben doch nicht im Ernst geglaubt, dass Sie in einem solchen Fall um ein rechtsmedizinisches Gutachten herumkommen, oder? Frau Albers ist das Opfer mindestens eines

Verbrechens geworden. Ob ihr Tod ein weiteres war, woran ich übrigens nicht den geringsten Zweifel hege, werden wir bald wissen. Sie können sich also den Anruf bei meinen Vorgesetzten getrost sparen."

Langbein und Mertens zogen ohne ein weiteres Wort ab.

Johannsson wandte sich an Katie und Alex. „Hansen, Bierbrauer, Sie befragen den Kollegen, der auf Frau Albers hätte aufpassen sollen. Er wartet in der Cafeteria. Machen Sie ihm klar, wie viel Glück er hat, dass ich nicht selbst mit ihm rede. Und dann fahren Sie rüber zur Rechtsmedizin und hören nach, ob Ellermann schon was für uns hat."

Als Katie und Alex sich bereits umgedreht hatten, hörten sie, wie Johannsson das Wort noch einmal an Andriesen richtete. „Ich würde gern etwas mit Ihnen besprechen, Doktor Andriesen. Am besten unterhalten wir uns in Ahrens' Büro darüber."

60

Die Befragung des uniformierten Kollegen brachte keine neuen Erkenntnisse. Da allgemein bekannt war, dass Prof. Ahrens eng mit der Kripo Stralsund zusammenarbeitete und in diesen Fall einbezogen war, hatte der Beamte sich nichts dabei gedacht, als er Biggi Albers zu sich hatte bringen lassen. Vorsichtshalber hatte er den jungen Mann, der den Rollstuhl zum Büro des Professors im ersten Stock des Klinikflügels geschoben hatte, nach unten begleitet. Dann war er auf die Station im zweiten Stock zurückgekehrt und hatte auf die Rückkehr von Biggi Albers gewartet. Von dem Gespräch zwischen der Oberschwester und dem Professor hatte er nichts mitbekommen.

„Sonst wäre ich sofort runtergelaufen und hätte nach ihr geschaut. Hatte ja eh nichts Besseres zu tun." Der Beamte war sichtlich beunruhigt, das sein Versäumnis unangenehme Folgen für ihn haben konnte.

Katie und Alex waren nicht in der Stimmung, diese Befürchtungen zu zerstreuen.

In der Rechtsmedizin fiel die Begrüßung zwischen Katie und Klaus Ellermann gewohnt herzlich aus, kühlte aber merklich ab, als der Mediziner Alex zur Kenntnis nahm. Offenbar glaubte er nicht daran, dass dieser attraktive Fremde nur ein Kollege seiner angebeteten Kommissarin war. Allerdings war Ellermann professionell genug, sich von derartigen atmosphärischen

Störungen nicht in seiner gerichtsmedizinischen Analyse beeinträchtigen zu lassen.

„Um es vorwegzunehmen: Ich halte es für ausgeschlossen, dass Frau Albers allein aufs Dach geklettert und gesprungen ist. Selbst wenn sie es gewollt und unbemerkt den Aufzug genommen hätte, was wir aufgrund der starken Frequentierung des Lifts ausschließen dürfen, hätte ihr dazu schlicht die Kraft gefehlt. Sie war beinahe verhungert und völlig dehydriert, an ihrem Körper gibt es kaum eine Stelle, die heil geblieben ist – und ich rede wohlgemerkt von der Situation vor dem Sturz. Mehrere Rippenbrüche, ein Streifschuss am Oberschenkel, angerissene Milz ... Vor allem war sie so voller Beruhigungsmittel, dass sie nicht mal einen Fuß vor den anderen hätte setzen können."

Alex sah den Rechtsmediziner aufmerksam an, der sich zwar bemühte, ihn in das Gespräch mit einzubeziehen, dennoch beinahe ausschließlich mit Katie sprach. „Sie hätte sich also nicht wehren können, hätte sie jemand aufs Dach getragen?"

Ellermann zuckte kaum merklich zusammen, als Katies Begleiter ihn ansprach. Vielleicht lag es am harten Dialekt. Sofort fing er sich und lächelte Alex zu. „Nein, Hauptkommissar Bierbrauer, hätte sie nicht. Völlig ausgeschlossen. Sie war regelrecht vollgepumpt mit Propofol, einem starken Narkosemittel."

Katie runzelte die Stirn. „Ist das normal? Ich meine, dass man ihr eine solch hohe Dosis verabreicht hat?"

Ellermann konnte sich ein Grinsen nicht verkneifen. „So kenne ich meine Lieblingskommissarin, immer auf der richtigen Spur." Anerkennend sah er von Katie zu Alex und wieder zurück. „Richtig, Hauptkommissarin

Hansen. Das ist keinesfalls normal. Die Dosis war viel zu hoch. Da wir die arme Frau Albers ja außergewöhnlich schnell nach ihrem Ableben bei uns auf dem Tisch liegen hatten, kann ich ohne jeden Zweifel behaupten, dass die Menge an Beruhigungsmittel, die ihr kurz vor ihrem Tod verabreicht wurde, selbst einen ausgewachsenen Elefanten ruhiggestellt hätte. Sie hat sich nicht allein vom Dach gestürzt –und sie hatte nicht die geringste Chance. Es ist jedoch möglich, dass sie alles mitbekommen hat. Das ist das Besondere an Propofol ..."

Katie und Alex wechselten einen Blick und vermieden es, auf die zerschundene Leiche von Biggi Albers zu schauen, die vor ihnen auf dem kühlen Metallbett lag.

„Haben Sie sonst noch irgendwas gefunden, Prof? Fremde DNA zum Beispiel oder wenigstens Faserreste?"

Ellermann grinste erneut. „Ungeduldig wie immer, was? Aber ja, habe ich. Jede Menge von beidem. Allerdings kann ich Ihnen keine allzu großen Hoffnungen machen, dass Ihnen das weiterhelfen wird. Schließlich haben sich eine Menge Leute in der Uniklinik um Frau Albers gekümmert. Und sie alle haben vermutlich Spuren auf ihr hinterlassen."

Katie und Alex verließen die Rechtsmedizin und taten einige tiefe Atemzüge an der frischen Luft.

„Die Sache mit den Spuren an der Leiche klingt nicht besonders vielversprechend, was meinst du, Alex?"

Er nickte, schien mit seinen Gedanken jedoch woanders zu sein. „Stimmt. Wir müssen Dutzende von Leuten ausschließen, bevor eine Spur des Mörders übrig bleibt."

Katie dachte nach. „Ja, sofern es niemand aus der Uniklinik war."
„Sofern es niemand aus der Klinik war."

61

Die Frühbesprechung am nächsten Morgen verdiente ihren Namen, denn Johannsson hatte sie für halb sieben angesetzt. Alle sahen übernächtigt aus – abgesehen von Rönschmann, der am Wochenende trotz Johannssons Ermahnung nicht erreichbar gewesen war. Der Chef der Stralsunder Mordkommission verlor kein Wort darüber, vielleicht arbeitete er ohnehin lieber mit seinen eigenen Leuten zusammen. Aber Katie wusste, dass die mangelnde Kooperationsbereitschaft dem Schweriner Kollegen noch mächtig Ärger bereiten würde. Peters hatte nach dem verschwundenen Olaf Mansur gefahndet – ohne Ergebnis.

Sie hatten die Ereignisse der letzten beiden Tage gerade für alle zusammengefasst, als nahezu gleichzeitig die Mobiltelefone von Johannsson und Bierbrauer klingelten. Niemand glaubte an einen Zufall. Alex zog sich auf den Flur zurück.

Keiner wagte, sich auch nur zu räuspern, doch den einsilbigen Kommentaren Johannssons war nicht zu entnehmen, worum es ging. Allerdings verriet seine angespannte Miene, dass es keine guten Nachrichten waren. Kurz nachdem Johannsson das Gespräch beendet hatte, kehrte Alex in den Besprechungsraum zurück. Er tauschte einen Blick mit seinem zeitweiligen Chef.

„Ich nehme an, Sie haben die gleiche Nachricht erhalten wie ich."

Alex nickte und überließ es dem Älteren, die Gruppe zu informieren.

„Irgendwann heute Nacht wurden Linda Meurer und ihr Lebensgefährte in Neuwied überfallen. Den Mann haben die Kollegen heute Morgen tot in seinem Bett gefunden. Erstochen. Frau Meurer ist spurlos verschwunden."

Betreten sah Katie zu Alex hinüber. Sie wusste, dass er Linda Meurer aus seiner Zeit mit Sina kannte. Sein Gesicht war fast so verschlossen wie das von Johannsson.

„Hansen, Sie gehen nach Hause und packen ein paar Sachen, dann fahren Sie an den Rhein. Spätestens am Mittwochmorgen erwarte ich Sie zurück, verstanden? Am besten besorgen Sie sich ein Bahnticket, so muss ich mir keine Sorgen machen, dass Sie vor Müdigkeit am Steuer einschlafen und ich schuld bin."

Alex schaute Johannsson erstaunt an. „Sollte ich nicht ...?"

Johannsson erwiderte seinen Blick nachdenklich. „Nein, Bierbrauer, Sie brauche ich hier. Außerdem wollte unsere hochgeschätzte Kollegin schon immer mal an die Mosel, richtig?"

Katie hatte sich bereits die Jacke übergeworfen und war auf dem Weg zur Tür. „Sehr witzig, Chef." Tatsächlich war sie dankbar, dass Johannsson in den letzten achtundvierzig Stunden nicht sein Humor abhandengekommen war.

„Nun sehen Sie zu, dass Sie Ihren Zug nicht verpassen. Sie dürfen übrigens erste Klasse fahren. Das nehme ich auf meine Kappe."

Katie grinste. „Im Ernst? Das entwickelt sich ja zu einem richtigen Freizeitvergnügen."

„Raus jetzt, Hansen."

Paula war aufgesprungen und lief ihr hinterher. „Warte, Katie. Während du deine Sachen holst, finde ich für dich die günstigste Zugverbindung heraus. Wenn möglich, reserviere ich dir Sitzplätze. Ich schicke dir alles per SMS."

Katie hätte Paula umarmen können. Sie war wirklich eine Perle. „Danke", raunte sie der jungen Kollegin zu, während sie gemeinsam über den Flur stürmten. Dann war sie weg.

Johannsson verteilte weitere Aufgaben, wobei sich die Schweriner Kollegen in erster Line weiter um den verschwundenen Mansur kümmern sollten und van Loh zur Hundestaffel stoßen sollte, die an diesem Morgen das Waldstück an der K 104 durchkämmen würde. Für Paula Szepanski gab es anderes zu tun. Unter anderem sollte sie ihm helfen, nach Ahrens zu suchen, der sich immer noch nicht gemeldet hatte. Doch zuerst verschwand Johannsson mit Alex in seinem Büro. Vor allem wollte er von dem Koblenzer in allen Einzelheiten wissen, wozu Ahrens ihn in der vergangenen Woche befragt hatte. Je mehr er erfuhr, umso verschlossener wurde seine Miene.

„Sie verdächtigen ihn, richtig?"

Johannsson sah Bierbrauer schweigend an. Dann traf er eine Entscheidung. „Nein, dafür gibt es derzeit keinen Anhaltspunkt. Mal abgesehen davon, dass dieser arrogante Sack der Letzte war, der Biggi Albers lebend gesehen hat."

„Bis auf ihren Mörder natürlich“, ergänzte Bierbrauer.

„Bis auf ihren Mörder, genau. Allerdings müssen wir berücksichtigen, dass die Umstände dieser abendlichen Befragung von Frau Albers durch unseren Professor schon ein wenig ungewöhnlich waren, meinen Sie nicht?“

Bierbrauer nickte nachdenklich.

„Andererseits mag ich den Kerl nicht besonders, deshalb besteht die Gefahr, dass ich nicht objektiv bin. Ich habe Andriesen daher gebeten, in diesem Fall ab sofort als psychologischer Berater zu fungieren.“

Bierbrauer zog die Brauen in die Höhe.

„Er hat sich natürlich geziert, schließlich hat er Ahrens viel zu verdanken. Zumindest glaubt er das, auch wenn ich mir kaum vorstellen kann, dass unser Professor jemals im Leben irgendetwas getan hat, was nicht in erster Linie zu seinem eigenen Vorteil gereichte. Sollten wir also psychologischen Rat brauchen, wenden wir uns an Andriesen. Außerdem müssen wir Ahrens finden. Darum werden Sie sich kümmern.“

„Und, was sonst noch?“

„Ich will, dass Sie sich Frau Szepanski schnappen und unserem Psychoguru ein wenig auf den Zahn fühlen. Wühlen Sie in seiner Vergangenheit. Warum ist er damals zum Beispiel von Berlin weggegangen und hat eine völlig uninteressante Stelle bei uns in der Provinz angenommen? Egal was Sie finden, ich will es wissen, verstanden?“

Bierbrauer nickte. „Klar, Chef.“

„Und dann noch was.“

Bierbrauer, der die Hand bereits nach dem Türgriff ausgetreckt hatte, hielt inne und schaute zu ihm zurück.

„Frau Szepanski soll in dieser Tierklinik anrufen und nachfragen, wie es dem Hund von Sina Lehmann geht. Sobald der Kö... das Tier wieder laufen kann, fahren Sie gemeinsam mit van Loh zu diesen Steinkreisen und lassen den Hund da rumlaufen. Mal sehen, ob er tatsächlich so ein vierbeiniger Held ist, wie Frau Szepanski glaubt."

62

Als Hendrik van Loh an der Stelle eintraf, an der Biggi Albers vorletzte Nacht aus dem Wald gestürzt war, machten die Hunde und ihre Führer sich gerade bereit, das Gebiet Zentimeter für Zentimeter abzusuchen. Zum ersten Mal schlugen sie an der Stelle an, an der sie die verletzte Hündin gefunden hatten. Ein paar Meter weiter im Wald fanden sie eine niedergetrampelte Stelle. Offenbar hatte hier jemand längere Zeit gewartet – womöglich hatte er sogar das Geschehen auf der Straße beobachtet, als er und Paula schon da gewesen waren. Das würde für eine enorme Kaltblütigkeit sprechen. Schließlich hatten sie auch den Waldrand abgesucht.

Schlagartig tauchte vor Hendriks Augen ein Bild auf: Paula, die allein mit einer Taschenlampe im Wald herumlief, während er Verstärkung von den Uniformierten zusammentrommelte. Dieser Soldat, Karsten Jahnes, war Paula gefolgt und hatte mit ihr weitergesucht, bis die anderen kamen. Zwei Minuten, vielleicht weniger, war sie allein gewesen. Genug für einen kräftigen Mann mit einem scharfen Messer. Er dachte an den Lebensgefährten von Linda Meurer. Er war laut Johannsson ebenfalls mit einem einzigen gut platzierten Stich getötet worden.

Entschlossen schob er die Gedanken beiseite und folgte den Beamten mit den Hunden. Nach einer Stunde erreichten sie eine Stelle, an der es einen Kampf gegeben haben musste. Jede Menge Blut und niedergetretene Äste. Die Kollegen der Spurensicherung, die ihnen in geringem Abstand gefolgt waren, kümmerten sich darum. Gegen Mittag erreichten sie die Blockhütte. Von Alex wusste er, dass Biggi Albers von einer Hütte im Wald gesprochen hatte, mit einem Keller, in dem man sie gefangen gehalten hatte. Zumindest hatte der Koblenzer Kollege sich das aus den Bruchstücken zusammengereimt, die Biggi Albers von sich gegeben hatte.

Da Hendrik wusste, wonach sie suchen mussten, fanden sie die Falltür innerhalb weniger Minuten – obwohl ein dicker Teppich und eine Kommode darauf platziert waren. In dem bestialisch stinkenden Kellerraum würde die Spusi tagelang zu tun haben. Er informierte Johannsson und wandte sich dann an den Leiter der Rostocker Hundestaffel. Mittlerweile hatte ihn das Jagdfieber gepackt. Wenn das in dem Tempo weiterging, konnten sie womöglich heute noch das Versteck von Sina Lehmann finden. Und nach allem, was er im Keller der Hütte gesehen hatte, war das bitter nötig. Hendrik war froh, dass Alex nicht bei ihm war. Er mochte sich gar nicht vorstellen, was in dem Kollegen hätte vorgehen müssen, hätte er das Loch gesehen.

Der Rostocker Kollege bremste seinen Eifer allerdings. „Sorry, aber das war's für heute. Die Hunde brauchen eine Pause. Nach all den Gerüchen, die sie heute aufgespürt haben, sind sie zu nichts mehr zu gebrauchen."

Hendrik versuchte, dem Mann die Dringlichkeit der Lage zu erklären, und ließ sich dazu hinreißen, ihm zu drohen.

Der Kollege blieb hart. „Hunde sind nun mal keine Maschinen. Sie haben heute mehr geleistet, als gut für sie ist. Eigentlich müssten sie sich mindestens zwei Tage ausruhen. Ich verspreche Ihnen jedoch, dass wir morgen Mittag wieder hier sind und weitermachen, okay?"

Hendrik musste nachgeben und mit dem zufrieden sein, was sie erreicht hatten. Er blieb bis zum Abend bei der Hütte und gab jede noch so kleine Erkenntnis an Johannsson weiter. Als der letzte Kollege der Spurensicherung das Gelände verließ, ließ auch er sich von dem Streifenwagen zu seinem Auto fahren und machte sich auf den Weg zurück nach Stralsund.

Unterwegs genehmigte er sich einen Burger samt Cola und versuchte, Paula zu erreichen. Er hätte sie gern gesehen. Doch sie ging nicht ans Handy. Vielleicht brauchte sie eine Hendrik-Pause. Wer wollte ihr das verdenken? Schließlich waren sie in den letzten zwei Tagen beinahe pausenlos zusammen gewesen. Letzte Nacht hatte er auf ihrem Sofa geschlafen, weil er ihr Angebot angenommen hatte, mit nach oben zu kommen, nachdem er sie heimgebracht hatte. Irgendwie kam es ihm nicht richtig vor, einfach so aufzubrechen. Nach wenigen Minuten war er eingeschlafen.

Heute Morgen hatte Paula ihn mit einem zarten Kuss auf die Lippen und einem strahlenden Lächeln geweckt. Mehr war nicht gelaufen. Irgendwie war er nicht cool genug, um solche Situationen auszunutzen. Wenn er ehrlich war, gefiel es ihm ohnehin besser, die Dinge langsam angehen zu lassen. Diese vielen romantischen Gesten, bevor wirklich etwas passierte. Ob Paula sich von der letzten Nacht mehr erhofft hatte?

Oder ob sie nur seine Freundschaft suchte – so wie Katie?

Er trat aus dem Burgerladen und schlenderte zum Dienstwagen. Es wurde bereits dunkel. Hendrik versuchte noch einmal, Paula anzurufen. Wieder sprang die Mailbox an. Diesmal hinterließ er eine Nachricht.

„Hallo, Paula, ich bin's, Hendrik. Wollte nur mal hören, wie's dir geht. Vermutlich weißt du bereits, was wir im Wald gefunden haben. Falls du Lust hast, noch was zu unternehmen, melde dich. Ich bin in etwa einer Stunde zurück in Stralsund. Ansonsten bis morgen."

63

Um kurz nach acht saß Katie Hansen im Zug nach Koblenz, gute acht Stunden später stand sie auf einem Bahnsteig der rheinischen Provinzstadt dem Ersten Kriminalhauptkommissar Jochen Berg gegenüber. Alex' Freund und Vorgesetzter holte sie persönlich ab und fuhr sofort mit ihr nach Neuwied, zum Haus von Linda Meurer.

„Ich hatte erwartet, dass Hauptkommissar Bierbrauer Sie begleiten würde." Berg blickte vom Fahrersitz des Zivilfahrzeugs reglos auf die Straße.

Katie wusste, dass seine Aussage nicht der Wahrheit entsprach, Johannsson hatte ihn bereits am Morgen darüber informiert, dass er sie schicken würde – und zwar allein. Sie wusste dagegen nicht, wie ihr Chef diese Entscheidung begründet hatte, sie würde sich allerdings in dieser Hinsicht keine Blöße geben.

„Mein Chef hatte bestimmt seine Gründe."

Er schaute kurz zu ihr herüber, sie lächelte Berg unverbindlich an. Alex hatte ihr erzählt, dass auch Berg in Sina verliebt gewesen war, jedoch nie eine Chance bei ihr gehabt hatte. Dass die Freundschaft der Männer daran nicht zerbrochen war, gehörte zu den Dingen unter Menschen männlichen Geschlechts, die Katie nie verstanden hatte. Bei ihrem Gespräch über Berg war deutlich zu spüren gewesen, wie viel Spannungen und Abgrenzungen es in den letzten zwei Jahrzehnten zwischen den beiden gegeben hatte. Dennoch würde vermutlich jeder den anderen als engen Freund bezeichnen. Solange die Dinge nicht offen ausgesprochen wurden, war die Männerwelt in Ordnung. Sie schüttelte den Kopf. Berg bemerkte es, sagte aber nichts.

In der Einfamilienhaussiedlung im Stadtteil Oberbieber angelangt, führte er sie ins Haus, zeigte ihr die Terrassentür, durch die der Täter ohne Mühe hereingekommen war, und das Schlafzimmer. Die Leiche war längst abtransportiert, doch das blutdurchtränkte Bettzeug gab Katie eine Vorstellung davon, was vorgefallen war.

„Verwertbare Spuren?" Sie war jetzt ganz beim Fall.

Berg schaute amüsiert auf sie herunter. Er war genauso groß wie Alex, durchtrainiert, nur nicht so athletisch gebaut. Und seine Gesichtszüge waren weicher. Mit seinem dunkelblonden, durch Strähnchen aufgehelltem und korrekt geschnittenem Haar und den klaren hellbraunen Augen war er ein ansehnlicher Mann. Ihm fehlte jedoch das gewisse Etwas.

Vermutlich ist er kein Arschloch, das durch die Welt zieht und Frauen unglücklich macht.

„Wir haben jede Menge Spuren. Die Kollegen werten sie zur Stunde aus. Allerdings glaube ich nicht, dass etwas Brauchbares dabei herauskommen wird. Sie etwa?"

Sie ging nicht auf die offenkundige Ironie ein.

„Nein, das war ein Profi. Er hat nur das zurückgelassen, was ihn nicht verraten kann, würde ich sagen. Er hatte es eilig."

Trotzdem war das ein auffälliger Kontrast zu der akribischen Ordnung, die die Täter in den Ferienhäusern hinterlassen hatten. Und auch in der Wohnung Mansurs standen die Putzmittel bereits in der Küche bereit. Vermutlich hatten Peters und Rönschmann die geplante Säuberungsaktion durchkreuzt.

„Ähnlichkeiten zu Ihren Tatorten?“ Berg war ebenfalls in den professionellen Modus gewechselt und schaute sie gespannt an.

Katie schüttelte den Kopf. „Nicht auf den ersten Blick. In unserem Fall haben sich die Täter immer viel Mühe gegeben, alles picobello zu hinterlassen.“

„Trotzdem glauben Sie an einen Zusammenhang.“

„Sie etwa nicht?“

Berg zuckte mit den Schultern. „Wäre schon ein seltsamer Zufall. Nur passt das Ganze nicht zu dem, was Johannsson mir über Ihren Fall berichtet hat. Soweit ich verstanden habe, gehen Sie davon aus, dass die Paare gezielt zu einem bestimmten Ort gelockt und dort abgefangen worden sind, oder?“

Katie nickte. „Ja, das fällt definitiv aus dem Rahmen.“ Sie dachte einen Moment nach. „Nehmen wir mal an, es gibt tatsächlich einen Zusammenhang. Dann wurde Linda Meurer entführt, weil sie die Freundin von Sina Lehmann ist. Ihr Lebensgefährte war vermutlich lediglich ein Kollateralschaden. Wir wissen durch Biggi Albers, dass die Täter ihre weiblichen Opfer quälen.“

Zu spät fiel ihr ein, was diese Theorie in Berg auslösen musste. Schließlich bedeutete Sina Lehmann ihm ebenfalls viel. Ein kurzer Blick zeigte ihr, dass er seine Gefühle im Griff hatte. Zumindest derzeit.

„Sie meinen, aus irgendwelchen perversen Gründen will jemand die beiden Frauen gleichzeitig in seiner Gewalt haben?"

Katie runzelte die Stirn. „Wie würde Sina Lehmann reagieren, wüsste sie, dass ihre Freundin ihr Schicksal teilt?"

Berg schwieg. Vielleicht versuchte er, sich in die Situation hineinzuversetzen. „Ich denke, es würde die Dinge für sie drastisch verändern."

Katie sah ihn fragend an.

„Wissen Sie, ich kenne Sina nicht so wie Alex. Aber ich kenne sie gut. Und ich glaube, dass ihr eigener Tod sie ... kalt lassen würde. Verstehen Sie mich nicht falsch, Sina ist nicht lebensmüde. Doch sie kann sich gegen Dinge, die sie quälen könnten, völlig abschotten. Nicht auf so ein kranke Weise, die die Leute auf Dauer kaputtmacht. Wenn es eng wird, zieht Sina sich aus dem Hier und Jetzt zurück." Er lächelte wehmütig. „Sie konnte Alex damit in den Wahnsinn treiben. Und mich auch. Früher, als wir enger befreundet waren."

Katie versuchte sich vorzustellen, wovon Berg sprach. „Das heißt, Sina könnte sich gegen ihre eigenen Qualen verschließen, und wenn jemand ihre Freundin foltert, bricht ihr Panzer auf?"

Er schluckte. „Könnte sein, ja." Seine Stimme war belegt.

Katie schaute sich in Linda Meurers Wohnzimmer um. Ihr Begleiter nutzte die Gelegenheit, um sich zu sammeln.

„Aber glauben Sie wirklich, jemand würde so viel Aufwand betreiben – und ein solch hohes Risiko eingehen –, um Druck auf eines seiner Entführungsopfer auszuüben? Es gibt vermutlich einfachere Methoden, um selbst den stärksten Menschen zu brechen." Berg hatte sich wieder vollkommen unter Kontrolle.

Zum ersten Mal empfand Katie so etwas wie Bewunderung für ihn. Immerhin sprachen sie über eine Frau, die ihm viel bedeutete. „Ich habe keine Ahnung, ehrlich. Doch ich kenne jemanden, der uns weiterhelfen kann. Ein echter Profi für solche abgedrehten Sachen. Ich treffe ihn morgen Nachmittag ohnehin. Da werde ich das klären. Ich melde mich anschließend bei Ihnen, okay?"

Berg nickte. Sie spürte, dass seine Haltung zu ihr sich verändert hatte.

„Das heißt, Sie wollen möglichst schnell zurück in den Norden?", wollte er wissen.

„Ja, morgen früh um kurz nach sechs geht mein Zug." Sie würde unterwegs genügend Zeit haben sich auszuruhen.

„Gut, dann schlage ich vor, dass ich Ihnen das Deutsche Eck und die Koblenzer Altstadt zeige. Dort können wir später auch essen gehen. Zwischendurch machen wir einen Abstecher ins Präsidium, vielleicht hat die Spurensicherung ja bereits irgendwelche Ergebnisse."

Katie zögerte einen Augenblick.

„Sie wollen nicht im Ernst abreisen, ohne unsere größte Sehenswürdigkeit bewundert zu haben: den Zusammenfluss von Rhein und Mosel!" Berg grinste.

Katie schüttelte lachend den Kopf. „Auf keinen Fall – wo ich vor zwei Wochen nicht einmal wusste, dass es einen Fluss namens Mosel gibt."

Zwei Stunden später saßen sie in einem In-Lokal in der Altstadt von Koblenz. Berg hatte darauf bestanden, dass sie eine Flasche Wein zum Essen bestellten. Weil Katie ihm die Freude nicht verderben wollte, behielt sie für sich, dass sie ein eiskaltes Bier vorgezogen hätte. Nach ihrem drittem Glas des schweren Roten – Berg hatte an seinem Getränk kaum genippt und entschuldigte dies mit der Tatsache, dass er noch fahren musste – drehte das Gespräch sich endgültig um Alex Bierbrauer.

„Sie mögen ihn, nehme ich an." Berg schaute sie belustigt an.

Katie war längst über den Punkt hinaus, an dem sie ihre Gefühle für Alex abgestritten hätte. Zum einen war sie viel zu betrunken – ihr Tischnachbar hatte ihr erst nach dem dritten Glas erklärt, dass man Wein langsamer trinken sollte als Bier –, und zum anderen hatte sie ihre Vorbehalte gegen Berg schon zwischen Hauptspeise und Dessert beerdigt. Es bestand zwar nicht die geringste Gefahr, dass sie in seinem Bett landen würde, doch er war ein richtig netter Kerl. Die anfängliche Affektiertheit hatte sich gelegt, je besser sie einander kennengelernt hatten.

„Ja, ich mag ihn. Aber ich bin mir im Klaren darüber, dass er Sina Lehmann liebt." Katie gab sich alle Mühe, nicht zu lallen. Sie würde besser zu Wasser wechseln. Wein bekam ihr einfach nicht.

Berg lächelte zwar nach wie vor, in seinen Augen lag jedoch tiefer Ernst. „Wissen Sie, ich habe nie verstanden, was zwischen den beiden abgelaufen ist. Sina hat sich, glaube ich, gleich verliebt, als sie Alex zum ersten Mal getroffen hat. Damals war sie neunzehn, hatte gerade das Abi in der Tasche. Wir waren ein paar Jahre älter. Alex hat ständig beteuert, dass sie nicht sein Typ sei. Vielleicht hatte er auch nur Angst vor ihr. Sina war ein schlaues Mädchen, nicht nur wegen des Abis, und Alex hätte sich zu dieser Zeit niemals auf eine Frau eingelassen, die ihm intellektuell überlegen war." Sein Blick wanderte in die Vergangenheit.

„Er hat Ihnen freie Bahn gelassen?"

Berg nickte, sein Lächeln wirkte gequält. „Ja, hat er. ‚Sie gehört dir', hat er gesagt. Wörtlich. Da hatten wir die Rechnung allerdings ohne Sina gemacht. Sie liebte Alex, und jemand anderes kam für sie nicht infrage. Hätte ich sie damals besser gekannt, hätte ich mir einige peinliche Momente ersparen können, das kann ich Ihnen sagen." Das schiefe Grinsen wurde breiter.

Der Kripomann versuchte, sein Schicksal mit Humor zu tragen, doch das fiel ihm selbst nach zwei Jahrzehnten sichtlich schwer.

„Wir sind lange Zeit befreundet gewesen, haben alles zusammen unternommen. Alex und ich kennen uns ja schon seit dem Kindergarten. Sina ist zwar ebenfalls im Westerwald geboren, hat aber später viele Jahre bei einer Tante in Düsseldorf gelebt. Sie war so anders. Damals habe ich gedacht, das läge daran, dass sie ein Stadtmädchen war. Das stimmte jedoch nicht. Es lag an dem, was sie erlebt hat – und daran, wie sie mit diesen Dingen umgegangen ist."

Katie schaute ihn fragend an.

Er zuckte mit den Schultern. „Sina hat ihre Eltern durch einen Autounfall verloren, als sie fünf war. Sie wurde von ihrem Onkel misshandelt. Als die Sache sexuell wurde, hat sie ihn angezeigt. Da war sie dreizehn."

Katie erinnerte sich an die zierliche blonde Frau mit den unergründlichen dunklen Augen, deren Gesicht sich tief in ihre Seele gebrannt hatte. Langsam verstand sie, wo diese außergewöhnliche Ausstrahlung herrührte. „Ganz schön mutig, in dem Alter."

Berg nickte. „Wir waren unzertrennlich, bis ich nach ein paar Jahren meine Frau kennengelernt und sie geheiratet habe."

Katie wusste, was er sich seitdem immer wieder gefragt hatte: Hatte er zu früh aufgegeben? Wäre alles anders geworden, wenn er genauso viel Ausdauer gehabt hätte wie Sina? Hätte sie ihn womöglich ebenso erhört, wie Alex Sina erhört hatte? Sie glaubte es nicht und schwieg. Woher hätte sie das Recht nehmen sollen, in den Tiefen seiner Seele herumzuwühlen? Sie kannten sich ja kaum. Der Moment der Nähe verflog. Bergs Züge verschlossen sich, und er war bemüht, seine Geschichte in betont lockerem Ton zu Ende zu erzählen.

„Tja, ein paar Jahre lang sind Alex und Sina allein losgezogen. Und dann waren sie irgendwann zusammen." Er lächelte freudlos. „Ist aber nicht gut gegangen, wie Sie vermutlich wissen."

Katie beugte sich über ihr Glas und nickte. Ja, das wusste sie. Warum die Sache gescheitert war, obwohl Alex Sina bis heute liebte und er ihr zumindest früher ungeheuer wichtig gewesen war, blieb ihr dagegen schleierhaft.

„Er hat's versaut", ließ Berg sie wissen. „Er versaut alles, was mit Frauen zu tun hat. Manchmal glaube ich, er kann nicht anders."

Katie vermied es, ihr Gegenüber anzuschauen. Stattdessen fixierte sie weiter ihr Weinglas. „Gab es niemals andere Beziehungen, während die beiden nur befreundet waren?“ Sie hoffte, die Frage würde nicht zu neugierig klingen.

Berg schien keinen Anstoß daran zu nehmen. „Doch, klar. Es war so eine kuriose Geschichte, wissen Sie? Wie in amerikanischen Schnulzen. Sie und er sind beste Freunde und trösten einander wechselseitig über irgendwelche miesen Beziehungen hinweg, bevor sie nach Jahren schnallen, was der Zuschauer nach zwei Minuten gewusst hat: Die beiden sind füreinander bestimmt. So ist es zwischen Alex und Sina tatsächlich gelaufen. Bis auf das Happyend.“

„Und wieso glauben Sie, dass es allein an Alex gelegen hat, dass es nicht funktioniert hat?“ Katie musste das fragen.

Mitleid überflog Bergs Miene. „Weil ich ihn kenne, Katie. Ich darf doch Katie sagen?“

Sie nickte.

„Ich kenne ihn fast mein ganzes Leben lang. Alexander hat alles erfolgreich zerstört, was sein Leben hätte glücklich machen können. Es ist fast so, als wollte er sich permanent für irgendetwas bestrafen.“

„Aber ...“

Berg ergriff ihre Hand und drückte sie sanft. „Ja, das hört sich verrückt an. Und Alex hat mehr als einmal versucht, dagegen anzukämpfen. Es gibt niemanden, der so viele Therapeuten aufgesucht hat wie er. Hat nichts genutzt. Jedenfalls bisher nicht.“

Katie nickte. Nun, wenn Alex schon niemand helfen konnte, war es umso wichtiger, dass wenigstens sie ihr Leben in den Griff bekommen würde.

Berg, der noch immer ihre Hand hielt, lächelte sie zärtlich an. „Wissen Sie was, Katie Hansen? Wenn es eine Frau gibt, die Alex auf Dauer glücklich machen kann, muss sie so sein wie Sie."

Sie verzog das Gesicht zu einer Grimasse.

Er lachte. „Nein, das meine ich ganz ehrlich. Wenn jemand diesen Sturkopf ertragen kann, dann eine wie Sie."

Jetzt grinste auch Katie. „Ach, Sie meinen, jemand, der genauso stur ist wie er?"

„Ja, mag sein. Aber vor allem jemand, der sich nicht alles zu Herzen nimmt, was dieser Westerwälder Basaltkopp sagt und tut. Jemand, der cool ist, obwohl es um seine eigenen Gefühle geht."

Katie war klar, dass Berg ihr gerade eine Bedienungsanleitung gegeben hatte, mit deren Hilfe vielleicht eine Beziehung mit Alex möglich war.

Sie entzog ihm die Hand und boxte ihm sanft mit der Faust gegen den Oberarm. „Na, dann sollte ich aufhören, mit seinem besten Freund Händchen zu halten, oder?"

Berg lachte. „Ja, das wäre eine wichtige Voraussetzung."

„Eines ist allerdings noch wichtiger." Katie war beinahe wieder nüchtern. „Wir sollten Sina Lehmann finden. Und zwar lebend. Denn ohne sie wird Alex in seinem ganzen Leben keinen einzigen glücklichen Tag mehr haben. Egal mit wem."

64

Alex und Paula saßen in der Ecke des Besprechungsraums des Stralsunder Präsidiums und schauten gebannt auf ihren Laptop, als sich gegen Mittag die Tür öffnete und ein Mann eintrat. Da sie mit Rönschmann oder Peters gerechnet hatten, die getrennt voneinander in die Mittagspause gegangen waren, drehten beide sich erstaunt um, als der Besucher dezent hüstelte.

„Doktor Andriesen, verzeihen Sie, ich dachte, es wäre einer unserer Kollegen. Haben Sie Nachricht von Ahrens? Ist er wiederaufgetaucht?“

Der Assistent des Professors lächelte entschuldigend. „Tut mir leid, Hauptkommissar Bierbrauer, ich fürchte, ich muss Sie enttäuschen. Immerhin weiß ich jetzt, dass Professor Ahrens bereits vor zwei Wochen für heute Urlaub eingereicht hatte. Womöglich gibt es eine ganz harmlose Erklärung für sein Verschwinden.“

Alex erwiderte das Lächeln und ersparte sich jeden Kommentar. Offenbar war Andriesen ein äußerst loyaler Mitarbeiter.

Der Wissenschaftler beugte sich an Alex vorbei und streckte Paula die Hand entgegen. „Entschuldigen Sie meine Unhöflichkeit. Sie müssen die neue Kollegin sein.“ Er schenkte ihr ein strahlendes Lächeln, das sie automatisch zurückgab.

Er ist der Traum jeder Schwiegermutter, musste Alex im Stillen anerkennen. „Entschuldigen Sie, ich wusste nicht, dass Sie einander bisher nicht vorgestellt wurden. Paula, das ist Doktor Andriesen, die rechte Hand von Professor Ahrens und unser neuer psychologischer Berater." Er wandte sich an Andriesen. „Und das ist Paula Szepanski, unsere Internetexpertin. Obwohl sie neu ist im Team, war sie bislang eine unverzichtbare Stütze. Und sie wird sicherlich noch eine Menge weiterer bedeutsamer Fakten aus dem weltweiten Netz zutage fördern."

Andriesens Grinsen verstärkte sich. „Ja, das hat Johannsson mir schon erzählt. Ich glaube, er hält große Stücke auf Sie, Frau Schepanzki. Spreche ich den Namen richtig aus? Na ja, er scheint ja nicht der Einzige zu sein, der Sie schätzt, stimmt's?"

Paula war angesichts des Lobes tatsächlich rot geworden, was Alex amüsierte. Schließlich hatte er sie bislang als überaus selbstbewusst erlebt.

„Man spricht ihn wie T und Sch aus – Tschepanski. Schreibt sich aber mit Sz. Kommt aus dem Polnischen."

In ihrer Verlegenheit hatte Paula den attraktiven Besucher über die Klippen ihres Nachnamens aufgeklärt, der hörte allerdings kaum zu. Ihm brannte es auf den Nägeln, mit Alex zu sprechen.

„Hätten Sie einen Augenblick Zeit für mich, Herr Kommissar? Es gibt da etwas, das Sie wissen sollten."

Da Alex das Gefühl hatte, dass Andriesen lieber ungestört mit ihm reden wollte, führte er ihn in das verwaiste Büro von Katie und Hendrik. Nachdem er Andriesen einen Kaffee besorgt hatte, straffte der sich sichtlich auf Katies Schreibtischstuhl und schaute Alex entschlossen in die Augen. Offensichtlich fiel es ihm nicht leicht, das, was er zu sagen hatte, auszusprechen.

„Ich weiß natürlich, dass Sie mir in diesem spektakulären Fall keine Vertraulichkeit zusichern können, doch vielleicht können wir uns darauf verständigen, dass Sie meinen ... Hinweis nur nutzen, soweit es für den Fall erforderlich ist."

Irgendwie schien Andriesen sein angeborenes Selbstvertrauen abhandengekommen zu sein. Allein das machte Alex neugierig. Was konnte den durch und durch smarten Mann so aus der Bahn werfen?

„Ich vermute, es geht um Ihren Chef."

Obwohl Andriesen kein Wort sagte, war ihm anzusehen, dass Alex ins Schwarze getroffen hatte.

„Und Sie kommen sich vor wie ein Verräter, wenn Sie Dinge ausplaudern, die er Ihnen anvertraut hat?"

Jetzt lächelte Andriesen, doch er wirkte nicht gerade fröhlich. „So ähnlich. Allerdings hat Professor Ahrens mir das, was ich Ihnen mitteilen möchte, nicht unbedingt anvertraut. Es ist eher so etwas wie ein Fleck auf seiner Weste. Aus seiner Berliner Zeit."

Alex spürte, wie die Spannung in ihm wuchs. Den ganzen Morgen hatten Paula und er den Polizeicomputer und das Internet durchforstet, aber nichts Interessantes über Ahrens ans Licht gebracht. Falls es in seiner Vergangenheit etwas Relevantes gab, war es nicht registriert.

„Nun, sollte es in keinem Zusammenhang mit unserem Fall stehen, werden wir es nicht an die große Glocke hängen. Das zumindest kann ich Ihnen versichern. Und vielleicht ist es ja für uns alle besser, wenn wir was auch immer frühzeitig erfahren."

Andriesen nickte und ergab sich in sein Schicksal. Seine Pupillen waren so groß und schwarz, dass vom leuchtenden Blau seiner Augen kaum noch etwas zu sehen war, was seinem Gesicht den Ausdruck tiefen Kummers verlieh. „Vor etwa fünf Jahren, ein paar Monate, bevor Professor Ahrens den Ruf nach Greifswald angenommen hat, ereignete sich in Berlin eine Serie von Vermisstenfällen."

Alex' Blick wurde starr.

„Es waren Frauen, keine Paare", stellte Andriesen klar.

Alex nickte.

Andriesen räusperte sich und sprach mit sichtlichem Unbehagen weiter. „Zwei der Frauen kamen aus dem Umfeld des Professors. Eine war Studentin in einem seiner Seminare, die andere ..." Er zögerte. „Nun, sie war eine Dame, zu der Professor Ahrens einige Monate zuvor intimen Kontakt gehabt hat."

Alex überlegte. Das musste zumindest dazu geführt haben, dass Ahrens überprüft worden war. Es durften keine weiteren Indizien dazugekommen sein, sonst hätte man ihn verdächtigt. Schließlich lief er noch frei herum und war nicht aktenkundig geworden.

„Wie viele Frauen sind damals verschwunden?", wollte er wissen.

Andriesen zuckte mit den Schultern. „Wenn ich mich recht erinnere, konnte das nie geklärt werden. Berlin ist eine riesige Stadt, in der jeden Tag irgendjemand verschwindet. Letztlich konnte wohl niemand genau sagen, ob überhaupt ein Zusammenhang zwischen den sechs oder sieben Vermissten bestand. Soweit ich weiß, sind die Ermittlungen damals nach einigen Monaten ergebnislos eingestellt worden."

Alex war nach wie vor nicht klar, worauf Andriesen hinauswollte. „Und inwiefern hat die Geschichte ein schlechtes Licht auf Ihren Chef geworfen? War seine intime Freundin die Frau eines wichtigen Politikers?" Aber selbst das wäre im Zeitalter der sexuellen Selbstbestimmung kaum ein ernsthaftes Problem gewesen.

Andriesens Züge waren starr geworden. „Nein, leider nicht. Sie war eine jener Damen, die ihre Dienste gegen Bezahlung anbieten."

„Eine Prostituierte also. Sie wollen mir jetzt nicht erzählen, dass das in der Hauptstadt für einen Skandal ausgereicht und Ahrens in die Provinz getrieben hat?"

„Die Dame hatte gewisse Vorlieben für – Schmerzen. Professor Ahrens war einer ihrer Stammkunden. Und er galt in der nicht eben zimperlichen Szene als besonders rabiat. Genau genommen, hat er die betreffende Dame kurz vor ihrem Verschwinden bei seinen ... Spielchen beinahe umgebracht."

65

Als sie erwachte, nahm sie als Erstes Carol King wahr. *You've Got A Friend.* Sollte das wieder eine Anspielung auf Alex sein? Die Musik musste gerade erst eingesetzt haben, wenigstens gab es in ihrem Inneren eine vage Erinnerung an Stille.

Sina setzte sich auf und entdeckte den aufgeklappten Laptop. Er stand auf einem quadratischen Hocker neben ihrer Pritsche. Der Titel des Lieds lief von rechts nach links über den leuchtend blauen Bildschirm. *You've Got A Friend.* Wieder und wieder. Einen Moment war sie versucht, das Gerät zu ignorieren. Doch ihr war klar, dass das nichts ändern würde. Was immer man ihr mitzuteilen wünschte – sie konnte dem nicht entgehen.

Entschlossen berührte sie das kleine Navigationsfeld unterhalb der Tastatur. Sofort erschien ein neues Bild auf dem Monitor. Ein Raum, der auf den ersten Blick aussah wie ihr eigenes Gefängnis. Dann entdeckte Sina Gegenstände, die es hier nicht gab: An der glatt verputzten Wand waren Fesseln aus Metall befestigt, in einer Art Schirmständer steckten Stöcke aus unterschiedlichen Materialien und verschiedener Größe. Auf einem Tisch lagen Messer und – sie musste genauer hinschauen – Skalpelle. Und auf der Holzpritsche, die ihrer eigenen ähnlich sah, lag jemand, den Sina nicht erkennen konnte. Die Einstellung wechselte. Offenbar war das keine direkte Übertragung. Jemand hatte den Film aufgenommen und zusammengeschnitten.

Die Kamera konzentrierte sich jetzt ganz auf die Person auf der Pritsche. Die Frau war nackt. Blutergüsse und Schnitte übersäten ihren Körper. Das braune Haar war nass und hing ihr übers Gesicht. Irgendwie kam sie Sina bekannt vor, aber etwas in ihr weigerte sich, der Frage nachzugehen, wer sie sein konnte. Ein schwarzer Handschuh schob sich ins Bild. Zärtlich strich er die Strähnen aus dem Gesicht der Frau. Aus dem völlig zerstörten Antlitz blickten ihr verzweifelte leuchtend grüne Augen entgegen, die sie trotz allem sofort wiedererkannte.

„Linda ..." Sie hatte den Name ihrer Freundin nur geflüstert, doch er hallte überlaut in ihrem Kopf nach.

Die Einstellung wechselte erneut. Die Kamera war auf Lindas weit gespreizte und gefesselte Beine fokussiert. Von links näherte sich ein Mann. Er war außergewöhnlich schlank, aber das war schon alles, was Sina ausmachen konnte, denn sein kompletter Körper war mit einem hautengen schwarzen Anzug aus Leder oder Gummi bedeckt, zumindest der größte Teil seines Körpers. Für das hoch aufgerichtete Glied des Mannes und einen Teil seines mageren Hinterns war in dem Anzug eine Lücke ausgespart. Auf dem Kopf trug er eine Maske aus dem gleichen Material. Nur für Augen und Mund waren Öffnungen vorhanden.

Die Kamera zoomte auf sein Gesicht, und Sina konnte die blassen Augen des Mannes sehen. Mit einer wütenden, schwankenden Geste schob er die Kamera fort. Das Gerät erfasste einen zweiten Mann, der ähnlich gekleidet war und neben Lindas Kopf stand. In der Hand hielt er eines der Skalpelle, mit dem er über Gesicht und Hals seines Opfers fuhr. Auch seine braunen Augen fing die Kamera für zwei Sekunden ein, bevor sie zu dem ersten Mann hinüberschwenkte. Der beugte sich gerade über die bewegungsunfähige Linda und griff ihr brutal zwischen die Beine, während er sich regelrecht auf sie stürzte.

Sina schlug den Klapprechner zu. Tränen liefen ihr übers Gesicht. „Was soll ich tun, damit du sie in Ruhe lässt, du Arschloch?“ Der Schrei entwich ihrer Kehle, ohne dass sie etwas dagegen hätte tun können. Sie hatte die Kontrolle verloren.

Um sie herum war plötzlich ein tiefes, zufriedenes Lachen, das von den Wänden ihres Gefängnisses hundertfach zurückgeworfen wurde. „Nichts, Sina. Das ist ja das Wundervolle. Du kannst gar nichts tun.“

66

Nachdem der attraktive Wissenschaftler sich verabschiedet hatte, hatte Paula gemeinsam mit Bierbrauer noch einmal alle Polizeiprogramme nach Prof. Ahrens durchforstet. Ohne Ergebnis.

Schließlich war Bierbrauer wutschnaubend in Hendriks Büro verschwunden, um mit den Kollegen in Berlin zu sprechen. Es dauerte fast eine Stunde, bis er jemanden gefunden hatte, der ihm Auskunft geben konnte – oder wollte. Offenbar waren die Ermittlungen um die vermissten Frauen damals im Sand verlaufen. Man hatte niemals eine einzige Leiche gefunden. Außerdem kamen in der Hauptstadt, wie Andriesen bereits angedeutet hatte, scheinbar ständig Leute abhanden, die nie oder erst nach Jahren wiederauftauchten. Jedenfalls gab es keine ausreichenden Beweise, um von einer Mordserie auszugehen.

„Und wie erklären die Kollegen, dass die Ermittlungen rund um Ahrens in keiner Polizeidatenbank zu finden sind? Jeder andere wird dort verewigt, wenn er bei Rot über eine Ampel fährt. Selbst wenn er nur als Zeuge befragt worden ist, hätten wir etwas finden müssen." Johannsson war außer sich, als Bierbrauer mit Paula im Schlepptau in sein Büro marschiert war und ihn über ihre Rechercheergebnisse informierte.

„Der Berliner Kollege meinte", fuhr Bierbrauer fort, „dass Ahrens wohl außergewöhnlich gute Kontakte in höchste Berliner Polizeikreise hatte."

Johannsson verlor endgültig die Fassung. „Und dann halten die Hauptstadtkollegen es nicht einmal für angemessen, uns über die seltsamen Vorlieben dieses Vorzeigeexperten zu informieren? Die lassen zu, dass er weiter in Polizeiermittlungen einbezogen wird und alle möglichen Insiderinformationen erhält? Von den Details zu Tätern und Opfern bis hin zur Zusammensetzung unserer Ermittlungsteams!"

Bierbrauer, der vor wenigen Minuten vor lauter Ärger über diese provozierte Panne kurz vor einem Tobsuchtsanfall gestanden hatte, blieb angesichts des Johannsson'schen Erregungszustands die Ruhe selbst. Paula schaute Alex bewundernd an und erwartete gleichzeitig jeden Augenblick eine gewaltige Entladung des angestauten männlichen Aggressionspotenzials. Zu ihrem Erstaunen passierte nichts dergleichen. Stattdessen fand der Stralsunder Kripochef sein inneres Gleichgewicht ebenso schnell zurück, wie er es verloren hatte. Mit blitzenden Augen und mahlenden Kieferknochen setzte er sich hinter seinen Schreibtisch. „Gibt es etwas Neues von van Loh?"

Diesmal ließ Bierbrauer Paula den Vortritt. Zwar hatte Rönschmann mit Hendrik gesprochen, doch die Schweriner Kollegen hatten bereits Feierabend gemacht und sie deshalb über den Inhalt des Gesprächs informiert. „Ja, Hendrik hat eben angerufen. Die Spurensicherung ist nach wie vor mit der Waldhütte beschäftigt. Bis alles ausgewertet ist, könnten zwei Tage vergehen, meint er."

Johannssons Miene verdüsterte sich.

„Aber es gibt da etwas Interessantes“, beeilte Paula sich zu sagen.

Der Chef schaute sie ungeduldig an.

„Unsere Leute haben in dem Kellerverlies jede Menge Kameras gefunden. So winzig kleine hochmoderne Dinger, die zunächst kaum zu erkennen waren. Jemand hat alles überwacht, was Biggi Albers getan hat.“

„Oder was ihr angetan wurde“, ergänzte Bierbrauer.

„Könnte man daraus schließen, dass der Beobachter sich irgendwo in der Nähe des Verstecks aufgehalten haben muss?“, wollte Johannsson wissen.

Paula schüttelte bedauernd den Kopf. „So weit sind die Kollegen noch nicht, ich denke jedoch, davon können wir nicht ausgehen. Heutzutage ist es dank des weltweiten Netzes möglich, jeden Ort von praktisch überall aus zu überwachen.“

Johannsson schüttelte den Kopf. „Beängstigend, oder?“

Nachdem sie entlassen waren, verabschiedete auch Bierbrauer sich. Es war mittlerweile kurz nach sieben. Eigentlich hatte Paula Hendrik versprochen, sich nach den beiden Waldarbeitern zu erkundigen, die ihnen am Wochenende bei den Steinkreisen begegnet waren. Er hatte ihre Bedenken gegen die Männer zwar abgetan, wollte dennoch ihre Namen wissen.

„Falls wir sie erneut befragen müssen“, hatte er behauptet.

Paula rief die Internetseiten der Gemeinden auf, die sich in unmittelbarer Nähe der Steinkreise befanden. Keine hatte ihre Mitarbeiter online gestellt. Nach einer halben Stunde war ihr noch immer nicht klar, zu welchem Forstrevier die Gegend gehörte. Sie würde auf die klassische Methode zurückgreifen und telefonieren müssen. Heute Abend würde sie damit allerdings keinen Erfolg mehr haben. Außerdem wurde es Zeit aufzubrechen. Paula fuhr den Rechner herunter und griff nach ihrer Jacke. Bevor sie Julius einen Besuch abstatten konnte, musste sie unbedingt zu Hause vorbei, um sich in ihre traditionelle Kluft zu werfen. Ansonsten würde das bei ihrer Clique nicht gut ankommen. Die anderen hatten sie ohnehin im Verdacht, vom Spießer-Virus infiziert zu sein. Das machte ihr zwar im Allgemeinen wenig aus, aber jetzt, wo sie auf ihre Hilfe angewiesen war, sollte sie besser ein wenig geschmeidig sein.

67

Kurz bevor er Stralsund erreichte, rief Paula zurück.

„Hallo, Hendrik. Habe gerade erst meine Mailbox abgehört. Sorry. Ich hoffe, du bist noch nicht zu Hause.“

Hendrik, der bereits überlegt hatte, ob er in jedem Fall bei Paula vorbeifahren sollte, war erleichtert. „Nö, ich bin gerade erst in Stralsund eingetroffen und wollte auf ein Bier in die Altstadt fahren. Willst du mir nicht Gesellschaft leisten?“

„Super gern. Doch ich bin gerade auf dem Weg nach Hause. Willst du nicht bei mir vorbeischauen? Es gibt Einiges zu erzählen, war nämlich ein krasser Nachmittag. Und eben habe ich eine brandheiße Info erhalten. Vielleicht sollten wir heute Abend noch Johannsson informieren.“

Hendrik sah auf die Uhr im Armaturenbrett. Kurz nach elf. „Um diese Zeit? Dann muss es aber was wirklich Wichtiges sein.“

Paula lachte. „Ist es, glaub mir. Vor allem, wenn du erfährst, was ich heute sonst alles herausgefunden habe.“

Hendrik blieb skeptisch. Johannsson war vermutlich bereits zu Bett gegangen, und er konnte sich nicht vorstellen, dass sein Chef besonders gut gelaunt sein würde, riss man ihn ohne triftigen Grund aus dem Schlaf. „Na los, spann mich nicht auf die Folter: Was ist denn so wahnsinnig wichtig, dass wir es riskieren sollten, den Zorn von Thorwald Johannsson auf uns zu ziehen?“ Wieder hörte er Paula lachen.

„Ich habe mal gelesen, Männer mögen es, wenn man sie ein bisschen hinhält. Ich bin gerade vor meinem Haus, gehe jetzt nach oben und stelle schon mal die Kaffeemaschine an. Wie lange brauchst du, bis du hier bist?“

„Zehn Minuten. Höchstens.“

„Okay, bis gleich. Ich freu mich.“

Hendrik schaltete sein Handy aus und lächelte glücklich. Er freute sich auch.

68

Er war ihr den ganzen Abend gefolgt, immer wenn er jedoch glaubte, die Gelegenheit wäre günstig, tauchten von irgendwoher Leute auf. Als sie das marode Gebäude in der Innenstadt verließ, in dem wahrscheinlich ihre Freunde hausten, schien sie ziemlich aufgekratzt. Sie lief zu ihrem Wagen, den sie gegenüber dem Eingang geparkt hatte. Den großen Mann, der mit seinem SUV drei Wagenlängen hinter ihrem nagelneuen blauen Fiesta am Straßenrand stand, bemerkte sie nicht. Ihm blieb nichts anderes übrig, als ihr hinterherzufahren.

Sobald er sich sicher war, dass sie auf dem Heimweg war, überholte er sie auf der zweispurigen Straße und gab gerade so viel Gas, dass er im fließenden Verkehr nicht auffiel. Zum Glück gehörte sie nicht zu den jungen Frauen, die sich und allen anderen ihre Gleichberechtigung durch einen besonders forschen Fahrstil beweisen mussten. Er war drei Minuten vor ihr bei dem gepflegten Dreifamilienhaus, in dem sie lebte. Die Gegend passte nicht zu ihr.

Während sie im Dunkeln das Schlüsselloch suchte, trat er von hinten an sie heran. Sie verfügte über gute Instinkte, denn im letzten Moment drehte sie sich zu ihm um. Beinahe hätte sie ihn angelächelt. Doch da fuhr ihr bereits das Messer in den Bauch, das er ihr eigentlich von hinten in die Nieren hatte stoßen wollen.

Er spürte einen leichten Widerstand und drückte fester zu. Sie sackte mit ungläubigem Staunen zusammen. Er achtete darauf, dass sie ihn nicht berührte. Blutbefleckte Kleidung würde die Sache nur verkomplizieren.

Bevor Paulas Kopf auf den Granit der Eingangsstufe schlug, war er bereits auf dem Bürgersteig und eilte unauffällig zu der Seitenstraße, in der er sein Fahrzeug geparkt hatte. Er hatte kurz darüber nachgedacht, Paula mitzunehmen, aber das war zu riskant. Immerhin war er in einem Wohnviertel, in dem ihm jederzeit jemand begegnen konnte, der zum Beispiel seinen Hund ausführte. Dann hätte er ein Massaker anrichten müssen, und das war nicht in seinem Sinn. Deshalb hoffte er lieber darauf, dass die tote junge Frau in dem dunklen Eingang nicht allzu schnell gefunden werden würde.

Nun musste er sich nur noch um diesen Hendrik van Loh kümmern. Er hatte keine Ahnung, wo der sich gerade aufhielt. Er würde es in seiner Wohnung versuchen. Falls er dort nicht war, würde er auf ihn warten.

Im Gegensatz zu seiner kleinen Kollegin wohnte der junge Polizist in einer deutlich weniger vornehmen Gegend. Sanierter Plattenbau. Es dauerte eine Weile, bis er im Haus war und die richtige Wohnung ausfindig gemacht hatte. Dort hineinzukommen, war das kleinere Problem. Van Loh war nicht daheim. Der Große setzte sich auf den einzigen Sessel im Wohnzimmer und wartete.

69

Acht Minuten nachdem er das Gespräch mit Paula beendet hatte, bog Hendrik in ihre Straße ein. Er stellte den Passat hinter ihrem Fiesta ab und sprintete zu dem schmalen, mit grauen Verbundsteinen gepflasterten Weg zur Haustür. In dem dunklen Vorgarten hätte er die zusammengesunkene Gestalt auf der breiten Eingangsstufe beinahe übersehen und wäre über sie gestolpert. Im letzten Augenblick bremste er ab und beugte sich nach unten. Bevor er sie erkannte, wusste er, dass es Paula war.

Als er sie vorsichtig umdrehte, entdeckte er das Blut. Viel Blut. Automatisch tastete er nach ihrem Puls. War da etwas, oder bildete er sich das nur ein? Eine Welle der Panik erfasste ihn.

„O Gott, Paula, tu mir das nicht an!"

Mit blutigen Händen holte er sein Handy hervor, um den Notruf zu wählen. Dann zog er sein Hemd aus und presste es auf die Wunde in Paulas Bauch. Die Kollegen und der Notarzt brauchten sechs Minuten. Das war eine gute Zeit, aber für Hendrik waren es die längsten Minuten seines Lebens.

70

Er wartete bis um vier Uhr morgens. Doch van Loh tauchte nicht auf. Vielleicht hatte er eine Freundin. Nun, dann hatte sie ihm das Leben gerettet. Er verließ die Wohnung und stahl sich in der aufziehenden Dämmerung davon. Jetzt kam es darauf an, schnell zu sein. Er fuhr nach Hause, zog sich um und packte seine Reisetasche. Die Pässe würden am späten Vormittag fertig sein, der Flug ging um vier Uhr in der Frühe von Berlin aus. Er konnte also noch ein paar Stunden schlafen. Anschließend würde er die Pässe abholen. Und seine Frau.

71

Hendrik hatte die ganze Nacht an Paulas Bett auf der Intensivstation gesessen und ihre Hand gehalten. Eine Schwester hatte ihn gefragt, ob er ein Angehöriger sei. Er hatte sie nur verständnislos angeschaut.

Irgendwann hockte Bierbrauer neben ihm. Hendrik hatte nicht bemerkt, dass er gekommen war. Nachdem Johannsson aufgetaucht war, erwachte Hendrik kurz aus seinem Albtraum. Sein Chef beorderte ihn und Alex mit einem kurzen Kopfnicken nach draußen. Auf dem kahlen Flur vor der Intensivstation ließ Johannsson sich noch einmal von ihm persönlich schildern, was vorgefallen war. Der sonst so strenge Kripoleiter fragte nicht, was er zu dieser späten Stunde bei Paula gewollt hatte, und auch sonst zeigte er sich von einer Seite, die Hendrik bisher nicht an ihm kennengelernt hatte. Fürsorglich und sensibel.

Als Johannsson gehen wollte, fiel Hendrik etwas ein. „Ach, Chef, Paula muss heute Abend irgendetwas Wichtiges herausgefunden haben. Bei unserem Telefonat hat sie so was angedeutet. Sie hielt es sogar für angemessen, Sie mitten in der Nacht aufzuwecken."

Alex lächelte.

Johannsson zog die Brauen hoch. „So. Sehr interessant. Wissen Sie zufällig, worum es bei dieser außerordentlich wichtigen Entdeckung gehen könnte? Vielleicht könnte das ja ein Motiv für diesen Überfall sein ..."

Hendrik schüttelte den Kopf. Tränen traten in seine Augen. „Tut mir leid, Chef. Sie wollte es mir erst sagen, wenn wir uns sehen. Es schien aber irgendwas mit dem zu tun zu haben, was sie und Bierbrauer heute Nachmittag herausgefunden haben."

„Ahrens?" Johannsson sah zu Bierbrauer hinüber. „Haben Sie an irgendetwas gearbeitet, nachdem Sie mein Büro verlassen haben?"

„Nicht dass ich wüsste. Allerdings bin ich vor Paula gegangen. Bestimmt hat sie allein weitergemacht. Wäre ihr noch etwas Bedeutsames aufgefallen, hätte sie uns vermutlich sofort informiert und nicht drei Stunden auf ihr Treffen mit van Loh gewartet, oder?"

Laut Stempeluhr hatte Paula Szepanski das Präsidium kurz vor acht verlassen. Was sie getan hatte, bis sie ihrem Mörder in die Arme gelaufen war, wussten sie nicht.

„Wir waren nicht verabredet", stellte Hendrik erschöpft klar. „Jedenfalls zu dem Zeitpunkt nicht. Wir haben telefoniert, als ich von der Seenplatte zurückgekehrt bin. Dann haben wir spontan beschlossen, uns zu treffen. Paula war gerade zu Hause eingetroffen."

„Wann war das?" Johannsson gab sich augenscheinlich Mühe, nicht allzu streng zu wirken.

Hendrik stand kurz vor einem Nervenzusammenbruch. „Höchstens zehn Minuten", sagte er mit zitternder Stimme, „bevor ich sie gefunden und den Rettungsdienst verständigt habe."

Johannsson überlegte und traf eine Entscheidung. „Sieht nicht so aus, als würden wir in dieser Frage heute Nacht weiterkommen. Sie, van Loh, warten, bis Paula aufwacht. Egal wie lange es dauert. Ich werde dafür sorgen, dass man Ihnen ein Bett zur Verfügung stellt, damit Sie wenigstens etwas schlafen können. Vor der Station habe ich vorhin zwei Beamte postiert."

Hendrik schaute Johannsson erstaunt an. Auf die Intensivstation gelangte man nur, wenn man am Eingang klingelte und per Sprechanlage einen vernünftigen Grund für seinen Besuch nennen konnte. Johannsson wollte also diesmal nicht das geringste Risiko eingehen.

„Bierbrauer, Sie können unserem Kollegen ein wenig Gesellschaft leisten. Aber sehen Sie zu, dass Sie genug Schlaf kriegen. Morgen kümmern Sie sich um den Hund, verstanden?"

Bei diesem Stichwort fiel Hendrik etwas ein. „Die Hundestaffel! Wir mussten die Suche heute Mittag abbrechen, morgen machen sie von der Hütte aus weiter. Da sollte ich ..."

Johannsson hob die Hand. „Sie bleiben hier, bis es Frau Szepanski besser geht. Und dann gönnen Sie sich erst mal ein, zwei Tage Pause. Um die Hunde können sich die Schweriner Kollegen kümmern. Rönschmann wird es guttun, mal einen Tag lang hinter einer Hundemeute herzulaufen und den Wald abzusuchen. Außerdem ist Hansen morgen Nachmittag wieder zurück. Wir kommen zurecht."

Nachdem ihr Chef gegangen war, blieb Bierbrauer etwa eine Stunde. Gegen drei nahm Hendrik das Angebot wahr, das die Schwestern ihm schon mehrfach unterbreitet hatten, und legte sich in einem Nebenraum auf eine Liege. Gefühlte fünf Minuten später rüttelte einer der uniformierten Kollegen an seinem Arm.

„Hey, van Loh. Wachen Sie auf. Da ist so ein schräger Typ, der Sie unbedingt sprechen will."

Der Mann war höchsten Mitte zwanzig, groß und schlaksig. Die verbeulte Jeans blieb gerade so an den mageren Hüftknochen hängen, das ausgeleierte graue T-Shirt flatterte um die schmale Brust. Er drückte sich unsicher im Treppenhaus vor der Intensivstation herum und warf den beiden Polizisten, die hier Aufstellung bezogen hatten, von Zeit zu Zeit feindselige Blicke zu. Hendrik ordnete ihn spontan der linken Szene zu, allerdings nicht unbedingt dem gewaltbereiten Zweig. Eher den intellektuellen Lebensuntauglichen. Irgendwie passte er zu Paula.

„Du bist Hendrik, oder?"

Er nickte. Ihm musste deutlich anzusehen sein, dass er nicht wusste, was er von der Sache halten sollte.

„Paula hat uns von dir erzählt. Sie sagt, du bist in Ordnung."

Hendrik fiel nichts Besseres ein, als erneut zu nicken.

„Wie geht es ihr, Mann? Stimmt es, dass irgend so ein Arschloch sie fast umgebracht hat?"

Diesmal nickte Hendrik, weil er ohnehin kein Wort herausgebracht hätte, ohne in Tränen auszubrechen.

„Und? Wird sie es schaffen?"

Hendrik riss sich zusammen. „Keine Ahnung", krächzte er. „Wie heißt du überhaupt?"

Der dürre Kerl wurde misstrauisch. Er mochte keine Polizisten, daran gab es keinen Zweifel. „Spielt keine Rolle, oder?"

Hendrik zuckte mit den Schultern. Eigentlich war es ihm ohnehin egal. Der Typ war ein Freund von Paula, der wissen wollte, wie es ihr ging. Das wusste er jetzt. „Gibt es sonst noch was?“ Er klang ebenso missmutig wie müde.

Der Namenlose kam zwei Schritte auf ihn zu. Nach kurzem Zögern zog er ein zweimal gefaltetes, zerknittertes Blatt Papier aus der Hosentasche und hielt es Hendrik entgegen.

„Was ist das?“

„Paula war gestern Abend bei uns. Sie hatte uns gebeten, etwas für sie herauszufinden. Ich nehme an, sie hatte keine Zeit, euch das Ergebnis mitzuteilen.“

Hendrik schüttelte den Kopf und nahm den Zettel entgegen. Als er ihn auseinanderfaltete, las er in krakeliger Schrift einen Namen und darunter zwei Reihen von Begriffen und Abkürzungen, die für ihn keinerlei Sinn ergaben. Sein Nacken kribbelte. „Was solltet ihr für sie herausfinden?“

Der Schlaksige sah ihm direkt in die Augen. „Ich mag Bullen nicht besonders, weißt du? Und dass Paula jetzt für euch arbeitet, finde ich echt scheiße. Aber wenn der Typ da was mit dem Überfall auf sie zu tun hat, will ich, dass ihr ihn an den Eiern kriegt. Von mir aus könnt ihr ihm sein verdammtes Hirn wegpusten.“

Der Vortrag war zunehmend hitzig geworden. Die Beamten schauten argwöhnisch zu ihnen herüber.

Prompt senkte der Namenlose die Stimme. „Paula wollte wissen, wer hinter dieser Internetseite steckt. Dieser *Bifröst*-Scheiß. Das da habe ich für sie rausgefunden.“

72

Zum zweiten Mal in dieser Woche hatte Johannsson sie zu nachtschlafender Zeit in den Besprechungsraum beordert. Diesmal waren Rönschmann und Peters pünktlich. Die Ereignisse der letzten Nacht mussten sich bis Schwerin herumgesprochen haben.

„Bierbrauer, informieren Sie die beiden Kollegen über das, was wir gestern Nachmittag herausgefunden haben, nachdem sie uns bereits verlassen hatten." Nur wer Johannsson gut kannte, konnte hinter den emotionslos vorgetragenen Worten seinen Zorn über das mangelnde Engagement der Schweriner Kollegen erkennen.

Alex fasste die Verdachtsmomente gegen Prof. Ahrens vom Vortag so knapp wie möglich zusammen.

„Das ist zwar alles dubios für einen Wissenschaftler, der sich ausgerechnet mit traumatisierten Gewaltopfern beschäftigt, doch reicht das tatsächlich aus, um Ahrens für einen Mörder zu halten?" Die Schweriner waren skeptisch, nur Peters hatte es gewagt, seine Zweifel in Worte zu fassen.

Johannsson schaute den Kollegen vollkommen ruhig an. „Nein, Peters, das allein würde nicht ausreichen, da gebe ich Ihnen recht. Zum einen hat unser Professor sich jedoch bei diesen Ermittlungen von Anfang an mehr als seltsam benommen. Vor allem wollte er auf keinen Fall etwas von einer Mordserie wissen. Das hatte groteske Züge. Und zum anderen haben wir heute Nacht einen weiteren Hinweis erhalten. Übrigens haben wir das Frau Szepanski zu verdanken."

Alex hatte das unbestimmte Gefühl, dass Johannsson die Kollegen in gewisser Weise auch für den Überfall auf Paula verantwortlich machte, obwohl sie dafür nun wirklich nichts konnten.

„Wir wissen jetzt, dass Professor Ahrens hinter dieser Internetseite steckt, mit der unsere Täter ihre Opfer ausspioniert haben", fuhr Johannsson fort. „Bisher können wir den Weg von der Seite zu Ahrens nicht ganz nachvollziehen, unsere Experten arbeiten noch daran. Ich habe gleich ein Gespräch mit dem Staatsanwalt. Mit etwas Glück haben wir in einer halben Stunde einen Haftbefehl."

Andriesen hatte das Team darüber informiert, dass Ahrens wiederaufgetaucht war und bis neun Uhr in seiner Wohnung sein würde. Vermutlich rechnete der Assistent nicht damit, dass Johannsson mit einem ganzen Sondereinsatzkommando dort auftauchen würde.

Der Kripochef schaute in die Runde. „Rönschmann, Peters, ich möchte, dass Sie bis dahin noch einmal alles durchgehen, was wir gegen Ahrens in der Hand haben. Während wir den Professor verhaften, werden zeitgleich seine Wohnung und sämtliche Büros durchsucht. Vergewissern Sie sich, dass wir nichts übersehen. Ahrens übernehme ich persönlich. Sie gehen mit mir, Rönschmann. Peters, Sie kümmern sich darum, dass mit den anderen Durchsuchungen alles klar geht, verstanden?"

Johannsson wandte sich an Alex. „Bierbrauer, kommen Sie mit in mein Büro." Ohne weitere Erklärung verließ der Kripoleiter den Raum.

Als Alex die Tür hinter sich schloss, saß Johannsson bereits hinter seinem Schreibtisch. Unaufgefordert nahm Alex ihm gegenüber Platz. Eine Weile sah Johannsson ihn nachdenklich an, ohne ein Wort zu sagen.

„Schnappen wir den Professor, heißt das nicht, dass wir auch Frau Lehmann haben. Das ist Ihnen klar, oder?", erkundigte er sich.

Alex nickte. Er spürte, wie sich ein lähmendes Gefühl von seiner Brust aus im ganzen Körper ausbreitete.

„Wir werden natürlich versuchen ... Nein, ich verspreche Ihnen: Wir werden *verhindern*, dass Ahrens Gelegenheit hat, sich mit einem seiner Komplizen abzustimmen. Aber ..." Er musste den Satz nicht beenden. Ihnen beiden war klar, dass Ahrens' Verhaftung in mehrfacher Hinsicht ein Risiko für Sina darstellen konnte.

Sie wussten nicht, wo er sie versteckt hielt – falls sie überhaupt noch lebte. Doch selbst wenn, sollte Ahrens sich stur stellen, konnte es sein, dass sie dort, wo sie war, nicht mit Nahrung und Wasser versorgt wurde. Oder Ahrens' mögliche Handlanger bekamen mit, dass etwas nicht stimmte, und beseitigten alle Spuren – einschließlich Sina.

Johannsson verscheuchte seine entmutigenden Gedanken mit einer Handbewegung. „Deshalb werden Sie sich sofort auf die Suche nach Ihrer Freundin begeben. Fahren Sie nach Sternberg, und holen Sie sich den Hund. Es wäre natürlich besser, Frau Szepanski könnte

Sie begleiten, die versteht vermutlich mehr von Tieren als Sie. Das geht ja nun jedoch nicht mehr. Also reißen Sie sich zusammen und seien Sie nett zu Frau Lehmanns kleinem Liebling. Er ist vielleicht unsere einzige Chance, sie rechtzeitig zu finden.“

Er machte eine Pause und Alex dachte schon, das wäre das Ende der Ansage.

„Ach ja, fangen Sie am besten bei diesen Steinkreisen an. Von Süden arbeitet die Hundestaffel sich in Ihre Richtung vor. Falls der Hund also nicht unbedingt woanders hinwill, sollten Sie sich nördlich halten, alles klar?“

Alex beeilte sich aufzustehen. Er war entlassen. Es stimmte, das war womöglich die einzige Chance, um Sina rechtzeitig zu finden. Und keiner würde sie so gut nutzen wie er. Als er nach der Türklinke griff, sprach Johannsson ihn noch einmal an.

„Bierbrauer!“

Er drehte sich um und blickte dem Kripochef direkt in die eisblauen Augen.

„Viel Glück.“

73

Der Boss meldete sich bei ihm, als er gerade die Pässe abgeholt hatte. Die Reisetasche lag bereits im Kofferraum.

„Es ist so weit: Bring mir Sina. Dann beseitigst du die Spuren im Stollen und holst später die Leichen bei mir ab. Nachdem du sie weggeschafft hast, werden wir uns eine Zeit lang trennen müssen."

Er schwieg. Die Sache gefiel ihm nicht. „Was ist, wenn sie nicht darauf reinfällt?", fragte er schließlich. „Sie könnte in eine andere Richtung laufen oder mir nicht glauben."

Der Boss lachte. „Mach dir da mal keine Sorgen. Sie hat das Video gesehen – und ist zusammengebrochen. Ich denke, wir haben sie. Ein kleines bisschen mehr und Frau Lehmanns Panzer ist geknackt. Was könnte da besser sein, als ihr die Flucht zu ermöglichen und sie gleich in die nächste Falle laufen zu lassen?"

Der Boss schien Vergnügen daran zu haben, einen Menschen zu brechen. Er verachtete ihn dafür. Aber das spielte keine Rolle mehr. Heute Nacht würde ein neues Leben beginnen. Was aus dem Boss wurde, war ihm egal. Er hatte ihm ohnehin nie getraut. Er hatte niemandem je getraut. Niemandem außer ihr.

Sie war wie er. Sie wusste, was es bedeutete, im Inneren allein zu sein. Sie war seine Zwillingsseele. Für sie war es nicht wichtig, was er bisher getan hatte. All die

Morde, die Vergewaltigungen, die Grausamkeiten – das hatte ihn niemals berührt. Es war fast so, als wären es gar nicht seine Werke gewesen. Und so war es ja auch. In gewisser Weise. Denn sein Leben fing erst jetzt an. Mit ihr.

Er startete den Wagen. Es war Zeit für den letzten Akt, der sein bisheriges Dasein abschließen würde. Das musste sein. Schon deshalb, weil er nicht gern unerledigte Dinge zurückließ. Anschließend würde er niemals wieder einen Menschen töten. Das schwor er sich. Sie würden Kinder haben, und er würde ein liebevoller Ehemann und Vater sein.

Etwas in seiner Brust rührte sich, genau dort, wo bislang nur ein Herz aus Stein gewesen war. Es trieb ihm die Tränen in die Augen. Er bemerkte es, und eine Welle des Glücks überwältigte ihn. Die erste seines Lebens.

74

Katie hatte mehrfach versucht, vom Zug aus einen der Kollegen zu erreichen. Aber die Verbindung war nicht stabil genug. Als sie gegen zwei Uhr in Stralsund ankam, war ihr Akku leer. Sie fluchte. Johannsson rechnete frühestens in drei Stunden mit ihr. Sie hatte extra die frühe Verbindung gewählt, um diese Zeit für sich zu haben, doch sie hätte zuvor gern gewusst, wie sich die Dinge weiterentwickelt hatten. Sollte sie gleich ins Präsidium fahren? Nein. Sie musste die Therapie unbedingt fortsetzen, die erste Sitzung hatte ihr geholfen. Mittlerweile ärgerte sie sich, dass sie das Angebot nicht viel früher angenommen hatte. Hätte ihr eine Menge Ärger mit Piet erspart.

Sie hatten sich im Forsthaus des Professors in Mecklenburg verabredet, was ihr recht war, denn sie legte keinen Wert darauf, dass irgendjemand von der Sache erfuhr. In einer knappen Stunde konnte sie dort sein. Vielleicht würde sie ja auf diesem Weg einiges über die Ereignisse der letzten zwei Tage erfahren können. Und während sie auf der Couch lag und ihrem Seelenretter von ihrem wirren Liebesleben erzählte, könnte sie ihr Handy aufladen und anschließend Hendrik oder Alex anrufen.

Katie fasste einen Entschluss. Drei Stunden für sich allein – das musste drin sein.

75

Im Präsidium fand Hendrik die Räume der Mordkommission wie ausgestorben vor. Selbst Johannsson saß nicht hinter seinem Schreibtisch. Nach zwei Stunden Schlaf auf der schmalen Pritsche im Bereitschaftsraum der Intensivstation und einem langen Morgen an Paulas Krankenbett, wirkte er mehr als übernächtigt. Vor einer Stunde hatte Hendrik endlich einen der Ärzte sprechen können, die Paula regelmäßig untersuchten.

„Ihrer Freundin geht es den Umständen entsprechend gut. Sie ist zwar noch nicht über den Berg, aber ihr Zustand hat sich stabilisiert."

Ihr Leben verdankte Paula einem nietenbesetzten Gürtel. Daran war die scharfe Klinge abgerutscht und hatte dem Stoß die Wucht genommen.

Da die Mediziner sie in ein künstliches Koma versetzt hatten, bestand keine Aussicht, dass Paula aufwachen und ihm berichten würde, was geschehen war. Hendrik gab deshalb seiner wachsenden Unruhe nach und überließ den beiden Beamten, die am Morgen ausgewechselt worden waren, die Bewachung seiner Kollegin. Eigentlich hätte er nach Hause fahren und duschen sollen, doch er konnte nicht allein sein. Deshalb nannte er dem Taxifahrer die Adresse des Präsidiums. Vielleicht war Katie ja schon zurück. Er hatte vier oder fünf Anrufe von ihr auf dem Handy entdeckt, als er es beim Verlassen der Intensivstation wieder anschaltete.

Seine Rückrufversuche waren vergeblich gewesen. Deutsche Bahn. Da klappte es mit einer stabilen Mobilfunk- oder gar Internetverbindung nie.

Verloren stand Hendrik vor der Ermittlungswand, aus deren Zentrum nach wie vor Sina Lehmann auf die Betrachter herunterlächelte. Sollte er versuchen, Bierbrauer anzurufen? Unschlüssig sah er sich im Raum um, bis sein Blick an Paulas Laptop hängen blieb. Sie hatte ihm ihr Passwort verraten, er konnte also nachschauen, woran sie zuletzt gearbeitet hatte. Entschlossen schaltete er das Gerät an und kontrollierte den Verlauf der letzten Anfragen. Ihm wurde kurz schlecht, doch er riss sich zusammen. Es würde Paula nicht helfen, wenn er ihre Tastatur vollkotzte.

Ich bin so ein verdammtes Weichei!

Er konzentrierte sich auf den Bildschirm. Offenbar hatte Paula die Internetseiten mehrerer Gemeinden und Forstreviere in Mecklenburg besucht.

Plötzlich dämmerte es ihm. Die zwei Waldarbeiter! Er hatte Paula gebeten, ihre Namen herauszufinden. Er sah auf seine Uhr. Kurz vor elf. Bis zwölf würden die Verwaltungen besetzt sein. Er griff zum Telefon und wählte die Nummer der Gemeinde Boitin. Eine Stunde und fünf Anrufe später wusste er, dass das Waldgebiet, in dem der Steintanz lag, weder von den umliegenden Kommunen noch von den staatlichen Forstrevieren verwaltet wurde. Es war in Privatbesitz. Im Büro des Berliner Industriellen, der das knapp siebzig Quadratkilometer große Waldstück nach der Wende gekauft hatte, erfuhr er, dass dieser es vor fünf Jahren an einen Bekannten verpachtet hatte, weil er ohnehin nie Zeit gehabt hatte, Jagd und Forst zu nutzen.

„Und wer stellt die Waldarbeiter ein?"

Die Assistentin der Geschäftsführung am anderen Ende der Leitung stutzte. „Ich denke, das erledigt der Pächter. Falls er es nicht an die Kommune oder die Forstverwaltung abgegeben hat. Das haben wir damals so gemacht, wissen Sie?"

Hendriks Aufregung nahm zu. „Und würden Sie mir verraten, wem Ihr Chef den Wald überlassen hat?"

Er konnte das Unbehagen der Frau förmlich spüren. „Nun ja, das geht mich eigentlich nichts an. Es handelt sich schließlich um eine Privatangelegenheit des Herrn Direktor ..."

„Ja, das verstehe ich. Aber sehen Sie, wir ermitteln in mehreren Mordfällen. Und wenn Sie mir die Auskunft nicht geben können, muss ich Ihren Chef offiziell vorladen. Ich denke, das können wir ihm ersparen, oder?" Das klang selbst in seinen Ohren ziemlich professionell.

Seine Gesprächspartnerin schien abzuwägen, welche Variante sie in größere Schwierigkeiten bringen würde. „Soweit ich weiß, hat der Herr Direktor den Wald an einen guten Freund verpachtet. An einen renommierten Wissenschaftler übrigens. Er ist damals in die Gegend gezogen und hatte Interesse an einem ruhigen Ort, an den er sich hin und wieder zurückziehen kann."

„Sprechen wir zufällig von Professor Hans-Joachim Ahrens?" Hendrik blieb fast das Herz stehen.

„Ja, genau. Woher wissen Sie ...?"

„Ich danke Ihnen. Sie haben mir sehr geholfen." Er warf den Hörer auf die Gabel, als wäre er plötzlich heiß geworden. Sofort rief er Johannsson an.

„Ja!" Der Chef war ungehalten. Dann registrierte er, wer ihn da störte. „Ist Frau Szepanski aufgewacht?"

„Nein, doch ich habe herausgefunden, woran sie zuletzt gearbeitet hat." Eilig berichtete Hendrik seinem Vorgesetzten, was er in Erfahrung gebracht hatte.

„Gut gemacht, Junge."

So hatte Johannsson ihn noch nie genannt.

„Wir haben Ahrens gerade festgenommen. In einer Stunde sind wir zurück im Präsidium. Warten Sie dort auf uns."

Nachdem Hendrik aufgelegt hatte, fiel ihm ein, dass er nach wie vor nicht wusste, wer die beiden Waldarbeiter waren. Angesichts der neuen Entwicklung setzte er sich erneut an Paulas Rechner und durchsuchte die Polizeiprogramme. Ohne Namen, Fingerabdrücke oder DNA war es allerdings fast unmöglich, dort jemanden zu finden. Er rief bei den Kollegen der Spurensicherung an, die am Tag zuvor mit ihm und den Hunden den Wald durchkämmt hatten.

„Hallo, Jörgen, Hendrik hier. Habt ihr schon irgendetwas Brauchbares gefunden?"

„Ja, hab ich gerade auf Johannssons Rechner geschickt. Dachte, der Chef sollte so schnell wie möglich informiert werden." Scheinbar fürchtete der Kollege, Hendrik könnte sich übergangen fühlen.

„Johannsson ist unterwegs. Deshalb wäre ich dir dankbar, wenn ..."

„Na klar, ich hätte dich ohnehin gleich informiert. Also, das Blut im Wald hat uns jede Menge DNA geliefert. Passend zu Spuren, die wir in dem Folterkeller entdeckt haben. Da haben wir auch Material von Biggi Albers sichergestellt – und winzige Hautpartikel einer weiteren Person."

„Habt ihr die DNA schon durch den Computer gejagt?"

„Haben wir. Bei dem zweiten Mann, also dem mit den wenigen Spuren, leider Fehlanzeige. Der andere war ein Volltreffer. Das Blut gehört zu einem Anton Burgler. Ein übler Bursche. Bei dem Gedanken, dass der eine Frau in die Finger bekommt, kann es einen gruseln. Schau dir das Foto an, dann weißt du, was ich meine. Ich schick's sofort hoch."

Drei Minuten später blickte Hendrik das unsympathische Gesicht des kleineren Waldarbeiters von Paulas Bildschirm entgegen. Verdammt, sie waren so dicht dran gewesen. Und dann wusste Hendrik plötzlich, warum Paula niedergestochen worden war.

76

Der Tierarzt war wenig begeistert, als Alex in seine Praxis gestürmt kam, um Asha abzuholen.

„Hören Sie, die Hündin ist schwer verletzt. Sie hat überall Prellungen und Schnittwunden, ein Hinterlauf war ausgerenkt, der Kiefer ist gebrochen, und sie hat eine mittelschwere Gehirnerschütterung. Sie bringen sie um, wenn Sie sie jetzt mitnehmen. Außerdem ist Asha außergewöhnlich scheu. Ich vermute, sie kommt aus dem Auslandstierschutz und hat vor allem mit Männern schlechte Erfahrungen gemacht." Er schaute Alex vielsagend an. Offenbar machte er auf ihn keinen ausreichend sensiblen Eindruck.

Alex rang um Fassung. Er hatte es, verdammt noch mal, eilig. Und ihm war Ashas Gesundheit egal – abgesehen davon, dass sie ausreichend Kraft haben sollte, ihn zu Sina zu führen. „Nun hören Sie mir mal zu, Doktor Ritter. Die Besitzerin dieses Hundes ist vermutlich in höchster Lebensgefahr, und wir glauben, dass ... Asha?"

Der Tierarzt nickte. „Steht zumindest auf der Marke an ihrem Halsband."

„Also, Asha ist vielleicht die Einzige, die weiß, wo wir Frau Lehmann finden."

Der Tierarzt zögerte.

Alex ließ nicht locker. „Denken Sie nicht, Asha würde die Sache womöglich anders sehen als Sie? Soweit ich weiß, war ... ist Frau Lehmann der einzige Mensch, dem sie je vertraut hat.“ Hatte er Linda damals, nach Sinas und Jans Verschwinden, richtig verstanden, entsprach das wenigstens ungefähr der Wahrheit.

Ritter dachte nach, dann spannten sich seine Schultern. „Na gut, kommen Sie mit. Asha ist nebenan in meiner Privatwohnung.“

Die Tierarztpraxis war in einem geräumigen, neuen Einfamilienhaus mitten in einer Wohnsiedlung untergebracht. Alex hatte bereits vermutet, dass Ritter und seine Familie den Teil des Hauses bewohnten, der nicht zur Praxis gehörte.

„Wir lassen die Hündin am besten selbst entscheiden. Ehrlich gesagt, kann ich mir nicht vorstellen, dass sie überhaupt mit Ihnen gehen wird.“

Alex runzelte die Stirn. Darüber hatte er noch nicht nachgedacht. Zur Not würde er das Tier einfach in seinen Kofferraum setzen. Basta.

Ritter sah über die Schulter und grinste ungläubig. „Sie glauben doch nicht im Ernst, Asha könnte Ihnen etwas nutzen, wenn sie kein Vertrauen zu Ihnen hat?“

Alex schwieg.

„O Mann, Sie haben wirklich keine Ahnung von Tieren, was?“

Alex gab dem Veterinär im Stillen recht. Sina hatte früher Katzen besessen, bevor sie zusammengezogen waren. Und sie hatte ständig davon gesprochen, irgendwann einmal einen Hund haben zu wollen. Oder besser zwei. Aber für ihn brachten Haustiere nicht den geringsten Nutzen, machten im Gegenzug jede Menge Dreck und Unsinn. Also waren entsprechende Pläne und Sehnsüchte an seinem kategorischen Nein gescheitert. Auch diesen Traum hat sie sich mit Jan erfüllt, wurde ihm plötzlich klar.

Die kniehohe weiße Hündin lag auf einem großen Kissen neben dem Sofa in Dr. Ritters Wohnzimmer. Mit anderen Hunden kam sie prächtig aus, denn ein riesiger Rottweiler leckte ihr alle paar Sekunden über ein Auge, was Asha sich anstandslos gefallen ließ. Davon abgesehen, war die Hündin in einem erbärmlichen Zustand. Die Schnauze steckte in einem Drahtkorb, der verhindern sollte, dass sich der gerichtete Kiefer wieder verschob. Ein Hinterlauf war komplett unter einem Druckverband verschwunden, und der weitgehend rasierte magere Körper wies überall dort, wo der Tierarzt die tieferen Wunden genäht hatte, dunkle Nähte auf.

Während der Rottweiler sofort begeistert aufsprang und seinen Herrn freudig begrüßte, blieb Asha mit gespitzten Ohren in der Ecke liegen und beobachtete die beiden Männer misstrauisch. Ihr war deutlich anzusehen, dass sie sich am liebsten ganz hinters Sofa zurückgezogen hätte, durch ihre zahlreichen Wunden jedoch am Rückzug gehindert wurde. Als Ritter langsam und beruhigende Worte murmelnd in die Knie ging und auf sie zu kroch, drückte Asha sich tief in ihr Kissen, legte die Ohren an und begann zu knurren. Da Weglaufen nicht möglich war, bereitete sie sich offenbar auf einen Kampf vor.

„Mutiges kleines Ding, was?" Ritter grinste erneut. „Dabei hat sie nicht die geringste Chance, mit dem Kiefer jemanden zu beißen. Und das weiß sie auch. Doch sie gibt nicht auf." Bewunderung schwang in seiner Stimme mit. „So sind Straßenhunde, wissen Sie? Zähe

Kämpfer bis zum letzten Atemzug. Dabei meist absolut sozial mit anderen Hunden oder Katzen. Nur uns Menschen trauen sie oft nicht über den Weg. Und das mit gutem Grund." Er erhob sich und trat hinter Alex zurück. „Na dann, versuchen Sie Ihr Glück. Wenn sie mitkommt, haben Sie meinen Segen. Wenn sie Reißaus nimmt, bleibt sie hier."

Alex schaute den Arzt drohend an.

„Also wirklich, Hauptkommissar Bierbrauer, wie stellen Sie sich das denn vor? Dass Sie einen völlig verängstigten und darüber hinaus halb toten Hund in den Wald schleifen, und wenn Sie erst mal da sind, kooperiert das Tier und führt Sie schnurstracks zu der Frau, die Sie suchen?"

Tatsächlich hatte Alex' Plan mehr oder weniger genau so ausgesehen.

„Das kann nicht Ihr Ernst sein", meinte Ritter. „In Wirklichkeit wird es so sein, dass Asha keinen Schritt machen wird. Oder sie haut Ihnen bei der ersten Gelegenheit ab. Falls Sie sie überhaupt ohne massive Gewaltanwendung in Ihr Auto und wieder hinausbekommen."

Alex betrachtete skeptisch die Hündin, die jetzt panisch zu ihm aufsah. Vermutlich lag Ritter richtig. Sie war allerdings seine einzige Chance – Sinas einzige Chance. Und er würde sie nutzen. Er ging in die Hocke und kauerte sich instinktiv zusammen. Asha entspannte sich ein wenig.

Alex bemühte sich, sanft und beruhigend zu klingen. „Hallo, Asha. Ich bin ein Freund von Sina. Und ich muss sie unbedingt finden. Willst du mir dabei helfen?"

Als er ihren und Sinas Namen nannte, spitzte die Hündin die Ohren. Außerdem kam es Alex so vor, als fixierten ihre Augen ihn weniger ängstlich, jedoch mit einer gewissen Neugier. Vorsichtig griff Alex in seine Jackentasche und zog Sinas dunkelblauen Seidenschal hervor. Selbst er konnte den Duft seiner Besitzerin in dem zarten Gewebe riechen. Er hielt Asha den Stoff entgegen, wobei er sich bemühte, keine allzu hektischen Bewegungen zu machen.

Die kleine Hündin ließ den Schal keine Sekunde aus den Augen. Zögernd reckte sie den Hals und kroch langsam auf Alex zu. Nachdem sie die Nase tief in das Tuch gesteckt hatte, schnüffelte sie wie zufällig an Alex' Hand. Er widerstand dem Impuls, das Fell über dem Drahtkorb zu streicheln. Plötzlich wusste er, wie sehr Sina dieses kleine geschundene Wesen liebte. Und dass sie lieber gestorben wäre, als die Hündin in Gefahr zu bringen. Mit klopfendem Herzen schwor er sich, dass er auf Asha aufpassen würde. Zaghaft sah die zu ihm auf.

Er lächelte. „Okay, Mädchen, dann lass uns schnell fahren."

77

Als sie hörte, wie der Schlüssel im Schloss herumgedreht wurde, war Sina sofort hellwach. Sie wusste, dass irgendetwas Entscheidendes passieren würde.

„Komm, wir gehen."

Sie suchte mit Blicken die Wände ihres Gefängnisses ab und schaute dem Großen dann direkt in die Augen.

„Er ist nicht da. Wahrscheinlich kehrt er erst in einigen Stunden zurück. Bis dahin bist du in Sicherheit." Er war schon wieder an der Tür.

Sie zögerte nicht länger, sondern folgte ihm. Weg aus diesem Verlies und fort von dem Unbekannten, den sie noch nie gesehen, dessen Blicke sie aber in jeder Sekunde überdeutlich auf ihrer Haut gespürt hatte. Ohne großes Interesse erfasste sie den Vorraum ihrer Zelle, den vergitterten Eingang und den schmalen, ebenfalls durch ein Gitter gesicherten Stollen, der tiefer in den Fels führte. Sie folgte dem Großen nach draußen und fand sich mitten im Wald wieder. Ihr Begleiter machte sich nicht die Mühe, den Zugang zu dem ehemaligen Bergwerk zu versperren.

„Komm", sagte er und zog sie den schmalen Pfad entlang, der von ihrem Versteck wegführte.

Es war ein bewölkter Tag, Sina schmerzte das helle Licht dennoch in den Augen. Als sie nach etwa zehn Minuten auf einen Waldweg stießen, konnte sie nach wie vor nicht richtig sehen.

Sie setzte sich auf einen großen Stein am Wegesrand und stützte den Kopf in die Hände. „Ich muss mich einen Moment ausruhen."

Der Große stand vor ihr und sah sie unschlüssig an. Schließlich hockte er sich neben sie ins Laub. „Na gut, aber wir haben nicht viel Zeit. Du musst los, bevor er merkt, dass etwas nicht stimmt."

Sina nickte. Ihr Sehvermögen kehrte langsam zurück. „Wohin muss ich?"

Er wies mit dem Kopf nach rechts. „Lauf einfach den Weg entlang. So kommst du automatisch hin. Es ist weit und breit das einzige Haus hier. Klopf und sag, dass du Hilfe brauchst."

Wieder nickte Sina. „Danke." Sie meinte es ehrlich.

„Du weißt, warum ich das tue ..."

„Ja, das weiß ich." Sina stellte sich hin und lockerte die Muskeln.

Er schaute ihr zu. Um seine Lippen spielte ein Lächeln. „Du wirst es schaffen."

Ja, das würde sie. Ohne dass auch nur ein Zucken es angekündigt hätte, sprang sie plötzlich in die Höhe. Ihr rechter Fuß traf seinen Kehlkopf.

Verblüfft sah er sie an. Dann begann er, nach Luft zu schnappen, doch viel zu wenig Sauerstoff erreichte seine Lungen. Er kippte gegen den Stein, auf dem sie bis vor wenigen Augenblicken gesessen hatte.

Mit letzter Kraft presste er hervor: „Mein ... Name ... ist ... Igor." Sein Gesicht lief rot an und verzerrte sich vor Anstrengung.

„Und sein Name war Jan."

Mit einem zweiten gezielten Tritt drückte sie Igors Kehlkopf endgültig in die Luftröhre. Nach vier langen Sekunden hörte er auf zu röcheln.

78

Johannsson war am Ende seiner Geduld. Sie hatten gute Arbeit geleistet. Mit dem, was van Loh ihnen bei ihrer Rückkehr ins Präsidium geliefert hatte, war Ahrens so gut wie überführt. Der Professor leugnete jedoch beharrlich. Den Indizien, die sie ihm Stück für Stück und in kleinen Dosen präsentierten, um ihn mürbe zu machen, setzte er die ihm eigene Arroganz entgegen. Sie waren in den letzten beiden Stunden keinen Millimeter weitergekommen. Er konnte nur hoffen, dass Bierbrauer mit seiner Suche nach Sina Lehmann erfolgreicher war. Van Loh hatte er vor zwanzig Minuten ins Krankenhaus geschickt. Paula hatte sich überraschend schnell erholt, weshalb die Ärzte sie langsam aus dem künstlichen Koma herausholten. Van Loh wollte bei ihr sein, wenn sie aufwachte. Johannsson hatte nichts dagegen.

Im Moment stand er auf der anderen Seite der einseitig verspiegelten Wand zum Verhörraum und beobachtete, wie Rönschmann den Wissenschaftler in die Mangel nahm. Das zumindest konnte er. Vermutlich wurde der Schweriner dadurch beflügelt, dass das schnelle Ende dieses Falls seinen Urlaub retten würde. Er mochte diesen trägen Kerl nicht. Peters dagegen war ganz in Ordnung, musste Johannsson sich eingestehen. Er gab Rönschmann noch zehn Minuten, dann würde er wieder hineingehen. Obwohl Ahrens seinem Blutdruck ganz und gar nicht guttat.

Er schaute auf sein Handy, das er während des Verhörs stumm geschaltet hatte. Keine Anrufe, keine Nachrichten. Wo steckte eigentlich Hansen? So langsam musste sie wieder in heimatlichen Gefilden sein. Möglicherweise hatte sie irgendwo einen Anschlusszug verpasst. Das nächste Mal würde er sie nicht dazu überreden, die Bahn zu nehmen.

79

Sina schleppte sich die letzten Stufen bis zur Haustür. Die rund fünf Kilometer bis zum Forsthaus hatten ihre letzten Kraftreserven verbraucht. Sie sollte sich ausruhen, doch sie wollte nicht länger warten. Sie drückte den Klingelknopf und lauschte auf den gedämpften Ton, den sie aus dem Inneren vernahm. Schritte näherten sich von der anderen Seite, kurz darauf wurde die Tür geöffnet. Der Mann, der ihr gegenüberstand, sah ausgesprochen sympathisch aus. Jemand, dem man vertrauen konnte.

„Können Sie mir helfen bitte?" Sie fiel ihm in die Arme.

Instinktiv fing er sie auf. „Um Gottes willen, was ist denn geschehen? Kommen Sie erst mal herein." Er hatte einen Akzent. Einen schwedischen vielleicht.

Widerstandslos ließ sie sich in die Diele und ins Wohnzimmer ziehen. Dort bugsierte der Mann sie auf das breite Sofa im Kolonialstil und legte ihr fürsorglich eine Wolldecke um die Schultern.

Sie hatte gar nicht gemerkt, dass sie zitterte. „Danke. Ich ..." Sie verlor den Faden.

Der Mann streichelte ihr übers Haar. „Beruhigen Sie sich erst einmal. Was immer mit Ihnen geschehen ist, jetzt sind Sie in Sicherheit."

Sie spürte, dass sie tatsächlich ruhiger wurde. Sie schaffte es sogar, zu lächeln. Er lächelte zurück. Alles an ihm strahlte Ruhe und Wärme aus. Was für ein schöner Mann.

„Ich mache Ihnen einen Tee, und anschließend erzählen Sie mir alles, einverstanden?"

Sina nickte. Als er nach wenigen Minuten zurückkehrte und eine dampfende Kanne mit zwei Tassen auf den kleinen Tisch vor dem Sofa stellte, hatte sie sich ein wenig gefasst.

Er schenkte Tee ein und sah sie erwartungsvoll an. „Meinen Sie, Sie können mir nun sagen, was passiert ist?"

Sina wartete, bis er einen großen Schluck genommen hatte. Dann nippte sie vorsichtig an ihrer Tasse und räusperte sich. „Ich war gemeinsam mit meinem Mann im Wald unterwegs. Beim Steintanz. Wir sind von zwei Männern in eine Falle gelockt worden." Sie stockte.

Der Mann blickte sie mit seinen großen hellblauen Augen an und nickte aufmunternd.

„Sie haben Jan erschossen und mich entführt. Ich weiß nicht genau, wie lange das her ist. Vielleicht zwei Wochen. Heute konnte ich entkommen. Würden Sie bitte die Polizei verständigen?"

Aufgeregt schaute ihr Gastgeber sie an. „Sie sind Sina Lehmann!"

Sie schloss die Augen. „Ja."

„Mein Gott, wir haben Sie schon überall gesucht! Ich bin Doktor Andriesen und gehöre zu dem Ermittlungsteam, das Ihren Fall übernommen hat." Plötzlich wirkte er ein wenig verlegen. „Nun ja, ich gehöre nicht richtig dazu. Ich bin nur psychologischer Berater, verstehen Sie? Aber jemand, den Sie, glaube ich, gut kennen, hat sich der hiesigen Kripo angeschlossen. Alexander Bierbrauer? Er ist ein Freund von Ihnen, oder?"

Ein neuer Schwächeanfall drohte, sie zu überwältigen.

„Oje, Sie sind ja völlig am Ende. Am besten gehen Sie unter die Dusche und legen sich ein wenig hin. Ich informiere währenddessen die Kollegen in Stralsund."

Sie nickte erneut.

Andriesen sprang auf und hielt ihr die Hand entgegen. „Ich zeige Ihnen das Badezimmer. Zum Telefonieren muss ich kurz nach draußen. Drinnen gibt es weder einen Festanschluss noch Handyempfang. Ich bin gleich wieder bei Ihnen, in Ordnung?" Ohne eine Antwort abzuwarten, zog er Sina ins Badezimmer und holte unterwegs aus einem alten Dielenschrank zwei flauschig weiche Handtücher. „Frauen brauchen immer ein zusätzliches Handtuch. Für die Haare, stimmt's? Nehmen Sie meinen Bademantel. Ich lege gleich ein paar frische Kleidungsstücke für Sie raus. Sind Jogginghose und Sweatshirt okay?" Er lächelte, dann war er verschwunden.

Als Sina zwanzig Minuten später die Badezimmertür öffnete und in einen dunkelblauen Bademantel gehüllt auf den Flur trat, kam Andriesen ihr entgegen.

„Mein Gott, was für eine Schönheit." Sein Lächeln hatte nichts Anzügliches. Er nahm sie sanft am Arm und zog sie mit sich. „Ich habe Kriminaloberrat Johannsson informiert, das ist der Leiter der Kripo in Stralsund. Er ist außer sich vor Freude. Allerdings wird es eine Weile dauern, bis jemand hier sein kann. Das Haus ist weit ab vom Schuss." Er öffnete eine Tür am

Ende des Flurs. Dahinter lag ein gemütliches, im englischen Landhausstil eingerichtetes Schlafzimmer. „Ich erwarte eine Patientin, die ich so kurzfristig nicht erreichen konnte, um ihr abzusagen. Vielleicht möchten Sie sich ein wenig ausruhen, während ich mit ihr spreche? Es wird nicht allzu lange dauern, denke ich. Versuchen Sie, etwas zu schlafen, bis die Beamten da sind. Frische Kleider liegen übrigens dort auf dem Stuhl. Ich hoffe, sie passen einigermaßen." Er brachte Sina bis zum Bett und wartete, bis sie sich hingelegt hatte.

„Ich weiß nicht, ob ich ..."

Er schenkte ihr ein weiteres magisches Lächeln. „Ja, das habe ich mir gedacht. Als Ihr derzeitiger Arzt verordne ich Ihnen deshalb ein Beruhigungsmittel." Das Lächeln verstärkte sich. „Keine Angst, es ist kein Schlafmittel. Nur etwas Leichtes zur Entspannung." Er nahm ihre Hand und legte zwei kleine weiße Tabletten hinein. „Vertrauen Sie mir."

Zögernd führte Sina die Tabletten zum Mund. Er reichte ihr das Glas Wasser, das er auf dem Nachttisch bereitgestellt hatte. Sie richtete sich auf, trank einen großen Schluck und ließ sich in das weiche Kissen sinken.

„Braves Mädchen." Er beugte sich zu ihr hinunter und hauchte ihr einen Kuss auf die Stirn. Dann verließ er den Raum.

Sina wartete drei Minuten, öffnete das Fenster und warf die Tabletten hinaus. Erdgeschoss. Das war gut. Kein Problem hinauszuklettern und im Wald zu verschwinden. Sie drückte das Fenster zu, ohne es zu verriegeln. Rasch zog sie sich an. Zehn Minuten später fuhr ein Auto vor. Ein roter Mini. Er hielt gleich neben ihrem

Fenster. Sie wartete weitere fünf Minuten, machte vorsichtig die Tür auf, schlich auf Socken nach draußen und suchte die Kellertreppe.

80

Bevor sie klingeln konnte, öffnete Andriesen Katie die Tür und begrüßte sie mit seinem hinreißenden Lächeln. Ich muss aufpassen, dass ich am Ende nicht in ihn verknallt bin, ermahnte sie sich nur zur Hälfte im Spaß.

„Haben Sie gut hergefunden?"

Katie dachte daran, dass sie sich trotz Navi zweimal verfahren und dreimal Passanten nach dem Weg hatte fragen müssen. „Ja, kein Problem", log sie.

Andriesen ließ sie eintreten. Einen Augenblick standen sie sich unschlüssig in der rustikalen Diele gegenüber.

„Wollen wir direkt loslegen?"

Katie nickte.

„Dann bitte hier entlang." Er wies zur Tür auf der linken Seite. Dahinter befand sich ein großes Arbeitszimmer mit alten düsteren Möbeln und einem schweren, in dunklen Herbstlaubfarben bezogenen Diwan an einer Wand. Am Fußende des Liegesofas stand ein antik anmutender Ledersessel. Sie musste unwillkürlich an das Foto denken, das sie einmal von Siegmund Freuds Wiener Studier- und Behandlungszimmer gesehen hatte. Sie verkniff sich ein Grinsen.

„Ich habe Tee vorbereitet. Wenn Sie möchten?"

Katie hätte Kaffee bevorzugt. Doch sie hatte Durst und wollte nicht unhöflich sein. „Ja danke, das ist sehr nett."

Er schüttete ihr eine Tasse ein, verzichtete aber selbst. „Ich hatte meine Dosis heute schon", erklärte er schmunzelnd. „Tee ist schließlich eine Droge. Genau wie Kaffee."

Sie trank einen kräftigen Schluck. Der Tee hatte den typisch bitteren Geschmack, der durch zu langes Ziehen der Teeblätter entstand.

„Legen Sie sich bitte hin und entspannen Sie sich."

Der Diwan war überraschend fest gepolstert und angenehm. Andriesen machte es sich im Ledersessel bequem. Er redete weiter ruhig auf sie ein. Kaum war Katies Kopf auf das große Kissen gesunken, schien ihr Geist sich vom Körper zu lösen. Sie schwebte über der Szene und konnte sich kaum auf das konzentrieren, was Andriesen sagte.

„Kommissarin Hansen? Ist alles okay mit Ihnen?" Der junge Wissenschaftler stand auf und beugte sich über sie.

Sein schönes Gesicht verschwamm vor ihren Augen. Die Nadel, die in ihren Arm eindrang, spürte Katie kaum.

81

Alex wusste von van Loh, dass es vom Parkplatz bis zum Steintanz ein Fußmarsch von mindestens einer Viertelstunde war. Er fuhr kurzerhand über den Waldweg, bis eine große Holztafel ihm verriet, dass er sein Ziel erreicht hatte. Vorsichtig hob er Asha aus dem Korb, den der Tierarzt ihm geborgt und den er leidlich sicher auf dem Beifahrersitz befestigt hatte.

Zuerst glaubte er, dass sein Plan zum Scheitern verurteilt wäre. Die schwer verletzte Hündin hatte Mühe, auf den Beinen zu bleiben. Wie sollte sie kilometerweit mit ihm durch den Wald laufen? Er hielt Asha noch einmal den Schal unter die Nase. Tatsächlich weckte Sinas Duft ungeahnte Kraftreserven in dem geschundenen Tier. Sofort zog es Alex an der Leine hinter sich her. Dabei legte Asha nicht nur ein beachtliches Tempo vor, sie marschierte auch mitten durch den Wald, statt sich an die ausgewiesenen Wege zu halten. Sie war nicht zum ersten Mal hier.

Als sie den Stollen erreichten, war Alex fast so erschöpft wie Asha. Der unscheinbare Eingang war erst zu erkennen, wenn man dicht davorstand. Außerdem lag er mitten im Wald, nur ein schmaler Pfad führte hierher. Eine Messingtafel gab Auskunft darüber, dass in der Mine bis Anfang der 1970er-Jahre verschiedene Salze gefördert worden waren. Dann war das Vorkommen erschöpft gewesen, Stollen und Bergwerk waren geschlossen worden – und vergessen. Auf der Tafel wurde ausdrücklich vor unbefugtem Betreten gewarnt. Alex war im selben Moment klar, dass er Sinas Gefängnis gefunden hatte.

Doch er kam zu spät. Sie war fort. Asha lief schnuppernd und winselnd durch die Felskammer, die deutliche Spuren ihrer ehemaligen Bewohnerin trug, und sah ihn traurig an. Wenigstens entdeckte er in dem Raum keine größeren Mengen Blut. Und der Laptop entging ihm nicht.

Das Video trieb ihm bittere Galle in die Kehle. Beinahe hätte er sich übergeben. Dennoch schaute er es sich bis zu Ende an. Von den Männern war nicht viel zu erkennen. Trotzdem hatte er das sichere Gefühl, ihnen schon einmal begegnet zu sein. Er versuchte, seinen Verstand auszuschalten und sich völlig auf seine Intuition zu verlassen. Eine Taktik, die er von Sina gelernt hatte. *Manchmal stand einem der Verstand im Weg.*

Er ließ den Film ein zweites Mal spielen. Die sanften braunen Augen des zweiten Mannes waren es schließlich, die ein Gesicht vor ihm erscheinen ließen. Er hatte sich fast zwei Stunden mit Prof. Ahrens unterhalten, und die ganze Zeit über hatten ihn diese Augen fixiert. Allerdings stimmte die Figur nicht. Ahrens war kräftiger gebaut, vermutlich auch etwas kleiner als der Mann, den er auf dem Bildschirm dabei beobachtete, wie er Linda quälte. Außerdem hätte Alex gewettet, dass der Kerl im Video jünger war als der Professor. *Sebastian. Es war sein Sohn*!

Alex sah sich noch einmal die Szenen an, die den zweiten Mann zeigten. Im ersten Moment hätte man die hellblauen Augen für die von Andriesen halten können, dann fiel Alex auf, dass das Blau verwaschener wirkte. Außerdem war der junge Wissenschaftler schlank, aber nicht so hager wie der Typ im Video. Irgendwie machte der Kerl einen seltsamen Eindruck. Vielleicht stand er unter Drogen. Die fahrigen Bewegungen, die affektierten Posen erinnerten ihn an etwas. An einen dürren Hänfling mit großer Klappe, den ein gezielter Schlag auf die Bretter schickte. Piet, Katies durchgeknallter Ex-Lover. Doch wieso machte der gemeinsame Sache mit dem jungen Ahrens? Alex war versucht, sich den Film erneut anzuschauen, um seinen Verdacht zu überprüfen. Ashas lauter werdendes Winseln brachte ihn jedoch in die Wirklichkeit zurück. Sina war vor Kurzem noch hier gewesen, davon war er überzeugt. Er musste sie finden, alles andere konnte er später klären.

Draußen an der frischen Luft wählte er Johannsson Rufnummer. Kein Netz. Er wanderte ein wenig umher und versuchte es erneut. Keine Chance. Asha hatte sich vor den Stolleneingang ins Laub gelegt. Die Spitze ihrer Zunge drängte sich durch den Drahtkorb. Alex hatte einmal gelesen, dass Hunde hechelten, weil sie nicht schwitzen konnten. Asha konnte mit ihrem gebrochenen Kiefer nicht einmal richtig hecheln.

„Es geht dir nicht besonders gut, was?“, fragte er die kleine Hündin. „Schaffst du es trotzdem ein bisschen weiter? Sina kann nicht lange fort sein.“

Asha blickte ihn mit schräg gelegtem Kopf aufmerksam an. Sie kämpfte sich auf die Beine und humpelte den Pfad entlang, die Nase dicht am Boden. Alex folgte ihr. Zehn Minuten später fanden sie den außergewöhnlich großen und sehr toten Mann neben einem Felsbrocken, genau dort, wo der Pfad auf einen Waldweg traf. Der Kehlkopf war ihm eingetreten worden. Jedenfalls sprachen die rote Stelle mitten auf seinem Hals und das blau angelaufene Gesicht für diese These. Um den rechten Unterarm trug der Hüne einen weißen Verband. Asha näherte sich der Leiche vorsichtig und fing an zu knurren. War es möglich, dass Sina ...?

Alex trat der Schweiß auf die Stirn. „Wo müssen wir hin, Asha?"

Als habe sie ihn verstanden, zog die Hündin ihn nach rechts auf den Weg. Sobald sie sich dem Haus genähert hatten, machte Asha sich ganz klein und verschwand im Laub. Lautlos umrundeten sie das Grundstück, wobei der dichte Wald ihnen genügend Deckung bot. Schließlich blickte Asha zu Alex auf und winselte kaum hörbar. Sie war am Ende.

Er streichelte ihr sanft über den Kopf. „Okay, Mädchen, du bleibst liegen und rührst dich nicht von der Stelle. Ich schaue mir das mal genauer an."

Asha ließ sich tatsächlich hinter dem Gebüsch nieder. Alex war der rote Mini, der neben dem Haus parkte, nicht entgangen. HST – KH 507. Kein Zweifel, das war Katies Wagen. Die Sache wurde immer mysteriöser. Es sah tatsächlich so aus, als wären Sina und Katie in diesem abgelegenen Gebäude. Vielleicht hatte Sina sich ja hierher retten können, und Katie war herausgefahren, um sie nach Stralsund zu bringen. Aber wären dann nicht mehr Kollegen erschienen – und hätten einen Krankenwagen mitgebracht?

Er würde der Sache auf den Grund gehen.

82

„Sie bleiben also dabei, dass Sie mit alldem nichts zu tun haben? Sie sagen uns nicht, wo Sie gestern den ganzen Tag über gewesen sind? Und die beiden Männer, die Ihren Wald in Ordnung halten, kennen Sie auch nicht?“ Johannsson stand vor dem Vernehmungstisch. Er war stinksauer und hatte nicht das geringste Interesse, das für sich zu behalten.

Ahrens schaute müde zu ihm auf. Zumindest war ihm seine Arroganz während des Verhörs abhandengekommen.

Wahrscheinlich hatte er kapiert, dass es eng für ihn wurde.

„Ich weiß ja, dass Sie mich nicht leiden können, Johannsson. Doch Sie wollen nicht im Ernst behaupten, dass Sie mich für einen Serienkiller halten? Das ist lächerlich.“

Johannsson sah den Professor kalt an. „Finden Sie? Wenn man sich alles anschaut, was wir in den letzten Tagen über Sie in Erfahrung gebracht haben, erscheint mir der Gedanke nicht so abwegig. Jedenfalls ist er nicht grotesker als ein Experte für Gewaltopfer, der in seiner Freizeit als Schmalspurvariante des Marquis de Sade unterwegs ist.“

Ahrens kratzte die Reste seiner Würde zusammen. „Dass Sie Spießer das nicht verstehen, ist mir klar. Aber ich sage es Ihnen noch einmal: In allererster Linie geht es mir dabei um Forschung. Es gibt nun mal nicht allzu viele Möglichkeiten, einen legalen Einblick in diese Thematik zu kriegen."

„Aha, Sie tun das also alles im Namen der Wissenschaft? Vermutlich setzen Sie Ihre Bordellbesuche auch als Betriebsausgaben von der Steuer ab."

Ahrens schwieg.

„Womöglich", fuhr Johannsson weniger beißend fort, „dient das, was Sie mit Sina Lehmann, Biggi Albers und den anderen Frauen gemacht haben, ja der Forschung. Sie können Ihre Erkenntnisse prima in Ihren Vorlesungen an den Mann bringen. Oder Sie schreiben ein Buch darüber: *Tausend Möglichkeiten, eine Frau zu foltern und zu töten.*"

Ahrens verlor die Fassung. „Hören Sie endlich auf mit diesem Blödsinn! Ich gehe zu Nutten, und ich stehe auf SM-Spiele, ja. Aber ich bringe keine Frauen um!"

Johannsson wartete, bis sein Gegenüber sich wieder beruhigt hatte. „So? Und was war mit der Dame in Berlin? Vor fünf Jahren. Die Sie fast totgeprügelt haben und die einige Wochen später unter mysteriösen Umständen verschwunden und nie wiederaufgetaucht ist. Genau wie eine Ihrer Studentinnen."

Ahrens starrte auf seine Hände.

Johannsson setzte sich ihm gegenüber neben Rönschmann. „Ich will es jetzt einmal ganz deutlich aussprechen, Herr Professor: Ich verdächtige Sie des Mordes an Biggi Albers und an einer ganzen Reihe anderer Frauen. Die Tötung der dazugehörigen Ehemänner haben Sie zumindest in Auftrag gegeben. Das, was wir gegen Sie in der Hand haben, reicht allemal für einen

Haftbefehl. Wenn Sie also nicht bald den Mund aufmachen, sieht es schlecht für Sie aus."

Ahrens schien über Johannssons Worte nachzudenken. Dann richtete er sich auf und straffte die Schultern. „Na gut, meinen guten Ruf muss ich wohl ohnehin nicht mehr schützen ..." Er wartete auf eine Reaktion, die ausblieb. „Nachdem ich das Krankenhaus vorgestern Abend verlassen habe, bin ich nach Hamburg gefahren. In einen Klub."

„Was für einen Klub?", wollte Johannsson wissen.

Ahrens schaute ihn herausfordernd an. „Nun ja, über meine sexuellen Vorlieben haben wir uns ja bereits ausgiebig unterhalten. Ich bin Mitglied im *Club de Sade*."

Johannsson winkte ab. „Lassen wir das erst mal so stehen. Wir werden das überprüfen, das dürfte Ihnen klar sein. Was war mit Biggi Albers, als Sie gegangen sind?"

Ahrens blickte ihn gelangweilt an. „Sie lag auf der Liege in meinem Büro und hat geschlafen. Ich hatte ihr eine leichte Dosis Propofol gegeben. Gegen die Schmerzen."

„Eine leichte Dosis ist etwas untertrieben. Professor Ellermann sagt, sie sei damit vollgepumpt gewesen!"

Die alte Ahren'sche Arroganz blitzte auf. „Ich will natürlich die Kompetenz des werten Kollegen nicht anzweifeln. Zumal er so hoch in Ihrer Gunst steht ..."

„Sagen wir es so", erwiderte Johannsson kühl, „ich vertraue Ellermann, und ich lege meine Hand dafür ins Feuer, dass *er* uns keine Lügengeschichten auftischt."

„Ah, verstehe." Ahrens verzog das Gesicht. „Also, ich versichere Ihnen, dass Frau Albers gelebt hat, als ich sie verlassen habe. Und ich hatte nicht den Eindruck, dass sie vorhatte, aufs Dach zu klettern und sich in die Tiefe zu stürzen. Obwohl das natürlich tatsächlich nach einem so schweren Trauma vorkommen kann."

„Geben Sie sich keine Mühe, wir wissen zuverlässig, dass Frau Albers nicht allein aufs Dach gelangt ist. Sie wurde nach oben getragen und hinuntergeworfen."

„Das mag sein – aber nicht von mir!" Ahrens war lauter geworden.

Rönschmann, der nach wie vor schwieg wie ein Grab, kippelte seinen Stuhl nach hinten, was ihm zwei wütende Blicke einbrachte. Er hob abwehrend die Hände und setzte sich wieder gerade hin.

Bevor Johannsson die nächste Frage stellen konnte, vibrierte sein Handy, das er vor sich auf den Tisch gelegt hatte. Er schaute aufs Display. Peters. Der war noch immer mit den Kollegen von der Spurensicherung unterwegs, um Ahrens' diverse Büros unter die Lupe zu nehmen. Vielleicht hatte er neue Informationen.

Johannsson stand auf und verließ wortlos den Raum. „Ja, Peters, was gibt's?"

„Es ist so, Chef, ich habe gerade mit Ahrens' Sekretärin gesprochen. Und ich fürchte, wir haben etwas übersehen." Peters zögerte den Bruchteil einer Sekunde. „Es gibt da ein abgelegenes Forsthaus in dem Wald, den Ahrens gepachtet hat. Frau Hausmann sagt, dass er da viel Zeit verbringt. Fast jedes freie Wochenende ..."

Johannsson fluchte. Schlagartig fiel ihm ein, dass Hansen dieses Haus zu Beginn der Ermittlungen einmal erwähnt hatte. Damals hatte sie Ahrens nicht erreichen können, weil er in dieser Hütte war. Ohne Telefonanschluss und ohne Netz. Wo war Hansen überhaupt? So viel Verspätung konnte selbst die Deutsche Bahn nicht haben.

Er wischte die Gedanken beiseite. Es gab Wichtigeres zu tun, als abgängigen Mitarbeitern hinterherzutelefonieren. „Gut gemacht, Peters. Ich informiere das SEK. Wir müssen da raus, vielleicht hält er Sina Lehman dort gefangen."

„Da ist noch was. Die Hausmann glaubt, dass Ahrens auch gestern dort gewesen ist."

„Und warum hat sie uns das nicht gesagt, als wir sie danach gefragt haben?", blaffte Johannsson.

Peters antwortete nicht.

„Und was meint Andriesen dazu? Der wird ja wohl ebenfalls gewusst haben, dass sein Chef dieses Forsthaus besitzt."

„Sorry, Chef. Andriesen ist bislang nicht aufgetaucht. Soll ich versuchen, ihn zu finden?"

Johannsson überlegte. „Nein. Lassen Sie sich von Frau Hausmann den Weg zu diesem Forsthaus beschreiben. Wir treffen uns so schnell wie möglich dort."

Als Johannsson in den Verhörraum zurückkehrte, kochte er. „Erzählen Sie uns von Ihrem Forsthaus", herrschte er Ahrens an.

„Meinem ... was?" Der Professor schien aufrichtig überrascht.

„Das Forsthaus bei Bützow, in dem Sie den größten Teil Ihrer Freizeit verbringen", half Johannsson ihm auf die Sprünge.

„Ich habe Ihnen gerade erzählt, wo ich meine Freizeit verbringe: im *Club de Sade* in Hamburg."

Johannsson hatte nicht den Eindruck, dass Ahrens log. „Was ist dann mit dem Forsthaus?"

„Wie ich Ihnen bereits mehrfach gesagt habe, habe ich nicht das geringste Interesse an diesem Wald. Oder glauben Sie im Ernst, ich laufe in meiner Freizeit im grünen Wams zwischen den Bäumen herum und schieße Rehe tot?"

„Wieso haben Sie den Wald dann gepachtet, verdammt? Allein unter Freunden wird das eine Stange Geld kosten. Wissen Sie was, Ahrens? Ich glaube, Sie erzählen uns großen Unsinn. Tatsächlich reiten Sie sich mit jeder Minute tiefer in die Scheiße."

Rönschmann schaute erstaunt auf, sagte jedoch kein Wort.

Ahrens kapitulierte. „Mein Gott, Andriesen wollte es unbedingt. Er ist ständig da draußen. Ein echter Naturbursche, unser junger Schwede."

„Sie wollen mir allen Ernstes erzählen, Sie haben den Wald für Ihren Assistenten gepachtet und überlassen ihm das Forsthaus? Wie selbstlos von Ihnen, das muss ich schon sagen."

Ahrens sah ihn nervös an. „Nun ja, Herr Saubermann. Ganz uneigennützig ist dieses Arrangement natürlich nicht. Wir haben ja gesehen, wie empört selbst Sie auf meine außergewöhnlichen Neigungen reagieren. Es erschien mir deshalb unverdächtiger, für einen großen Naturfreund gehalten zu werden und am Wochenende aufs Land zu verschwinden. Praktischerweise ist man da draußen tatsächlich kaum erreichbar. Es gibt keinen Telefonanschluss und so gut wie kein Handynetz. Übrigens war es nicht meine, sondern Andriesens Idee, mir dieses Alibi für meine Ausflüge in die Halbwelt zu verschaffen. Er hat ja miterlebt, wie sehr ich damals in Berlin unter Druck geraten bin."

Johannsson überlegte. Wollte der Professor von sich ablenken, indem er seinen Assistenten ins Visier der Fahnder rückte? Er musste doch wissen, dass ihm das bestenfalls einen Aufschub von wenigen Stunden bescheren würde.

„Verraten Sie mir, warum Sie sich so vehement gegen unsere Serienmördertheorie gewehrt haben."

In Ahrens Augen war wieder etwas von der alten Abneigung und eine gehörige Portion Unsicherheit. „Zum Teil habe ich mich über Ihre Arroganz geärgert, Sie Supergenie. Schließlich sind nicht Sie der Experte, sondern ich."

Johannsson war im Angesicht von so viel Eitelkeit sprachlos.

„Außerdem hielt ich es nicht für besonders glücklich, wenn mein Name erneut mit vermeintlichen Serienmorden in Verbindung gebracht werden würde. Sie wissen ja mittlerweile, was damals in Berlin passiert ist."

„Deshalb haben Sie unsere Ermittlungen boykottiert? Hört sich das in Ihren Ohren glaubwürdig an?" Johannsson musterte den Professor mit neu erwachtem Interesse an. Er versuchte den Mann zu verstehen, der nun wie ein Häufchen Elend vor ihm saß.

„Natürlich habe ich keine Sekunde an Ihre Theorie geglaubt, sonst hätte ich sie selbstverständlich unterstützt."

Johannsson wusste, dass er log. Aber genauso deutlich spürte er, dass der Professor es nicht um seiner selbst willen tat. Sollte er tatsächlich seinen Assistenten schützen wollen? Dafür hatte er ihn in den letzten Minuten allerdings zu sehr belastet. Johannsson schoss ins Blaue. „Wo ist eigentlich Ihr Sohn?"

Dem Professor wich jede Farbe aus dem Gesicht. Volltreffer. „Woher soll ich das wissen? Basti ist ein erwachsener Mann, er meldet sich nicht bei mir ab, wenn er etwas vorhat." Er wich Johannssons Blick aus.

„Und wie steht es um die sexuellen Vorlieben Ihres Sohns? Wissen Sie darüber auch nichts, oder teilen Sie womöglich Ihre ungewöhnlichen Neigungen?"

Ahrens' Kiefer waren vor Anspannung fest aufeinandergepresst.

„In Ordnung, Professor, dann lassen Sie mich mal eine Vermutung anstellen. Ihr Sohn steht auf die gleichen sexuellen Machtspielchen wie Sie – und das wissen Sie sehr genau. Nicht Andriesen, sondern Sebastian nutzt das Forsthaus regelmäßig. Und Sie haben uns in die Irre geführt, weil Sie vermutet haben, Ihr Junge könnte hinter dem Verschwinden der Frauen stecken. Sie wollten ihn decken."

Johannsson erkannte echte Verzweiflung in Ahrens' Augen.

Der Wissenschaftler kapitulierte. „Mein Gott, was hätte ich denn tun sollen? Es passte alles zusammen. Schon damals in Berlin kam mir der Gedanke, dass Basti ..." Er stockte und starrte auf die Tischplatte. „Ich habe meine Befürchtungen damals mit Andriesen besprochen. Er war der einzige Mensch, dem ich einen solch ungeheuerlichen Verdacht anvertrauen konnte. Er hat mich beruhigt, trotzdem haben wir beschlossen, die Hauptstadt zu verlassen und hierher aufs Land zu ziehen. Wir wollten versuchen, Basti zu stabilisieren. Er sollte sein Studium zu Ende bringen, und vor allem sollte er von den Drogen wegkommen. Das Forsthaus war ein Rückzugsort für Bengt und Basti. Sie sind wie Brüder, wissen Sie? Ohne Bengt Andriesen hätte Basti es nie geschafft. Und er hat es geschafft. Sein Studium hat er mit Auszeichnung abgeschlossen, und er hat echtes Interesse an unseren Forschungen." Tränen rannen über Ahrens' Gesicht. „Er hätte gemeinsam mit Bengt meine Nachfolge antreten können ... Doch ganz ehrlich, ich weiß nicht, ob mein Sohn etwas mit diesen Morden zu tun hat. Ich weiß es wirklich nicht. Und ich habe mich nie getraut, ihn zu fragen."

Aus dem selbstgefälligen Professor war innerhalb von Minuten ein verzweifelter Vater geworden, der wie ein Häufchen Elend an dem schäbigen Tisch im Verhörzimmer der Stralsunder Kripo kauerte.

Johannsson sann über das nach, was er gehört hatte. Als er Ahrens ansprach, war seine Stimme so sanft, dass Rönschmann ihn erstaunt anschaute. Offenbar hatte er erwartet, dass er Ahrens weiter unter Druck setzen würde. *Idiot,* dachte Johannsson und schenkte dann dem Professor all seine Aufmerksamkeit.

„Sebastian ist Ihr Sohn. Lassen Sie mal einen Augenblick alle Verdachtsmomente beiseite und beantworten Sie mir diese Frage als Vater: Glauben Sie, dass er zu solchen Taten in der Lage ist? Könnte Sebastian Kinder töten, nur um ihre Mütter zu quälen?"

Ahrens war verblüfft. Er hatte sich diese Frage wohl nie zuvor gestellt. Er überlegte eine Weile und schüttelte den Kopf. „Nein, eigentlich nicht. Basti ist ein sensibler Mensch."

Johannsson schaute ihn skeptisch an.

„Er steht zwar auf diese Fessel- und Folterspiele, ja. Aber er mag nicht die harten Sachen, dafür ist er zu zart besaitet. Tatsächlich hatte ich oft den Eindruck, er würde womöglich lieber den passiven Teil in diesen Szenen übernehmen, wenn Sie verstehen, was ich meine."

Die Details dieser Ausführungen mochte Johannsson sich zwar nicht vorstellen, er verstand jedoch, worauf es ankam. Und diese Einschätzung passte zu dem Bild, das er in den wenigen Begegnungen, die es zwischen ihnen gegeben hatte, von Sebastian Ahrens gewonnen hatte.

Blieb Bengt Andriesen. Johannsson stellte sich den sympathischen Assistenten von Prof. Ahrens vor. Kaum denkbar, dass dieser ewig gut gelaunte, zuvorkommende junge Mann zu solcher Grausamkeit fähig sein könnte. Außerdem hatte er zumindest für den Mord an Biggi Albers ein Alibi.

„Was wissen Sie über Andriesens Eltern? Können Sie uns sagen, wo sie leben?" Er würde die Sache überprüfen.

Ahrens hob die Brauen. „Seine Eltern? Die sind, soweit ich weiß, schon lange tot. Andriesen ist in einem Waisenhaus aufgewachsen. Deshalb hat er sich ja so eng an Sebastian und mich angeschlossen."

Johannsson schickte Rönschmann mit einer Kopfbewegung nach draußen. Als er drei Minuten später zurückkehrte, nickte er ihm kurz zu, dann verließen sie den Verhörraum.

„Bringen Sie Ahrens zurück in seine Zelle", herrschte Johannsson die beiden Beamten an, die vor der Tür warteten.

Noch konnte er nicht ausschließen, dass Ahrens junior und senior mit dem jungen Schweden unter einer Decke steckten. Doch das würde sich bald klären. Zumindest waren Andriesen und Sebastian Ahrens unauffindbar. Etwas anderes drängte sich in sein Bewusstsein.

Bierbrauer ist da draußen. Und er hegt nicht den geringsten Verdacht gegen Andriesen.

Die Erkenntnis traf Johannsson wie ein Blitz aus heiterem Himmel. Er stürzte in sein Büro und griff zum Telefon.

83

Sina fand die Tür zur Folterkammer, nachdem sie eines der Weinregale mit überraschend wenig Kraftaufwand zur Seite geschoben hatte. Alles war genauso, wie Igor es beschrieben hatte. Bei näherer Betrachtung wirkte der Raum allerdings wie das nicht ganz ernst gemeinte Spielzimmer eines Sadomasofans. Abgesehen von Linda. Sie lag auf der Pritsche an der hinteren Wand. Ihre Hände waren mit breiten Lederbändern ans Bettgestell gefesselt, ihre Augen fest geschlossen.

„Linda?" Wie Sina vermutet hatte, schlief ihre Freundin nicht, sondern öffnete beim Klang der vertrauten Stimme sofort die Augen.

Sie fing an zu weinen. „Oh, Sina, sie haben Rolf getötet. Und sie haben mir wehgetan."

Sina setzte sich zu ihr und streichelte das von Schlägen geschwollene Gesicht. Schließlich begann sie, die Fesseln zu lösen. „Es ist alles gut, Linda, hörst du? Ich bringe dich hier raus. Aber dafür musst du dich zusammenreißen."

Linda sah sie mit großen Augen an und nickte.

„Vor allem dürfen wir keinen Krach machen. Sonst entdeckt er uns."

Wieder ein Nicken.

Vorsichtig half Sina ihrer Freundin auf die Beine. Nach ein paar Schritten schwankte sie nicht mehr. Sie war weniger schwer verletzt, als Sina befürchtet hatte.

Sie würde anders aussehen, wenn die Ratte da gewesen wäre, dachte sie.

Igor hatte ihr erzählt, dass sein Komplize tot war. Obwohl er dazu nichts gesagt hatte, glaubte sie, dass er ihn getötet hatte.

„Hier, zieh das an." Sie hielt Linda ein paar Wollsocken entgegen, die sie aus der Kommode des Schlafzimmers mitgenommen hatte.

Als sie den Raum verlassen wollten, fiel Sinas Blick auf eine weitere Liege, die versteckt in einer Ecke stand. Die Gestalt, die darauf lag, war so reglos, dass Sina im ersten Moment den absurden Gedanken hatte, sie wäre nur eine Puppe. In der nächsten Sekunde erfasste ihr Verstand die schwarze Lederkluft, und sie wusste, um wen es sich handelte. Da lag einer von Lindas Peinigern. Statt hinter einer schwarzen Ledermaske war sein Kopf allerdings von einer Plastiktüte verdeckt, die jemand mit Paketband an seinem Hals befestigt hatte. Schlagartig wurde Sina klar, was so ungewöhnlich an dem Mann war. Er atmete nicht. Fragend schaute sie Linda an.

Die weinte von Neuem. „Es war so furchtbar, Sina. Der da", Linda deutete vage in Richtung der Leiche, „also, er war irgendwie ... nett zu mir. Er wollte mich sogar losmachen, als sie ... als sie fertig waren. Dann hat der andere Kerl ihm die Tüte über den Kopf gezogen und ihn umgebracht. Einfach so."

Das Entsetzen stand ihrer Freundin ins Gesicht geschrieben.

„Und wo ist der Kerl hin, der das getan hat?" Sina blickte sich aufmerksam um. Sie war davon überzeugt, dass Andriesen keiner der Kerle auf dem Video war. Einen anderen Mann hatte sie bislang nirgends bemerkt. Konnte es sein …?

Linda schniefte und rang um Fassung. „Er ist rausgegangen und hat sich mit jemandem gestritten. Ich konnte nicht sehen, was passiert ist, es war nur ziemlich laut. Meinst du, er ist hier noch irgendwo?“ Linda schaute Sina voll neu erwachter Furcht an.

Die nahm die Hand der Freundin und zog sie sanft mit sich. „Ist schon gut. Wir müssen sehr vorsichtig sein. Komm jetzt.“

Sie verließen die Folterkammer und bewegten sich lautlos durch den Keller. Als sie eine verschlossene Tür passierten, zögerte Sina nur eine Sekunde, drehte den Schlüssel und griff nach der Klinke. Im Inneren des fensterlosen Raums war es stockfinster. Sina tastete nach dem Lichtschalter. Als die helle Neonröhre flackernd aufleuchtete, schloss Sina irritiert die Augen. Linda hatte ihr Gesicht ohnehin an ihren Rücken gedrückt. Im Ernstfall würde die Freundin ihr keine Hilfe sein. Im Gegenteil. Doch von dem Mann, der mitten auf dem kahlen Kellerboden lag, ging ohnehin keine Gefahr mehr aus.

„Ist das der zweite Mann, der dich gequält hat?“

Zögernd richtete Linda den Blick auf die seltsam verrenkte Gestalt, deren schwarze Ledermontur über und über mit getrocknetem Blut besudelt war. „Ich denke schon.“

Gebannt sahen sie einige Sekunden auf die Leiche. Schließlich erwachte Sina aus ihrer Starre und setzte sich in Bewegung. Sie hasteten die Treppe hinauf. Oben spähte Sina um die Ecke in den langen Flur. Sie konnte nur hoffen, dass Andriesen nach wie vor mit seiner Besucherin in dem Raum gegenüber dem Wohnzimmer war. Langsam schlichen sie vorwärts. Aus dem Zimmer, in das ihr Gastgeber mit der jungen Frau verschwunden war, hörten sie gedämpfte Stimmen. Er hatte die Tür verschlossen. Was würde er mit ihr anstellen? Was immer es sein mochte, Sina musste sich um ihre verletzte Freundin kümmern. Schnell zog sie Linda weiter bis zum Wohnzimmer und lief mit ihr über den dahinterliegenden Flur in den Raum, den Andriesen ihr überlassen hatte.

„Hör zu, Linda, das ist jetzt sehr wichtig. Ich muss noch mal raus, um etwas zu suchen. Du legst dich ins Bett und ziehst dir die Decke über den Kopf, verstanden?"

Linda war ängstlich. „Du willst mich doch nicht allein lassen, oder?"

„Nein, Liebes, ich bin bald wieder da. Es kann sein, dass dieser Andriesen in dieses Zimmer schaut, und dann soll er glauben, dass ich noch da bin." Sie konnte die Panik in Lindas Augen sehen.

„Und wenn er ans Bett kommt und merkt, dass ich es bin? Was wird er dann tun? Er wird mich umbringen!"

Sina nahm ihre Hände und küsste sie sanft. Sie musste sich beeilen. „Nein, nein, Liebes. Hab keine Angst. Er hat Besuch. Er hat gar keine Zeit, sich intensiver um mich zu kümmern. Außerdem glaubt er, dass ich betäubt bin. Also, kannst du das für mich tun?"

Linda nickte zögernd.

Sina hauchte ihr einen Kuss auf die geschwollene Wange. „Gut. Komm her, ich muss dir etwas zeigen. Siehst du das Fenster? Es ist nur angelehnt. In einer

Viertelstunde kletterst du da raus und versteckst dich im Wald."

Lindas Körper versteifte sich. „Du hast gesagt, du kommst zurück. Lass mich nicht allein, Sina. Lass uns zusammen in den Wald laufen. Jetzt sofort. Bis er merkt, dass wir weg sind, sind wir bei irgendeinem Nachbarn und haben Hilfe geholt."

Sina nahm Linda in die Arme, schob sie zurück und sah ihr in die Augen. „Es gibt weit und breit keine Nachbarn, Linda. Und ich muss etwas erledigen. Etwas sehr Wichtiges. Du läufst hinter die Schuppen dort hinten und versteckst dich. Wenn ich in einer Stunde nicht bei dir bin oder wenn sonst etwas passiert, was dir Angst macht, folgst du dem schmalen Pfad in den Wald. Er führt zu einer Straße, da steht ein schwarzer Geländewagen. Hier ist der Schlüssel. Fahr nach Stralsund zum Polizeipräsidium. Erzähl alles, was du weißt."

Eigentlich hatte Igor beim Wagen auf sie warten wollen. Als er noch geatmet hatte – und geglaubt hatte, sie wäre seine große Liebe.

Sina dirigierte Linda zum Bett. „So, Liebes, leg dich hin, ja? Genau in einer Viertelstunde läufst du weg, verstanden?"

Linda sah nicht glücklich aus, sie nickte dennoch. Sina sorgte dafür, dass ihre Freundin sich die Decke fast völlig über den Kopf zog. Dann schloss sie die Vorhänge und tauchte den Raum damit in ein warmes Dämmerlicht. Sie betete, dass Andriesen tatsächlich nur kurz nach der Person im Bett sehen würde.

Mit einem letzten Blick auf die zitternde Linda verließ Sina das Zimmer und schlich zurück zum Wohnzimmer. Schon als sie den Raum zum ersten Mal betreten hatte, war ihr die Stereoanlage mit dem Stapel CDs daneben aufgefallen. Hastig schaute sie sich die Tonträger an. Es waren die aus ihrem Auto. Im Abspielfach lag Edith Piaf. *Non, je ne regrette rien.* Er hatte sich aufs Finale vorbereitet. Hastig legte sie eine andere Scheibe ein.

Plötzlich hörte sie, wie die Tür des Arbeitszimmers geöffnet wurde. Sina schob sich eilig zurück in den Flur. Vor dem Badezimmer ging eine Tür nach links ab. Sie war verschlossen, doch Igor hatte ihr gesagt, wo sie den Schlüssel finden würde. Sina hatte ihn bei ihrer Flucht mit Linda durch die Diele vom Schlüsselbrett genommen. Er ließ sich geräuschlos im Schloss drehen. Auch die Tür und die dahinterliegenden Stufen gaben nicht den geringsten Laut von sich. Trotzdem stieg sie die Treppe mit äußerster Vorsicht nach oben. Die Stufen führten in einen geräumigen, ausgebauten Dachstuhl, der vollgestopft war mit modernster Technik: mehreren Monitoren, DVD-Decks, einem PC neuster Generation, Tastaturen und einem Schaltpult, das dem Tonstudio der Rolling Stones alle Ehre gemacht hätte.

In einem Regal an der Wand standen fein säuberlich aufgereiht rund zwanzig DVDs. Sie waren mit Namen beschriftet und alphabetisch sortiert. Sina griff nach der ersten: *Albers, Biggi.* Sie legte die silberne Scheibe in eines der Abspielgeräte. Es dauerte eine Weile, bis sie den richtigen Knopf gefunden hatte und der Film über einen der Monitore flimmerte. Eine hübsche schwarzhaarige Frau lag auf einer Holzpritsche. Sie schlief. Plötzlich stand die Ratte vor ihrem Lager. Der Kerl schlug sie mit seinen Fäusten. Ihre Nase brach. Dann vergewaltigte er sie brutal. Sina drückte hastig die Stopptaste.

Sie wählte eine andere Aufnahme. Die Frau war jung und hatte zwei Kinder. Einen Jungen und ein Mädchen. Sie versuchte, sie zu beschützen, kämpfte wie eine Löwin. Doch Igor riss sie ihr eines nach dem anderen aus den Armen und zerbrach die zarten Hälse, als wären es Streichhölzer. Beinahe hätte Sina sich übergeben. Ihr Herz raste. Sie atmete schnell und hatte trotzdem das Gefühl, keine Luft zu bekommen. Eine Panikattacke.

Es dauerte drei Minuten, bis sie sich wieder unter Kontrolle hatte. Der Anflug von Reue, der sie begleitete hatte, seit sie Igor beim Sterben zugesehen hatte, wich der tiefen Gewissheit, das Richtige getan zu haben. Sie schaltete die Überwachungsanlage aus und stellte die Bänder zurück.

Die Viertelstunde war längst um. Wenn Linda sich an ihre Anweisungen gehalten hatte, war sie jetzt in Sicherheit. Sie musste nach unten. Was sie wissen musste, wusste sie nun: Andriesen, der Mann mit dem Engelgesicht, war derjenige, der hinter all ihren Qualen steckte. Und sie war nicht die Einzige gewesen, die er entführt hatte, um sie zu brechen. Auf seinen Befehl hin war Jan gestorben, genau wie unzählige andere Menschen. Nicht einmal vor Kindern hatte er Halt gemacht. Er war eine Bestie, die gestoppt werden musste. Sie würde ihn töten. Zuvor musste er ihr nur noch eine Frage beantworten.

84

Katie Hansen schlief tief und fest, und das würde eine ganze Weile so bleiben. Zu schade, dass er keine Zeit hatte, um sich mit ihr zu beschäftigen. Sie war ganz anders als Sina, konnte der zierlichen Kämpferin in keiner Hinsicht das Wasser reichen. Aber sie hatte durchaus ihren Reiz.

Er saß im Wohnzimmer auf dem Sofa und hatte gerade die Spritze aufgezogen, mit der er Sinas Schlaf ein wenig verlängern wollte, da klingelte es an der Haustür. Das musste der Große sein. Er war früh dran, doch das machte nichts. Er konnte schon mal Sebastian und seinen Freund, diesen verrückten Piet Lichtenthäler, entsorgen. Auch das war viel einfacher gelaufen, als er zu hoffen gewagt hatte. Lichtenthäler war erstaunlich schnell bereit gewesen, seinen Kumpel zu beseitigen, nachdem Andriesen ihm Katie Hansen als Belohnung versprochen hatte. Er war zu versessen darauf gewesen, sich an der coolen Polizistin zu rächen. Und zu dumm, um Andriesen zu misstrauen. Ein Fehler, den er mit seinem Leben bezahlt hatte.

Als Andriesen die Tür öffnete, war ihm seine Verwirrung in keiner Weise anzusehen, die Spritze verschwand im Bruchteil einer Sekunde in der Tasche seines Jacketts. „Hauptkommissar Bierbrauer, das ist eine Überraschung. Ich hatte Johannsson erwartet. Und, ehrlich gesagt, hatte ich geglaubt, Sie würden mit einem größeren Aufgebot anrücken." Er spähte angestrengt über Alex' Schulter und suchte nach Begleitern.

Der Koblenzer Polizist hatte sich weniger gut unter Kontrolle, jedenfalls schaute er sein Gegenüber verblüfft an. „Nein, ich habe nicht mit Johannsson gesprochen. In diesem verdammten Wald gibt es keinen Handyempfang." Er zögerte. „Ich bin der Spur von Sina Lehmann bis hierhin gefolgt. Haben Sie sie gesehen?"

Andriesen strahlte ihn an. „Ja, das ist es ja. Vor einer knappen Stunde hat sie an diese Tür geklopft und um Hilfe gebeten. Verrückt, was? Da suchen wir sie wochenlang und dann kommt sie einfach so her spaziert. Geradewegs in die Arme ihrer Retter. Offenbar ist ihr die Flucht aus irgendeinem Stollen gelungen. Keine Ahnung, ich kenne die Gegend nicht. Sie hat sich ein wenig hingelegt, während ich das Präsidium informiert habe. Hauptkommissarin Hansen ist übrigens schon da, sie war in der Nähe. Der Rest wird sicher auch gleich eintreffen." Er machte eine kurze Pause und besann sich. „Aber kommen Sie doch rein. Sie wollen bestimmt Frau Lehmann sehen."

Bierbrauer folgte ihm ins Wohnzimmer. „Was tun Sie überhaupt hier, wenn ich fragen darf?" Seine Worte klangen scharf.

Andriesen drehte sich zu ihm um. „Natürlich, das können Sie ja nicht wissen. Dieses Haus gehört Professor Ahrens. Er verbringt hier viel Zeit, wissen Sie? Nachdem er gestern unauffindbar war, wollte ich nachsehen, ob er vielleicht da ist. Es gibt nämlich kein Telefon im Haus – und wie Sie bereits bemerkt haben, in der ganzen Gegend so gut wie keinen Handyempfang."

„Und? Haben Sie den Professor angetroffen?"

Andriesen hob bedauernd die Arme. „Nein, leider nicht. Ich habe das ganze Haus abgesucht, allerdings keine Spur von meinem Chef."

Bierbrauer schaute sich um. „Wo ist denn die Kollegin Hansen?"

„Sie wollte nachsehen, ob Frau Lehmann aufgewacht ist. Vermutlich ist sie gleich bei ihr geblieben." Andriesen lächelte. „Kommen Sie, ich bringe Sie zu ihnen. Es ist gleich da hinten. Gehen Sie ruhig vor."

Er ließ den Polizisten vorbei, dann stieß er ihm mit einer eleganten Bewegung die Spritze in den Nackenmuskel. Es dauerte weniger als zwei Sekunden, bis der kräftige Mann zusammensackte. Andriesen machte sich nicht die Mühe, ihn aufzufangen. Auf ein paar Beulen mehr oder weniger kam es nicht an. Der Große würde ihn sowieso schnell erledigen müssen. Die Sache wurde langsam unübersichtlich. Wer konnte wissen, wer als Nächstes an seiner Tür klingeln würde?

Andriesen musste seine ganze Kraft aufwenden, um Bierbrauer zur Heizung zu zerren und mit seinen eigenen Handschellen an das massive Zuleitungsrohr zu ketten. Er sah auf die schmale Uhr an seinem Handgelenk. Bevor er sich um Sina kümmern konnte, musste er nach Katie Hansen sehen. Sie war eindeutig die Gefährlichere der beiden Frauen, und er wollte ungern der bewaffneten Polizistin gegenüberstehen, wenn er von Sina zurückkehrte.

Als er sie vom Arbeits- ins Wohnzimmer trug, kam Katie langsam zu Bewusstsein. Er legte sie neben ihrem

Kollegen und Geliebten ab und fesselte sie mit ihren Handschellen an die andere Seite des Heizkörpers. Wenn sie sich Mühe gaben, konnten sie einander berühren. Da sollte einer sagen, er habe keinen Sinn für Romantik. Andriesen grinste.

Katie schlug die Augen auf. Er dachte kurz darüber nach, ihr noch eine Dosis Rohypnol zu verpassen, doch die Zeit drängte und seine Gäste sollten wach sein, wenn das große Finale begann. Vielleicht war es gar nicht so schlecht, dass das Schicksal diesen Bierbrauer auf die Bühne seines Stücks geschleudert hatte. Immerhin war er der Liebhaber beider Frauen gewesen. Shakespeare wäre angesichts dieses Potenzials vor Neid erblasst.

Katie war jetzt so weit bei Bewusstsein, dass sie die Handschellen um ihre Gelenke bemerkte. Verwirrt schaute sie sich um, nahm erst den bewusstlosen Bierbrauer und dann ihn wahr. Er hatte sich in einen Sessel vor sie gesetzt.

„Was ist passiert ...? Sind wir ... überfallen worden? Andriesen? Können Sie uns losmachen?“

Andriesen lächelte verträumt. „O ja, meine Liebe. Das könnte ich.“ Er hielt die Schlüssel für die Handschellen in die Höhe. „Ich werde es allerdings nicht tun – obwohl ich Sie nur ungern enttäusche, liebste Frau Hansen.“ Die Dienstwaffen der zwei Polizisten lagen in seinem Schoß. Er nahm eine in die Hand. „Ich verabscheue Gewalt, wissen Sie? Wirklich. Das müssen Sie mir glauben.“ Er lächelte verträumt. „Deshalb habe ich mir für die Drecksarbeit Helfer zugelegt.“

Katie war noch immer verwirrt, vielleicht weigerte ihr Verstand sich aber auch nur, das Unglaubliche zu akzeptieren. „Ich verstehe nicht ..."

Andriesen schaute sie mit echtem Bedauern an. „Ich weiß, das ist schrecklich für Sie. Endlich haben Sie den Mut, sich jemandem anzuvertrauen – und dann das. Ich muss eine bittere Enttäuschung für Sie sein, und ich bedaure meinen Verrat zutiefst. Schließlich bin ich Ihr Arzt!"

Katie wurde wütend. „Verdammt noch mal, nun machen Sie uns schon los, Andriesen. Das ist kein Witz!"

„Nein, meine Liebe, da muss ich Ihnen widersprechen. Irgendwie ist es genau das: ein Witz. Und zwar ein richtig guter." Er lachte.

„Was soll das alles, verdammt?" Katie schrie jetzt.

„Er will uns sagen ... dass er hinter den Morden ... und Entführungen steckt. Nicht Ahrens, wie ... wir geglaubt haben. Und vermutlich auch nicht ... sein Sohn und dieser ... Piet, oder?" Bierbrauer fiel es sichtlich schwer zu sprechen.

Ungläubig sah Katie zwischen den Männern hin und her. „Was hat Piet mit der ganzen Sache zu tun?"

Andriesen schüttelte nachdenklich den Kopf. „Das kann man so nicht sagen, Herr Kommissar. Unter uns gesprochen, haben Sie natürlich recht. Offiziell werden Professor Ahrens und Sebastian allerdings als Serienmörder in die Geschichte eingehen. Alle Spuren führen zu ihnen, dafür habe ich gesorgt. Und für diesen unsäglichen Versager Piet habe ich ebenfalls eine Rolle in meinem Stück gefunden. Vermutlich ist das das Bedeutendste, was dieser Kerl jemals zustande gebracht hat. Dafür, Frau Hansen, sollten Sie mir übrigens dankbar sein. Ihr Ex-Lover hatte wirklich unschöne Dinge mit Ihnen vor. Er war so ein rachsüchtiger kleiner Wichser."

Katie verstand offenbar immer noch nicht, worum es ging.

Es war daher Bierbrauer, der fragte: „Woher kennen Sie Piet Lichtenthäler überhaupt? Und wie haben Sie ihn und Sebastian Ahrens dazu gebracht, sich für dieses widerliche Video zur Verfügung zu stellen? Erzählen Sie mir nicht, dass Sie die zwei nachträglich in die Aufnahme reingeschnitten haben."

Andriesen schüttelte lachend den Kopf. „Nein, mein Freund. Das war nicht nötig. Sebastian hatte die gleichen sexuellen Vorlieben wie sein Vater. Der Apfel fällt nun mal nicht weit vom Stamm. So sagt man doch bei Ihnen, oder? Ich habe ihm im Keller eine kleine Folterkammer eingerichtet. Nichts Ernsthaftes natürlich. Nur Spielzeug, mit dem er seine Sadomasofantasien ausleben konnte. Hin und wieder hat er sich ein paar Frauen hierherbestellt. Alles Professionelle, die sich freiwillig verprügeln ließen. Seinen Kumpel Piet hat er meistens zu solchen Partys mitgebracht. Die beiden kannten sich aus Berlin, haben zusammen studiert und jede Menge Drogen konsumiert. Na ja, das hat unser lieber Sebastian ja schließlich aufgegeben. Nur die Sexspielchen, die haben sie weiter gemeinsam genossen. Ich habe ihnen etwas ganz Besonderes versprochen – eine Meisterin der Verstellung. Basti hat tatsächlich bis zum Schluss geglaubt, die Kleine wäre eine Professionelle mit außergewöhnlichem Talent. Wollte Linda sogar losbinden, der Trottel. Übrigens war das ursprünglich gar nicht geplant. Linda sollte eigentlich in einem anderen Versteck untergebracht werden. Das haben Ihre Kollegen jedoch unglücklicherweise ausfindig gemacht, nachdem Biggi geflohen ist. Also musste ich improvisieren. Basti und Piet kamen mir da gerade recht."

„Sie haben Biggi Albers ermordet, damit sie uns nicht auf Ihre Spur bringen kann", stellte Bierbrauer fest. „Und Sie haben Sebastian getötet. Aber nicht, weil Sie einen Sündenbock brauchen, sondern weil Sie ihn gehasst haben, stimmt's?"

Andriesen erstarrte für einen Moment, dann entspannte er sich wieder und kehrte zu seiner alten Rolle zurück. „Touché, Herr Kommissar. Sie würden einen guten Profiler abgeben – wenn Sie lange genug leben würden."

„Sie waren eifersüchtig auf Sebastian Ahrens", fuhr Bierbrauer fort, „weil er Ihnen den Platz an der Seite des Professors streitig gemacht hat. Weil er sich vom völligen Versager und verstoßenen Sohn in den Kronprinzen verwandelt hat, der Sie so lange gewesen sind. Diese Sache ist Ihre Chance, sich an Vater und Sohn gleichzeitig zu rächen."

Die Maske fiel so plötzlich, dass Katie und Bierbrauer sicher zurückgewichen wären, wäre dies in ihrer Lage möglich gewesen. Andriesens Gesicht verzerrte sich in einer Mischung aus Hass, Wut – und Schmerz.

„Ja, verdammt. Jetzt bezahlen sie für das, was sie mir angetan haben. Basti ist tot, und der Alte wird sich die vielen Jahre, die er im Gefängnis verbringen wird, jeden Tag fragen, warum sein Sohn zu einem Serienmörder geworden ist, der ihn mit in den Abgrund gezogen hat." Seine Gesichtszüge glätteten sich. Er gewann die Kontrolle zurück. „Aber Ehre, wem Ehre gebührt", sprach er bemüht fröhlich weiter. „Der eitle Pfau wird tief in seinem Herzen sogar glücklich über die Publicity sein, glauben Sie mir. Schade, dass Sie den Wahrheitsgehalt meiner Worte nicht mehr überprüfen können. So, nun muss ich unsere allseits geliebte Sina holen. Sie wird sich freuen, Sie zu sehen, Bierbrauer. Ihren Ritter in der glänzenden Rüstung, der herbeigeeilt ist, um sie zu retten. Vermutlich wird es sie enttäuschen, dass Sie so ganz und gar versagt haben. Auf der anderen Seite können Sie Ihrem Schöpfer Seite an Seite begegnen. Und in Ihrem speziellen Fall haben Sie an jeder Hand eine Geliebte, Sie Glückspilz."

Andriesen erhob sich und legte die Waffen auf den Sessel. Als er sich umdrehte und Richtung Flur ging, blieb er abrupt stehen.

„Machen Sie sich keine Mühe, ich bin bereits da." Sina lehnte im Türrahmen.

Andriesen entspannte sich. „Sina, meine Liebe, immer für eine Überraschung gut. Stehst du schon lange dort?"

„Lange genug."

„Oje, dann hast du bestimmt schon erraten, dass deine Flucht gescheitert ist. Die ganze Aufregung – völlig umsonst. Und jetzt musst du auch noch mit ansehen, wie dein Ex-Lover stirbt." Er schlug einen vertraulichen Ton an. „Ich weiß, dass er dir nach wie vor viel bedeutet. Das hab ich dir angesehen, als du euer Lied gehört hast. Und seine Stimme." Er drehte sich zu Alex um. „Ihr Gespräch beim Professor, erinnern Sie sich?"

Bierbrauer war verwirrt. „Sie waren nicht dabei ..."

„Ich hatte ihn verwanzt und alles aufgezeichnet. Aber keine Sorge, Ihre Kollegen von der Spurensicherung werden nichts finden. Da bin ich sehr gewissenhaft." Er wandte sich wieder Sina zu. „Doch zurück zu uns beiden. Ich habe eine schlechte Nachricht für dich: Der Große hat dich reingelegt. Die ganze Sache mit der Flucht – ein abgekartetes Spiel. Du kannst mir nicht entkommen."

Sina lächelte Andriesen kühl an. „Irrtum. Igor hat mir erzählt, was Sie vorhaben. Ich bin freiwillig hier. Er wollte mit mir nach Kanada fliehen, hat mir sogar einen Pass besorgt. Er war davon überzeugt, dass das Schicksal uns füreinander bestimmt hat. Dass wir Seelenverwandte sind."

„Das hat er dir vorgemacht ..."

Sina hob eine Braue an, sagte jedoch nichts.

Andriesen starrte sie an und lachte. „Oh, Sina, du bist göttlich. Er hat dir tatsächlich seinen Namen verraten? Was hast du mit ihm angestellt?"

„Er ist tot." Auf Sinas Gesicht war nicht die geringste Regung zu sehen.

„Das warst du? Mein Gott, wie ...? Der Mann war ein Riese!" Bierbrauer war erschüttert.

Katie beobachtete ihn neugierig.

„Er hat mir vertraut. Es war leicht." Sina zeigte noch immer nicht die geringste Regung.

Katie starrte Sina fassungslos an. Es fiel ihr sichtlich schwer zu glauben, dass Sina nach allem, was sie erlebt hatte, so abgebrüht war.

Andriesen nutzte die Ablenkung und bewegte sich kaum merklich rückwärts auf den Sessel zu, auf dem nach wie vor die beiden Waffen lagen.

„Pass auf, Sina ..." Bierbrauer verstummte.

„Das würde ich bleiben lassen, Doktor", sagte Sina.

Verblüfft schaute Andriesen auf die Pistole, die Sina aus der Bauchtasche des Kapuzenshirts gezogen hatte.

„Von Igor“, erklärte sie.

Andriesen fixierte sie nachdenklich. „Und was willst du jetzt tun, Sina? Mich erschießen? Es ist gar nicht so leicht, einen Menschen zu töten.“ Er verstummte abrupt, da ihm Igor einfiel.

„Sie wird nicht schießen. Vorausgesetzt, Sie werfen uns die Schlüssel für die Handschellen zu und treten zurück bis ans Sofa.“ Bierbrauers Stimme klang beschwörend.

Weder Andriesen noch Sina beachteten ihn.

„Weißt du, Sina, ich bewundere dich. Wenn wir uns unter anderen Umständen kennengelernt hätten, wer weiß, was aus uns hätte werden können? Für dich wäre ich vielleicht sesshaft geworden. Hätte meine Forschungen aufgegeben.“ Andriesen überlegte einen Augenblick. „Du könntest das alles nicht einfach vergessen und mit mir ...? Nein, diesem Irrglauben ist ja bereits unser lieber Igor erlegen. Armer Kerl. Auch er hat zum ersten Mal jemandem vertraut. Und prompt wurde er enttäuscht.“

Sina schien sein Gerede nicht im Geringsten zu beeindrucken.

Ihre schwarzen Augen fixierten ihn. „Warum?“

85

Sie hatten die Einsatzfahrzeuge im Wald stehen lassen, fast drei Kilometer vor dem Forsthaus. Johannsson wollte nicht das geringste Risiko eingehen. In einer solch einsamen Gegend waren Motorengeräusche kilometerweit zu hören. Die drei Rettungswagen standen bei den anderen Fahrzeugen und sollten sofort vorfahren, wenn der Sturm auf das Haus beginnen würde. Für alle Fälle. Er hatte noch einmal versucht, Bierbrauer zu erreichen. Erfolglos.

Nachdem er die Karte studiert hatte, wusste Johannsson, dass der Boitiner Steintanz etwa fünf Kilometer Luftlinie entfernt war. Falls der Koblenzer Kollege seinem Rat gefolgt war und sich nach Norden bewegt hatte, konnte er auf das Forsthaus gestoßen sein. Er wusste, dass Sina Lehmann im Haus war, außerdem Katie Hansen. Wie und warum sie auch immer hierhergekommen war. Die SEK-Männer, die sich lautlos im Wald um die Hütte herum verteilt hatten, hatten ihren Wagen neben dem Gebäude entdeckt. Außerdem waren sie auf die völlig verängstigte Linda Meurer gestoßen, die sich hinter einem Holzstapel am Waldrand versteckte hatte und einen schwer verletzten weißen Hund umklammert hielt. Beide wurden von Sanitätern versorgt, nachdem er kurz mit Frau Meurer gesprochen hatte. Den Einwand, nicht für Tiere zuständig zu sein, verschluckte der Rettungsdienstleiter nach einem Blick in Johannssons unerbittliche blaue Augen.

Peters, der kurz nach ihnen aus Greifswald eingetroffen war, stand auf einer kleinen Erhebung zu seiner Rechten und winkte aufgeregt. Johannsson stapfte zu dem Kollegen und schaute ihn streng an.

„Entschuldigen Sie, Chef, aber das scheint die einzige Stelle weit und breit zu sein, an der man ein Netz hat." Peters wies auf das Handy, das er in der Hand hielt und Johannsson nun entgegenstreckte. „Es ist er Leiter der Hundestaffel. Sie haben einen alten Stollen gefunden, der als Gefängnis umgerüstet wurde. Und ein paar Hundert Meter weiter einen toten Mann. Er will wissen, ob seine Leute zu uns stoßen sollen."

Johannsson schüttelte entschieden den Kopf. Eine Meute kläffender Köter war das Letzte, was er gebrauchen konnte. „Auf keinen Fall. Sagen Sie ihm, sie sollen das Gelände um den Stollen sichern. Die Kollegen von der Spurensicherung können mit ihrer Arbeit beginnen. Später brauchen wir sie hier. Jetzt sollen sie bleiben, wo sie sind."

Peters gab die Nachricht weiter, und Johannsson kehrte auf seinen Beobachtungsposten zurück, von dem aus er die Eingangstür des Forsthauses im Blick hatte. Nach wenigen Sekunden gesellte der SEK-Leiter sich zu ihm. Johannsson kannte ihn seit Jahrzehnten. Wie alle seine Männer sah Roland Krakow martialisch aus, mit der dunklen Spezialkleidung, den schweren Stiefeln und den dicken Sicherheitswesten. Seinen Helm trug er unter dem Arm.

Sie könnten so, wie sie sind, in einem Star-Wars-Film mitspielen. Als Sturmtruppen der dunklen Mächte.

Die Andeutung des Lächelns, das Johannssons Lippen bei diesem Gedanken umspielte, verschwand sofort wieder.

„Was sollen wir tun, Thor? Gehen wir rein?" Die Anspannung war Krakow deutlich anzusehen. Die ganze Truppe war auf Adrenalin und drängte darauf loszustürmen.

Johannsson wusste, dass die Männer sich trotzdem in jeder Sekunde unter Kontrolle hatte. Dafür waren sie ausgebildet, das war ihr Geschäft. Seine Aufgabe war es, das Risiko abzuschätzen und eine Entscheidung zu treffen.

„Noch nicht, Roland. Ich habe nicht die geringste Ahnung, wie viele Helfer Andriesen hat – und wie viele von denen jetzt bei ihm sind. Ich gehe davon aus, dass er zwei meiner Leute und mindestens eine weitere Geisel in seiner Gewalt hat. Wir müssen versuchen, uns ein genaueres Bild von der Lage zu machen."

Krakow nickte. Seinem Gesicht war nicht anzusehen, was er von Johannssons Entscheidung hielt. „In Ordnung, Thor. Ich werde die Hälfte meiner Männer rund ums Haus postieren. Deckung gibt es ja genug. Die anderen halten sich bereit. Innerhalb von fünf Sekunden können wir drinnen sein. Wir warten auf dein Zeichen."

86

Andriesen schaute Sina liebevoll an. „Du willst wissen, warum ich das alles tue? Warum du so furchtbar leiden musstest?"

„Ich und all die anderen Menschen."

Andriesens Blick verriet Bewunderung. „Ah, du warst in meinem Labor. Vermutlich hat Igor dir davon erzählt. Er muss dich wirklich geliebt haben."

Sina blieb reglos. Alex kam sich vor wie in einem Albtraum.

„Du musst mir glauben, dass es nichts Persönliches ist, Sina", fuhr Andriesen fort. „Ich mag dich. Und die meisten anderen Frauen waren mir gleichgültig. Genau wie ihre Männer und Kinder. Außerdem habe ich bereits gesagt, dass ich Gewalt im Grunde genommen verabscheue. Aber ich habe mir nun mal diesen Beruf ausgesucht. Und als ich Professor Ahrens kennenlernte, war mein Schicksal besiegelt. Sag mir: Wie soll man die Ängste traumatisierter Menschen verstehen, wenn man sie nicht erlebt hat? Wenn man weder die Qualen kennt, die sie erlitten haben, noch ihre Reaktionen darauf?" Er sah Sina beschwörend an. „Mit Ratten und Mäusen oder Affen zu forschen, ist natürlich Unsinn. Tiere reagieren anders als Menschen. Das war uns immer klar. Ahrens ist in die SM-Szene eingetaucht, weil er hoffte, dort etwas zu verstehen. Nur diese Frauen lieben den Schmerz. Sie lassen sich freiwillig quälen. Und es gibt diese Regel, dass sie selbst bestimmen können, wann Schluss ist. Das hat uns nicht weitergebracht."

„Der Professor wusste also doch, was Sie hier treiben?", schaltete Katie sich ein.

Andriesen schaute sie überrascht an. Offenbar hatte er ihre Anwesenheit vergessen. „O nein. Ahrens ist überheblich, im Grunde seines Herzens ist er jedoch ein Feigling. Er hätte niemals die Nerven für eine so große Sache gehabt. Ihr hättet ihn mal erleben sollen, als er damals die Nutte ein bisschen fester angefasst hat und die Sache aufzufliegen drohte. Er war ein seelisches Wrack. Es hat mich viel Mühe gekostet, ihn wieder aufzurichten. Dafür ist er mir bis heute dankbar." Er lachte. „Nein, der Professor hat niemals etwas von meiner Forschungsarbeit geahnt. Trotzdem war er mir eine große Hilfe." Er wandte sich wieder Sina zu, die die Waffe nach wie vor auf seinen Kopf richtete. Nicht einmal ihr Arm zitterte. „Ich hoffe, du verstehst jetzt, warum ich das alles getan habe. Es geht um eine wirklich große Sache." Er klang beschwörend – und verrückt.

Sina zog mit der freien Hand eine Fernbedienung aus der Bauchtasche ihres Sweatshirts und drückte eine Taste, ohne Andriesen eine Sekunde aus den Augen zu lassen. Die Stereoanlage setzte sich mit einem leisen Klacken in Bewegung. Eurythmics. *You Hurt Me And I Hate You.*

Andriesen hob fragend die Brauen.

„Ich habe mir erlaubt, das Musikarrangement zu ändern", erklärte Sina vollkommen emotionslos.

Andriesen lachte.

Alex brach der Schweiß aus. Er kannte das Stück und wusste, welche Bedeutung diese Musik für Sina hatte.

„Er wird nicht damit durchkommen, Sina. Er hat zu viele Menschen auf dem Gewissen. Er geht für den Rest seines Lebens ins Gefängnis. Das verspreche ich dir."

Ein bitteres Lächeln umspielte Sinas blasse Lippen. Sie blickte Alex nicht an, sagte kein Wort. Er wusste jedoch auch so, was sie dachte. Es war wahrscheinlich, dass Andriesen wegen seines psychischen Zustands nicht voll für seine Taten verantwortlich war. Sie hatten es immer wieder erlebt, Hunderte Male darüber diskutiert. Damals, als sie noch Freunde waren.

Andriesens Chancen, nach ein paar Jahren in der Psychiatrie freizukommen, standen nicht schlecht. Zumal er ein schauspielerisches Naturtalent war und vermutlich keine Probleme hatte, eine romantische Gefängnispsychologin von seiner Läuterung zu überzeugen. Das wusste Sina genauso gut wie er. Und vielleicht war es Andriesen ebenfalls klar. Jedenfalls kehrte das überhebliche Grinsen auf sein Gesicht zurück. *You Hurt Me And I Hate You ...*

„Ja, Sina. So ist es wohl. Selbst wenn das hier schlecht für mich ausgeht, ist mein Leben nicht zu Ende. Aber du, meine Liebe, wirst nie mehr diejenige sein, die du einmal gewesen bist. Kurioserweise wäre ich womöglich der Einzige, der dir helfen könnte. Ich bin nämlich gut auf meinem Gebiet, weißt du? Doch das geht natürlich nicht. Deshalb gibt es für dich keinen Ausweg. Solange du lebst, wirst du mich niemals loswerden. Egal ob du wach bist oder schläfst – ich bin bei dir. Und wer weiß, vielleicht sehen wir uns ja tatsächlich in fünfzehn oder zwanzig Jahren wieder? Oder früher ..."

„Für einen Mann, der in die Mündung einer Pistole schaut, ist das eine optimistische Einschätzung." Es war das erste Mal, dass in Sinas Augenwinkeln ein Lächeln auftauchte. Auch wenn es grimmig wirkte.

Andriesens Selbstsicherheit geriet erneut ins Wanken.

Alex zerrte nervös an seinen Fesseln. „Verdammt, Sina, er wird verurteilt." *You Hurt Me And I Hate You ...*

Katie schien endlich verstanden zu haben, worum es ging. Sollte Sina Andriesen töten, war das keine Notwehrsituation. Es war kaltblütige Rache – und damit nach deutschem Recht eindeutig Mord. Bestenfalls konnte man ihr verminderte Schuldfähigkeit zubilligen. Dennoch würde sie ins Gefängnis wandern. Das war sicher.

„Frau Lehmann – Sina –, ich bitte Sie. Wenn Sie jetzt schießen, zerstören Sie alles. Dann hat der Mistkerl doch noch gewonnen. Werfen Sie für ihn nicht Ihr Leben weg!"

Sina lächelte traurig. „Das verstehen Sie nicht. Das versteht niemand, der so etwas nicht erlebt hat. Es gibt nur einen Weg, das hier zu beenden. Man muss aufhören, Opfer zu sein." *You Hurt Me And I Hate You ...*

Andriesens Augen weiteten sich.

„Siiinaaa!"

Alex' Schrei ging in der Explosion des Schusses unter. Mit einem kreisrunden kleinen Loch in der Stirn kippte Andriesen nach hinten – in seinen weit geöffneten blauen Augen noch immer das Entsetzen über die Erkenntnis, dass Sina ihn am Ende besiegt hatte.

87

Als der Schuss fiel, zögerte Johannsson keinen Moment länger. Fluchend stürmte er hinter dem SEK durch die gesprengte Tür in das Forsthaus. Fünf Sekunden später stand er im Wohnzimmer und versuchte zu verstehen, was er sah. Hansen und Bierbrauer kauerten neben der Heizung, die Hände mit Handschellen – vermutlich ihren eigenen – an die Zuleitungsrohre gekettet. Der Schock stand ihnen ins Gesicht geschrieben. Eine zierliche blonde Frau, in der er erst auf den zweiten Blick Sina Lehmann erkannte, hockte mit leeren Augen auf dem Boden neben dem Durchgang zu einem Flur, der in den hinteren Teil des Hauses führte. Zu ihren Füßen lag eine Pistole, zwei weitere Waffen entdeckte er in einem Sessel.

Mitten im Raum lag Andriesen. Seine weit aufgerissenen Augen lenkten beinahe von dem kleinen runden Loch ab, das mitten auf seiner Stirn prangte. Unter seinem Kopf breitete sich eine rote Lache auf dem Teppich aus. Aus der Stereoanlage ertönte Musik in gedämpfter Lautstärke. Irgend so ein Achtzigerjahrezeug.

„Kann mal jemand den Krach abstellen!"

Einer der uniformierten Beamten beeilte sich, Johannssons gebelltem Befehl nachzukommen. Krakow kehrte aus dem hinteren Teil der Hütte zurück und erklärte das Gebäude für sicher. Sie hatten keine weiteren Personen gefunden – zumindest keine lebenden.

Alles andere würden die Leute von der Spurensicherung später untersuchen.

Mittlerweile wagten sich auch die Sanitäter ins Haus. Sofort stürzten sie sich auf die beiden Polizeibeamten auf dem Boden und die traumatisierte Sina Lehmann. Einer der SEK-Leute befreite Hansen und Bierbrauer von ihren Fesseln. Der Koblenzer Kollege schüttelte seine Helfer ab und bahnte sich einen Weg zu Sina Lehmann, die seine Umarmung widerstrebend zuließ, dann aber erschöpft an seine Schulter sank. Johannsson hätte das eigentlich unterbinden sollen, solange sie noch nicht ausgesagt hatten. In diesem Moment waren ihm die Vorschriften allerdings egal.

Besorgt schaute er sich nach Katie Hansen um. Mit starrem Blick stand sie neben der Heizung. Er ging zu ihr hinüber. So verletzlich hatte er sie nie zuvor gesehen. Am liebsten hätte er sie in den Arm genommen und getröstet. So weit konnte und durfte er jedoch nicht über seinen Schatten springen. Er beschränkte sich deshalb darauf, ihr sanft eine Hand auf den Arm zu legen. So könnte er sie zur Not festhalten, falls sie zusammenbrach.

„Alles in Ordnung, Hansen?"

Sie sah ihn an, schien ihn aber nicht zu erkennen.

„Katie? Ich bin's, Johannsson."

Tränen traten in ihre Augen, doch sie war wenigstens wieder im Hier und Jetzt angekommen. Er reichte ihr ein Taschentuch und blieb ein paar Minuten schweigend an ihrer Seite.

Dann konnte er sich nicht länger bremsen. „Können Sie mir sagen, was passiert ist?" Die Frage brachte ihm einen scharfen Blick des Sanitäters ein, der Hansen gerade eine Decke über die Schultern legte. Tatsächlich zitterte sie.

Sie nickte. „Ja, kann ich", antwortete sie etwas zu laut. Vielleicht war das der Schock.

Bierbrauer sah alarmiert zu ihnen herüber. Mein Gott, was dachte der denn, was er mit Hansen anstellen würde?

„Andriesen hat uns betäubt und gefesselt. Er hat uns die Waffen weggenommen und wollte uns töten. Dabei hat er nicht auf Frau Lehmann geachtet, die Andriesens Pistole ergreifen und ihn damit in Schach halten konnte." Sie schaute zu Bierbrauer und Sina Lehmann hinüber. Johannsson wollte sich nicht vorstellen, was bei deren Anblick in seiner Mitarbeiterin vorgehen musste. Sie sprach jedoch unbeirrt und gleichbleibend laut weiter. „Sie sehen ja, in welchem Zustand sie ist. Sie hat Andriesen aufgefordert, uns die Schlüssel für die Handschellen zuzuwerfen. Stattdessen hat er versucht, die Waffen zu ergreifen, die im Sessel liegen. Frau Lehmann geriet in Panik und hat geschossen."

Johannsson sah auf den toten Wissenschaftler hinab. „Dann war es wohl ein Zufall, dass sie mitten ins Schwarze getroffen hat?" Er meinte es vollkommen ernst.

Hansen nickte erschöpft. „Ja. Ich glaube, sie hat auf seinen Arm gezielt."

Johannsson fixierte sie eine Weile stumm, wechselte zu Bierbrauer und Sina Lehmann, die Hansen anstarrten. Ihm kamen spontan jede Menge Fragen in den Sinn, und seine Erfahrung sagte ihm, dass die Geschichte einige Ungereimtheiten aufwies. Doch eine innere Stimme bestärkte ihn in der Ansicht, dass er die Antworten darauf gar nicht kennen wollte.

„Gut, Hansen. Danke, dass Sie mir die Sachlage trotz Ihres angegriffenen Zustands erklärt haben. Das ist vorbildlich. Ich will die Geschichte in ein paar Tagen genauso als Bericht auf meinem Schreibtisch haben, verstanden? Stimmen Sie sich mit dem Kollegen Bierbrauer ab. Aber nun ruhen Sie sich alle erst einmal aus."

Einer der Sanitäter brachte die aufgeregt winselnde Asha zu Sina Lehmann, die bei dem Anblick des geschundenen Tiers vollends die Fassung verlor. Johannsson wandte sich ab – das war selbst für sein robustes Gemüt zu viel.

Bevor er Krakow in den Keller folgte, wo dessen Männer zwei Leichen gefunden hatten, drehte er sich noch einmal zu Hansen um. „Ich bin wirklich froh, dass niemand von Ihnen zu Schaden gekommen ist. Alles andere ist zweitrangig."

88

Es war ein heißer Julitag, an dem Katie, Alex und Sina sich am Landungssteg der Selliner Seebrücke trafen. Asha hatten sie in Paulas Obhut zurückgelassen, die beiden verstanden sich prächtig und unterstützten sich gegenseitig bei ihrer Genesung. Katies Onkel holte das außergewöhnliche Trio mit seinem Ausflugsboot ab und fuhr mit ihnen als einzige Passagiere ein paar Meilen aufs offene Meer hinaus. Sina öffnete die Urne und schüttete den Inhalt ins Meer. Eine Stunde zuvor hatten sie die Überreste von Jan Lehmann auf dem Selliner Friedensberg verstreut. Das war nicht ganz legal, weshalb es der Finte mit dem Ausflugsboot bedurfte.

Johannsson hatte Katie auf die Idee gebracht. Offenbar hatte er ebenso wenig Verständnis für die Regeln des deutschen Bestattungswesens wie sie. Als sie Sina den Vorschlag unterbreitet hatte, hatte die sie in den Arm genommen und fest an sich gedrückt. Es war ihr ungeheuer wichtig, die echte Asche ihres Mannes an einem Ort zu hinterlassen, der ihnen beiden wichtig gewesen war. Sina bestand darauf, dass Katie sie und Alex begleiten sollte. Zu Katies Überraschung fühlte es sich weder falsch noch schlecht an. Sie liebte Alex, das wusste sie sicherer als je zuvor. Was er für sie empfand, konnte sie nicht einschätzen. Vielleicht wusste er es selbst nicht. Doch allen war klar, dass er nun für Sina da sein würde. Egal was später aus der Sache wurde.

Ebenso sicher wusste Katie, dass sie Alex nicht verlieren würde. Weder ihn noch Sina. Die Ereignisse im Forsthaus hatten ein festes Band zwischen ihnen geknüpft.

Als könnte sie ihre Gedanken lesen, wandte Sina sich zu ihr um. Alex war zu ihrem Onkel auf die Brücke gegangen und hatte sich in ein Gespräch verwickeln lassen. Sinas blondes Haar flatterte im Fahrtwind. Sie strich es mit den Händen zurück und hielt es fest.

„Warum haben Sie das getan, Katie? Warum haben Sie für mich gelogen? Sie kannten mich ja nicht mal."

Katie sah in das Gesicht, das nach wie vor ausgemergelt wirkte, jedoch eindeutig zu der Frau gehörte, die so lange die Ermittlungswand im Präsidium dominiert hatte und dadurch zumindest vorübergehend zum Mittelpunkt ihres Lebens geworden war. „Sie haben lange für die Polizei gearbeitet, Sina. Sie müssen wissen, wie nah man einem Menschen kommen kann, den man gegen jede Wahrscheinlichkeit vor einem grausamen Schicksal bewahren will. Deshalb würde ich sagen, ich kannte Sie ziemlich gut. Und Sie waren mir sehr wichtig."

Sina nickte und schaute nachdenklich aufs Meer hinaus. „Aber Sie sind Polizistin. Und ich würde wetten, dass Sie viel Wert darauf legen", sie zögerte, „korrekt zu sein."

Das stimmte. Katie gehörte nicht zu jenen Beamten, die Fünfe gerade sein ließen. Das war vermutlich auf Johannssons Einfluss zurückzuführen. Ihr Chef war für Katie der Inbegriff von Aufrichtigkeit. Auch er hatte dennoch in diesem Fall mehr als zwei Augen zugedrückt. Katie hatte keinen Moment daran geglaubt, dass er ihr die Geschichte von dem zufälligen Kopfschuss abgekauft hatte. Genau so stand es jetzt allerdings in den Akten, und die waren auf Johannssons Betreiben hin schnell im Keller verschwunden, nachdem die Ermittlungen offiziell eingestellt worden waren. Offenbar hatte auch der Staatsanwalt keinen Sinn darin gesehen, die Sache weiterzuverfolgen, nachdem Sina sich auf Alex' Drängen hin einen Anwalt genommen und dieser auf Notwehr und eingeschränkte Zurechnungsfähigkeit seiner traumatisierten Mandantin plädiert hatte. Die Aussagen von Alex und Katie hatten die Sache schließlich besiegelt.

Sina selbst war zunächst fest entschlossen gewesen, ein Geständnis abzulegen. Alex hatte eine ganze Nacht hindurch gefleht und gestritten, um sie umzustimmen. Erst als auch Katie ihr zugeredet hatte, hatten sie sich darauf geeinigt, dass Sina von ihrem Aussageverweigerungsrecht Gebrauch machen und alles Weitere ihrem Rechtsanwalt überlassen sollte. Damit schienen alle außer Sina zufrieden zu sein. Die zierliche Blondine hatte sogar Dankesschreiben von den Angehörigen anderer Opfer erhalten. Von Alex wusste Katie, dass Sina sie unter Tränen im Kaminofen ihrer Ferienwohnung verbrannt hatte.

Auch Katie hatte sich mehr als einmal gefragt, ob es richtig gewesen war, Sina zu decken. Doch dann hatte sie sich vor Augen geführt, wie viel Leid Andriesen dieser Frau zugefügt hatte. Er hatte sie systematisch an die Grenze des Erträglichen getrieben – und mit seinem Leben dafür bezahlt. Natürlich war Sina von Rache getrieben gewesen, als sie geschossen hatte. Aber wer konnte nach allem, was sie durchlitten hatte, zweifelsfrei behaupten, dass sie wirklich zurechnungsfähig gewesen war? Also würde es in diesem spektakulären Fall keinen Prozess geben, denn auch alle anderen Täter waren tot – inklusive Piet, über dessen Rolle Katie sich nach wie vor nicht völlig im Klaren war.

Zumindest hatte er offensichtlich Sebastian Ahrens umgebracht. Und was er mit ihr vorgehabt hatte, wollte Katie lieber nicht wissen. Trotzdem konnte sie sich nicht vorstellen, dass er etwas von den Morden und Entführungen gewusst hatte, die Bengt Andriesen als seine Forschungen bezeichnet hatte. Vielleicht lag ihre Einschätzung zu Piets Rolle in dieser Sache ja vor allem an der Tatsache, dass er nie besonders viel Interesse an ihren Ermittlungen gezeigt hatte. Ganz im Gegenteil. Wäre das nicht anders gewesen, wenn er befürchtet hätte, dass sie ihm auf die Spur hätte kommen können? Oder war er sich seiner Sache so sicher gewesen?

Ohne es zu bemerken, war sie näher an Sina herangerückt, sodass ihre Schultern sich berührten, als sie gemeinsam an der Reling lehnten und auf die Ostsee blickten.

„Ja, Sie haben recht. Es ist mir tatsächlich wichtig, mich korrekt zu verhalten. Nicht beliebig zu werden und irgendwann nicht viel besser zu sein als die bösen Jungs auf der anderen Seite des Gesetzes. Aber ich weiß auch, dass Recht und Gerechtigkeit nicht immer das Gleiche sind. Und manchmal müssen wohl selbst wir korrekten Bullen auf unser Herz hören statt auf unseren Verstand. Damit unsere Welt nicht aus den Fugen gerät."

Danke

Wem dankt man am Ende eines Buches? Es gibt so viele Menschen, die auf die eine oder andere Weise, bewusst oder unbewusst, freudig oder völlig ahnungslos etwas zu einer Geschichte beisteuern. Weil sie wertvolle Ratschläge geben, Schwachstellen ansprechen oder auf dem langen Weg von der Idee zum fertigen Buch eifrig mitfiebern. Ganz besonders gilt dies für meine langjährige berufliche Weggefährtin und Freundin Jutta, bei der ich mich immer auf ebenso sachliche wie hilfreiche Kritik und unbedingte Ehrlichkeit verlassen kann. Meinen „Testleserinnen" danke ich für den bedingungslosen Glauben an mich und meine Werke. Ich denke da vor allem an Claudi (die ein Buch zur Not auch zweimal pro Woche liest, um mit mir Details diskutieren zu können), Natascha (die ziemlich schnell weiß, wer der Mörder ist, aber meist falsch liegt), Birgit (die die Dinge grundsätzlich sachlich angeht), meine Schwester Gilla (von der man selten etwas hört, aber dann ist es, als wäre sie nie fort gewesen), Minka (die es eigentlich schon bei harmloseren Werken gruselt), Marion (die sich mit ganz erstaunlichen Figuren identifiziert) und meine „Chefin" (die sich so wundervoll mitfreuen kann). Meiner Mutter gebührt Dank für die Selbstverständlichkeit, mit der sie mich über renommierte Schriftstellerkollegen erhebt („Na ja, auf jeden Fall ist dein Buch besser als das, was ich vorher gelesen habe.").

Für Elke und Herbert ist ein schlichter Dank eigentlich zu wenig, weil sie nicht nur Anteil an meiner Schreiberei nehmen, sondern seit fast einem halben Jahrhundert immer da sind, wenn ich sie brauche. Meinen Katzenhilfe-Frauen danke ich, weil sie mit mir fiebern und sich für mich freuen, obwohl die Arbeit an meinen Büchern bedeutet, dass ich weniger Zeit für unseren Verein übrighabe. Schließlich danke ich meinem Mann und Seelenfreund, der so oft mit mir und meinem Empfinden übereinstimmt, dass es beängstigend ist – und der mir dort, wo er vom glatten Gegenteil überzeugt ist, zumindest nicht im Weg steht.

Eine wertvolle Hilfe war mir mein Agenturteam: Martina Kuscheck, Sophie Wittmann und Gerd Rumler, die mir den Rücken freigehalten und an mich geglaubt haben. Vom dp Verlag möchte ich vor allem Francesca Hintz für die wundervolle Betreuung danken und Nadine Buranaseda für ihr Lektorat, das viele Einsichten, wertvolle Hinweise und manch schmerzhaften Moment für mich bereithielt, meinem Werk am Ende aber einen Schliff verpasst hat, der ihm guttut.

Schließlich möchte ich all jenen Menschen danken, denen ich in meinem Leben begegnet bin, und die womöglich in einem einzigen Gespräch, einem flüchtigen Blick oder einer alten Erinnerung etwas in mir hinterlassen haben, das sich nun in meinem Roman zu etwas völlig Neuem zusammengesetzt hat. Denn auch wenn meine Geschichte und ihre Figuren selbstverständlich frei erfunden sind, basieren sie doch auf meinen Gedanken und Erfahrungen, die sich auf ein Rendezvous mit meiner Phantasie eingelassen haben, dessen Kapriolen auch mich selbst oftmals überrascht haben.